蕊芸兰

黄文捷　著

漓江出版社

· 桂林 ·

出版说明

《蕊芸兰》，是一部不可多得的民国题材小说，作者黄文捷年登耄耋，寿享九秩，民国时期的生活于他而言，不是想象，而是儿时见证的鲜活印象。黄老也是漓江社的重要译者，为我社翻译过意大利两位诺贝尔文学奖作家的代表作（黛莱达《邪恶之路》达里奥·福《不付钱！不付钱！》）。此外，黄老还出圈当过演员，是当今『斜杠青年』祖师爷——曾被北影借去给后来获奥斯卡最佳影片奖的《末代皇帝》的剧组担任翻译，被大导演贝纳尔多·贝托鲁奇一眼相中，饰演了其中一个角色。后来一发不可收拾，又在电影《找乐》中给男一号黄宗洛配戏，扮演男二号乔万友，一时传为佳话。

小说以其母亲蕊芸兰跌宕起伏的前半生为故事原型，描写民国时期大宅门里的小人物故事。程玉英自幼家贫，托身青楼，成为老鸨手里色艺俱佳的一棵摇钱树，艺名『蕊芸兰』。在身世飘零的卖笑生涯中，蕊芸兰先是邂逅了与她一见倾心的翩翩佳公子冯少安，可惜二人有缘无分。后来，蕊芸兰眼看着军阀混战，世道不宁，于是答应了一表人才、颇有财力的皇甫以雄的追求，成了皇甫家倍受宠爱的三姨太，并为皇甫以雄生育了两女一儿。本来一家人在天津租界过着充裕和美的太平日子，孰料飞来横祸，皇甫以雄罹患重病，很快一命归西。蕊芸兰带着三个孩子，既要在与大婆、二婆以及皇甫家叔伯兄弟的周旋中夹缝里求生存，又要精打细算抚育好三个孩子。为了让孩子们不受无端的闲气，蕊芸兰甚至放弃了再嫁的机会。直至卢沟桥事变，一家人仓皇弃家南逃，前往澳门，小说也戛然而止。

小说塑造了蕊芸兰这个被侮辱、被损害，却一生好强、不甘于向命运低头的美丽坚忍的女子，讴歌了中国传统女性的真善美，通篇散发着母性的灼灼光辉，刻画人物生动，写景状物精彩。此书是一部敬献给母亲的礼赞，是作者年事已高时凭借强大记忆力和炉火纯青的文学手法创作而成，可遇而不可求。全书如老照片，如窖藏多年的醇酒，穿越时光，散发着恒远坚执而又耐人寻味的光泽与馨香。

作者的话

这是我拟议中要完成的三部曲之一，第一部曲：《蕊芸芸兰》书中所叙述的绝大部分是真人真事，是我亲眼所见、亲耳所闻，甚而是我亲身经历的。书中的人物，有些是真名实姓，有些甚至是我至亲至爱的人，就后一点而言，本书也可说是对他（她）们的追思与怀念。

本书有不少伏笔，结局要在后两部曲加以交代。本书女主人公是一条红线，贯串全书，以女主人公一家绘的是一个普通中国人的家庭在不同时代和社会背景下所遭受的悲惨命运。中国人是勤劳善良的，中国人的家庭一般来说，也是幸福美满的（这并不完全取决于有钱无钱、钱多钱少）然而，也有不少家庭过去和现在所遭受的是不幸与苦难。我多么希望，在中国广袤的大地上，前者能越来越多，后者能越来越少，甚至完全绝迹啊！

在卢沟桥事变中逃难澳门收尾，盖这正是她一家人由盛转衰、由幸福转为不幸的一个重要的转捩点，本书描

第一部曲是我从一九八九年退休后开始动笔的，因为忙于生计，时断时续，一直到二〇一〇年的今天才算完稿，前后延宕了二十一年之久。后两部曲至今仍在构思中，但我已是耄耋之年，所剩的时间与精力已经不多了！如果天公作美，能让我多活几年，能让我多有几年能执笔续写的精力，完成全书，那当然是再好不过。

否则，我必将是遗恨终生，死不瞑目！

过去有人曾把人生在世，比作大梦一场，因而有『浮生若梦』之说。我对此深有感触，故将三部曲总题定为『浮生三部曲』。

黄文捷

二〇一〇年十月于北京

如梦令

人世沧桑难料，何须妄自猜晓。是悲抑是喜？嗟叹终究徒劳。长啸，长啸！奈何天命蹊跷。

目 录

一

　　大年三十，噼噼啪啪的爆竹声响彻了夜空，偶尔在寂静而昏暗的街巷里，在漆黑的庭院中，倏地刺啦一声，一柱灿烂夺目的金银色火花腾空而起：那是谁家的大人、孩子们在放烟火。那个时代，家里放花，还不常见有五颜六色的，通常是从那鸡蛋式或炮弹形的贴着花花绿绿商标的花筒里，在点燃芯捻的片刻之后，刺啦一声，迸射出耀眼的星星点点汇成的喷泉似的火花，四下飞溅。小孩子们则更喜欢在黑暗的角落里，随意舞弄着一根根所谓的"刺花"：那种花炮很便宜，几个"大子儿"①一把，十根，能放射出青蓝色的点点银星，只持续几秒钟，但煞是好看。英租界里放二踢脚的不多，有时不知在什么地方，却也会砰然一响，离得近些的人，会被这一声突如其来的巨响惊得心惊肉跳。

　　这里是英法租界交界处，车马行人较少。除夕，往法租界那边去的人多些，朝英租界这边来的人却零零落落。英租界不像法租界那样繁华热闹、五光十色，一般都显得比较幽静，特别是伦

----

① 天津话，即铜板。

敦道、马厂道一带所谓"贵族区"。商业区主要集中在英中街，又多是洋人开的店铺，比较典雅，典型的中国店铺则聚集在黄家花园，但也不像法租界那样充满低俗、铜臭的商业气息，又都是小门脸，没有什么大公司、大市场。我们所说的这个地方，既不是"贵族区"，也不是商业区，主要是住宅，店铺极少，英国人给它起名曰"达文波路"，中国人则把它称为"十一号路"。街上还有一个英国人的机关，工部局及其下属的自来水公司。这个住宅区的店铺，都是小本经营，主要是便利这一带住户，散落在小巷口和行人道上，生意蛮不错。有一块三角地带：你倘若站在街道中央，背朝法租界的方向，右边是芸芳里，左边是积善里，夹在两条小巷中间，也是靠右边的则是德源里。越过芸芳里，再向前走上几步，就是前面提到的工部局和自来水公司了。

芸芳里是拉胶皮的[①]、掮大个的[②]、拉包月的[③]和做老妈子的群集之所。跟另外两条里巷相比，算是"穷人区""贫民窟"，偶然也有几户门脸整洁的，那则是一些小职员的住所，而他们一般是不屑跟他们所说的"下三烂"来往的，只不过是图这里的房租便宜，才"屈尊"住到这里来。这些小职员在各自的工作地点，总是低声下气、唯唯诺诺，而在这里，出来进去，却总是趾高气扬、昂首阔步、旁若无人，大有鹤立鸡群之相。

积善里是中等职员、小资本家的住地，巷子和住房自然比芸芳里要稍微讲究些，特别是靠近这条巷子的地方，新盖起一幢小

---

① "胶皮"是天津人对"黄包车""洋车"的称呼。

② "掮大个的"是指卖苦力的，如码头上掮麻袋的劳工等。

③ "拉包月的"是指给有钱人家拉胶皮的长工，地位要比拉散座的车夫优越些。

洋楼，说是什么银行经理的公馆，平常少见有人出进，倒有不少汽车往来，尤其是在公馆里有什么喜庆大事的时候，黑铁门前更是车水马龙。奇怪的是，这公馆平常连个小孩子的影子也难见到。据说是经理太太多年不育，又不让经理娶二房，接续香烟，因此，这幢洋房虽然气派，却不像有些大户人家，尽管门禁森严，却不时还可见到有老妈子或丫头带小姐少爷出进。

德源里的外貌跟前两条巷子不同，它并不长，因为只有五个门户，其中四户属于一个人家，实际上可以说只有两家住户：门牌五号的住户姓刘，是某洋行的高级职员，家里人口少，一般很少见到有人进出；从一号到四号，都由一家复姓皇甫的居住，一号临街，二号到四号都位于巷里。皇甫家的主人名以雄，是英美颐中烟草公司下属的推销处——永泰和烟草公司北方部的总办。永泰和总公司设在上海，总办是皇甫以雄的二哥皇甫以冲。因此，跟前两条里巷比，德源里的住户在文化水准和经济地位上似乎高过一筹，都是"吃洋饭的"。

从法租界进入英租界，并没有什么分界标志，更没有什么栅栏或界石，熟悉情况的都知道，过了法租界这个地段的末端的大陆银行，来到一片橘红色大楼的楼区（其中有一个颇有名气的大当铺），这也便是英租界地段的开始了，同时，也是达文波路亦即十一号路的一端街口。从那里稍稍拐一个小弯，远远地朝德源里所在的方向望去，可以瞥见德源里巷口，具体说是门牌一号的黑漆大门左侧，灰色墙面上有一个硕大的电动广告。那是一幅肥头大耳的富贾的半身画像，油亮的头发，漆黑的马褂，长方形的框架四周镶了一圈五颜六色的彩灯，傍晚时分，那些彩灯就开始转动地亮了起来，那"富贾"则伸出跟他的脑袋差不多大的右手，跷起大拇指，一上一下地向画在右方的一盒"第一牌"香烟摇动，像是在夸奖这个牌子的香烟质量"第一"，名实相符。广告牌十分引人注目，那是总办皇甫以雄独出心裁的杰作，当然旨在推销新创的"第一牌"香烟。这个新牌子香烟比起以前创立的牌子如"老刀牌""红锡包"等稍微低档一些，更为大众化，但仍以质量取胜，所以，刚一上市，就颇受欢迎。这块大招牌在这条路灯不多的马路上是独一无二的，更加显得醒目。不论是谁，也不论他是多么心不在焉，一旦经过这里，都免不了要把那上下摇动的大拇指看上几眼。

皇甫以雄有两位太太。德源里的二号和三号就是这两位太太的住处，但是两栋二层小楼是打通的，两位太太并未分住。一号是永泰和公司的主要公事房，即办公楼；四号也是公司的办公用地，目前楼下是公司的广告部，楼上空着，其中的"主人"眼看就要到来，因为房间都已经布置好了。

德源里的所有房子都是这样的双层小楼，灰砖青瓦，外观并不起眼。皇甫家和五号的刘家虽是多年的老邻居，相互却从不来往。相对地说，皇甫家自然要比刘家富裕，气派也大，况且，一条里巷只有这么两户人家，皇甫老爷也曾动过念头，想跟房东商量，干脆撵走姓刘的，这也是他心中筹划使公司进一步发展后采取的重要步骤之一。

皇甫以雄祖籍广东中山，常以作为孙中山的同乡而自豪。他和二哥以冲一样，都毕业于上海的圣约翰大学，算是一个欧化的高级知识分子，说得一口流利的英语，但奇怪的是，他却很喜爱中国自家的古风，特别是身为商贾，却仰慕官气，所以，他命人在二号、三号的黑漆大门上，钉上两块竖长方形的黄铜牌，上写"皇甫府"，尽管这名称跟那寒酸的灰色小楼并不相称。皇甫以雄是新发迹不久的，眼下还顾不上购置房产乃至轿车，出行时，只用家中的两辆包月车[①]，这当然远不是皇甫老爷的雄心和抱负。

皇甫府一向重视年节，尤其不忘祭祖。这时已近午夜，祭祖在即：偌大一头烤全猪已经堂而皇之地摆在大红色祖宗牌位前面。按照广东人的习俗，每逢节日喜庆，有钱人家都要用烤全猪作为祭祖的主要供品。那烤猪，呈棕红色，油亮油亮的，令人馋涎欲滴。祭祖完毕，便一块块切开，分赠家人和前来庆贺的亲友；吃的时候，要蘸上又香又黏的上好酱油，牙齿硬的，更喜欢咀嚼那略显坚硬的脆皮。这样的烤肉，香而不腻，是一道极好的下酒菜。

祭祖是在二号的大前厅举行的。前厅灯火通明。皇甫老爷早已通知管家魁元把一对红色纱罩宫灯从仓库取出来挂上了，这就给亮如白昼的房间增添了不少绛红色的喜庆色彩。地板新上了红漆，还留有一股刺鼻的油漆味儿。红灯照着红地板，一片红彤彤的，即使是一个素来对过节冷漠的人，身临此境，也会不禁心动。况且，今年过年，跟往年不同，将是双喜临门：不仅要除旧迎新，还要迎接皇甫以雄新纳的第三位太太。昨天下午，出差到北平的皇甫老爷就曾打来电报，通知魁元火车由平抵津的时间，叫他届时派车去接，而且早在半年以前，皇甫以雄就已吩咐家下人等乃

---

① 指自家购置的黄包车（或洋车），雇人来拉，按月付工资，管吃住。

至公司职工，把四号楼上腾空，粉刷一遍，布置停当，准备除夕迎候新姨太。

这位三太太不比二太太。二太太柳玉喜，原是大太太郑日珍的陪房丫头，生得白净，性情温和，后来便被收了房，这也是因为大太太过门之后始终没有生育。郑日珍有个脾气，不准下人称她"大"太太，因为她认为，"太太"在皇甫府上只有一位，那就是她，下人必须称她为"太太"，称柳玉喜为"二太"。二太正式嫁给皇甫以雄时，一切从简，只是在府上摆了几桌酒席，请来至亲好友，好歹热闹了一阵，草草了事。这位新来的"三太"，则不同一般：先是在北平丰泽园大摆宴席，中外宾客不下三四百人，大太太也特地由津赶来参加；等三太来津后，皇甫以雄也计划先后在法租界著名的粤菜馆北安利和以烹调西餐著称的国民饭店宴请两次。三太是外来的，又是皇甫老爷亲自看中的，因此，几个月来，皇甫府上上下下，忙得不可开交，又加上迎接新姨太的日期定在腊月三十，这就使人更加忙上加忙。

不过，这种繁忙景象并不是完全出自皇甫老爷的指令，在一定程度上，也是郑日珍每日紧赶慢赶造成的：大太太要在丈夫面前，充分显示她的"贤惠""大度"，何况她一向有句口头禅，即"好男必有三妻四妾"，皇甫老爷既是个"好男"，哪怕弄得妻妾成群，也是天经地义的。皇甫以雄见太太如此体贴，自然喜不自胜，年前在太太同意把三太从北平接来时，就开了两万大洋的一张支票献给了她。

在皇甫府上做佣工近十年、专门侍候大太太的张妈，此刻正准备把祖宗牌位前的两根写有金字的大红蜡烛点起。张妈三十开外，四方脸，漆黑光亮的发髻，大眼大嘴，鼻子略塌，端正的面貌显示出人品的憨厚。她干事主动勤快，连难以侍奉的郑日珍都不时夸奖她，常常赏她一两块大洋，甚至把自己没有穿过几次的绸缎衣裤也一反往常的吝啬赐给她。张妈对太太也是忠心耿耿，在府上几个老妈子当中，算是个拔尖的。但是，她并不因此而踌躇满志，小看别人，府上下人对她都有好感。由于是除夕，她脱去了平素的布衫，把太太前两个月送给她的一身黑缎衣裤穿上，发髻上还插了一朵红色石榴绢花，两耳也戴上了那对总是好好地保存在包裹里的包金耳环，颇显出一些富贵气。她站在供桌旁，正要拿起"洋火"①点上蜡烛，这时，拉包月车的车夫张二进来了，说魁元从火车站打来电话，说老爷和新太太的列车已经进站，最迟再过半个钟头就会到家了。

　　张二是皇甫家的"二级"车夫，是专拉少爷、小姐甚至像魁元、张妈这样较有头脸的高级用人的。小伙子身材适中，十分健壮，膀宽腰细，俊俏的小平头，细长的双腿，皮肤略呈紫铜色，目光炯炯，天生一副机灵相。皇甫老爷雇用他时，就看中了他的外表，只是年纪太轻（当时才十九岁，今年该二十一了），外出时，仍叫"一级"车夫李大来拉。李大人如其名，个头很大，为人沉着老诚，比张二大五岁，典型的庄稼汉，不像张二那样有时毛手毛脚的。皇甫以雄对自己选中的两个车夫都很满意，自诩在这方面也跟创牌子卖香烟一样，有能耐，有眼力。

　　张妈听了张二传达的话，赶紧说道："我快去禀告太太去吧，

———————————

① 当时天津人把火柴称作"洋火"，正如把蜡烛称作"洋蜡"一样。

不然，怕有些来不及了。"她虽然知道，郑日珍早已诸事安排停当，只等人到下楼，但是，下午时节，太太曾吩咐她把首饰盒拿出来，自己选上两件，届时好送给新姨太，她生怕太太事忙，把这件事忘了。她刚要离开过厅，却见二太太抱着二少爷下楼来了。

二太太柳玉喜，长得很秀气，只是一副瓜子脸上的两只眼睛大而无神，眼睑又经常下垂着，面部表情总是呆呆的，一副逆来顺受的模样，这也正是皇甫老爷所腻烦的。她平时少言寡语，一切都听从过去的小姐、现在的大太太郑日珍的摆布，甚至连皇甫以雄有时偷偷地塞给她的一些体己，也老老实实地如数交给大婆，请对方代她"保存"：横竖在吃喝穿戴方面，都有大太太包办，不必让自己操心，所以，她对目前这种省心省力的生活还是很知足的。收房后第二年，她就给老爷生下一个大白胖小子，取名华海，一家人欢喜异常，庆幸皇甫老爷有后。几年后，她又喜得一子，取名华文，正是这时她怀里抱着的。不过，这第二个孩子生下后就浑身上下长出许多莫名其妙的水泡，据说是"胎毒"，外敷内服多少药也无济于事，有人就私下议论，说这是这位喜欢寻花问柳的老爷给"带来"的，"好不了了"！这孩子也真可怜，生下来就受尽擦药服药之苦。华文长得清秀，这胜过他哥哥华海，但是却总是东一片西一片抹着黑乎乎的药膏，人见了无不摇头叹道："可惜！"孩子生了这种顽症，整天也总是愁眉苦脸，哀哀啼哭，惹得皇甫老爷很不高兴，骂他是在"哭丧"！近来，玉喜再生一女，却跟华文完全两样，皮肤白皙光滑，没有半个斑点，如今正在襁褓，已经可以看出是天生丽质了。因为过年，平时不喜也不擅打扮的柳玉喜也不得不稍施脂粉，这一来，倒显出不少姿色：她身着湖水绿缎袄、墨绿色花裙，看来颇雅致，只是手脚粗大，跟这身打扮和她的长相不大相配。她操着广东腔，问张妈道："老爷就要到了吧？"

张妈马上停下步来，恭恭敬敬地答道："回二太的话，刚才张二来说，魁元打电话告诉府上，老爷和新姨太的火车已经进了东站，再过一会儿就到家了。我正要上楼禀告您和太太呢。"

二太点了点头，没有什么表示。她对张妈这种毕恭毕敬的态度相当满意，因为家里那些下人一般都不大瞧得起她，跟她说话总是不像张妈那样，把她当作一位"太太"。然而，与此同时，她的内心深处却像打了一个结，她自己也弄不清是怎样一种情绪，说是"不快"吧，却又有那么一点"担心"：她觉得，老爷已经有了两个老婆，儿女也都齐全，说不定以后还要继续添丁，那么，为什么还从北平弄来一个"新的"？况且又是"班子"里的姑娘！在她看来，班子里的姑娘没有几个是好的。自从知道老爷要再娶一个姨娘以来，她一直感到心中别扭，也许这是忌妒吧。但是，她是逆来顺受惯了的，脸上从来不露声色，这却不是她工于心计，佯装巧扮，而是她从小卖给人家当使唤丫头养成的习惯。她见张妈仍立在那里，便和气地说道："那么，你就快上去吧。太太刚才说，叫你帮着大小姐找那条桃红色绣花裙子呢！老爷快到了，大小姐没有打扮好，下来迟了，老爷又该生气了。"

张妈应诺走后，二太环视了一下红光闪闪亮亮的过厅，心中不禁泛起喜意。二太对逢年过节的那种喜悦心情，还多少保留着青春少女时的欢愉和兴奋。她喜欢热闹，尽管自己并不掺和进去。

她喜欢看别人热闹，譬如在别人搓麻将、推牌九时，她喜欢静静地坐在桌旁，或是站在参加赌博的人身后，仔细观看，有时还愿意在别人"打帕司"①时，凝神窥看别人的底牌是什么。她自己则是从来不赌博的。平时，她除了看孩子，无事可做，家里的大小事都由郑日珍一手掌管。皇甫家的宅邸本来就不大，她只能抱着华文或小女儿和群楼上楼下瞎转悠。她不爱上街，更没有看电影、听戏的爱好，这也恐怕是她喜欢家里办些喜庆事的主要原因。她被收房后，私蓄攒了不少，都经由大太太之手存入银行，不过，不论是汇丰银行还是大陆银行的存折，她都听任大太太"保管"，从不想也不敢过问。年终岁末，大太太照例把一年的利息取出来，交给她，她不知道这利息是根据多少存款算出来的，也不问，却又分文不留，照旧请大太太费神把钱送回银行存起来。她没有什么花销，一切都由郑日珍给她安排。她对生活无所求，总是那么心安理得，知足常乐。有时，下人对她过分无礼，她也会怒形于色，但从不骂人。眼下唯一让她感到不安的事，就是老爷又婆新房，但又不是出于忌妒。她跟大婆相处惯了，又都是广东人，听说新姨太的老家在江苏，能不能跟她合得来，对此她心中无数，尤其担心新来的三太会瞧不起她这个陪房丫头二太。这位三太是不是喜欢说三道四、搬弄是非的女人？……这一切思绪都像一块石子，投进她那静如止水的心底，泛起一圈圈焦虑的涟漪。

楼道上有细碎的脚步声，接着有人急速地下了楼，柳玉喜抬头一看，原来是大小姐和慕。和慕是大太太的养女，据说是用十

---

① 一种扑克牌赌博形式：四张明，一张暗，可以叫牌，加筹码，不叫时，说声"帕司"（pass）表示放弃。

块大洋买来的，因为她长得水灵，又很聪明，买来时虽才六岁，却懂事得很，说话做事讨人喜欢，大太太一见就看中了，小孩子又一口一个"姆妈"叫个不停，郑日珍听得心里暖烘烘的。说来也怪，那孩子来到皇甫家后，年复一年地过去，六年来竟出落得一朵花似的，而且那眉毛、眼睛、鼻子、脸庞，越长越像大太太，宛如太太的亲生闺女，太太高兴，老爷也喜欢，常用广东话把她称作"乖女"。皇甫以雄尽管在北方落户发家至今有十多年，有时却不免还会在北方话里掺进几句家乡话，"乖女"就是一例。这个"乖女"虽非嫡出，不久居然成为皇甫府上堂堂正正的"大小姐"了。平日，她仰仗父母宠爱，难免有些作威作福，因此，了解底细的一些下人便很不服，背地里给她起了个绰号——"肥卤鸡"，因为她生得丰满白嫩，又如此得宠，才有了这样一个"雅号"。"肥卤鸡"的美名很快传扬开来，连胡同口摆香烟、汽水、鲜货摊的大牛家也知道了，大小姐自己自然也有耳闻，她又气又恨，却又无可奈何；有时在巷子里听到有人在悄悄议论"肥卤鸡"，或是来了个走街串巷的小贩在叫卖"肥卤鸡""酱牛肉"，大小姐见人们听了都恶意地掩口而笑，她就免不了要脸上发烧，又不好发作，只好暗下思索："任凭你们去笑骂，你们总不敢指着我的鼻子叫我吧！"有一次，大太太买来一个丫头，为的是叫她陪伴大小姐玩耍，名字叫"来亨"（意思是"带来万事亨通"，是大太太给她起的），两个孩子不知怎的，竟在玩耍时争吵了起来。那来亨原是天津郊区的农村小姑娘，不懂什么规矩，惹恼了这位娇小姐，大小姐一怒，骂她"贱货"，来亨也不相让，反唇相讥道："我是贱，可我是十五块大洋买来的，比你还贵五块呢！"这话恰恰刺到了大小姐的痛处，她本想向大太太告状，后来又怕事儿闹大了，让那些本不知自己来历的仆人也都晓得了，就暂且忍住，只给来亨一个大耳光；事后，不说情由，非让大太太把来亨赶走，谁知大太太心善，怕来亨被拐卖到下三烂的地方去给毁了，便差她到厨房帮掌勺的王师傅打下手。几年后，来亨大了，大太太托人给她说亲，把她嫁给积善里一家住户的听差。经过这次波折，大小姐的锐气受了挫，待下人稍有改变，不敢由着性子摆谱了。

这天下午，大小姐知道阿爷①要回来，非要打扮得鲜艳活泼些不可，所以要穿得一身"粉"，偏偏那条粉色绣花缎裙怎样翻箱倒柜也找不到（大小姐的衣服实在太多了），便叫张妈帮忙。张妈毕竟老练，熟悉府上大小事，没有用一刻钟就把那条裙子找了出来。大小姐很高兴，马上装扮起来。她不大喜欢浓妆艳抹，天生白净，只用了一点蝶霜，嘴唇淡淡地抹了点鲜红色唇膏，不扑香粉和胭脂，戴上皇甫老爷今年在大小姐生日那天送给她的一圈珍珠项链，黑油油的大长辫子系上一条宽宽的粉色丝带，鬓角插上一大朵嫩黄色绢花，踏着一双粉缎绣花鞋，轻飘飘、急匆匆地下了楼，希望刚到过厅就能碰上阿爷回来，好叫他看看这个"乖女"的艳姿。

"阿爷还没来？都十二点一刻了！魁元不是说早到了吗？"

二太连忙走过去，对和慕说道："我想快了。要不就是路上有什么事给耽搁了。照理说，不该晚那么多时候。再说，他们是坐汽车回来的……"

和慕看了看二太怀中的华文，关心道："华文的疙瘩怎么老是

---

① 广东人对父亲的称呼。

这样？今天下午，施大夫来过了吗？可曾打了针？"施大夫是皇甫家的嘱托医生，在德国留过学，医术高明，跟皇甫以雄颇有交情，除了给皇甫府上的人看病，也常和皇甫老爷一起出入英国乡村俱乐部。他就住在离德源里不算太远的耀华里。

二太道："来过了。针也打过。看来，施大夫也没有更多的办法。"她鼻子一酸，眼泪就扑簌簌地滴落下来。"这孩子不知作了什么孽，生下来就没有一天好过。要不，是我前世做了什么缺德事，今世让自己的孩子这样受罪！"

和慕一见，心中也很难过，又不知怎样劝慰才好，便道："阿爷前几天好像说过，想请北平德国医院的白大夫来给华文看看。说不定，外国人的办法更多些。"

二太叹了口气说道："只好听天由命了！"她忽然想起一件事，便问和慕道："新来的姨娘是班子里的，阿爷跟你说过吧？"

和慕点了点头，道："听说叫什么'蕊芸兰'。"

二太道："名字倒是怪好听的，就是不知道人品怎么样。"

和慕撇了撇嘴，轻蔑地冷笑一声，道："班子里来的能有好人？！至少是个狐狸精，不然，阿爷怎么会一下子就给迷住了？！"

二太借此赶紧问道："姆妈没有跟你讲过什么？"她很想摸清大太太的态度，况且，大太太是见过蕊芸兰本人的。

"姆妈没有讲什么。她只说，家里添丁加口，总是好事。不过，她也提醒我以后不要太接近她，她反正是来陪阿爷的，充其量，是陪阿爷出门应酬；家里的事，不论大小，少叫她插手就是。"

二太人虽老实，却也不笨，听和慕的言谈话语，也多少领略到大太太的意图，预知新姨太将来在府上的地位。她又想："由大太太去处理吧。横竖什么事都是大太太说了算。自己有儿有女，何苦操这份心！"这一来，她心中的那块石头倒变得轻了不少。

听差广睦前来请示，问要不要叫厨房的王师傅立刻上菜，祭祖的时间早过了，估计老爷很快就会到家。二太不敢做主，叫和慕上楼请示大太太，而正好这时，张妈搀扶着大太太下楼来了。

大太太郑日珍果然气度非凡。她个子不高，矮胖胖的，却有一股压人的气势。一张圆圆的丰润的脸蛋，一双秀丽的丹凤眼，双眼皮，目光端庄而和善，但在打量人或恼怒时，却又能发出一种逼人的射线，叫人不敢正视。她跟皇甫以雄岁数相当，接近四十，却保养得像三十不到的模样，发黑而略显稀薄，绾起一个不大不小的发髻，左边一只珠花，右边一朵大红绒绣球，两颗钻石耳环，一只翡翠领针，更平添一派珠光宝气；一身宝蓝色本色团花缎袄，衬托着下边一条长及脚跟的黑色印度绸裙，黑缎绣花鞋的鞋尖绣着一朵大红牡丹，和头上的红绒绣球恰相辉映。她说话慢条斯理，抑扬顿挫，言简意赅，几乎没有什么废话。她轻扶着张妈的臂肘，缓缓而行，令人一眼便可看出：她年轻时必是大家闺秀，中年时才能成为如此雍容华贵、仪态万千的富贾夫人。

广睦忙向大太太重复了刚才的请示。大太太道："上！不必等了！"

郑日珍今天看了报，知道近来局势又有些紧张：直奉两派军阀又要开火，而每逢此类一触即发的局面出现，日租界照例要戒严，向直系把持的中国政府施压。老爷从东站出来，总须途经日租界，这也不是一次两次的事了；但是，日本人也很势利，经常以貌取人，被他们肆意刁难的总是普通的中国老百姓，像皇甫以雄这样衣着阔绰、以汽车代步的老爷们，他们还不敢慢待，每次总是稍加问询，便即刻放行。她心中有数，尽管少不得也有些着急，因为这一次耽搁的时间委实长了一些。不过，她仍能保持一种泰然自若的姿态，丝毫没有流露出内心的焦灼。

大太太一向自命不凡，往往自诩为"才女"，因为做小姐时，读书写字，深得父母的赞许，凡有涉及文墨的大小家事，例如起名字、写春联，大太太总是要兴致勃勃地亲自动笔：几个儿女和丫头的名字就都是大太太给起的，如和慕、和群，就是取"和睦""合群"之意，为此，大太太颇为自得；每年岁末，贴在内宅房门、楼梯口等处的那些吉祥题字，什么"抬头见喜""上（下）楼平安"等，大太太总是亲自弄墨，写好叫下人贴上，听到别人称赞，也总是乐得笑眯眯的，就是她自己，上下进出时也总喜欢把出自自己手笔的这些红纸条儿扫上几眼。

二太太见大太太下楼来了，赶紧抱着孩子站起身来，让出原来坐着的摆在中央的红木太师椅，亲切而恭敬地说道："二姑，坐在这里吧。"她依然保留着对大太太未出阁时的那个称呼：因为郑日珍在娘家行二，所以郑家不论主仆都称她为"二姑"。

张妈把大太太扶好坐定，随即倒上一杯莲子红枣茶端上，说要跟周妈、赵妈到厨房去端菜，大太太点了点头，张妈便去了。

和慕走过来，在大太太面前转了转身，半撒娇地问道："姆妈，看我今晚打扮得可好？"大太太笑道："我早看见你打扮得跟鲜花似的，还要你问！阿爷见了，准高兴。"

见提起老爷，二太便接口问道："老爷到这时怎么还没有回来？别出什么事了！"

大太太半责备半慰藉地瞥了柳玉喜一眼，道："阿妮①！别担心，大年大吉会出什么事呢，往常在路上也难免要耽搁些，估计是日租界又戒严了。我看过报，最近那些军阀又要开火，不过，咱们住在租界，总没问题。"她朝左手那座雕镂古雅的落地钟望了望，见已十二点半，心里更觉焦虑，但嘴里没有说。她改了话题，对二太道："新姨太今天要跟老爷一起回来，你我又多了一个姐妹，注意要处好关系。"玉喜连忙称是。

这时，张妈、周妈、赵妈陆续把供品一一端上摆好。大太太不动声色地瞟了一眼，巡视出大师傅老王的手艺确实不错，竟把这些菜肴自个儿收拾、摆弄得这样中看。她转过头来看看华文，道："这孩子的疙瘩像不见轻啊！"二太道："可不是吗！……"大太太便对和慕说道："等魁元回来，记住提醒他派人去北平接白大夫。阿爷事多，顾不上。"和慕应了，又道："华海到现在还不露面，回头阿爷回来，祭祖时见不着他，又该发火了。"

大太太听了果然略微一怔，心想这孩子大年三十难道还去外面胡闹不成？华海虽不是郑日珍亲生，却深得大妈的宠爱，因为是皇甫家的长子长孙，并没有被当作庶出对待。大妈平日里把他疼爱得跟什么似的，要什么给什么，远远胜过对待和慕。华海年纪尽管不到十六，却是个典型的纨绔子弟，吃喝嫖赌，无所不为，尤其是喜近女色，这一点倒是颇像他的老子。皇甫以雄对儿子管教甚严，却挡不住公事忙，无暇顾及，大太太又一个劲儿地呵护包庇，所以，有人就把华海说成是一个"高衙内"式的浪荡公子。

---

① 广东话把"二"说成"妮"，大太太自玉喜收房后，就给她定了这样一个"头衔"。

大太太听说华海至今仍不见踪影，想必他又钻进什么花街柳巷或赌场舞厅去鬼混了。根据她那"好男必有三妻四妾"的论调，男子汉行为不检是"天经地义"的，但华海毕竟年纪太小，又怕老爷察觉，闹得家宅不安，大太太不免总要为这位大少爷揪着一颗心。今夜岁末，如果延误了，少不得会引起一场风波，在即将到来的新姨太面前，丢尽皇甫府上的脸。想到此处，她确实感到有些忐忑不安。

广睦这时恰巧来报：侄少爷、侄少奶来拜年了。按照广东人的规矩，午夜过后，至亲之间是要依辈分长幼登门拜年的。广睦是皇甫以雄的贴身听差，二十出头，相貌端正，精明能干，人又老实，很受老爷信赖，这次正因赶上过年，皇甫以雄怕府上事多，魁元一个人照应不过来，便没有令广睦陪他赴平。侄少爷是皇甫家大房皇甫以林的儿子，名叫皇甫培亭。皇甫家在老家中山县塘锦村，虽不是什么高门大户，却攀上了当地有名的大地主郑家做姻亲，以林的媳妇正是郑日珍的堂姐。有一年，来了一帮土匪，把皇甫以林绑了票，郑家花了不少银子把他赎出之后，皇甫以林可能在被绑期间受了惊吓和折磨，加上素来身子骨儿就很虚弱，返家后不几天就死了。剩下的二房皇甫以冲和三房皇甫以雄，都念手足之情，立志要把侄儿培亭当作亲生子看待，为大哥延续后代；在培亭大学毕业后，皇甫以雄还把他安插到永泰和公司北方部，做了地位举足轻重的洋账房帮办。去年，培亭刚结了婚，在积善里租了一套一楼一底的四间房，小夫妻跟寡母和胞妹玉莲住在一起，倒也舒适和美。培亭才学平平，相貌也丑，粗黑的脸皮外带一片络腮胡子，每天必须早晚各刮一遍，才能多少显出二十二岁的真实年纪。但是，他对讨好两位叔叔却有一番本领：唯唯诺诺，温良恭俭让，一应俱全。三叔以雄对他尤为疼爱，远远胜过自己的亲生子华海。

培亭跟媳妇郭仙芝来到过厅，一见两位叔母都在，连忙跪倒磕头，嘴里还连声说道："给叔母和二细叔母（"细"即广东话的"小"）拜年。"又跟大妹和慕作了作揖。郑日珍和柳玉喜都不大喜欢这小两口儿，嫌他们长相难看，举止猥琐。郭仙芝是皇甫家同村的一户大户人家的三小姐，一张大马脸，两片厚嘴唇，一脸怪粉，擦了厚厚一层，配上同样厚薄的胭脂和唇膏，叫人看了实在兔不了要作呕。大太太每逢见到这位侄媳妇，都情不自禁地想道："说来也怪，侄少爷过去竟是为了娶这个丑女害了相思病，闹得死去活来，差一点送了命！"后来，还是由两位叔叔出面，托人说媒聘娶，保住了这个宝贝侄儿的性命。过门之后，第二年，郭仙芝就生了一个小子，不过，天公不作美，这小子却有严重的智障，只好从农村找来一个老实透顶的妇人尹妈日日夜夜照看这个"傻子"。又过了一年，生了一个姑娘，倒挺正常，跟皇甫以雄的二女儿和群同岁，按二老爷以冲的女儿起名"丽"字辈的做法，名叫丽娥（男孩子则是不论二、三房都是按"华"字排序的）。

大太太见郭仙芝今夜的打扮更是出奇的丑，竟然是红袄绿裙，更加令人恶心，便淡淡地问了问大伯母（二、三房儿女的叫法）的安，说等老爷回来祭祖之后马上就去给伯母拜年。培亭连声道谢，说外面太冷，等初一天亮了再去也不迟，千万别冻坏了三叔和叔母的身子。接着，他又问起新细叔母就要到来的事，说三叔家人口又要增多，叔母难免要更操劳了，叔母可千万保重身体。

甜言蜜语说了一大堆，最后才问叔母可曾见过这位新细叔母。

大太太道："见过两三次。人品倒好，就是年纪太小，才十九岁，跟你三叔的岁数差得太多，说不定还要三叔照顾她！好在这个家我也管惯了，增加个把人丁，也算不了什么。"

话刚说完，就听见胡同口方向有汽车喇叭声，却不像是过路的。大太太断定是老爷到了。果然，不一会儿，魁元和广睦就先后进来，手里提着四五个皮箱，随后李大、张二也提抱着许多箩筐篮盒相继而入。魁元向大太太、二太太深深鞠了一躬，道："老爷和新姨太平安到家了！"

魁元说罢，大家的目光不约而同地都转向大门，坐着的、站着的人都一齐朝前走了几步。门外一阵衣衫窸窣声和皮鞋咯咯响，过厅里像是闪出一片银光：先进来的是一个年轻女子，披着一件白色绸缎面、白色水獭领、青狐苏作里的斗篷，下面露出一双白缎绣红莲花的绣花鞋，上边是一条银白色软缎长裙，裙子的右下摆绣着几枝红梅；再往上看，细白的鹅蛋脸上一只秀丽端正的鼻子，眼睛不大，并且还是单眼皮，却是那么圆，那么亮，像两颗黑宝石，更像是从天上摘下来的两颗星星。这女人生就一双浓淡相宜的细眉，无须每天在上面下功夫修整和描画，嘴唇厚薄适中，轮廓分明，加上淡施唇膏，更显得俏丽动人。耳朵很有福相，紧贴面庞两侧，一对玲珑剔透、晶莹闪烁的水晶耳坠摇曳生姿。斗篷领子稍敞的地方，露出双圈项链的一部分圆润璀璨的珍珠。乌黑的发髻上插着一朵鲜艳的红玫瑰，散发出幽香，另加一身淡雅的香水气，清馨爽人。所有这些衬托着两颊的桃色红晕，使充满一种难以名状的特殊魅力的身影越发显得光彩夺目。她的躯体的一大部分被斗篷遮住了，却并不妨碍人们设想出她那亭亭玉立的腰身。她没有那种所谓的"标准美人"的五官相貌，却又别具风韵，具有一种令视线一旦触及就不肯轻易移开的吸引力。这女子自然便是新姨太：蕊芸兰。

皇甫以雄紧随着蕊芸兰身后左侧，右手轻扶着她的左臂肘，登上台阶，跨入门槛。这位有浓重的封建大男子主义多妻制思想的皇甫老爷，受过新式欧化教育和风俗熏陶多年，养成了"LADY FIRST"①的习惯，例如请女人先行、为女人脱大衣、给女人让座，等等，纯粹是一派欧洲绅士的作风。他虽然自幼生长在农村，二十一岁才进上海的圣约翰大学开始学"ABC"，这在当时经常成为比他岁数小得多的同学们嘲弄他的话柄，但他天资聪慧，又肯苦读，毕业时名列前茅，一口流利的英语博得老师和同学的一致赞叹。皇甫以雄的二哥以冲，当时已任上海永泰和烟草总公司的总办，深得母公司颐中公司英美老板的赏识和器重，特地推荐胞弟以雄出任永泰和公司北方部的总办，为颐中烟草销路开辟新码头。皇甫以雄当年只身到北方创业，颇为不易：天津一地，人生地不熟，凡事都要靠他一人开动脑筋，想尽办法，疏通关系，开拓销路。成功之后，他经常向家人炫耀："我怎么会有今天，你们知道吗？是靠请来一个练杂耍吹洋号的，跟着我推着一个摆满香烟的车子，吹吹打打，走街串巷到处吆喝'买一送一'，那么苦干出来的啊！那时候，哪里顾得刮风下雨太阳晒！所以，从我身上正应验了那句老话：吃得苦中苦，方为人上人！"皇甫以雄的这番话

---

① 英文：女士优先。

并非虚言，他确实是经过千辛万苦，下尽血汗功夫，才把像"红锡包""老刀牌""大（小）婴孩"等这些价廉物美、迎合普通人购买力的新牌香烟一个个推出去，成了畅销货。这样，含辛茹苦经营了几年，皇甫以雄在天津总算站稳了脚跟，永泰和公司也有了响当当的名声。又过了几年，北方部不仅成为一个拥有在石家庄、保定、北平、济南、青岛等地大大小小的子公司和推销处的大公司，手下人等在天津总部就达四五十人。而且皇甫以雄本人也逐渐发迹，银行存款与日俱增。他觉得自己尚属年轻力壮，无须急于购置房产，只开始跟二哥在上海买了一些地皮和马宝山饼干公司的股票。皇甫兄弟为母公司开拓市场有功，英美老板当然喜不自胜，专门送他们到美国游玩了一个月，以示奖励。

皇甫以雄结识蕊芸兰，正是在他诸事顺遂、财运亨通的关键时刻。这次借蕊芸兰返津居住，不仅能解决与爱妾两地分居的问题，还可以节省一大部分开支，他何乐而不为！他一进门，人们就可以看出他那踌躇满志、春风得意的样子：那紫铜色的脸庞泛起一片喜气洋洋的红光。皇甫老爷今年三十五，比大太太略小，也许由于多年经受风霜，外貌显得比实际年龄大了不少，跟郑日珍待在一起，倒像比她大了许多；若与蕊芸兰相比，甚至竟像是她的父亲。皇甫以雄虽然显老，精神、体魄却远远胜过年轻人，尤其那开阔的天庭，果断的下巴，目光炯炯的大眼睛，薄而刚毅的嘴唇，眉宇间透出一股英气，这一切汇聚成一副威严之相，令人望而生畏；加上他身材高大，动作敏捷，口齿清晰，声音洪亮，说他的外表不像是个锱铢必较的商人，却像是个叱咤风云的将帅，似乎并不为过。

他进了门，目光一扫，哈哈大笑道："好啊！大家都在。培亭，你们也来了。"接着，亲自为蕊芸兰脱下斗篷，连同自己脱下的獭领青呢皮大衣交给魁元，对蕊芸兰道："大阿姐你是见过的。这是二阿姐……"他附和蕊芸兰用家乡苏州话称呼大太太的习惯，把柳玉喜介绍给蕊芸兰，又对培亭夫妇与和慕道："过来，见见你们的新细叔母，你的'新姆妈'……"随后，又叫在场的听差、老妈子见过"新太太"。大家落座，几个老妈子送上了茶。

皇甫以雄简单地追述了路上遇到日本兵出乎意料的刁难情况，并用赞许的目光看了魁元一眼，道："亏了魁元会办事，大概是塞了一点好处给那小日本，不然，还要耽搁些时间。真怪！今天，小日本竟然连对坐汽车的也不客气了！"

魁元，长脸蛋，高个儿，垂手站在一旁，恭敬而又谦卑地听着老爷的夸奖，毫无自得之色：他为人老实忠厚，办事认真麻利，皇甫府上上下下无一不喜欢这位管家。他不过三十出头，却十分老成持重，皇甫老爷正是看中他的人品，才死说活说硬把他从他原来当过伙计的劝业场金九霞鞋店要了过来。皇甫以雄和金九霞鞋店的老板是至交，皇甫一家的鞋子又总是到这家鞋店去买的，所以，魁元在那里虽是一个不可多得的上好帮手，鞋店老板最后还是碍于情面，又考虑生意利害，把他割爱了。

皇甫以雄转过脸来对蕊芸兰道："这一次，你是彻底回来了。怎么样？觉得还好吗？"

蕊芸兰在尚未决定从良嫁给皇甫以雄时，曾到过皇甫家一次。那是一年以前，略坐片刻就走了，当时只见过郑日珍一人。那日是白天来的，过厅没有像今天这样灯火辉煌，显得如此宽敞明亮，而且当时只是经过这里，到隔壁大客厅吃了半盏茶，印象极浅，也不太好：只觉得房子过于陈旧，狭窄而又光线不足。在跟郑日珍初次接触中，她就觉得对方不大容易接近，尤其是厌烦郑日珍有意摆出阔太太、大主子的那种架势和皮笑肉不笑的那种假亲热劲儿。后来，她从了良，跟郑日珍在北平寓所里又见了一次。当时她已经身怀有孕，郑日珍一再追问她怀孕的时间，令她不能不生疑。夜里，郑日珍还故意表示姐妹亲热，非要跟她同榻而眠不可，并且出乎意料地还摸了一会儿她的肚子，像是要核对她所说的怀孕时间的准确性。因此，这位大太太从一开始就叫她无法产生好感，尽管她希望并且也努力这样做。这次迁津定居，完全是出于无奈，蕊芸兰出嫁前就曾跟皇甫以雄讲好，婚后要住在北平，跟郑日珍、柳玉喜分开住，各自为主，互不干扰，因为蕊芸兰自从十六岁靠自身到社会上混事以来，一直是独立生活，自由惯了的。只是由于军阀混战，今天吴家打张家，明天张家又打吴家，一打起来，平津这段铁路就要中断，皇甫老爷就无法来平，况且眼看蕊芸兰不久就要分娩，皇甫以雄也不放心让蕊芸兰年纪轻轻独自待在北平，便百般怂恿、劝告，最后总算把蕊芸兰说服了，令她跟自己一起回津居住。但是，蕊芸兰从心眼里还是怀念自己在北平的那个小家：那是在前门外大马神庙租赁的一个小四合院，北房三间，两间打通，一间做客厅，一间是卧室。蕊芸兰很善于布置房间，她不喜欢那种华而不实的摆设，却爱好雅致和实用，尤其愿意在房间里适度地摆上个花儿草儿的，例如，在客厅里，雪白的布套罩上一套天蓝色丝绒沙发，两旁摆放着两盆香橼，一进门就可以嗅到一股清香；卧室里，她则喜爱摆上两三盆水仙。北平的小家里，除了有一名厨师和一名打杂的老妈子，还雇了一名贴身的女仆王妈。王妈也是江苏人，人长得白净，一双大眼睛，透着机灵老练；她原姓蔡，叫文英，如今是从丈夫的姓。她干事干净利索，还会做一手相当地道的苏菜，不时由老爷太太指使下厨房做上一两样，什么红烧蹄髈啊，清蒸鲥鱼啊。蕊芸兰对用人一向宽厚，从不摆太太架子，跟王妈的关系尤为亲切，又都是江苏人，经常说些家乡话，几乎像是亲姐妹。蕊芸兰曾对王妈说过，肚里的孩子一出生，一定叫他或她认王妈做干娘。可惜没能随身把王妈一起带来，但是，已经说定，一旦安置停当，马上就叫人把王妈接来天津。

　　蕊芸兰本来就对郑日珍没有好印象，今天到来更觉得这位大太太的架子比以前更大了，特别是当皇甫以雄进门介绍蕊芸兰时，不知是由于他疏忽大意还是由于他兴奋过度，竟用了"新姆妈""新太太"这样的称呼，而这却是郑日珍平素最忌讳的，她虽然未动声色，仍然面带笑容，两只眼睛却已经射出愠怒的凶光。前面说过，按照她的规矩，皇甫府上只有一位太太，那就是她；再说，连柳玉喜的亲生儿子华海都只称她为"姆妈"，称自己的亲娘则为"阿奶"（姨奶的"奶"），这种家规是万万打破不得的，只是皇甫老爷在无意中才犯下这个禁忌，于是，她马上就联想到给蕊芸兰"定名"，这可是个刻不容缓的问题。不仅如此，连她身旁的那位大小姐和慕，虽属初见，却也显露有些怏怏不乐的神情，仿佛对这位刚进门的新姨娘有什么先入为主的敌意似的。还有那位初次见面的、怀里抱着一个涂着满脸黑膏药的孩子的二太太，表情也十分冷漠。这就使本来就不想迁津却多少还抱有些许侥幸之念的蕊芸兰心中凉了半截。她感到自己像个陌生人闯入一个从不相识的人家似的，那么局促，那么拘谨。她猛然预感到这次来津定居将不会有什么好结果，心中感到一阵沮丧。皇甫以雄讲话时，她也暗自打量坐在一侧的那对年轻夫妇，培亭在痴呆呆地望着这位新来的"三细叔母"，庸俗加丑陋的培亭媳妇则在心神不安地偷窥着丈夫的那种傻相，这些都让蕊芸兰几乎忍俊不禁。甚至连培亭媳妇悄悄地捅动丈夫的衣袖，把他从呆望中惊醒的那个不易察觉的小动作，蕊芸兰也看在眼里了！她不禁有些纳闷：皇甫以雄如此钟爱的这位侄少爷，究竟有哪些不同常人之处呢？

面对着这样一些人，蕊芸兰感到有些怅然，心想："今后我就要整天跟这些人打交道了！"她很想强作笑容，却又着实笑不出来，这时，经皇甫以雄问起她的感受，更觉得有些惶惑，便勉强一笑，搪塞道："挺好的。"蕊芸兰随即发觉自己这种反应未免有些过冷，于是顺口对郑日珍和柳玉喜道："我这次来，一定会给大阿姐、二阿姐带来不少麻烦。我年纪轻，不懂事，还希望两位阿姐多指教，多原谅。"

大太太眯起一双丹凤眼，笑道："自家姐妹，不必客气，以后有事，直接找我就是。"她随即瞟了皇甫以雄一眼，道："以后，我们就称她'阿三'好了，用人们就称她'三太'。至于和慕他们嘛，称她'阿姐'好了。"郑日珍就这样俨然摆出"一家之主"的派头，给蕊芸兰赐了名。

皇甫以雄对此未置可否，看来是默认了。他在公事房一向威风凛凛、唯我独尊，但在家里，一般却听从大太太的安排，这当然与皇甫家攀上有钱有势的郑家大户有直接关系，何况皇甫以雄上大学也主要是由岳父家资助的，因此，皇甫以雄虽不能说是惧内，通常倒也对大太太言听计从，除非郑日珍欺人太甚，皇甫以雄才会不顾一切，大发脾气。有一次，就因为在饭桌上皇甫老爷训斥儿子华海，大太太却一个劲儿地护着，为华海开脱，抢白了几句，皇甫老爷非常气恼，借着多喝了几杯五加皮的酒力，竟然把一桌饭菜都掀翻在地，把个作威作福惯了的郑日珍吓得呆若木鸡，在一旁噤若寒蝉。

蕊芸兰听到大太太的赐名，觉得又好气又好笑。前两次的"兰妹"竟变成"阿三""阿姐""三太"！她心想："难道我成了上海的'红头阿三'①、黄天霸的爸爸'黄三太'?! 连大小姐也和我同辈了！"蕊芸兰固然觉得气笑不得，却毕竟是新来乍到，不好发作，只用不悦的眼光瞅了皇甫以雄一眼。

这时，皇甫以雄吩咐开始祭祖，并说自己身子乏了，打算吃罢夜宵后就上床休息，凌晨，他就不亲自给大嫂拜年了，委托大太太代劳，同时也问起蕊芸兰的住处是否安置妥当。因为要祭祖，他这时才发觉华海至今未露面，便问郑日珍："这么晚了，他又跑到哪里去了？"郑日珍心中嘀咕，生怕一直在担心的祸事就要发生，便故作镇静，叫张妈到楼上去请大少爷。二太太与和慕明知华海不在家，叫张妈到哪里去"请"?! 她们也都惶惶然，暗下捏一把汗，脸色都有些变了。然而，事有凑巧，恰在此时，这位大少爷却姗姗下了楼，后来，他悄悄告诉大太太，他是从后门溜进来的。

---

① "红头阿三"是指过去上海滩租界里的扎头巾的印度警察。

华海没有他父亲的那种威严相，生就一张尖嘴猴腮的面孔，白里泛青，瘦弱的身材，穿上一套长袍马褂，简直就像一件单衣挂在衣架上，显得那么松松垮垮。他丝毫不像一个未成年的大儿童，言谈举止宛如一个老于社交场合的花花公子，尤其刺眼的是他那一身难以描述的邪气，平常倒含而不露，而每逢适当机会，那邪气就立即大露锋芒，就像此刻他见到新姨娘时的那副模样：那白多黑少的两个眼球直愣愣地盯住蕊芸兰不放，连进门行礼、打招呼都忘记了。

皇甫以雄见华海进来，面孔一沉，厉声道："这半天你跑到哪里去了？不知道半夜要祭祖吗？"华海平日最怕父亲，见到皇甫以雄，就会背脊发凉，浑身发颤。这时，被阿爷一逼问，苍白的脸蛋更加发青了，却又一时找不出什么借口，便支支吾吾地嘟哝道："姆妈叫我准备一些宣纸，好在大年初一天一亮写'元旦开笔，万事大吉'呢！"他倒没有撒谎，这是郑日珍定下的常规，每到新年，总要吩咐魁元或广睦到法租界文华斋去买上一些毛笔和宣纸，叫和慕和华海姐弟各写几张此类内容的纸条贴在书房的靠近书桌的墙壁上，一是图个吉祥如意，二是督促儿女学习上进；不过，她是早在头一天下午就叫华海做准备了，难道准备这点现成的东西还要用那么多工夫?！这明明是在哄人嘛！皇甫老爷心里明白，但见大家欢欢喜喜，蕊芸兰又是新来的人，自己也颇有兴致，不愿扫自己和大家的兴，便瞪了儿子一眼，扭过头去，不再追问了。

于是，众人按辈分和家中地位，顺序向祖宗牌位叩头祭祀，同时，魁元和广睦忙着在庭院里用一百多炷香，搭起两米多高的两个巨大的井字香垛，等老爷和太太，小姐、少爷祭祖后，把香垛点起，请主人们在烈火熊熊的香垛的稍远处跪拜四方。蕊芸兰过去没有见过这样的习俗，觉得新鲜有趣。在轮到她继太太和二太后跪拜时，她猛然在灼热通红的火光照射下，仿佛受到冥冥中什么力量的感召，一股莫名其妙的虔诚笃信之情涌上心头，她觉得，这两堆烈焰真像什么能赐福给世人的神灵似的，她闭上双目，默默祷告，希望神灵能保佑她在这个新家平平安安、顺顺当当地过下去。

　　吃过夜宵后，皇甫老爷要休息了，郑日珍忙叫张妈到她的房间给老爷铺床。不想老爷却一反常规，居然要跟蕊芸兰一起到四号入寝，顺便也看看布置得如何。郑日珍十分恼怒，但脸上没有流露半分。直到皇甫以雄和蕊芸兰去后，她才面露怒容，呆呆地坐在过厅的太师椅上一动不动地待了半天。这时，培亭夫妇已告辞回家，华海也上了楼，过厅里只留下柳玉喜与和慕陪伴她。过了一会儿，二太太憋不住了，愠愠地抱怨道："以后老爷怕不会常住在咱们这边了！"她边说边偷看了一下大太太的脸色，觉得二姑像木雕泥塑似的对她的话毫未理睬，本想再说上几句，又怕惹是非，便缩了回去。和慕对姆妈道："看来，阿爷是真喜欢阿姐呢！他连我今天的打扮也一点没有注意，往日可不是这样！"她觉得有些委屈，这位"乖女"一向受宠的地位如今似乎有些保不住了。郑日珍相反，对柳玉喜与和慕的抱怨声似乎毫无察觉，仍是愤愤地坐在那里一言不发。她心中很乱，二太太和大女儿的话都像尖针一般刺痛她的心，原来她早有预感：蕊芸兰此来必会给家里带来不少是非，却万万没有料到，这是非竟然来得这么快，这么早！家中增添人口，的确算不了什么，但是，增添像蕊芸兰这样的人，可不是什么简单的事，她日后不得不要多动些脑筋来应付。这时，她开始略微冷静下来，面部恢复了往常那种庄重平和的神态。不过，如果你端详得稍微仔细一些，就可以发现，那双丹凤眼已经射出一股逼人的凶光。她似乎在看着什么，却又什么都没有看见，她心中在加紧盘算："下一步该怎么走？"

二

　　说来蕊芸兰命也够苦。她原姓程，叫玉英，原籍是江苏北部最贫困的县份之一——如皋。祖父程志远，是干木匠活的，生下三男一女，大儿子伯驹，很早夭折；二儿子伯洛，因为家贫，难以抚养，自幼便送至苏州的普灵寺出家当了小沙弥；三儿子伯荣，也就是玉英的生父，勉强念过两年私塾，天资聪颖，写得一手好字，算盘也打得精练；小妹金花，生得俊俏，被苏州一户姓岳的财主看中了，纳为妾，金花的肚子又很争气，第二年就给岳老爷生了个大白胖小子，从而扶了正，伯荣也就沾了妹妹的光，到岳家当了账房先生。不久，程伯荣婆了媳妇成了家，先后生了玉英、玉蓉两姐妹和儿子文林。岳家虽是程家的亲家，却嫌贫爱富，金花嫁过去，做了财主婆，也沾染了势利习气，忘了本，瞧不起自己的娘家，待哥哥伯荣也十分刻薄。程伯荣虽是阔亲戚的大舅子，家境却仍然相当拮据，加上儿女生得过频，妻子孙氏，体质虚弱，不能出去做佣贴补家用，自儿子文林出生后，不知怎的，又得了肺痨，须把文林寄养在邻居一对老夫妇家中，家里又多了一笔开销，每月入不敷出，只得向东家借支，光是给妻子开些草药，就要花费不少钱，还得让孙氏吃些所谓"补品"（譬如猪肝，乡间迷信，以为猪肝可明目）。祖父去世后，程家一家大小，加上寡母钱氏，都要靠伯荣一人的微薄工资来养活，苦不堪言。二哥伯洛在升任寺院方丈之前，本也是自顾不暇的，后来做了方丈，才能对母亲和弟弟略有补贴，但也是杯水车薪，作用不大。

　　玉英自幼在贫寒家境中成长，懂得生活辛苦，尤其怜惜父母生儿育女、养活一家老小之不易，对双亲和祖母十分孝敬，对弟妹也非常疼爱，家中里里外外，什么粗活细活都抢着干。乡间重男轻女风气严重，孙氏生下头一胎是个女的，就很不喜欢，尽管伯荣十分高兴，所以，母亲生下玉英后，就怪她不是个男的，对这个长女没有一丁点儿好感，连喂她母乳都觉得可惜。然而奇怪的是，她的第二胎仍是个女的，她却爱如掌上明珠。再后，生下了文林，她就更加兴高采烈了。那时候实行缠足，孙氏自玉英六岁起就逼她把两只小脚紧紧地缠起来，疼得玉英整日都哭哭啼啼，母亲也便越发厌烦她，骂她整天"哭丧"，让全家倒霉。祖母和伯荣看玉英这般受苦，心中十分不忍和怜爱，却也无法说服孙氏放弃非要把玉英的双脚弄成"三寸金莲"不可的念头。玉英七岁时，孙氏咯血死了，祖母就日日用热水给玉英泡脚，好让她放足，幸而玉英年幼，缠足的时间又不长，折断的小骨头很快就恢复了。不过，已无法复原天足的模样。自此玉英就有了一双放足的脚，大了以后，有时，买鞋都困难。别看玉英年纪小，又从来没有得到一点母爱，母亲咽气后，哭得最伤心的还属玉英。入土前一天，小小的玉英竟在母亲灵前整整守了一夜，人家怕她累坏了，劝她稍作休息，她却说道："让我再陪姆妈多待一宵吧！明天，我就再也见不着姆妈了！"孙氏病中，日夜服侍她最勤的也是玉英，所以，她在临终前握住这个大女儿的小手半天不放，紧闭的双眼不住地流出两行泪水。

程伯荣为妻子办丧事，又欠了不少钱，眼看留下的三个孩子无人照管，一急就把眼睛急坏了，东家也便解雇了他，全家生活困难，几乎都揭不开锅。这时，伯洛已经当了寺院住持，路子比过去活了些，但也无法分担弟弟全家生活的重负，于是同伯荣商议，不如给玉英、玉蓉两姐妹找个吃饭的地方，送出去，只留下文林和祖母，多少能减轻一点负担。伯荣无奈，只好把玉英送到苏州玉溪庵去做尼姑，把玉蓉送到了一家姓王的那里当童养媳。因此，玉英八岁就进了尼姑庵。

玉溪庵离伯洛的普灵寺不远，庵里的住持妙善是在给一个大户人家做佛事时同伯洛结识的，通过伯洛的介绍，妙善同意接纳玉英入庵，只是说她年龄太小，先带发修行，以后是否正式剃度，到她年长时再根据她本人的意愿决定吧。玉英在庵里除了早晚跟随众尼姑诵经打坐，只不过干一些洗刷打扫的轻活，反比在家中更清闲些，还有时间去后花园玩耍。玉英聪明伶俐，长得又俊，大小尼姑都喜欢她，把她当作小妹妹，有时还索性哄着她，逗着她玩。有一位年轻的尼姑叫妙月的，长得十分秀丽，尤其疼爱玉英，两人常待在一起，真像一对亲生姊妹。

妙月同情玉英的遭遇，不希望她当真做尼姑，遁入空门，有时上街或做佛事回来，总是给玉英带些好吃的、好玩的东西或是女儿家喜用和应用之物。每天早起，差不多都是妙月给玉英梳头扎辫子，鲜花盛开的季节，她还会给玉英的耳鬓上插上一朵玫瑰花或西番莲。

伯洛如今已是寺院里的大和尚，法名善海，年纪三十二岁，英俊潇洒，在那些请他做佛事的大户人家女眷中是知名的美男子，即使是在大街小巷中行走，往往也会引起一些过路的少妇少女偷偷地瞥他几眼。因为他经常去玉溪庵看望侄女，在庵中混得更熟了，与尼姑们接触也便没有许多避讳，特别是跟妙月私下慢慢产生感情，借助玉英，二人过从越来越密，日久天长，关系便变得暧昧起来。夜里，善海常偷偷地溜进后花园，去到妙月下处，次日凌晨再悄悄地溜走。这件事只有玉英一人知道：半夜开门、拂晓关门的正是她。她当时只知道伯洛二伯和妙月师姐相好，却不晓得其中更多的奥妙。

玉英在庵中一晃就过了一年。庵里生活虽然清苦，但是，住持妙善人如其名，心肠善得很，怜爱玉英年纪小，不时还特意给她一人烧些鸡鱼之类，叫她解馋补身子，自己则在一旁喜滋滋地看着，当然是动也不动的。这样一来，时光虽仅过去一年，玉英却出落得比来时更加标致，更加水灵了，身子也不像以前那样单薄，面色也变得红润起来。

一天，玉英伴妙月在园中散步，发觉师姐近日来茶饭不思，面庞清瘦，走路也是那么懒洋洋的，腰围显得粗了些。她想起，师姐有时躲起来呕吐，心中纳闷，担心师姐病了，便问起师姐是否感觉身体不爽。妙月淡淡一笑，只说没有什么，可能日前着了些风寒，眉头却仍然紧蹙着。又过了两个月，妙月的情况未见改善，腰围则似乎更粗了，肚子也显得有些向外挺。妙善这时哪里会看不出来，心中开始有些焦虑，又不便启齿。其他尼姑也都有所察觉，却不好过问。有时，玉英看到师父心神不安地凝视着妙月，妙月似乎也有些心虚，连忙低下头来，躲过妙善的视线，或是常索性托词回到自己的房间。这段时间，善海白天来得少了，只是夜里才偷偷敲开后花园的门，溜进来看望妙月，当夜也不再留宿，同妙月在房中低声谈了良久，便离去了。这件事当然仍是只有玉英一人知道。玉英聪敏，也恍惚意识到二伯和师姐之间大概出了什么问题，却不好问，整天为他们二人提心吊胆。

晚秋一个夜里，尼姑们诵完晚经之后，妙善召妙月到自己房中密谈了半日。玉英见妙月出来时，眼圈红红的，显然是哭泣过。她悄悄溜进师姐房中，见师姐呆呆地望着窗前的一棵梧桐树。她走近一看，师姐是满面泪痕，在微弱的青灯映照下，面色蜡黄，那楚楚可怜的样子令人见了顿感心碎。玉英问道："师姐，你怎么了？是不是挨师父骂了？"妙月摇了摇头，长叹了一声，道："你不懂！师父是个好人，哪里会骂我呢？只是……"妙月欲言又止，回过头来含泪对玉英勉强笑道："咱们女孩儿家，只要有一点办法，千万不要削发为尼，你早晚还是回家的好。"玉英觉得师姐说话突兀，心想她一定是遇到大不幸的事，没法解决，正要再劝她几句，猛然听到后花园的门又有人在轻叩，玉英猜想一定是二伯来了，于是赶紧蹑着手脚跑去开门，果然是善海和尚。她便叫二伯俯下身来，自己则踮起脚尖，在二伯的耳边低语道："师姐哭了，你快去劝劝吧，我还是给你们看着门。"

这夜，二伯走得比平时要早，像是要去办什么急事。趁着月光，玉英看出二伯的脸色都变了，额头还浸着汗珠。二伯一言未发，匆匆离去。玉英原想再到师姐房中问个究竟，但见灯火已熄，只好快快地回到自己的房间睡下。

又过了几天，二伯一直没有露面，妙月的神情倒变得坦然了，师父妙善也不再经常用带着疑虑的眼光窥探她。玉英心想，那件令人摸不着头脑的事，大概已经解决，心中像是放下了一块大石头，也便恢复了以前那种无忧无虑的生活。不料，一天深夜，玉英在睡梦中被妙月唤醒，旁边站着二伯善海，二人都改了装：师姐一身黑布衣裤，头上严严实实地扎着一块靛蓝色白花头巾；二伯则穿着灰色小袄、蓝布裤，戴着一顶草帽，手里提着两个包袱，像是要出门似的。玉英惊问道："二伯、师姐，你们要走吗？"妙月哽咽着道："是，今晚就走。我们在这里待不住了。妙善师父放我们一条生路。你明天见到她，替我偷偷地谢谢她的恩典。我们永远忘不了她，也忘不了你，我的好妹妹！……"玉英一阵心酸，眼泪夺眶而出，又不敢哭出声来，只捏紧妙月的手。二伯在旁边，没有言语，只用手摸了摸玉英的头和脸，便催促妙月赶快离去。妙月含泪叫玉英穿上衣服，等他们从后花园走后闩上门。三人悄悄地走出房间，在一片死寂中，只听见各自轻微的呼吸声。他们经过花园，见妙善房内的灯光仍在亮着。妙月跪下身来，朝那房间的窗棂磕了三个头，随即与善海手挽手出了花园门。他们走了几步，又转身向仍然停立在园门口的玉英招了招手，像是最后道别，又像是催她快些回去，二人随即匆匆走远，消逝在黝黯的夜色中。

善海和妙月逃走之后，僧尼通奸私奔的"丑闻"迅速蔓延开来，闹得满城风雨。玉溪庵和普灵寺差一点被封了门，幸亏有几户有钱有势的施主出面，总算把这场风波压了下去，但两处的住持和大部分僧尼都换了，玉英也被送回程家。玉英惦记二伯和师姐的下落，但他们一直音信杳然。（十余年后，玉英才得知：他们辗转逃到上海，生了一个姑娘，可惜二伯早已病故，师姐带着孩子后来又嫁了一个生意人，未再生育，生活倒还幸福。）

玉英回到家里，根据这场经历，向父亲伯荣表示再也不愿出家当尼姑，哪怕要饿死在家中也心甘情愿。伯荣强迫不得，只好留下女儿。这时，玉蓉也因为受不了未来公婆的虐待，加上未来的小丈夫又泗水溺死了，也回到娘家，发誓再也不给人家做童养媳。姊妹俩的决心如出一辙。伯荣家的生计又陷入原来的困难状态。好在玉英和玉蓉现在大了，跟祖母学会了一手好针线，平常在苏州城外这个小镇上揽些刺绣活儿干干，倒多少能贴补一些家用。

时光流逝，程家这双姊妹已经长成一对年华豆蔻的大姑娘了。两人身高一样，模样也差不许多，几乎像是一对双胞胎，逢人见着，都夸奖这对姊妹花。好心人还常劝伯荣一定得给她们找个好人家，可别委屈了她们。对此，伯荣只有苦笑。

这一天，镇上一位远房亲戚到程家来，还带来一个被称作"况家姆妈"的中年女人。那女人穿着颇为阔绰，人长得也端正，甚至可以说是慈眉善目。经过介绍，那位况家姆妈是在上海"做生意"的，新近开了一家店铺，缺人手，想找几个长相不错的姑娘去帮忙，待遇优厚。祖母斟上茶，陪况家姆妈在堂屋里说话。那亲戚向伯荣递了一个眼色，向况家姆妈告了便，同伯荣来到院里。他悄悄地对伯荣说道："表兄，说实话，况家姆妈是开班子的。她人好，手下的那些姑娘并不都是卖身的，她的独生女儿也在班子里接客，是个台柱子，红得发紫。我看你日子过得实在艰难，有出无进，这样下去，怎么得了？玉英、玉蓉两姊妹长得很俊，到班子里干上几年，找个好人家，从了良，对家里、对她们自己都不能不说是一条出路，总比最后走投无路，一家老小都活活饿死要强些。所以，我把况家姆妈请了来，她说她在街上也遇见过玉英和玉蓉，很喜欢她们，她此来也是相当主动的。跟了她，玉英、玉蓉准不会吃苦。玉英不是嗓子好，又爱唱吗？况家姆妈也可以请位师傅教，评弹、滩簧、绍兴戏、京戏什么的，随她挑。况家姆妈的脾气可好了，待那些姑娘都跟自己的亲生女儿差不多，这可是一个千载难逢的好机会，不可错过啊！"伯荣乍一听到叫自己的女儿去班子里混事，脸先就红了，既恼火又惭愧，但禁不住这位亲戚的劝说，沉吟好一会儿，开始有些心动，便道："既然不一定是要卖身，我眼下的日子实在难熬，倒也不是不能考虑，只是不知她们姊妹俩是不是愿意。若是她们不愿意，我做老子的，也不好勉强。"亲戚说道："那当然，那当然。"两人又回到堂屋，陪着说了一会儿话，况家姆妈便起身告辞，随那位亲戚走了。

伯荣把亲戚的来意告诉了母亲。钱氏听了，最初也是不赞成，但想了想，全家的生活委实难以维持，儿子又是半残疾，苦日子没有尽头，便也同意征求两姊妹的意见。当天晚饭用毕，伯荣便把玉英和玉蓉叫到祖母房里，把白天的事对她们讲了，并再说明，做父亲的绝不会强迫女儿做这种事，完全由他们姊妹各自做主。玉英早就认为，家中这样靠借贷、典当度日，总不是办法，早已想试着闯出一条生路，但是前景渺茫，只好听天由命，这时听到父亲说了况家姆妈班子的事，喜出望外，一口答应，坚决要去，随即说道:"阿婆、爹爹放心,这是我自己做的主张,就算这次是跳进火坑,我将来也不会怪怨你们。再说,那位表叔介绍况家姆妈的为人,也不一定是为了瞒哄我们,万一况家姆妈那里的情况不像他所说的,让我们待不下去,我想到时候总会有办法逃脱的,总不能干瞪着眼活受!"玉蓉听姐姐说的一番话,也完全同意,道:"爹爹,家里的生活现在也实在没有法子维持下去了。这些年也苦了爹爹。我和姐姐如今都长大了,理应为您分忧。说不定真能混出个名堂来,也算是有了出头之日,您和阿婆也不枉抚养我们一场。"钱氏和伯荣见两姊妹都如此通情达理,体恤父亲的难处,感动得都落下泪来。伯荣道:"我哪怕再有一点办法,也不会卖女为娼嘛!可我现在也实在是养不活这一家老小了,实在是无计可施了啊!……"伯荣说到这里,不禁号啕大哭,吓得小儿子文林赶紧躲到祖母的怀里。钱氏也悲痛万分,但又怕儿子伯荣伤心过度,便忍泪劝道:"你也不必太难过了,小心身子!难得两个孙女这样体谅长辈,我看,就让她们去闯一闯看,说不定有老天保佑,还真能逢凶化吉,苦尽甘来。只是不知道况家姆妈为人到底怎样,是不是还要立什么卖身契……"伯荣听母亲一说,倒觉得老太太比自己还想得周到,这倒是应当慎重考虑的,女儿尽可以做班子里的姑娘,但只可立"借据",却绝不能把女儿当作货物卖掉。于是,他对母亲说道:"姆妈说得极是。明天,我可以再找表弟详细商议商议,如果条件太苛,便作罢,您看好吗?"他后一句话,其实也是说给两个女儿听的。玉英和玉蓉都同意阿婆和父亲的想法,觉得如果况家姆妈把条件定得太刻薄,非要立什么"卖身契约"不可,从中也可看出她为人究竟如何了。

次日，伯荣去找那位亲戚，把自己的想法说了，亲戚表示立即找况家姆妈商量，估计两三天内即可回话。谁知第二天一早，亲戚就来到程家，告诉伯荣：况家姆妈非常体谅你们的心情，答应只立借据，绝不让你们立契卖身，并问要借多少钱，一个人二百大洋如何？限期可以放宽，可等到玉英姊妹赚了钱时再分期归还。伯荣一家听了，自然没有不肯的，于是又过了两天，况家姆妈又亲自随那位亲戚来到程家，带来大洋四百，立了借据。伯荣叫两个女儿出来，见过况家姆妈。况家姆妈见了她们姊妹二人，忙拉住她们二人的手笑道："这次，咱们成了自家人了！放心吧，姆妈绝不会亏待你们的，我不是那种待人刁钻狠毒的人，到时候你们就知道了。"况家姆妈喜得拢不住嘴，临行时又说，玉英、玉蓉现在恐怕需要制上一两套衣服，说罢便从手提包里拿出一卷大洋，说是先拿五十去用再说，如不够，先想办法垫上，然后由她来还。这样，本月过后，玉英和玉蓉就随况家姆妈来到了上海。

况家姆妈年轻时，本也是跟妹妹一起做班子里的事，而且还红过一阵子。十八岁那年，她认识了镇江一位富有盐商的五公子杜金龙，觉得这位五少爷虽然家财万贯，却没有富家子弟那种坏习气，人很实在，便嫁给了杜金龙。过了一年，她生了个女儿，长得眉清目秀，取名月娥。不久，那位富盐商得了暴病死了，杜金龙弟兄五人分家产；可惜杜五少爷从来不会理财，更缺少父亲的那种经商本领，加上后来竟染上吸鸦片的恶癖，不几年，家道便败了。况家姆妈手中有些私蓄，很多都是做班子姑娘时积攒下来的，她觉得，长此下去，坐吃山空，不是事儿，便同杜金龙商议，重操旧业，但自己是老了，姑娘月娥倒可以出来，别的行当又不会干，只好委屈女儿，走老路应付时艰。杜金龙虽然觉得自己作为阔少爷混到这步田地，实在丢人现眼，但是自己又是养尊处优惯了的，身无一技之长，连自己都养活不起，又怎么维持老婆和女儿的生活呢？他只好同意妻子的主张。女儿也没有异议。碰巧，况家姆妈的妹妹当时正在上海开了一个翠云班，可以帮姐姐筹办。这样，况家姆妈便同丈夫、女儿来到上海，由月娥挑班，又找了几个模样不错的姑娘，办了一个嫡红班；月娥还学会唱绍兴戏，在这十里洋场中混得蛮红，经常被高官显宦、豪商富贾叫条子、出堂会。况家姆妈的生意做得相当顺手，于是她想再进一步扩充，增加人手。况家姆妈祖籍也是苏州，那日回娘家，在街上偶遇玉英和玉蓉两姊妹，一眼便看中了，经打听，知道是程伯荣的女儿，便托人说情，最后终于办妥，况家姆妈自然十分高兴。

　　况家姆妈年轻做妓女时，不幸碰上一个刁钻心狠的老鸨，在这老鸨手下，不知有多少姐妹受尽折磨送了命，特别是那些生意不好的。况家姆妈幸而靠姿色很早就红了起来，成了老鸨的摇钱树，有大把大把花钱的客人撑腰，老鸨不仅不敢虐待，反而不时还要想方设法巴结她。况家姆妈自身有过这样的经历，便立志不让自己班子里的姑娘受自己过去一度受过的苦，因而对待她招来的一些姑娘，都十分宽厚。她尤其喜欢玉英，觉得这孩子不但长得像自己的女儿月娥，而且性格爽朗，敢说敢做，并且知道疼人爱人，于是对玉英总是另眼看待。由于玉英和玉蓉年纪尚小，还不能马上挂牌接客，她就叫姊妹俩帮着侍候姐姐们，同时还请了一位师傅教玉英唱京戏，教玉蓉唱滩簧。玉英嗓门宽亮，师傅便教她唱老生，学谭鑫培、余叔岩。玉英天资聪颖，不到两个月，就学会了谭、余的不少唱段，如《卖马》《珠帘寨》《洪洋洞》等。不少来嫡红班开心解闷的客人都喜欢玉英，觉得她唱得好，模样又伶俐俊俏，还送给她一个绰号：小谭鑫培。他们在饮酒、打牌时，总是喜欢叫这个小谭鑫培站在旁边唱上几段，还从抽头的一大堆大洋或钞票里拿出一些赏给她。玉英和玉蓉都庆幸自己"走运"，遇上况家姆妈这样的好人，伯荣有时从苏州来到上海看望女儿，也为女儿能找到这样差强人意的出路而感到欣慰。

玉英姊妹来到上海一年，这时，况家姆妈听说北平一带开班子做生意大有赚头，便决定到新码头闯一闯。玉英是喜欢"尝新"的，恨不得随况家姆妈到北方去开眼界，玉蓉则有些留恋故土，不愿远离。于是，况家姆妈就把玉蓉转到妹妹的翠云班，自己则携带整个嫡红班北上。到了北平，况家姆妈托人在前门外大栅栏里的韩家潭租赁了一所四进的大四合院，加紧筹备了个把月后，择吉开张。这样，玉英就跟随况家姆妈从上海来到了北平。

韩家潭是北京著名的妓院集中场所——八大胡同之一，从规模上看略逊于石头胡同。嫡红班设在这条狭窄不长的胡同中间路西，有铮亮镶铜环的黑漆大门，走过影壁，就是四进大院：一院南房是总管账房，北房是况家姆妈的住处，有走廊，两扇月牙门可以直通后三院。那里也都是四合房，东西南北各有三间，北房则因为属正房，规模要宽大些，每间屋子都属于一位姑娘，到了适当年龄可以接客的，门前都挂有牌子，写上姑娘的芳名。姑娘们在各自"领地"上接客，经济上是相对独立的，自负盈亏，收入要跟班子三七开，吃住由班子总管，但其他费用（包括行头）都需要自行开销。这样，每月一结算，一年下来，生意混得好的可以略有节余；买卖差的，眼巴巴地就要干等着掉入无底洞，光是欠班子的利息钱就会一辈子也还不清。因此，况家姆妈人虽慈善，但从姑娘们身上捞起钱来，却也是够狠的，甚至对待月娥也毫不留情，该怎样便怎样，没有任何通融余地，只不过她对那些负债累累的姑娘不是那么无情地逼债，生活上也不加虐待罢了。

石头胡同、韩家潭一带的妓院大多属于头二等，越往东去，等次越低；到陕西巷一带就都是三等以下了，还有不少暗娼野妓之类。清晨，你往往会在那里遇上个把外宿或留客的妓女归家或送客，毫无血色的面颊上满带一夜煎熬的厌倦和痛苦的痕迹，嘴角则仍要强作微笑，眉目仍需要故作传情，衣衫不整，青丝蓬乱。这时，面对这般情景，你会情不自禁地萌生怜悯之情，而这种令人心酸的场面在头二等妓院所在的大胡同里却是不多见的。

头二等班子里的姑娘一般都不卖身，很少留客，嫖客多属中上层阶级，口袋里不是响当当地装上几十块大洋，一般也不敢迈进这些妓院的门槛。许多人来到这里，都是打打茶围，让姑娘们陪着吃酒打牌或是唱个小曲皮黄，热闹一阵就离去了。真想留宿的，要么是依仗权势或肯花大钱，要么则是男女双方两相情愿，尤其是在为某个新上场的姑娘"开苞"时，那就跟正式结婚办喜事一般，有的还不惜一掷千金大办特办。嫡红班从规模、财力上看，属二等，尽管如此，其阵容、条件却不让头等，因此，常来光顾的多是达官贵人、豪门巨富，甚至还有不少有钱的文人雅士大学生。

眨眼间，玉英已经十六了，够得上独当一面出来混事的年龄。那时，杜月娥已经被一个云南富商看上了，几次要娶她做偏房接走，况家姆妈舍不得让女儿远嫁，又顾虑这个"顶梁柱"一旦走掉，后继无人，整个班子就要垮掉，因而一再推托。如今玉英已够年龄，班子里另有一个姑娘，年纪比玉英小一些，长得圆脸大眼睛，笑眯眯的活像个洋娃娃，人缘极好，况家姆妈心想，这两个姑娘可以把班子撑起来了，于是便应允女儿从良，不过，条件是：女儿先得把两个妹妹带出来，然后再嫁。那云南富商满口答应，这样，月娥在离开班子前每次接客或出门应酬，都总是让玉英和那个"洋娃娃"不离左右。玉英和"洋娃娃"都会唱戏，玉英唱老生，"洋娃娃"唱青衣，正好是一对搭档，客人们都喜欢她们，给她们捧场。玉英早就有"小谭鑫培"的雅号，"洋娃娃"也就被称作"小梅兰芳"，她们俩对唱的《坐宫》《武家坡》在嫡红班内外名噪一时。在班子里，玉英恰巧行三，叫"老三"；"洋娃娃"行六，叫"老六"，因为要正式出来做事，况家姆妈就给她们各起了一个艺名：玉英叫"蕊芸兰"，"洋娃娃"叫"赛珍珠"。这时，她们二人虽然还没有正式挂牌，"蕊芸兰"和"赛珍珠"这两个名字已经是相当响亮了。

然而，正当杜月娥远嫁后要靠蕊芸兰和赛珍珠挑起大梁之际，不料蕊芸兰却得了伤寒病，卧床不起，况家姆妈只好靠老六撑住门面。尚幸老六本来人缘好，正式挂牌后不久就红了起来，特别是一位督军瞧上她，为捧她不惜抛出大把大把的钞票和银圆，嫡红班反倒比况家女儿在时生意更加红火。只可怜蕊芸兰被病魔缠身，眼看着赛珍珠一帆风顺，红得发紫，自己则被伤寒症折腾得面黄肌瘦，头发也几乎掉光了，弄成人不像人、鬼不像鬼的模样，心中越是着急，病势也越是沉重。蕊芸兰本来就是个好强的人，哪里能经得住这个顽症的折磨，身边又举目无亲，日夜思念家乡，以泪洗面，一日三餐，几乎难以下咽。幸而况家姆妈一直对蕊芸兰有好感，见她病重也不嫌弃，还特地雇了一个苏州娘姨照看她，多方延医疗治，医生开的药方不论多贵，都想尽办法给她配齐煎好，每日早晚前来看望数次。经况家姆妈这样细心调理照顾，玉英的病果然慢慢有了好转，最后终于能下地行走了。况家姆妈喜出望外，玉英更是又兴奋又感激，一再向况家姆妈表示，为报救命之恩，将来病体彻底痊愈了，一定要好好做事，不让她老人家失望。况家姆妈劝她不要心急，病好了就是捡了一条命，首先还得好生静养，把身子滋补好了，做事才有保障，以后好日子还长着呢！数月后，玉英已经恢复旧日的丰润，只是头发稀薄，一时难以梳成以前那样又粗又松的漆黑大辫子。况家姆妈想了一个主意，差人到廊房头条、珠宝市一带寻觅一些假发，买来给玉英试扎，不细看还真能以假乱真。况家姆妈和玉英都喜不自胜，玉英便对况家姆妈道："我这样打扮，看来可以出面做事了，我欠您这么多的情，不赶在今天答报，还能推到什么时候？请您答应我，尽快让我出来干吧！"况家姆妈见她决心很大，估量她的健康确实完全复原，便同意她的决定，不过叮嘱她初干时要注意"悠着些"，不可过分劳累。况家姆妈可以为她合理安排，试干一段时间看看，若无大碍，再撒手去做也不迟。按照规矩，蕊芸兰的全部筹备费用都要向账房去借，其中包括定制行头、房间布置、雇用娘姨，而且这一切事务照例都是要由蕊芸兰自己来操办的，但况家姆妈怕蕊芸兰累坏了，便差一个小伙计替她奔走联系，不让她出一分"跑腿钱"。蕊芸兰为了闯名气，打算办得阔气些，她深知那些客人是颇势利的，门面若办得寒酸，不仅不能引起他们的注意，还会招惹他们的小看，直接影响生意。但是，她又有些担心，花费太大，借债偿还就要旷日持久，光是付息就叫人吃不消。不过，她又想，若不狠一狠心，孤注一掷地去闯，看来更是弊多利少，于是，她拿定主意，经况家姆妈批准，向账房借了五百大洋：首先是用来布置房间，购买家具，然后是大制行头，这一来，这笔款子也就花得相当多了。好在娘姨依旧是使用那个在病中侍候过她的姜妈，每月工资二元管吃住，她又给姜妈制了两身新衣服，买了两双新鞋，所费不多。

　　为了让客人一进院子就能被吸引过来，蕊芸兰在房门口安装了一只一百瓦的大灯，把新漆的镶金边的黑漆大门照得锃亮。一明一暗的两间房，外间屋用来招待客人，进门左手雪白的墙壁上装有一排三盏白底红字的大圆灯，分别写着"蕊""芸""兰"三个大字，每盏六十瓦。在这强光照射下，两张用金漆雕花的大相框罩起的蕊芸兰本人的大相片并排挂在一起，格外醒目：一张是全身，她穿着一身锦缎裤袄，嫣然含笑，斜倚着一个花盆木架，一只手斜托着面腮，亮晶晶的眼睛喜盈盈，像是在欢迎望着相片的人；另一张也是全身，不过是女扮男装，这是当时的一种风尚，头戴呢鸭舌帽，身着淡色绸袍，外罩黑缎坎肩，清秀的面孔半侧着，西服裤，一双漆皮皮鞋，既妩媚又英俊，别有一番风韵。里间屋是卧室，和外间屋一样，收拾得窗明几净，布置得淡雅宜人，绸制的门帘和窗帘都是一色浅湖水绿，窗帘则多加了一层雪白细纱衬帘。人到此处，无不感到心旷神怡，全不像到其他姑娘的那些大红大绿的房间里那样，觉得俗不可耐。况家姆妈见蕊芸兰如此精心布置，不住称赞"阿囡"与众不同，情趣别致。

　　果然不出所料，蕊芸兰病后挂牌，一炮即红，日夜宾客不断，还经常有叫条子的，出外应酬。况家姆妈怕她大病初愈，累坏身子，在外出方面，酌情推掉一些不大重要的客人，还特地差厨房提高蕊芸兰的伙食质量，价钱差额，则记在她自己的账上；她不时自掏腰包，叫厨子炖些银耳枸杞鸡汤给蕊芸兰滋补身子。当然，这样的优待，像赛珍珠这样的红姑娘也同样有份。蕊芸兰刚开张一个月，嫡红班就每日车水马龙，四城轰动，盛况远远超过赛珍珠独挑大梁的时期。

　　光阴荏苒，蕊芸兰来到嫡红班已经三年，独立做事也一年有余。她名噪一时，又得到况家姆妈的另眼看待，日子比以前在老家舒心多了。然而，她却抑制不住心灵深处的烦恼和苦闷。因为生意兴隆，每月挣上千儿八百的不算难事，但挡不住班子里的提成，个人开销又大，衣物需要不断更新，接待要讲究排场，再加上偿还欠账，所剩实际上也就没有多少了。有时，她多置了一些珠宝首饰，多定制了两套裤袄裙衫，不免还得张口向账房借贷或向店铺赊账。经济上的不富裕，尚在其次，首要的还是精神上的痛苦和空虚；既然靠卖笑、卖唱为生（当然有时在特定条件下还须迫不得已卖身），哪怕再烦闷、疲乏、厌倦，也要向花钱的主儿们强颜欢笑，打情骂俏。有的客人比较老实规矩，不那么轻易动手动脚，有的相貌比较端正，不是那么肥头胖耳或瘦骨嶙峋，还多少有一些可亲近的地方；有的客人却依仗钱势，根本不把叫来的姑娘当人看，只把她们当作猫儿、狗儿似的玩物，喜欢时拉过来乱摸乱搂一阵，厌恶时则一脚踢开，更有放肆、下流的，甚至借酒撒疯，挑岔子，找毛病，破口大骂"贱货""婊子"！钱虽好挣，但毕竟是靠牺牲色相、用血泪换来的，红姑娘尚且如此，那些不走运或人老珠黄的就更不用提了！而一个女人的姿色又能维持多久呢？因此，蕊芸兰干了不到一年，就已经开始逐渐对自己的生活感到厌倦，怀着焦虑的心情思考自己未来的前途和下场了。客人来寻欢作乐，很少有几个是真正动情的，姑娘们也看穿这一点，以牙还牙地逢场作戏。蕊芸兰是一个实心眼、易动情的女子，也曾对个别来客真正产生过好感，这说明她没有完全识破这些落花有意、流水无情的露水关系，这也便使她不由自主地饮了不少失恋的苦酒。于是，早日择善从良，这种指望很快就在她的心灵深处播下了种子。

蕊芸兰刚满十八岁的那一年，暮春时节，来了一个相貌清秀、举止文雅、衣着阔绰的青年男子。这男子一进嫡红班的大门，就向跑过来笑脸相迎的忘八们点名要找蕊芸兰姑娘。这时正是黄昏，天色未暗，蕊芸兰门口的大灯还没有点亮，姜妈听到人声，马上出来迎接，连声向卧室呼唤蕊芸兰姑娘出来接客。那晚，蕊芸兰在八点钟还要出条子，此时正在屋里梳洗打扮，听说有客，忙撩起门帘，快步走出。她刚洗完脸，略施脂粉，辫子尚未重新梳理，额前短短的刘海略显蓬乱，却更添了一丝妩媚，一身淡黄底红白色碎花的家常丝绸衣裤还来不及更换，趿着一双淡黄色软缎拖鞋，整个形象给人一种娇嫩而新鲜的感觉。她迎上前来，笑让那人坐到一张红木扶手椅上，一边道歉道："真对不起，我还没有来得及整好衣裳呢！您可千万别见怪啊！姜妈，快沏茶来！"那人一见蕊芸兰，便目不转睛地看，嘴里还喃喃地念道："果然名不虚传，名不虚传！"姜妈把上好的毛尖在盖碗里泡好，端了上来，又忙将时令鲜果、瓜子、花生一一摆在大理石面的方桌上，恭敬地侍立一旁。

说了一会子话，蕊芸兰得知这位客人姓冯，是吴大帅手下一位司令的大公子，在清华大学读土木工程。她边谈边瞟着冯少爷，观察他的言谈举止，不由得产生一股爱慕之情，暗自思忖道："难怪他风度翩翩，落落大方。"

冯少安这次的确是慕名而来的，因为有几位曾在这里打过几次茶围的同学向他多次提到过：嫡红班有一个叫蕊芸兰的姑娘"不同凡响"！他这次初见蕊芸兰，便立即觉得，此女的姿色果然不凡；接着，他们二人又东拉西扯地闲谈了一会儿，他更觉得蕊芸兰谈吐得体，态度自然，毫无那种忸怩作态的小家子气，不仅感到相谈投机，而且还有一种相见恨晚的感觉，若说是一见钟情，仿佛也不算过分。

有人进来说，王老爷那里来电话催三姑娘早些去。蕊芸兰略显不悦道："你没有看见我这里有客人吗？你回电话说，我准时到就是。"冯少安见此情景，知蕊芸兰早有约会，便知趣地说道："你既然要出去，我就不待下去了。我改天还会来的。"他随手从淡青色丝绸长衫里掏出一卷银圆，估量有五十元，放到桌上，面有羞色，嗫嚅道："这点钱你权且买花戴吧！不好意思！"蕊芸兰一见，忙道："坐这么一会儿就叫您破费那么多，真过意不去……"话还没说完，乖巧的姜妈却笑嘻嘻地跑过来，一把拿起那卷大洋，鞠躬哈腰地对冯少安道："谢谢冯少爷，谢谢。今儿真不巧，三姑娘外面早有应酬，不然，原该留您在这里吃便饭的。您以后可得常来啊！三姑娘还要仗着您多多捧场呢！"姜妈是个精明人，一眼就看出蕊芸兰和冯少安两相爱慕，才斗胆说出"留饭"这句话来。蕊芸兰接口笑道："是啊，姜妈说得对。难得冯少爷赏光。以后您可常来啊。今天算是我慢待您了，您多原谅，改天我一定做东，向您赔不是。"冯少安笑道："哪儿的话！都怪我来得不是时候。不必'改天'，明儿晚上，我就来，你等我，我七点准到。我怎能叫你做东，咱们一言为定，明晚先去撷英番菜馆吃饭，然后去三庆看戏，都在大栅栏，方便。蕊芸兰姑娘唱老生，是内行，明晚正好有余叔岩的《打棍出箱》。怎么样？"蕊芸兰听了，自然欢喜得满口答应，把冯少安一直送到大门外，依依不舍地望着冯少安慢慢走远。她心想："这位公子是专为我而来的，初次见面只坐了这么一会儿，就给了那么多的打茶围的钱，倒真有点像王金龙初见苏三（玉堂春）似的。"想到这里，她脸上不由得泛起一片红云。

次日，果然按照冯少安原定的计划，二人吃了西餐，看了大戏。散戏后，冯少安陪蕊芸兰回来，因为路近，月亮又好，他们俩边聊边散步，不一会儿就到了嫡红班，已经是十二点多了。蕊芸兰叫姜妈吩咐厨房准备一些夜宵，请冯少安吃了，暗想冯少安今晚可能要留宿，这正合她的心意。谁知冯少安吃罢了夜宵，漱了漱口，擦了一把脸，就向她告辞，道："今天太晚了，我明天有课，我得赶回学校去。校车已经过点了，请你叫姜妈给我叫一辆汽车吧。"蕊芸兰见他要走，心中有些惆怅，但又不好意思强留，于是叫姜妈赶紧到账房去派人安排车辆。她心中想道："这位少爷毕竟不像一般的嫖客是专来取乐的。"这就使她在爱慕的心情之中又增加几分敬意。这时，冯少安觉得她似乎有些发愣，怕她有什么不悦，便连忙说道："我实在是怕耽误了功课，你千万不要多疑。以后只要有空，我一定会常来，而且会来得叫你厌烦呢！"蕊芸兰听了最后这句打趣的话，忙笑道："您这是从哪儿说起？简直太折杀我了！"接着脸一红，又加了一句："我们还巴不得您天天来呢！"这句话正是她心里所想，绝非她们这一行惯用的场面话。

冯少安听了，兴奋地捏了一下蕊芸兰的手，解释道："我这话是说着玩的，我知道你不会嫌弃我。我向你保证，即使不能天天来，我也一定是有空必来，特别是星期六和星期日。"他说得那么诚恳，脸都有一点涨红了，眼睛也温情脉脉地直视着蕊芸兰。蕊芸兰感动得一阵心酸，泪水竟在眼眶里打起转来。冯少安一见，着了慌，忙问自己是否又说错了话，蕊芸兰摇了摇头，率直地说道："怎么会呢？是您的这一番话感动了我，是您对我的这一片情意！我觉得，这是我的福气，遇上您这么好的客人……光是您这几句话就叫我受用不了了！"冯少安听了，又激动地把蕊芸兰的手紧握了一下，临行时又拿出支票本来，给蕊芸兰开了一张一百元的支票。

从此，一连两三个月，冯少安没有食言，周末只要有空，必到嫡红班来。平常，晚间得暇，也会乘清华校车进城来找蕊芸兰，或在嫡红班留宿一宵，或在北池子骑河楼清华同学会睡上一夜，次日清晨赶回校园。有时，冯少安还拉上几个同学到蕊芸兰这里打打茶围，或打上几圈麻将，给蕊芸兰抽头，且不说经常带蕊芸兰到外面吃饭、听戏、看电影、逛公园，给蕊芸兰买衣料、打首饰了。蕊芸兰见他为自己如此挥金如土，很不以为然，常劝道："你（这时她已经不再称呼他'您'了）现在还是个学生，家里再富，也不是你自己挣的，似乎花钱不该太猛。你要是真心爱我，也不一定非表现在花钱大方上，我一不图这个，二也不用你用钱来买我的感情。真正的感情难道是用钱买得到的吗？"冯少安见蕊芸兰如此明白事理，知道她对自己是一片真心，非常感动，对她除了爱恋，又增添了不少敬意。

一夜，二人睡到半夜，蕊芸兰突然被冯少安的长吁短叹、辗转反侧弄醒，便问道："你怎么了？睡不着吗？有什么心事，告诉我，别憋在心里。"说着，她用一只手抚摸着冯少安健壮的胸脯，用另一只手轻柔地把他那紧缩的眉头舒展开来。冯少安侧过脸来，搂紧了蕊芸兰的腰肢，轻吻了一下她的嘴唇，道："前两天，我收到家里的来信，说要给我提亲，是省府大官的一位小姐。我不愿意，正为这个犯愁呢！……"蕊芸兰听了，心中一动，鼻子立即有些发酸，幸亏屋里没有灯光，冯少安在黑暗中看不见她霎时间涌上眼里的泪珠。蕊芸兰沉吟了片刻，道："对你们这种官宦人家来说，这也是理所当然的事：门当户对嘛！你又何必想不开呢？"

"我当然想不开，我要的是你！"

"我恐怕没有那个命！"蕊芸兰的声音显得有些哽咽。她叹了一口气，接着说道："这几个月，有你这样一个好客人照顾，也算是我前世修来的福分了！我哪里还敢抱什么非分的念头?!"说着说着，她忍不住抽泣起来。

"怎么，你哭了？"冯少安用手摸了摸她的面腮，觉得湿漉漉的。他有些心慌，忙劝道："别难过。暑假回家，我一定要当面把你我的事告诉家父。我要娶的是你！"

"怕不会那么容易……别再想了，你明天还得起早回学校呢。

横竖有你真心爱我，就算做不了你的老婆，我也知足了。"

下半宿，二人都无法入睡，冯少安一直听到蕊芸兰在啜泣。

当年七月，冯少安回保定过暑假，准备把要与蕊芸兰结合的事正式向父亲提出。冯家原籍是湖北武昌，因为冯司令的军队驻扎在保定，公馆也便设在那里。蕊芸兰送冯少安到车站，洒泪而别。蕊芸兰哭得尤其伤心，她似乎预感到，对她来说，冯少安此去的结果凶多吉少，像他家那样的高官显宦，断不会容许与一个风尘女子结亲。她联想到自己身世凄凉，好不容易遇上这样一位情真意切的翩翩佳公子，却依然不免要像过去几次遭人遗弃那样再度失恋。希望落空，今后又将如何，她感到前景渺茫，泪水也就一个劲儿地往下淌。冯少安心里也难过得很，他明知此行结果吉凶未卜，却仍天真地抱有一线成功的希望，以为依仗父母对长子的疼爱，想必不会拒绝他明媒正娶蕊芸兰的请求，因此，他忍住泪水，再三劝慰蕊芸兰，甚至发誓此事如不办妥，他便一辈子不另娶他人，自己也便没有脸再来见她了！蕊芸兰忙用手捂住他的嘴，道："别发这样的毒誓！即使说不成，你也一定要回来看我。不管怎样，我都是属于你的。哪怕给你做偏房，当丫鬟，我也心甘情愿，只要能一辈子跟你待在一起。千万不要让今天的分离变成永别！"冯少安勉强笑了一笑，道："我这样发誓，不过是想表白我对你的一片真心罢了。你我的关系，不论成与不成，都是来日方长。不过，话说回来，这次回去是个关键，我一定尽全力争取。我决不让别人小看你，委屈你。叫你做偏房，我是绝不干的，更不用说当丫鬟了。再说，我一贯是反对一夫多妻的……"蕊芸兰知道，冯少安的这些话绝不是甜言蜜语，用来哄骗她的，心中既感激又感到安慰，但由于她对二人的关系仍不抱奢望，冯少安的这一番表示毕竟难以驱散压在她心头的那一层层悲观的阴霾，只好强忍泪水，嘴角露出一丝苦笑。

　　冯少安走后，最初还跟蕊芸兰几乎每周通一次话，或是写信，三周过后却突然音信全无。蕊芸兰虽然早有思想准备，但毕竟总是抱有相反的希望，如今事已如此，也只好逆来顺受，纵然心灰意冷，日子也要无可奈何地继续过下去，谁叫自己命薄，成为卖笑卖唱的青楼女子呢！尚幸蕊芸兰心胸豁达，凡事想得开，尽管冯少安的事弄得她一度心神恍惚，痛苦万分，她却仍然咬紧牙关，忍受住感情上的巨大打击，照例强颜欢笑，每日接客应酬。然而，她内心深处的那个信念却越发坚定了：早日择善从良，脱离苦海！

三

　　冯少安离去后，又度过了一年。一个炎热的七月夜晚，院里刚刚掌灯，一个身穿月白色绸长衫的相貌堂堂的中年男子，从明晃晃的蕊芸兰门口迈入。姜妈迎上前来，那人一进门就在蕊芸兰的两张大照片前面站住，边看边操着带广东腔的苏州话对姜妈说道："我就要这个人！"姜妈忙请来人坐下，赔笑道歉道："老爷，真不巧，蕊姑娘出条子去了，约莫九点多钟才能回来。要不，您先坐着，我给您沏茶去。"那人笑道："没关系，我等就是。大热的天，不必沏茶。有什么好酒吗？"他一眼看到墙角的五屉柜上摆着一碟新炒好还冒着热气的冬菇丁鲜肉炒青豆，便道："这里还有上好的下酒菜呢！是刚炒得的？拿来给我先尝尝吧。"姜妈道："哟，这样普通的小菜，老爷您怎好用来下酒？我叫厨房马上给您做几样好的吧……蕊姑娘这里中外名酒都有，您喝什么？"来人见酒柜上摆着几瓶擦得亮晶晶的名酒，其中有一瓶法国白兰地，便叫姜妈取来，并说道："肉炒青豆下酒，再好不过了，这小菜是苏州人最爱吃的。别再麻烦了。"说罢，便蛮不客气地拿起姜妈送上的象牙筷子，端起斟满的高脚玻璃杯，津津有味地吃喝起来。姜妈见来人爽快，没有什么架子，便站在桌旁陪着聊天。这才知道，这位老爷复姓皇甫（她还从未听过这样的姓呢），从天津来，是个做烟草买卖的。从那人的衣着和他由怀里掏出的一块拴着又粗又长的赤金表链的大金表来看，这位客人是个有钱的主儿，外表也像个有头有脸的人物，虽是广东人，却能说上一口流利的略带家乡口音的北京话，有时还夹杂几句吴侬软语。那人边吃边喝边看表，像是急不可待，却又赖着不走。姜妈心里好笑，暗想："你爱等就等呗！反正不能白吃白喝！"

皇甫以雄慢条斯理地品尝着酒菜，一边还继续跟姜妈闲聊，其中有很多内容都是涉及蕊芸兰的习惯和爱好的，显然是在蓄意打听。眼看一大瓶白兰地已饮去过半，皇甫以雄又掏出怀表看了看，已经是十一点半了，比姜妈说的时间过了两个钟头，知道久等无益，便从公事包里拿出一沓钞票，交给姜妈道："这是一百块钱，等你们姑娘回来，你就跟她说，有个姓皇甫的，明天全天都包了，叫她不要再接别的客人。"姜妈见皇甫以雄如此慷慨，连声应道："一定，一定，您放心就是……您明天大概什么时候来呢？"皇甫以雄略略考虑了一下，道："我公事忙，难定时间，你就请蕊姑娘别出去好了！"说罢，他站起身来，整了整长衫，又最后瞟了瞟那两张大照片，便扬长而去。

蕊芸兰到家的时候已经过一点了，感到浑身上下像散了架似的，叫姜妈快些打水洗脸洗脚，恨不得马上安歇，看来这时夜深，也不会再有客人来了。姜妈趁蕊芸兰洗脚的时候，说了皇甫以雄的事，顺手把钞票拿出来放到梳妆台上。蕊芸兰听说竟有这样花钱的主儿，觉得倒也新鲜，便向姜妈细问经过。她一边泡着脚，一边思索着：明天倒要会会此人，不知长相是否真像姜妈形容的那样，从花钱的大力劲儿来看，却有些像冯少安。她梳洗完毕，命姜妈把钱收好，这时，姜妈却又提起一件令她烦恼的事，道："上午，账房的老胡又来催那笔三百元的欠款了；另外，瑞蚨祥的伙计也拿来一沓账单，说是老板请姑娘尽快把账清了。当然，我都给挡回去了。不过，姑娘，总是这样也不是个事儿，你能不能再想点路子？"蕊芸兰苦笑道："我能有什么路子？还不是跟客人要！可最近熟客不多，肯花钱的更少，叫我怎么办？再说，咱们历来都是有进项就如数交柜，光冯少安那样的客人，他们已经至少赚了几千元了，怎么还那么催命?! 咱们上交，从来不打马虎眼，也该对我通融一点吧！我要是富裕，我能欠账不还?!"她看了看瑞蚨祥的那些账单，说道："瑞蚨祥这几笔账，先拿这一百元应应急吧。剩下的，等明天再说。"姜妈道："姑娘说得是。账房近来确实太不像话，不该催得那么紧。不过，听人说，况太太前不久做投机买卖亏了，所以才向姑娘们逼账。"蕊芸兰一听这个，更加有气，心想："况家姆妈一向体谅人，对我更是疼爱，怎么到了节骨眼，就翻脸不认人，也学会逼债了?!"但她随后一转念，想到况家姆妈平日待人很好，眼下可能确有难处，自己也不该责她过甚，凡事总该多念记人家的好处，不能那么没有良心，所以，她听了姜妈的这几句话，只沉吟不语。

次日傍晚，皇甫以雄果然如约来了。他换了一身白色西装，打着一条银灰色领带，穿着一双白色透空皮鞋，手拿一顶巴拿马硬壳草帽，神气非凡，这给蕊芸兰第一个印象就是：他跟一般客人大不相同，风度倒像一位来自南洋的大商人。蕊芸兰迎上前去，掀起门帘，笑道:"欢迎，欢迎！您别见怪，昨晚回来迟了，让您空等，真不好意思……"说着，忙叫姜妈沏茶。皇甫以雄拦阻道:"别沏了。大热的天，有冰镇啤酒开一瓶来。我跑了一身汗，巴不得凉快一下。"他一进门就跑到放在花盆架上的电风扇前面吹凉风，一边说道:"刚才在远东饭店见了一个英国客人，顺便溜达过来，谁知竟会这么热。"他一边吹着，一边端详着蕊芸兰，不由得心中一动:觉得蕊芸兰本人比照片上更有一种难以描绘的魅力，特别是那双亮晶晶的眼睛，真像夏夜晴空中的两颗星星，叫你看得那么爽朗、清新，从上到下没有一点一般姑娘们的那种忸怩作态的俗气。蕊芸兰把姜妈倒好的一杯啤酒，双手捧给皇甫以雄，请他不要再吹凉风，免得着凉，不如坐在迎风稍远些的一把藤椅上，顺手把杯子放到椅旁的茶几上面。这时，皇甫以雄又注意到她的一双纤手，十指尖尖，柔若无骨，水葱似的，完全是粉红色的指甲，丝毫没有被蔻丹染污，尤其是手背近指根处，各个关节之间还有几个笑窝般的肉坑，诱使你恨不得马上把它们捏在自己的手里，尽情抚摸。皇甫以雄看呆了，一时想不出什么话来，蕊芸兰看出他那痴呆呆的样子，禁不住扑哧一笑，道:"姜妈昨天告诉我，您把我们家常的炒青豆当作了下酒菜，真太不敬了;要不要现在叫厨房给您送几个冷盘来? "皇甫以雄这才醒悟过来，心想:"我这风月场中的老手，今天是怎么了? 叫她看了倒笑我是个'阿摩林'①。"便忙答道:"不用，不用。咱们聊聊天，待一会儿我带你去森隆吃西餐，怎么样? "

---

①　上海方言，意为傻瓜。

他们聊着闲话，皇甫以雄重又自我介绍了一番，同时也大略了解一下蕊芸兰的身世和近况。谈话中，蕊芸兰感到这位客人确实有些与众不同，他不像别的客人来此是纯粹消愁解闷的，他不说那种打情骂俏、庸俗透顶的玩笑话，却一本正经地谈自己，问对方，完全不像是跟班子里的姑娘说话，倒如同跟初次结识、彼此顿生好感的新朋友攀谈一般，气氛既和谐又亲切。

说了一会儿话，皇甫以雄建议去吃晚饭，饭后去附近的吉祥戏院听戏，问蕊芸兰要不要再梳洗打扮换衣服。蕊芸兰笑道："要是您不嫌我寒碜，我就这样陪您去，行吗？"这话正中皇甫以雄的下怀，他也笑道："这样就已经够漂亮的了。只不过我刚才想，姑娘们出门总是要再修饰一下，所以才问你。"实际上，皇甫以雄还是最讨厌那种搔首弄姿、卖弄风情的女子，因此，他又进一步欣赏蕊芸兰这种干脆、爽快、大方而又得体的劲儿。

两人到了东安市场北门旁边的森隆番菜馆，找了一个雅座坐下；茶房送上菜单，皇甫以雄先叫蕊芸兰点菜，蕊芸兰推辞了一下，他索性自己边看边征求蕊芸兰的意见。这时，蕊芸兰又产生了一个深刻印象：凡点上的菜，皇甫以雄都是用中英文对照的菜单上的英文名称讲给茶房听，仿佛是他习惯的做法，没有一点卖弄、炫耀的意思。蕊芸兰看着他那两片薄薄的嘴唇灵活而又轻微地启动着，她自己虽不懂洋文，却听出那发音和平常有时遇到的外国人的讲话一般无二，不禁心中赞叹道："怪不得是圣约翰大学毕业的呢！"皇甫以雄给蕊芸兰点的是铁扒鸡，给自己点的则是煎牛排，外加鸡蓉鲍鱼汤和冷盘。二人边吃边聊，兴致勃勃。饭后，由于吉祥戏院就在附近，二人就步行过去，皇甫以雄告诉蕊芸兰，他虽是广东人，又干的是洋行生意，却非常喜欢听京戏，甚至像大鼓书这样的玩意儿，他也爱好，这对于一个像他这样的欧化知识分子来说，倒是怪稀罕的。听到这里，蕊芸兰不禁把皇甫以雄和冯少安做了对比：他们两个都是名牌大学的学生，兴趣、爱好却很不相同。冯少安本人并不太喜欢京戏，只是为了照顾、讨好蕊芸兰，才陪她去听的；至于大鼓书，就更不用说了；再者，冯少安既是清华的学生，英文想必不错，但蕊芸兰从未见过他说英文；若是再进一步延伸到相貌、气质和风度，冯少安可说是温文尔雅，皇甫以雄则完全是气宇轩昂。

蕊芸兰一直不能忘情于冯少安，尽管她很现实，也很理智，明知自己的身份无法高攀冯家门第。她始终认为，冯少安对她的许诺纯属幻想，却又是那么情真意切，绝非有意来哄她。他如今之所以跟蕊芸兰断绝音信，想必是有难言之隐，绝不会是对她的背弃，况且这也证实了他最初的明志：办不妥就不来见她。蕊芸兰常把她和冯少安的这段姻缘比作好梦难成，她相信这是命里注定的，人力抗拒不得，对命只能是逆来顺受！这样一来，她倒不致陷入痛苦的失恋泥淖而不能自拔。然而，话说回来，她毕竟是一个有血有肉、有情有义的女人，无法彻底斩断情丝，把冯少安忘得一干二净，这也就是为什么她每逢跟皇甫以雄待在一起，总不免要把平生极少遇见的这两个出类拔萃的男人暗下对照和衡量，在新的陶醉中总不免要掺上一些对旧情的追思和眷恋。蕊芸兰的这番心思，往往在不知不觉中有所表露，有时是刹那间的神情恍惚，有时则是望着皇甫以雄的某个动作出神，一般不易被人察觉。但是，皇甫以雄是个机敏过人的汉子，蕊芸兰的这种表情，尽管是一瞬即逝的，却瞒不过他的眼睛。他发现过几次，却只是暗自揣摩，并没有向蕊芸兰挑明。

一个深秋下午，蕊芸兰陪着皇甫以雄到中山公园散心。这一天，晴空万里，阳光和煦，只是园景已经十分萧瑟，落叶满地，因为不是星期天，游人不多，更显得有些凄凉。他们来到来今雨轩，茶座上只稀稀落落地坐着几位士女。一阵秋风掠过，把蕊芸兰的几丝散发吹到额前，她却没有察觉，仍若有所思地呆望着皇甫以雄那怡然自得的神态，她手里端着茶杯，既未沾唇又未放下。皇甫以雄笑道："你不觉得有什么东西挡住你的眼睛吗？……"蕊芸兰猛醒过来，淡淡一笑，撩起散落的头发，把香茶呷了一口，道："今天梳头，没有怎么擦油，所以这头发老是被风吹下来。"皇甫以雄道："你像是在想什么，这不只是一两次了。有什么心事？告诉我，行不行？"蕊芸兰又捋了一下头发，打开手提包，拿出小镜子和粉纸，对着镜子用粉纸略微按了按鼻尖和鼻窝，扔掉粉纸，然后把镜子放回手提包内。显然，这些动作都是用来掩饰她内心的犹疑和矛盾，同时考虑：要不要说出来？又怎么说呢？

"我说了，你不会生气吧？"蕊芸兰最后拿定主意，含笑问道。这时，他们之间的关系已经发展到不必再用"您"称呼皇甫以雄了。

"说吧！说了心里痛快，再说，我又不是小心眼儿的人，一听就会动气的。"

蕊芸兰见他如此诚恳，便把自己跟冯少安的事原原本本地对他讲了一遍。蕊芸兰追述这段伤心事，心中确实难过得很，但是她知道此刻还是应当尽力克制，强作镇定，不可过分显露自己感情脆弱，经受不住打击，免得使皇甫以雄疑心她如今对他的态度，从而引起双方的不快。因此，从表面上看，她倒是像在介绍别人的不幸恋爱遭遇。皇甫以雄听了，毫无妒意，反而对蕊芸兰深表同情，安慰道："事情既已过去，就把它当作一场梦吧。我很欣赏你这样坚强，想得也透，换一个痴心女子，一定是要寻死觅活的。不过，话虽如此，看来你对他还是藕断丝连，难道他就那么可爱，眼下就没有旁人能胜过他？"皇甫以雄说得也直率，这"旁人"分明就是他自己！

蕊芸兰轻叹了一声，眼望着远处一盆似乎快要凋谢的晚菊，说道："一个人再多情，日久天长，总有一天也会死心的，就像那盆菊花，虽然耐得住霜打，总有一天也会枯萎的。"她转过头来，深情地看了皇甫以雄一眼，道："我很幸运能认识你。是你填补了我心里的空虚。我也算是命虽苦，却有造化吧。像你们这些有学问的人，都给我碰上了。我还不该知足吗?!"蕊芸兰的间接答复固然使皇甫以雄得到部分安慰，却毕竟没有直接肯定皇甫以雄"胜过"冯少安。皇甫以雄对此自然不能甘心，于是，暗下决心："我一定要打败这个依然潜藏在蕊芸兰心里的情敌！"

"我有个主意。明天，我带你到天津去玩两天，怎么样？换换环境，说不定可以给你更好地消愁解闷。"皇甫以雄问道。

蕊芸兰除了从苏州到上海又到北平，就没有去过其他地方，她又是个爱活动的人，一听皇甫以雄的建议，喜出望外，马上就答应了。他们又闲聊了一会儿，身子也懒怠再动，皇甫以雄说干脆就在来今雨轩吃晚饭算了。中山公园里，来今雨轩的淮阳菜和茶座上林春的肉末烧饼，还是挺有名的。晚饭后，他们先到王府井的力古洋行给蕊芸兰买了一些印度绸缎,九点左右,又溜达到位于王府井北口转弯处的真光电影院,看了美国的范朋克主演的《月宫宝盒》,在看电影的当儿,皇甫以雄边看边向蕊芸兰讲解这部默片的英文说明。散场后,二人雇了两辆洋车,皇甫以雄把蕊芸兰送回家中,随即告辞而去。在他们频繁来往的几个月里,皇甫以雄始终没有在蕊芸兰那里留宿过。这对皇甫以雄这个风流人物来说,确属反常。皇甫以雄自己也似乎弄不清何以在蕊芸兰面前鼓不起勇气要求留宿。难道是自觉年纪太大,配不上蕊芸兰?自从他结识蕊芸兰以来,每逢到北平出差,必把蕊芸兰包下,两人相处也十分融洽亲密,而他却总是没有胆量把隔在他们二人中间的最后一层薄幕扯掉,仿佛一旦扯掉,他就会丧失什么珍贵的东西似的。他生平还是第一次在一个用钱买来开心的班子姑娘面前感到那么缺乏自信!他常不禁自问:这难道就是所谓"真正的爱情"?他虽然已经三十多岁,又有了两个老婆,但真正动情去爱上一个女人,这还真是破天荒。难怪他自己也觉得,像他这样惯于逢场作戏的人这次竟然也认真起来了,真是稀罕!

皇甫以雄在地处法租界最繁华最热闹的中心地带的交通旅馆订了两间一套的房间。那地方是黄、绿、蓝牌三路有轨电车的交叉点,是游逛购物的最好去处,光是旅馆斜对面的五层劝业场大楼就能满足顾客吃喝玩乐的各种需要:一层是各色店铺,鳞次栉比;二层有专售古玩玉器和旧书的铺面;三层是天宫电影院,专放什么《火烧红莲寺》《啼笑因缘》《女镖师》等一连好几集的中国默片;四层有天华景大戏院,虽然像梅兰芳、余叔岩、杨小楼这类名角不曾到这里演出,但是,天津本地的一些相当走红的角儿却经常在此轮换登台，特别是名武生尚和玉，后来还在这里办了一个科班——稽古社；五层有几个戏园，上演评戏、昆曲、杂耍；最高一层是"屋顶花园"，是夏季晚间乘凉听大鼓书的极好场所。劝业场毗邻一部分天祥市场（另一部分在马路对面），二场中间和附近有许多小饭馆，那里可以吃到大饭店里吃不到的地道天津风味小吃。交通旅馆位于十字路口的临街角落，当时算是仅次于英租界的利顺德饭店、法租界的国民饭店和永安饭店的二等旅馆，而那三家头等旅馆就地势来说，是赶不上这里方便、四通八达的。

蕊芸兰随皇甫以雄来到天津，一连三日都是出入商店酒肆、娱乐场所，真正领略到繁华都市的风味，这同古朴的故都北平比较，可谓"宛如隔世"。抵津的头一天，皇甫以雄就陪她到信隆祥绸布店、天宝金店、金九霞鞋店等上等店铺去买衣料、首饰、鞋子，中午到北安利饭馆尝粤菜，晚上到紫竹林吃西餐，饭后又到对面的春和大戏院看荀慧生的全本《十三妹》。蕊芸兰虽在上海也待过一阵子，却没有像这次如此集中地尽情享乐，所以几乎有一点眼花缭乱，目不暇接。第二天，皇甫以雄征得蕊芸兰同意，带她到德源里自己的住处，特地把她只介绍给他的大太太郑日珍。当时，只略坐了一会儿，蕊芸兰对皇甫以雄的用意并未多加考虑，只是觉得，他既然建议她见一见他家里的人，这似乎表示他瞧得起她，她也是"盛情难却"罢了。头两天，皇甫以雄都是最后在夜里把蕊芸兰送回旅馆，然后自行返家安歇。第三天夜里，他却像有什么要事似的，陪蕊芸兰回来后一味地只是"闲聊"，毫无去意；蕊芸兰于是想道："他看来是想留宿了。"经过这段时间的接触和交往，蕊芸兰对皇甫以雄早有好感，只是他从不提起要留宿的事，自己也乐得听其自然。这时，蕊芸兰见皇甫以雄仍在没话找话地跟她说笑着，不禁暗笑，却仍矜持着，不愿采取主动。最后，皇甫以雄实在憋不住了，而且也赖不下去了，只好红着脸问道："今晚，我不走了，陪你，好吗？"蕊芸兰走到正站在窗前往外看的皇甫以雄身边，温柔地揽住他的脖颈，踮起足尖，把嘴贴到他的耳际，低声道："我早就等你说这句话了！"也正是在枕边，皇甫以雄说明了自己要娶蕊芸兰为妻的心意。

从天津回来的第二天，蕊芸兰就抓了个空，到前院找况家姆妈，把皇甫以雄在天津提出要娶自己的事说了一遍。她见况家姆妈听了一愣，便又说道："这位皇甫老爷人品不错，纵然比我大了好几岁，也难得对我一片诚意。他对我什么事都没有隐瞒，比如说吧，他已经有了两个老婆，这次到天津，还让我见了那个大的；不过，他答应我将来'两头为大'，分居另过。我可以继续留在北平，我欠的账他都应允代我一次还清。另外，还要给您一些酬劳，感谢您照顾我这么多年。我自己也觉得，您把我从家里带了出来，费尽心血养我成人，出来挣钱，这个大恩大德我是日夜想念早一天答报的。像皇甫老爷这样的客人，也难遇上，况且，像我这种人又能指望有什么更好的出路呢？所以，我请您再照顾我一次，叫我趁此机会从良吧。"况家姆妈听蕊芸兰说得恳切，在理，长叹了一声，眼睛也湿了。她拉住蕊芸兰的手，亲切地说道："不是我做姆妈的不通情理，我也早听说皇甫老爷对你不错，在你身上也花了不少钱，这个机会实在难得，我哪里能再阻拦你呢？不过，你六妹说不定什么时候也会从良，你们两人先后一走，那些年纪尚小的又来不及接替，这班子可叫我靠谁撑下去呢？班子里缺不了你们这两根顶梁柱啊！……”说到此处，她忍不住就滴下泪来。

“姆妈的话我很理解。不过，老六比我小些，她的那位官老爷一时也未必要把她娶走，老六又比我混得更红，我就算走了，班子里的生意也未必有太大的损失。小妹妹们里头有那么两三个出众的，不愁顶不了班。姆妈想必也知道，干咱们这一行的，千载难逢的机会万万不可放过：过了这个村，就没有这个店了。所以，还请姆妈体谅我的苦衷，放我一马……”蕊芸兰心中也很不忍，觉得自己这样做，似乎有些狠心，但又实在出于无奈，见况家姆妈哭得伤心，自己也不禁掉下泪来。

况家姆妈长叹了一口气，道：“好闺女，你放心，有这样难得的好事，我怎么能强人所难呢？我更不会怪你。”她沉吟了一下，又问道：“你打算什么时候嫁给他呢？”这时，况家姆妈已知再留不住蕊芸兰，便不再多说。

“怕还要等一两个月。因为还要置些东西，租所房子，这也不是一天两天能办妥的。反正我只要一天不走，我就不会给您撂挑子。”

况家姆妈松开蕊芸兰的手，站起身来，走到橱柜前面，用钥匙开了第一个抽屉，把里面一个乌木镶银的大首饰盒拿了出来，当着蕊芸兰的面，把盒子打开，从里面拿出了一条坠有一颗色正光润的碧绿翡翠鸡心的镶金珍珠项链，说道：“这块翡翠鸡心是极贵重的东西，是我十分珍爱的，连我的女儿出嫁我都舍不得给。现在，你就拿去做个纪念吧。但愿你不会忘记咱们相聚的这一场。”说罢，她的眼圈又红了。

蕊芸兰见况家姆妈把自己如此心爱的贵重之物送给了她，心中又感激又难过，哽咽道："姆妈说哪里的话！我这辈子也绝不会忘记您老人家的！"说时，忍不住投进况家姆妈的怀里放声大哭。

皇甫以雄委托永泰和驻北京分公司的经理、郑日珍的堂兄郑丽山代办婚事以及有关蕊芸兰住处等一切杂务。郑丽山行二，所以皇甫家的人都叫他二哥。他作为姻亲又兼皇甫以雄的下属，自然尽心尽力地为堂妹夫娶妾操办一切。他的原配留在广东老家，如今跟他住在一起的是他的二太太凌如梅，这时她结识了蕊芸兰，二人一见如故，不久就亲如姐妹。这位二嫂为人老实，不擅交际，在北平没有什么亲朋好友，几乎每天都跑来找蕊芸兰。蕊芸兰怕这会影响她接客，有一次，蕊芸兰趁着屋里无人，便悄悄地对她直言道："二嫂，不是我不欢迎你。我现在还没有脱离这个班子，你作为一位经理太太经常从班子里出来进去，难免会引起别人怀疑，会招来一些风言风语，传到二哥耳朵里就更不好了。等我出了嫁，有了自己的家，这些麻烦就可以避免了。你说呢？"凌如梅听了，恍然大悟，连连点头称是。她很听话，从此再不敢去找蕊芸兰，同时还加紧催促丈夫快些给皇甫以雄办事，特别是给蕊芸兰找房子。

半月后，郑丽山在前门外大马神庙找到了一个小四合院，房间虽不够大，也不够多，蕊芸兰再加上三四个用人却是够住的了，特别是小院子挺幽静：进门后一道影壁后面，有个月亮门，通到里边的大院子；那里有一棵大槐树，还有两三块花圃。蕊芸兰一看便中意了，皇甫以雄更没有什么异议。于是，择日乔迁。蕊芸兰不赞成皇甫以雄提出的大办所谓"乔迁之喜"，只由皇甫以雄在东兴楼订了十桌酒席，热闹了一番，甚至没有把天津的两位太太请来。

蕊芸兰有了自己的家，庆幸自己终身有了归宿，加上皇甫以雄体贴入微，为了公事，不断地往返平津，如无要事，周末必来，星期一再返回天津。蕊芸兰在生活上有郑丽山负责照料，平日又有二嫂凌如梅常来做伴，小日子过得蛮惬意。附近新开了一家大戏院，名"第一舞台"，许多名角都在那里轮番演出；遇有好戏好角，蕊芸兰就跟二嫂一起去听戏；光是麒麟童的连台本戏《狸猫换太子》，她们就连续看了十三四本。皇甫以雄细心观察，蕊芸兰实在是一个居家过日子的好主妇，没有那些班子里的姑娘在从良后心收不住，整天家不着边的坏习气，如此他自然是又欢喜又放心。

家里安顿好了，蕊芸兰首先想到的一件"大事"就是接父亲和祖母来平看看久别的女儿／孙女。她跟皇甫以雄商议了一下，皇甫以雄一口答应，马上打电话给郑丽山，叫他给岳父程伯荣寄去路费（蕊芸兰出嫁时，先已电汇了两千大洋），并对蕊芸兰道："他们如果到了，我恰巧不在，你就替我好好招待。千万不可怠慢，不然，老丈人和老奶奶要怪我这个女婿和孙女婿是个吝啬鬼了！"过了几日，程伯荣来信说，他眼睛不好，陪祖母来非但不能一路照顾她，反倒会给她添麻烦，恰好有个同乡也上北平出差，就请他照应了。所以，这次只祖母一人前去，他暂且不去了。蕊芸兰收信后想道："这样也好，祖母今年八十岁了，也等不得，父亲暂不来平，以后还有的是机会。"她每日企盼见到这位自幼最疼爱她的祖母，惦念祖母这些年来为照看这个穷家，历尽了辛苦，今天她总算出头，这次一定要好好尽孝，让这位老人家享享清福。

这一天，她收到电报，说祖母次日即到。蕊芸兰立即叫王妈和另一个老妈子赶紧把西厢房收拾好，又叫厨子给老太太准备次日的饭菜，她预料祖母如今牙口不好，特意叮嘱做几道易嚼易咽的菜肴，其中包括一只炖得烂烂的清炖蹄髈。翌日，蕊芸兰很早就雇了一辆轿车去车站接车。火车正点到达。在熙熙攘攘的旅客当中，蕊芸兰眼见一个衣衫朴素的老太太提着一个包袱，被一个男人搀扶着走过来。她看出这正是她日夜思念的亲爱的老祖母，泪水不禁一涌而上，她抢先一步，跑过去叫道："阿婆，您还认得我吗？"祖母钱氏是小脚，走不快，见一个衣着华丽的年轻太太跑到自己身边，倒吃了一惊，定睛一看，果然就是自己最疼爱的长孙女玉英，她激动得一时答不上话，只一把抓住蕊芸兰的双手，眼泪也立即扑簌簌地滴落下来，稍歇才止住哭泣，笑道："怎么不认得?！我的好孙女！"蕊芸兰连声向站在祖母身旁的那个陌生男子道谢，一路辛苦，原要请他跟祖母一起回家款待，但那人称有急事谢绝了，于是，双方道别。

　　蕊芸兰叫陪她来接车的王妈见过老太太，把老太太的唯一行李——一个包袱——接过去，一齐出了前门东站，上了汽车，不一会儿就到了家。蕊芸兰怕老祖母一路劳乏，请她在客厅里稍歇一歇，然后吃晚饭，可是老太太却精神抖擞，在客厅里来回走动，看看这个，摸摸那个，兴奋得嘴都合不拢，一边还不停地念叨着："不累，不累。真是做梦也想不到，我能活到今天到北平，到我孙女这里来！这里可是皇上住的地方啊！……"最后，还是蕊芸兰硬强地把她拉着坐到长沙发上。蕊芸兰令王妈把一个脸盆架搬到客厅来，说让老太太先在这里洗洗脸，然后再到卧房去。王妈打了洗脸水，沏了茶，请老太太好好歇一歇，顺手把老太太的包袱拿到老太太的房间。蕊芸兰在客厅里跟祖母有说有笑地互诉离情，但说到一些伤心的往事，不免又掉下泪来，随即又破涕为笑，谈论今日的幸福。钱氏说道："你寄来的钱，你爹妈上用来买了一所房子。咱们家如今再不用住过去租的那所破瓦房了。家里现在应有尽有，吃穿不愁，都是靠我这个大孙女才能享福啊！可叹的是，你妹妹玉蓉嫁的人不如意，大老婆凶得很，是个'把家虎'，玉蓉想照应家里，也不准，成日价跟老妈子一样听人使唤。要是能像大孙女婿这样待人，咱们家更不知会多好！"蕊芸兰从家信中早已得知玉蓉的不幸遭遇：嫁了一个广东潮州的粮商，生活虽然优裕，却备受大老婆的欺凌。这实际上也是蕊芸兰同意给人做妾，却坚持要分居另过的主要原因。至于一些细节，却直到现在才从祖母口中得知的：玉蓉托人写的来信中从未提及过这些令人心酸的事。谈到这里，祖孙二人又不禁唏嘘落泪。说着话，不觉已到掌灯时分。晚饭摆好，请老太太上座。钱氏拿起象牙筷子，挑起一块蕊芸兰送到碗里的肥大蹄髈，放进口中，只一抿就咽下去了，高兴地说道："真烂，真好吃！想不到我今天也吃上孙女的好菜好饭了！"说着又含泪笑了起来。

　　钱氏虽然年逾八旬，却因为家境清苦，干惯家务，身体仍十分硬朗，全不像八十岁的老人，这些日子在北平，由蕊芸兰陪着，把什么故宫、天坛、北海公园等有名的地方都逛遍了。老太太脚小，走得慢，却一点也显不出累，有时还乐呵呵地不让蕊芸兰搀扶，也不用拐杖，独立行走，一边笑道："别看我岁数大，今天我能到皇上住过的地方来逛，说不出有多大的劲儿。别扶我，我能行！"蕊芸兰看祖母这么兴致勃勃，身体又那么结实，自然欢喜异常。皇甫以雄听说钱氏已到北平，特地从天津赶来相见，也不顾公事繁忙。他见老太太这样慈祥和蔼，非常高兴，对老太太也就格外敬重、体贴，亲自到瑞蚨祥，给老太太剪了不少衣料。老太太也着实喜欢这个好孙女婿，觉得他一点也不嫌贫爱富，不时喃喃自语："阿弥陀佛！我孙女真是前世修来的福！"皇甫以雄还叫专给皇甫家做衣服的名裁缝徐师傅给老太太赶制几套衣服。钱氏在蕊芸兰家住了个把月，就急着要回去，怕程伯荣有眼疾，在家中干活困难，蕊芸兰和皇甫以雄几经挽留也留不住，只好命人替老太太买了头等卧车票。夫妻俩把祖母送上火车，皇甫以雄还托付车务员注意照顾，并先发出电报，请程伯荣届时托人接车。过了一年，钱氏去世，据说是"一觉睡死的"，死时还面带微笑。

蕊芸兰婚后眷恋自己的小家，竟像变了一个人：从热衷社交的少女一变而为深居简出的少妇，除了必要时陪皇甫以雄出外应酬，平常几乎是大门不出，二门不迈，一般都是郑二太太等亲友来邀她去上街、看电影或听戏。有时兴致来了，她偶尔也去拜访那些过去认识的大公馆的太太小姐。她跟往日嫡红班的姐妹们固然一直保持来往，但并不频繁，姐妹中有困难的，只要上门来求助，她无不慷慨解囊。赛珍珠出嫁的那一天，她还送了厚礼，参加了宴会。而自从怀孕之后，她就更少出门了，经常只在家中接待客人。因为她不常上街，皇甫以雄为了给她调剂胃口，特地给她在附近的正兴楼立了一个折子，随她点叫喜吃的菜肴，送上门来，不必当下付钱，记在这个折子上，按月结算。这家饭铺做的红烧头尾、辣子鸡丁最好，蕊芸兰的折子上几乎都写的是这两道菜。为了给她补身子，隔日由王妈交替炖老母鸡汤和鲥鱼汤给她喝，这也是她怀孕期间最喜喝的清汤。皇甫以雄因公事忙，不能常来，家中一切几乎全靠王妈料理，王妈实际上成了蕊芸兰家中的女管家。

这日，王妈进屋来报信，说况家姆妈带着一个年轻女子来访。蕊芸兰出来迎接，一看这女子竟然是杜月娥。她见杜月娥比以前略显丰满，却依然十分秀丽动人，只不过发型有了变化，用大缕青丝遮住左耳，右耳则戴着珠翠镶红宝石的耳环露在外面，倒更显得俊俏。大家见面，都十分兴奋。落座之后，送上香茗和水果点心。杜月娥四下打量，不住恭喜蕊芸兰有了这样好的归宿，这样幸福的小家，还特别赞美蕊芸兰把房间布置得这样雅致。谈话中，蕊芸兰才知道，杜月娥曾先后两次来过北平，因为时间仓促，也抽不出空来看望蕊芸兰，这次重来，就不再走了。原来杜月娥远嫁后，虽然生活富裕，夫妻和美，却同蕊芸兰的胞妹玉蓉一样，备受大老婆的欺凌，这就使她更加怀念远在北平的母亲，加之听说目前嫡红班自蕊芸兰和赛珍珠从良后，生意大不如前，很想回来探亲，可能的话，叫丈夫多少给些资助。她跟丈夫要求多次，丈夫硬是不允，怕她变心，去而不返，大老婆也趁此火上加油，挑拨是非。杜月娥生就烈性，忍无可忍，就当面向他们发誓，如回平不返，就不得好死，甚至当场割掉自己的左耳，借以明志。这时她丈夫才不得不同意，大老婆也便无话可说。丈夫在她临行前还偷偷地塞给她两卷大洋，大约有两千块钱。第二次，杜月娥是因为母亲欠债难还急病了，才赶来北平。鉴于头一次的经验，丈夫没有多加阻拦，只是说，他最近生意不好，只能给她一千块钱，同样也是背着大老婆给的。不想，在她从北平返回之后，未及一月，丈夫却突发脑出血，一命呜呼。大老婆恶毒，把遗产独吞，连一个铜板也没有给她。杜月娥一气，便公开表示与他们断绝关系，所以，这次来平，就不走了。这时节，况家姆妈正苦无办法重振嫡红班，杜月娥便决定重作冯妇，再度挂牌接客。说到此处，杜月娥眼泪汪汪地叹道："唉！算我命薄，白白地割掉了自己的耳朵。这也怪我和他姻缘不能长久，夫妻关系如此短暂。姆妈这里也正是困难，我再不出山，又怎样才能把这个班子维持下去呢？只要我这次出来，好歹能把班子撑起来，也就知足了。想恢复往日的红火，那可不易！"蕊芸兰听了杜月娥的这番曲折而不幸的经历，联想到妹妹玉蓉的遭遇坎坷，既伤心又同情，苦于私蓄不多，无力帮助她们一把，不禁潸然泪下，便对况家姆妈说道："我想，等老爷回来后，一定叫他想想办法，把姆妈的班子搞得好些，出钱出人大概是没有问题的。不过，眼下我刚结婚未及一年，手头也还没有积攒多少钱，要是况家姆妈不嫌少，我现在拿出五六百元还是不难的……"话没有说完，况家姆妈和杜月娥就一把拉住她的双手，说道："你好不容易存下这点钱，我们怎好动用？况且，那也是杯水车薪，倒苦了你！还是请你跟皇甫老爷说说，叫他捧捧场，多想办法，多凑几个朋友常到班子里来玩，吃吃酒，打打牌，把班子的门面弄得红红火火、热热闹闹的，也就算助我们渡过眼前的难关了。"况家姆妈用手帕抹了抹眼睛，长叹了一声，又道："这次幸亏你大姐回来，不然实在难以想象我会落到什么地步。这也怪我过于贪心，做了几次投机买卖，都赔了，把个好端端的嫡红班变成了无底洞！……"未曾说完，又呜咽起来。杜月娥和蕊芸兰急忙好生劝解。当晚，蕊芸兰请况家母女到丰泽园吃了晚饭，相互道别。等皇甫以雄周末从天津回来，刚进门，蕊芸兰就急着把此事对他说了，求他无论如何要想法帮况家姆妈一把。皇甫以雄爽快地一口答应，次日就打电话叫郑丽山多拉些朋友常去嫡红班捧场，并另筹划一些其他路子，为况家姆妈扩大财源。这一来，嫡红班果然就逐渐恢复昔日的兴隆。

皇甫以雄对蕊芸兰确是真心实意的，凡蕊芸兰的话，无不听从，但只有一件事却长时间为此争吵几句。不过，皇甫以雄作为男人，却有一个好处：只要蕊芸兰真的动起火来，他便不再吭声，索性让蕊芸兰去絮絮叨叨，要么则是扭头一走，到外面去找朋友，但到半夜，还是会蹑手蹑脚地回来，甚至还柔情蜜意地向蕊芸兰赔不是，让她消火（自有了蕊芸兰，他有好长一段时间不在妓院留宿了）。他们争执不休的这个难题就是：皇甫以雄虽然有言在先，同意蕊芸兰与大老婆、二老婆分居另过，所谓"两头为大"，内心却总是希望蕊芸兰能迁居天津，哪怕不和他们住在一起，以求减少开支和往返平津的麻烦。而蕊芸兰呢，对这一点则是寸步不让。正因如此，他们多次吵来吵去，蕊芸兰骂他言而无信，为了省几个"臭钱"，忍心把她往"火坑"里推，叫她像妹妹玉蓉和杜月娥大姐那样受人欺侮，"活受罪"。蕊芸兰哭闹得最凶时，就会让王妈给她收拾行李，要跟皇甫以雄一刀两断。王妈只好按太太的吩咐去做，可是等到蕊芸兰禁不住皇甫以雄用甜言蜜语缠绵劝解息怒之后，又得把整理好的行李打开，把东西一一放回原处。一次，夫妻俩又为此事争执起来，蕊芸兰又跺脚叫王妈整理行李，王妈半为难半开玩笑地说道："我的太太！您看，不到五分钟，我就又得把这些行李打开了！您就行行好，就饶了我吧！"她这一说，倒把怒气冲冲的蕊芸兰逗笑了。

然而，有一次，军阀又开战了，一连二十多天，平津铁路、电信都中断了，皇甫以雄无法来平，这才把蕊芸兰吓坏了（皇甫以雄惦记蕊芸兰，在津也是终日像热锅上的蚂蚁，坐立不安）。经过这番惊吓，蕊芸兰才在皇甫以雄又一次的耐心劝说下同意迁津。她自知此举是吉凶未卜，是非难免，但独居北平，终非长久之计，谁让自己偏偏生活在这种兵荒马乱的世道呢！无奈之下，只好二害取其轻，硬下心肠，冒一下这个风险了。

四

蕊芸兰来到天津的第二年夏末，生了一个女儿，大太太郑日珍给她取了一个名字，叫"和凤"。据说，就在婴儿出生的头一天夜里，郑日珍偶得一梦，梦见一只五彩斑斓的金凤凰落在皇甫家的屋顶上，于是她便按女性的"和"字辈，加了一个"凤"字，并说，这个梦大吉大利，说明日后这女儿定会有做"皇后"的命，享受不尽的"荣华富贵"。皇甫以雄因为有了儿女，对蕊芸兰会生男生女，倒并不在意，只是这女儿是蕊芸兰生的，就格外感到高兴，心疼得很，特别嘱咐管家魁元给三小姐找奶妈时，一定要挑选人长得标致的。三小姐是个女孩儿家，奶妈好看，孩子吃她的奶，大了才会长得俊秀。不过，话说回来，皇甫以雄本人虽不像广东老家那样重男轻女，却由于前几个月，久病的二儿子华文终于夭折，觉得如果和凤是个男孩儿，倒可补上华文的缺，心里未免多少有些遗憾，只不过表面上没有流露出来罢了。最不高兴和凤出生的是皇甫以雄的母亲邵氏。邵氏原本是皇甫家的丫头，收房后肚子争气，一连生下三个儿子，最后一个才是女儿，所以，皇甫以雄的父亲的原配死了以后，她便被扶了正。老太太从小便被灌输了一脑子的封建宗族思想，重男轻女到了极点，特别是常以自己能有连得三子的"本事"而自我夸耀，瞧不起那些只会生女儿的女人。"女儿是赔钱货"，这是老太太的口头禅。过去，皇甫家的儿媳妇临盆时，只要老太太在场，她非要亲自在房门外守候到婴儿呱呱落地，人来向她报喜不可，因为她要知道生下的是男是女：是男，她就抿着嘴，笑呵呵地一扭一颠地走去（因为她是缠足）；是女，她则会怒目圆睁，啐出一口唾沫，道："又是一个赔钱货！"老太太本一直跟着二儿子皇甫以冲住在上海，年初，因为皇甫以冲的大老婆刘氏虐待也是丫头收房的小老婆孟氏，一向护着孟氏的老太太跟刘氏吵翻了，逼着二儿子答应她带着孟氏及其子女迁居天津。"我有的是儿子，你这里待不下去，我可以去找老三嘛！"老太太迁津后，跟孟氏住在英租界伦敦道的一栋小洋房里，因为德源里皇甫以雄的住处过于狭窄，皇甫以雄才命魁元做了这样的安置，老太太倒十分满意，不时由孟氏陪同，到三儿子家看看。皇甫以雄是个出名的孝子，自老太太迁来后，每天下了班，总是坐车先去伦敦道老太太的住处问安，然后才回家。有时，看老太太高兴，也派人去接老太太到德源里来住上几日。老太太是丫头出身，扶正后也没有养成当太太的恶习气，生活照旧十分俭朴，并且特别讨厌那些讲究吃穿的女人，骂她们是"败家精"，所以，郑日珍、柳玉喜、蕊芸兰等每逢去见老太太，都注意事先换上布衣，一旦疏忽，仍着绸缎，老太太见了，就会冷笑道："做什么打扮成'公仔'①啊?!"一边还扯起对方的衣襟抖动两下。

---

① "公仔"是广东话里讲穿红着绿的木偶玩具，此处则是指打扮得花枝招展的不正经的女人。

老太太对生活条件要求不高，好伺候，这倒减轻皇甫以雄在心理和物质上的许多负担。蕊芸兰这次生和凤，老太太自然也是守在门外听信儿的，当听到用人报喜说"恭喜老太太又得了一个孙女"时，老太太马上一撇嘴，骂了一声，扭头便走。为此，蕊芸兰在很长一段时间都要看老太太的那副阴沉沉的脸色。

蕊芸兰来到皇甫家最令她憋气的倒不是这位重男轻女的婆婆，而仍然是那位早叫她有戒心的大老婆郑日珍。郑日珍妄自尊大是习惯了的，况且早在蕊芸兰进家之前就盘算好不让她插手皇甫家的事务，叫她只充当皇甫老爷的"花瓶"。郑日珍素来讲"规矩"、论尊卑，不论做什么，都要突出她这位"大太太"的地位，吃饭要上座，见人要领先，一旦坏了规矩，乱了法度，那双丹凤眼就要射出愠怒的凶光。蕊芸兰自然不听她那一套，尽管她本来就无心与大老婆争权，只是有时看到二太太柳玉喜总是那么逆来顺受，感到有些气不忿，开头顶撞了几次，后来为了少生闲气，也便容忍退让了，谁叫连皇甫老爷有时也惹不起这位大太太呢！一向性格倔强、不听摆布的蕊芸兰心中早已拿定主意，只要你不逼人太甚，我就让你三分，横竖我绝不会像妹妹玉蓉和杜月娥那样受大老婆欺侮！然而，这样的日子毕竟不好过，虽然不住在一起，但是从早到晚总要碰上几次，抬头不见低头见，特别是起初，没有分着开伙，全家吃饭时，总要论辈分、地位顺序称呼一遍之后，才能端起饭碗动筷子。蕊芸兰在皇甫府上排在第四位，即使心里别扭，也得先称呼"老爷吃饭，太太吃饭，阿奶（即柳玉喜）吃饭"，然后才能吃自己的饭。最初，蕊芸兰很腻烦这种做法，有几次竟有意"犯规"，郑日珍果然大为不悦，在饭桌上冷言冷语，弄得气氛紧张，大家连饭都没有吃好，还是皇甫以雄私下劝说蕊芸兰几次，蕊芸兰才只好看在皇甫老爷的分儿上做了让步。因此，蕊芸兰每逢郑日珍在场，总觉得浑身上下不自在。郑日珍呢，虽说表面上不动声色，但言谈举止也多少露出不自然。郑日珍还有一点叫蕊芸兰冒火的，那就是：凡皇甫以雄给蕊芸兰买些什么，她也定要丈夫给她买上同样的东西，根本不考虑她和蕊芸兰在年龄上的差距，尤其是质量、价格差一点儿也不行。有一次，皇甫以雄陪蕊芸兰到北平王府井南口的力古洋行买了一些色彩十分鲜艳的印度绸缎，郑日珍见了竟逼着皇甫以雄派人去北平专给她把同样的衣料买来。皇甫以雄这次着实有些气恼，质问道："你这么大岁数能穿这种花色的衣服吗？"大太太也寸步不让，反唇相讥道："我穿不了，难道不能给和慕穿?!"于是，竞争的范围又扩大到和慕身上。这位大小姐有姆妈撑腰，当然也就经常参加怄气，与蕊芸兰一争短长。这样一来，皇甫老爷的开支不知增加多少，无怪乎月底魁元把一沓沓账单送到皇甫以雄面前时，老爷总会抓耳搔腮，有时被蕊芸兰碰见，她还会打趣道："谁叫你娶那么多老婆啊！"

郑日珍多心，总怀疑皇甫以雄私下给蕊芸兰许多体己，因而时常会虚报每月家用，向丈夫多要钱，那多余的部分自然都入了她的私囊，有时还会公开"勒索"，关起门来跟皇甫以雄低声哭闹，要求丈夫"体恤"她无儿无女（这时，和慕也便不是她的"乖女"了），理应给她在银行里多存些款子，借以"防老"。皇甫以雄拗不过她，也乐得用钱来堵上她的嘴。蕊芸兰在皇甫府上不仅在管家方面不能沾边，而且连自己想吃想用的东西，先差人去买，也须得到大太太的首肯，一旦不经她批准就办，少不得就又要闹得家宅不安。有一次，竟因为厨子王师傅听蕊芸兰吩咐单给她炖了一锅鲥鱼汤，郑日珍险些把这个平常备受抬举的大师傅给无端辞掉。当时，蕊芸兰气得当面指着郑日珍骂道："你不要这么缺德！汤是我叫他做的，你要赶他，倒首先应该赶我，我是'罪魁祸首'嘛！再说，这汤虽说是给我做的，大家想喝，也有的是，谁想喝就喝呗！锅上也没有写着'汤是三太太的，大太太不能喝！'。"蕊芸兰明知"大太太"的称呼是郑日珍的忌讳，便故意说出了这个字眼。经蕊芸兰这一骂，郑日珍倒有些奈何不得，只好板起面孔，不再吱声了。蕊芸兰明白郑日珍竟是个如此色厉内荏的女人，欺软怕硬，便增加了对她的鄙视，但由于她一向待人宽厚，却也不想总让大太太在众人面前下不来台，只要对方不欺人太甚，犯不上先发制人，没事找气生。然而，郑日珍心地狭窄，哪里容得蕊芸兰如此"犯上"，不过她也意识到对方扎手，不敢轻举妄动，背后总想着方儿报复。枕边告状，说什么蕊芸兰爱打扮，乱花钱，已是家常便饭的事，把这位皇甫老爷都听腻了，这且不说，还千方百计地挑拨蕊芸兰和老太太乃至柳玉喜的关系。有时，她故意背着蕊芸兰，突然把老太太接过来住，闹得蕊芸兰来不及"换装"，挨老太太的白眼甚至嘲讽。郑日珍一方面表示大太太的"大度"，怂恿丈夫到蕊芸兰那里过夜，另一方面又阴阳怪气地在柳玉喜面前唠叨："咱们的丈夫快变成她一个人的了！"蕊芸兰是个懂得疼人、孝顺的人，虽然有时无辜挨老太太的骂，却从不记仇，对老太太照顾备至，竭尽做儿媳的孝道。有一次，老太太住在三儿子这边，不巧感冒了，后又转成肺炎，高烧四十度，蕊芸兰日夜服侍，端屎端尿，连和凤都顾不上照看，以至于把这位喜欢挑眼的老太太也感动了，甚至有时见蕊芸兰穿绸着缎，也不再骂她像“公仔”。柳玉喜自蕊芸兰来家后，经过平日交往，慢慢打消原来的顾虑，觉得蕊芸兰并不是那种无事生非、存心整人的妇道人家，老爷喜欢住在那边，也并非蕊芸兰有意霸占丈夫，有时倒觉得郑日珍不该老是说蕊芸兰的坏话，挑蕊芸兰的“毛病”，何苦弄得彼此算计，家宅不安呢！再说，老爷也并不是老睡在蕊芸兰处，自己这边，他不是也常来吗？不过，这位二太太碍于跟郑日珍的特殊关系，一向又总是敬重这位“二姑”，即使能明辨是非曲直，也不敢多说一句顶撞的话，只好在大太太大发牢骚时默默地听着，同时，也注意不和蕊芸兰过于亲昵，以免引起郑日珍的疑心。

蕊芸兰对待下人，也同样十分宽厚，从不摆太太架子，深得众人敬爱，连郑日珍身旁的张妈都经常夸三太“随和”“脾气真好”；郑日珍为此也十分嫉妒，怪怨蕊芸兰会“收买人心”，暗中也想使坏，唆使下人不听三太太的吩咐，可惜却没有人听她的，于是，她不得不在这方面有所收敛。日久天长，郑日珍对蕊芸兰的积怨越来越深，甚至看到蕊芸兰陪伴老爷外出应酬，心中也不是滋味，总在盘算出个办法来剥夺蕊芸兰的这种“受宠”地位。一天，她偶尔灵机一动，竟然思忖是否该让皇甫以雄再娶个“第四房”！

皇甫家还有两位男士不时给蕊芸兰带来烦恼：一位是侄子培亭，一位是大少爷华海。蕊芸兰来家后，皇甫以雄自然要带她去拜见大伯母郑氏。郑氏不像她的堂妹郑日珍，她是一个异常忠厚的妇人，加上年轻守寡，凡事总愿体谅别人，从不惹是生非。她见蕊芸兰人品好，性格直率，也很喜欢，叫蕊芸兰有空常来陪她。培亭的老婆郭仙芝，虽属蕊芸兰的晚辈，年纪却跟蕊芸兰相仿，两人倒也说得来，尤其是郭仙芝知道蕊芸兰是三叔的爱妾，少不得要想方设法拍拍这位三细叔母的马屁。有时，两人高兴，就一齐坐车去找伦敦道皇甫以冲家的"细母"①孟氏聊天或上街，若是郑丽山的姨太太二嫂来了，那就更热闹了。四人的年龄大致一样，性情也相投，平时在家烦闷时，就搓几圈麻将，倒也十分惬意。也正因为蕊芸兰跟大伯母、郭仙芝常来常往，培亭也借机向蕊芸兰大献殷勤。培亭才干平平，全靠三叔皇甫以雄提拔，在公司里很有可能升为洋账房，直接掌管公司财务。这可是个要害职位，总办若不器重，任何人都不敢企及的。培亭得到三叔如此大力栽培，工作上自然不敢懈怠，力图讨好三叔。培亭每天上班，午饭回家吃，起初，吃罢总是先到德源里四号向蕊芸兰"问安"，随后再到一号公事房办公。后来，他不仅有午饭后的"问安"，连下午下班后也总找些借口到蕊芸兰这里坐坐。初来时，蕊芸兰还尽量热情招待，闲话家常，后来则几乎无话可说，面面相觑，彼此都很尴尬。蕊芸兰是个精细的人，哪里猜不出培亭的心意！不禁心中骂道："这小子没安好心！竟敢调戏三叔的老婆。不怕犯乱伦之罪！得提防点！"慢慢地，蕊芸兰见了这位其貌不扬的大侄少爷就越发感到恶心，却又不能摆在脸上，至少还得敷衍两句；培亭也觉察出三细叔母的冷淡，"问安"的次数不得不有所减少，最后终于无事不再敢登门，蕊芸兰这才舒了口气。

---

① 如前所注，"细母"即指"小叔母"。

蕊芸兰对皇甫府上的大少爷华海少年风流早有耳闻，所以，每逢华海死皮赖脸地待在自己这边，借逗和凤妹妹玩耍而设法"亲近"年轻貌美的新姨娘，她总是拿出长辈的样子，提醒对方注意辈分，不容越规。但是，她又觉得，华海毕竟尚未成年，若能把他引上正道，叫他用心读书，少干些混账事，还不是做不到的，况且这也是做长辈的责任。因此，她不时还真把他当作儿子看待，劝他上进。华海嗜赌，有时输得太多，背地常向蕊芸兰借钱还赌账，蕊芸兰也从不拒绝，只是规劝他不可这样自甘堕落，甚至有时还不得不威胁他：再若如此，阿姐就要禀告老爷了！有一次，一批地痞流氓前来向华海逼债，魁元、广睦、李大、张二等一齐出动也拦不住。郑日珍和柳玉喜都吓得不敢出面，而皇甫老爷又出差到上海去了。地痞流氓横冲直撞，冲入二号过厅，一把抓住脸色煞白、浑身发抖的大少爷的衣襟就要动手揍人。这时，张妈早已跑到四号通报了蕊芸兰。蕊芸兰略一考虑，就立即随张妈过来，进屋大喝一声道："住手，你们竟敢跑到人家的家门口来打人啊！好大的胆子！不就是欠了你们几个臭钱吗？好！告诉我欠多少，我负责还就是了。"地痞流氓一见来了这位虽然年纪轻轻却庄重威严的太太，又听她一口答应还钱，当然乐得不把事情闹大，就此收住，于是马上松开了手，满脸赔笑道："太太，您别见怪。不是我们不讲理，您家的少爷也太不像话，欠了赌账三个月一个子儿也不还，还躲着我们！我们的钱也不是白来的，再说，我们都有老有小，还得过日子呢。我们可不像您皇甫家的少爷那么富裕。这点钱对您来说也算不了多少，您当然不会借此赖账。"

"赖账？这是什么话？刚才我不是已经说明白了吗？我负责

还！我们皇甫家能为这一点芝麻大的事儿栽在你们手里?!"蕊芸兰边说，边把怒目向来人一扫，冷笑道："说吧！多少? 我马上还你们现钱，拿到了钱，请你们马上出去！"

"二百块。少一分钱我们也不走！……"来人七嘴八舌地嚷道。

"费话！我能少给你们一分钱?! 不就是二百块现大洋吗? 现在，我请你们到外面去等。我马上去取。"蕊芸兰声色俱厉地说道，一边扬臂一挥，指向大门。

这场风波过后，蕊芸兰把华海拉到身边，半斥责半劝解道："你跟这帮家伙混在一起，不是送给人宰割吗? 能有你的好处? 今后，再这样下去，我不但不管，还要告诉你阿爷，看你怎样收场！"经过这场教训，华海领教了阿姐的厉害，不敢再对这位姨娘打什么坏主意了，甚而反倒十分敬重蕊芸兰，见了她比见皇甫老爷还要显得老实。

蕊芸兰在四号楼上只有四个大房间，比起北平的小四合院，不仅间数少，而且环境也差，不过，既然迁来，也只好将就。楼梯间又黑又小，楼梯又窄，上楼后有条狭小的楼道，一拐就是客厅，那里虽不很宽敞，但布置得依然雅致大方，只是少了两大盆香橼；四季鲜花是不缺的，能插花瓶的就插花瓶，秋菊、蜡梅之类则一般命魁元或广睦届时用大花盆搬进客厅的一角。客厅左手的房间是蕊芸兰的卧室，右手一间给和凤与奶妈住。最后一间暂时空着，摆放一些多余的家具和器皿。蕊芸兰来津后不久，便把王妈从北平接来，并且不食前言，真的叫和凤认王妈为干娘，从此，王妈在皇甫家的身份一下子就提高了许多，上上下下都不再称她为"王妈"而改称"王干娘"了。王妈来后，就暂住在摆放什物的那个房间，没有和其他女仆一起住到后院的一间平房里。王干娘把房间收拾得整整齐齐、干干净净，这就使蕊芸兰和皇甫以雄更加喜欢了。四号后院的上方是一个大阳台，阳台通向楼梯右拐角的厨房（左拐角则通向客厅）。夏季，蕊芸兰有时喜欢独自开伙，或从二号的大厨房打来饭菜，放在这里吃，因为这里开阔，凉爽得很。蕊芸兰有自用的包月车，郑日珍喜欢张二小伙子机灵又漂亮，就留给自己，却把老实巴交的李大推给蕊芸兰拉车。于是，李大便从二号的下房搬进四号楼下的一个小单间，不再与张二同住了。郑日珍虽然这样分派人手，却不甘心让四号的用人只侍候三太太，而三太太若有时需要二号、三号的用人来帮忙时，则难上加难，非有大太太的应诺不可。

这位原名叫作蔡文英的王干娘，出来做事一直随丈夫王济平的姓。老王是个厨子，在北平五芳斋干事十多年，烧得一手好江苏菜，后来又到天津登瀛楼从业。王干娘曾在天津英租界墙子河畔倪督军七太太的儿媳那里当佣工，夫妻俩于是前后脚都来到天津住下。然而，王干娘与老王的感情不好，嫌老王为人窝囊，因为她本人却是精明能干、争强好胜的。她只有一个女儿，名叫美珍，长大后竟像她爸爸那样懦弱无能、胆小怕事，所以，王干娘也不喜欢她的这个独生女，整日价见了女儿不是骂就是打。倪公馆在墙子河，七太太儿媳则住在黄家花园，老王后来也离开了登瀛楼，经王干娘介绍，到倪家七太太儿媳家里做饭；这两处离德源里都不算太远，王干娘却很少去找丈夫，丈夫也识相，很少来找老婆。王干娘不愿让女儿跟父亲住在一起，用她的话说，就是

"免得受他传染"，征得蕊芸兰同意，索性把美珍接来同住，叫这位干姐姐陪伴干妹妹和凤玩耍。美珍已经有十三四岁了，模样中常，性格老诚，很可蕊芸兰的心意，蕊芸兰也把她当作亲女儿看待（其实，蕊芸兰比美珍大不了许多，说"亲妹妹"倒是更恰当些的），供她上中学，因此，美珍在皇甫府上也是以干姐姐的身份出现，不了解底细的，根本不会知道她竟是老妈子的女儿。

自从李大被大太太调到四号来专拉三太太，蕊芸兰才慢慢地了解到李大家中艰难。李大不像张二，张二年纪轻轻，没有成亲，父母在老家种地，不需他每月照顾。一年到头，张二最多给家里寄去二三十元，表示一下"孝心"。李大则是携家带口的人：老婆虽然年岁不大，却身体虚弱；三个孩子又小，光是忙家里的活儿就够她受的，根本没有法子出来做工，好减轻李大的负担，一年下来，少生几次病，就该念"阿弥陀佛"的了。李大的老娘从三十多岁就守寡，好不容易把李大兄妹俩抚养成人。从妹妹嫁人后，李大的老娘就跟着女儿、女婿过，但是，每月也得由李大寄钱贴补。一来女婿是做小买卖的，家底本来就薄，加上孩子多，丈母娘在他家实际上也成了不花钱雇用的保姆；二来母亲住在妹妹家，自己作为长兄撒手不管，不仅情理难容，会招来许多闲话，首先妹夫就会不答应，还会给老太太气受，而且他作为儿子，也不能不尽量尽些孝心。因此，李大尽管自己家中已拮据万分，每月也尽可能省吃俭用，从八块钱的月钱中拿出两块寄给老娘。那时候，两块钱能买一袋白面，也可说是够多的了。有时，皇甫以雄和蕊芸兰出去应酬，或是家里来客打麻将抽头，李大跟其他人一样也能分上几块钱，积攒多了，便不定期地再给老娘寄去一些。

说起来，李大的这种生活实在是够苦的，不过，李大自己倒想得开，便觉得自己能在皇甫府上拉包月，已经比在街上拉散座强得多了，至少每月生活总有保障，不致担心一天不开张，家里就揭不开锅！特别是，皇甫老爷为人和蔼，待人又是那么宽厚。此外，他也自喜长得牛高马大，年轻力壮，身上好像有使不完的力气，自信只要好好干活，老爷太太绝不会亏待自己的。尤其是从侍候蕊芸兰以来，他就越发感到知足了。难得遇上这样体贴下人的好太太，有时不用他张口，三太就会关心地问道："怎么样？又是快月底了，还有钱买粮食吗？要是没有，先拿点钱去应应急，不用从下月的月钱里扣。月初，你不是还得给你娘寄钱吗？"光是从三太的照顾和关怀中，李大已经用了远远超出好几个月工钱的数额，而三太是从不从他的工资中扣除的，而且也从不说是借支还是预支，横竖是三太把钱给了之后就不再提及的。他哪里想得到，这位三太本也是在苦水里泡大的，深知缺吃少穿的难言苦处，这些钱实际上是对他的额外补助，是三太从未想到要计算和克扣的。有时，三太陪老爷到外面吃饭，无论是吃中餐还是吃西餐，总要叫一份饭菜命跑堂的或侍应生给候在饭店外面的车夫李大送去。若是看夜场戏或电影，也绝不让李大在戏院或影院门前等，是叫他先回去，待散场时再来接。李大见三太如此体贴，自然做事更加勤奋，总是在约定的时间之前半小时就守候在门前，如果还有老爷，只要没有张二同行，他便张罗着先叫好一辆胶皮（老爷一般总是让三太乘包月，自己坐叫来的胶皮的）。三太坐李大的车，也经常照顾他，叫他别跑得太快，省些力气。李大干的既然是力气活，出汗多了，自然容易磨损衣裤，这样，每季度蕊芸兰又与对待其他用人不同，多给李大十来块钱，叫他置买新的。而这些待遇张二在大太太郑日珍手下是根本得不到的。不过，郑日珍看到蕊芸兰这样待人，生怕下人埋怨，为了把下人的嘴堵上，她也便学蕊芸兰的做法，这样，张二也能从大太太那里得到原来做梦也梦不到的良好待遇。

　　这年冬天的一个下午，下了大半天鹅毛大雪，后来停了，西北风一刮，被车辙、行人来往紧压的地面上的积雪结成又硬又滑的一层冰，路面几乎变成英国公墓斜对面英国球场里的人工滑冰场了。蕊芸兰坐李大的车从细母家回来。李大拉车一贯十分谨慎，但碰上这样滑脚的路，即使更加不敢大意，也难免要出意外。他保持比往常稍慢的速度，一步一脚地尽量踏稳地面。三太在车上也不住地叮嘱要多加小心，哪怕慢慢步行也无大碍。不料，刚过了墙子河，靠近耀华里的地方，一辆汽车突然从后面飞驰而过，差不多是擦着李大的左车把蹿过去的。李大猛然一惊，为了躲闪汽车，脚下一滑，双手就失掉了平衡，高大的身材也像脱离了控制，猛地朝前趴了下去，车把向下一倒，车座整个就往上翘了起来，霎时间，向前抛起，坐在上面的蕊芸兰整个冲破棉车罩，被凌空甩了出去，越过李大倒下的身躯，顺着地面滑了有一丈多远。蕊芸兰整个身子是匍匐着的，前胸撞上坚硬的冰雪地面，一阵撕裂般的疼痛，像是皮肉和肋骨都被利刃割开似的，使蕊芸兰痛得几乎昏厥过去，幸而有棉车罩的摩擦和遮挡，减缓了冲击力，不然非摔断肋骨不可。李大慌了手脚，急忙挣扎站起，跑过去扶起三太，连问："三太，三太，您怎么样了？伤着了没有？……"脸都吓成一张白纸了。蕊芸兰手捂着左胸，咬牙忍痛，勉强倚着李大的胳臂站起身来，又是一阵剧痛，一边有气无力地强笑道："还好，还好，大概不要紧……你呢，你怎么样？"

"我没事，三太。都怪我粗心。您要是伤着……"李大话说不下去了，豆大的汗珠缀满了前额。

"不会的，不会的。放心。你没有伤着腿吧？"蕊芸兰虽然疼痛难忍，却仍担心李大这一跤摔伤他的踝骨。

蕊芸兰回到家中，对路上发生的事只字未提，并且也嘱咐李大不要向别人提及。她只是叫魁元打电话通知耀华里的施石青大夫，请他次日到她家里出诊。李大由于三太的叮咛，也没有敢向别人透露自己出事经过，心中老大不忍，尤其感激三太不仅不加责怪，反而为他遮掩过失。次日，施大夫来家给蕊芸兰检查，见左胸青紫了一大片，怕有内伤，建议蕊芸兰到他的诊所去照爱克斯光片，最后根据片子，才确诊只伤及皮肉，但需静养一段时间。这一来，蕊芸兰便以身体不适为由，推托陪皇甫以雄出外应酬。皇甫老爷固然关心三太的"病症"，催她及时治疗，却毕竟觉得少了位"夫人"作陪，有时不够体面，又弄不清三太究竟得了什么"病"，心中难免有些纳闷和不快。蕊芸兰把受伤一事只偷偷地告诉了王干娘，叫她千万不要泄露出去，尤其不可禀告老爷，不然，李大的饭碗就怕保不住了。王干娘也觉得，蕊芸兰做得对，连说："您真是体恤下人，不过，您自己的身体也得当心治疗。"好在蕊芸兰年轻，又不是那么弱不禁风，不到一月，伤痛就养好了，只是以后，每逢阴天下雨，摔伤的部位还会隐隐作痛。

和凤快到周岁的时候，眉目脸庞越来越明显地和蕊芸兰相像，而且其中还隐约可见吴奶妈的一丁点清秀模样。吴妈是魁元按老爷的嘱咐，跑了好几个老妈店，好不容易像淘金似的找到的。吴妈是杨柳青人，二十一岁，刚生了一个男孩，因为家境贫寒，丈夫一人种田，养不活一家好几口，双亲年迈，弟妹又小，吴妈才不得已出来当佣工，出卖自己身上唯一一件不必花本钱而又能不断生产的"值钱的东西"。可是这样就苦了自己的孩子，只能靠用母亲的奶水挣来的钱买些糕干粉和水弄成糊状的东西喂着。丈夫每月必带孩子来看望吴妈一次，吴妈抱着养得白白胖胖的凤小姐，眼看丈夫怀里自己的儿子又黄又瘦，心里就像刀割一般。可又有什么法子呢？穷人生来命苦，奶水纵然充足，也是为别人的孩子准备的。最初，她怕被太太看见，还偷偷地让丈夫把和凤抱过去，把儿子接过来，解开衣襟，喂上几口，一边喂，一边扑簌簌地不住落泪。有一次，不巧竟被蕊芸兰碰上了，吴妈夫妻俩都吓得不知道如何是好。蕊芸兰非但不恼，反而亲切地催促道："喂吧，喂吧，可怜多少日子才能吃上一口亲娘的奶！也怪我自己的奶水不好，不然，也就不会把你们母子拆散了。"说时，她的眼圈也红了。此后，每逢吴妈的丈夫带儿子来，蕊芸兰都主动叮嘱吴妈多喂一喂自己的孩子，有时，索性把和凤抱开，叫他们夫妻、母子好好团聚。每次，蕊芸兰都留下吴妈的丈夫和孩子吃罢晚饭再回去，临行时，还给他几块大洋加上一些旧衣物。吴妈见太太这样体谅，对凤小姐就更加细心照看。

吴妈长得俊秀，早就使尚未成家的车夫张二动了心。日子久了，双方也混熟了，张二一有空就到吴妈这里来坐坐（当然是趁蕊芸兰不在家的时候）。吴妈有时抱着凤小姐上街去玩，也偶尔到张二的下房里聊天。一天，张二正在吴妈房中说笑，可巧蕊芸兰提早回来了。蕊芸兰是个聪明人，从张二的言谈笑语中感到有些不对头，尤其是他一见三太突然回来，脸就立刻涨得通红的那副模样，更令蕊芸兰起疑。蕊芸兰观察吴妈当时的反应，却没有张二那么局促，因此心中多少有了一些底：一个有心，一个无意。她跟他们说了两句无关紧要的话就回房去了。过了几天，蕊芸兰趁家中无人——吴妈抱着和凤出去了，王干娘和杨妈也出去买菜——便把张二从二号叫到四号来。蕊芸兰坐在客厅的长沙发上打量了一下站在她面前有些惊慌失措的这个年轻小伙子，和蔼地说道："别站着，随便坐吧。"张二于是怯生生地坐在对面的一把靠椅的椅边上。蕊芸兰继续说道："你知道我把你叫来是为什么吧？"张二红着脸，低下头，没有回答。蕊芸兰道："我想你一定猜着我找你来是干什么的。别害怕，我只是有些话要跟你说。现在家里没人，咱们可以有话直说，不必绕弯子。"她顿了一下，眼睛盯住张二，道："你是不是对吴妈有心？"

这一问把张二弄得更慌了，脸上一阵发红，一阵发白，结结巴巴地答道："不敢，不敢。我只不过跟她挺谈得来……"

三太正色道："这就好，你年纪轻轻，又没成家，老往一个年轻的奶妈这里跑，不怕别人说闲话？再说，吴妈是个有丈夫、孩子的人，要是真的出了什么事，你又怎么对得起人家？！不瞒你说，上次我眼见你那模样，就已经瞧出苗头。我把你叫来，说明这一点，倒不是干涉你的私事，因为这种行为是——说重了些——伤天害理的。我这样提醒你，也为的是让你注意，不要走上斜路，是为你好。你放心，这事只有你知我知，我绝不会再告诉别人。我并不反对你们经常来往。不过，从你这方面说，先得收收心。再说，你还年轻，天下女人多的是，可千万别在人家有夫之妇身上打主意。"

张二人虽机灵，心地却很善良老实，被三太单刀直入地戳穿了他的内心隐私，也不敢否认撒赖，只是一个劲儿地唯唯诺诺，并保证一定改正，请三太"监督"。蕊芸兰见他知错认错，样子诚恳，心中欢喜，便又关切地询问他家里的情况，问他父母是否已给他定亲。张二红着脸道："说了几个，都不合适……"

"是因为模样不好，还是为了别的？"三太问道。

"……是因为……模样我都看不上……"张二嗫嚅地答道。

"年轻人图个模样好也是合情合理的，这毕竟是件终身大事。不过，更重要的还是人品，能全心全意地跟你过一辈子。相貌跟品性比起来，还是品性更要紧吧？你说对不？"蕊芸兰亲切地启示道，俨然一个大姐姐的样子。

张二低头连声称是。蕊芸兰这时也不想再难为他，最后又叮嘱了几句，便差他走了。张二脸一直红着，一溜烟跑了出去。蕊芸兰果然没把这件事向任何人提及。

过了一个月，凤小姐过周岁了。对皇甫老爷来说，虽不是初生，算不了什么大事，但是，这是新进家的三太太女儿的第一个生日，却不能等闲视之，尽管蕊芸兰本人对此并不怎么在乎。当然，作为母亲，她对自己头生的这位千金年满周岁，还是非常欢喜的；眼看和凤长得越来越标致，又白又胖，她又怎能不兴高采烈呢？于是，她派人到天宝金店为女儿打了一个"吉祥如意，长命百岁"的厚厚的赤金锁片（但不可太重，不然孩子的脖子可受不了），图个喜庆，又叫王师傅多备几样菜，再来个简简单单的打卤面。她觉得，这样上上下下高高兴兴地吃喝一顿，热闹热闹就够了。谁知皇甫以雄却非要大办一下不可：在北安利粤菜馆订了三十桌酒席，大宴宾客。这样一来，亲朋好友自然都竞相送礼，公司的那帮职员也不敢落后，其中有一个名叫耿小春的，显得尤为积极，头三天就在德源里来回乱串，忙着在公司同事中间撺掇，凑个重礼向总办和总办的爱妾表示庆贺，其用意自然是不言而喻的。

耿小春是四号楼下公司广告部的一个小职员，瘦削的个儿，瓜子脸，眉清目秀，一头黑发打上发蜡，总是梳得光溜溜的，苍蝇也会从上面滑下来，浑身上下透着那种锋芒毕露的机灵劲儿。人尽皆知，他是极善于吹牛拍马的，因为跟蕊芸兰在一栋楼里，常常会碰面，见了皇甫三太就不住地鞠躬哈腰，那股阿谀奉承的样子，凡眼见的人无不感到肉麻。

耿小春原在天津工商学院学经济，因为总想早些赚钱，出人头地，安不下心去读书，还没有毕业就凭着自己那点小聪明，在永泰和公司的一次招聘中被录取了。也正因如此，他在公司里趾高气扬，目中无人，总觉得自己少年得志，鹏程万里，千方百计想攀高枝。然而，皇甫以雄用人是要瞧真才实学的。耿小春固然靠一时的聪明和运气，被录用在这家每年分红总是不少的公司里工作，实际上却没有什么拿得出来的真本事，算盘打不好，账本也不精，两句英文虽然颇能唬人，但多说几句，就文句不通，露馅儿了。这样，他只能被派到广告部干些打杂儿的事。尽管如此，他却总是认为自己大材小用，平时总是不安分，总是玩些雕虫小技，讨好上司。总办皇甫老爷也曾多次就他在工作上原可避免的失误训斥过他，叫他年纪轻轻，不该玩弄小聪明，要向那些老实本分、兢兢业业做事的同事学习，他却总是当面认可，实际上则是充耳不闻。皇甫以雄是年轻时苦干打拼出来的，他对青年人总是有些偏爱，即使对耿小春这样不安分守己、不自知量力的后生也是同样看待，总想通过他们自身的努力，再加上自己来扶上一把，从自己手中培养出几个得力的干将。他觉得，耿小春纵有许多毛病，毕竟还算是个人才，字也写得不错，只是人太浮躁，不想吃苦，总想不费吹灰之力，一步登天，这个主要的毛病一旦改了，倒真有可能成为公司的一个好帮手。因此，皇甫总办特地请他一向看重的账房先生汪太玄携带一下耿小春。汪太玄是个五十开外的人了，中文底子厚，能写介乎柳、赵二体的一手好字；他为人稳重，干事老练，所以他尽管不懂外文，却仍然在这家洋人办的公司里受到重用，命他司管中文账房。就汪太玄本人来说，他是瞧不上耿小春的人格的，然而碍于总办的颜面，也只好权且应付。耿小春对他也不服气，觉得他迂腐，是个老学究，所以共事几年，汪太玄的一些好本事，他是一丁点儿也没有学到，整日价还是稀里糊涂地打发日子，而且还总是做着时来运转、一展宏图的美梦。汪太玄对耿小春借皇甫三太的千金周岁生日忙上忙下、露骨地溜须拍马的做法很不以为然，因此，在耿小春张罗同人凑份子时只冷冰冰地写上五块钱。耿小春见了，奸笑道："哟！我的汪老夫子！您这位总办的大红人就这么小气，才出五块钱，连我这小小的职员还拿出十块呢！"汪太玄面不改色，淡淡地说道："你有钱，你愿出就出。我可没有那么多的闲钱！再说，一个小孩子过生日，也值得那么兴师动众吗？"耿小春碰了一鼻子灰，也不好再说什么，讪讪地走开了，心里却想："行啊！老家伙！这话是一语双关啊！你连公司总办也骂进去了！我给你记上一笔！"他果然逮住了一个机会，把话说给总办皇甫以雄听，皇甫以雄初听也确实有些不悦，但他了解汪太玄为人耿直，而且他一向虚怀若谷，觉得汪太玄有汪太玄的看法，周岁生日我要办、想办，那是我的事，谁也管不着，所以略想了一下，开朗地一笑，也没有再放在心上。耿小春这一状算是白告了。不过，耿小春这番忙碌总算没有白费力气。公司同人总共凑足了三百元，给凤小姐打了一个三两重的金锁片，并由耿小春亲自上楼送给三太。三太见了很感谢，忙叫杨妈上茶，耿小春推说公事忙，不敢久坐，最后色眯眯地瞟了蕊芸兰一眼便溜下楼去了。其实，蕊芸兰本不喜欢这个小伙子，总觉得他那双眼睛跟华海少爷差不多，像两颗玻璃球似的转来转去，从骨子里透出一股难以言传的邪气。她觉得这锁片这贵重，是公司职员的一片心意，只是过重了些，一周岁的孩子细皮嫩肉也戴不住，便叫吴妈放到五屉柜的一个抽屉里去。

由于蕊芸兰待人厚道，人缘好，皇甫府上的下人们也主动凑了份子给凤小姐过生日，选了一对九成金细条雕花的金镯子，皇甫三太喜欢得连声向代表众人的魁元道谢，马上叫吴妈给女儿戴上，还特命王师傅待下人们侍候老爷太太等吃罢午饭后，换去餐具，专为下人们摆上两桌酒席，蕊芸兰亲自到一桌下位作陪，同时向两桌的男女用人敬酒道谢。晚上，皇甫全家当然是到北安利去大宴宾客了。

这一天着实热闹了一番，次日凌晨，吴妈起床后刚要解开衣襟给凤小姐喂奶，李大急匆匆地上楼来说，吴妈的丈夫来了。吴妈一惊，忙对李大道："劳您驾，您就叫他上来吧，您瞧我不是刚给小姐喂奶吗？"接着，她又顿了一下，又问道："哦，李大哥，我们家的锁柱也跟他爹一块来了吗？"李大道："没见来，就他爹自己……"李大说罢转身下楼。吴妈心里纳闷，眼睛看着和凤在贪婪地吮吸着奶头，脑子里却想着自己的儿子锁柱。不一会儿，吴妈的丈夫上楼来了，脸色蜡黄，胡髭也像是几天没有刮了。吴妈见了一愣，随即叫丈夫坐下，问道："你怎么这么早就跑来了？不怕惊动太太？你早上吃点东西了吗？喝水了吗？怎么没把锁柱带来？……"吴妈一口气问了好几句，丈夫却半晌没有吭声，有气无力地瘫坐在床前的一把木椅上，兀自发呆。吴妈预感到事情不妙，心里乱作一团，一时也不知道再说什么才好，两只眼睛只焦虑地盯住丈夫的脸。她把和凤调过来抱，换了一只乳房继续喂奶；她似乎觉得有什么大祸就要临头，自己的奶水也仿佛有什么东西把它堵住，流得不如方才那么畅快了，而和凤还在那里用力地吮吸着。最后，还是吴妈开了口："锁柱呢？在家跟谁呢？……"这一问，像一声霹雳，丈夫的身体一震，"噢"了一声就号啕大哭起来，一边还用双手猛捶胸部。吴妈的脸色唰地一下，变得跟纸一样白，搂抱着和凤的两手也仿佛霎地麻木起来，冷得像两块冰，头脑一阵发空，眼前像是天旋地转。"死了?! 死了?! ……"吴妈估计会有什么不祥的事，但是却万万没有想到这不祥竟落到同样刚满周岁的小儿子的身上。她眼前一黑，晕倒在床上，怀里还紧抱着和凤。和凤哇哇地哭了起来：因为奶水猛然间断了！

　　和凤的哭声把仍在卧室里睡觉的蕊芸兰惊醒了，她连忙跑了出来，发现不省人事的吴妈和号啕大哭的吴妈丈夫，和凤则仍在吴妈怀里，正因为吃不出奶水而哭叫着。蕊芸兰忙喊来王干娘母女和杨妈，又跑到楼梯口呼叫李大。大家手忙脚乱，有的把和凤接了过去，有的则把吴妈扶起来揎她的人中。蕊芸兰叫李大快去请施大夫，一边把吴妈丈夫拉到中间的客厅里坐下，追问他到底发生了什么事。

那男人满面泪痕，抽抽噎噎地说道："我们家的锁柱昨天晚上得暴病死了。白天还好好的，连大夫都来不及请……其实，昨天一早，他是有点发烧，他奶奶给他到庙里和尚那里请了一点香灰，以为小病小灾，喝点香灰就能顶过去，谁知道……"男人说不下去了，又痛哭起来。

吴妈丧子心痛，一下子就把奶水给憋回去了，和凤整整一天没有奶吃，因为她吃惯人奶，冲好的奶粉就硬不沾唇，白天黑夜不住地哭，白白胖胖的小脸只一天就瘦了一圈。蕊芸兰劝说吴妈不要过分难过，当心身子，不如回去看看，然后再回来，孩子死了不能复生，再难过也还得活下去；再说，若奶水回不来，要是她愿意，也可以留在这里，帮着料理家务，看管凤小姐。吴妈感谢三太的厚意，但思子心切，觉得还是马上跟着丈夫尽早赶回去，好把死去的儿子再看上最后一眼。她在家里待了半个多月，还是因为家里太穷，只好听从三太的建议，又回到皇甫府上，尽管她如今连一滴奶水都没有了。这时，蕊芸兰已给和凤雇来一个新奶妈，面貌虽不如吴妈，却也算相当俊俏。吴妈从和凤一生下来就一直奶着她，对凤小姐格外有感情，闲时总想帮新奶妈照看一下，可那新奶妈却生怕自己的"买卖"被她夺走，常对吴妈冷言冷语，横眉立目。日久天长，吴妈心中憋闷，终于身染重病，被丈夫接回家去。吴妈走后，蕊芸兰不断寄钱去，直到她不治而亡。

说来也怪，和凤自从换了奶妈之后，总是不如以前那么白胖结实，软软塌塌的，倒像是得了什么软骨病。这可把蕊芸兰急坏了，皇甫以雄虽也着急，却不敢过分流露，怕火上加油，加重蕊芸兰的焦虑，只好暗下观察，请施大夫来看。施大夫说是孩子营养不良，影响发育，于是，蕊芸兰忙叫魁元等出去，按中医开的药方，买些小孩子吃的补剂，给和凤调理。总算靠着药力，孩子不见消瘦了，却总是显得软绵绵的，无精打采，远不如过去壮实。加上和凤性子很乖，从不闹人，大家便以为，这是因为吴妈的事给孩子断了几天奶，又新换了奶妈，一时不适应。久而久之，蕊芸兰却发觉有些迹象叫人起疑：这新奶妈喂奶的时候，总是背着人，像是羞于解襟露乳似的。起初，蕊芸兰倒也并不在意，后来正是因为和凤总不见壮实，这才启发她不禁思忖：这么久了，只见新奶妈有两只大的乳房，却不见她流出的奶水是怎样的，莫非……蕊芸兰猛然一怔，不敢想下去了。再者，这奶妈不仅相貌中看，还有一副好嗓子，平时哄和凤睡觉确有一番功夫，会唱什么"狼来了，虎来了，老和尚背着一个鼓来了……"，还会哼什么"四月里，四月二十八，娘娘庙里把香插……"，哼来唱去，本来就很好哄的凤小姐，不一会儿就不再细声细气地哭闹，睡着了。蕊芸兰慢慢觉得其中有些蹊跷。一次，正当新奶妈喂奶时，她突然闯进来，移开和凤的小脑袋，盯住那肥大发紫的乳头看，那里竟是干瘪瘪的，她用手在上面稍微用力一按，才见勉强挤出一丝淡淡的乳水。新奶妈这时吓得脸都发青了，慌忙抱紧和凤，扑通一声跪倒在地，央求道："太太，太太！您饶了我吧！……"一经盘问，才知道新奶妈买通了奶妈店的老板，瞒下了她给孩子断奶后才出来当佣工的事实，这几个月实际上就只靠残留的一些乳水喂养和凤，孩子饿狠了，她就靠哼哼唧唧、晃来晃去的办法把孩子哄睡着。用这种蒙骗的办法喂奶，孩子焉有不弱的道理？倒幸亏凤小姐命大，还没有被活活饿死！蕊芸兰想到此处，不由得一阵火起，伸手把和凤抢过来，骂了一声："你快给我卷铺盖滚蛋！"她随即抱着孩子跑回自己的房间，大哭起来。

新奶妈被解雇后，蕊芸兰亲自到奶妈店找了一个姓晋的奶妈，并且亲眼看到晋妈自己当场挤出的又白又浓的奶水，这才放下心来，带晋妈回到皇甫府上。

和凤两岁的时候，蕊芸兰一日感到身体不爽，经施大夫检查，原来是又有喜了。一年后，她又生了第二个女儿，当然又是由大太太郑日珍给孩子起名，郑日珍灵机一动，忽然有感于全家应当和睦，于是就给蕊芸兰的第二位千金起名叫"和好"。

五

　　和好出生的那一天，正赶上正月十五，不仅是元宵佳节，还给皇甫以雄带来大宗生意，青岛、石家庄、保定、北平等地的分公司总共收到了高达数万箱的"红锡包"香烟订货，光是总办一个人的提成，加起来就达十多万元之巨，还不算颐中公司的红利嘉奖。对此皇甫以雄当然是得意非凡，同时也就更加看重这生下来就显得相貌不凡的第四位千金。这孩子一生下来就和一般的婴儿初生时不易辨认相貌是否俊秀不同，那眉毛、眼睛、天庭、鼻子，还有那两片薄而轮廓分明的嘴唇，没有一处不像是皇甫以雄的翻版，不同的则是多少外带一些女性的妩媚，这一点又像她的母亲蕊芸兰了。毕竟是女孩儿家嘛！皇甫老爷对爱妾的第二个女儿，莫名其妙地抱有一种特殊的宠爱之感。这同喜爱初生的和凤时的心情几乎完全两样。他头一次把和好抱在怀里便爱不释手，一面端详一面兴奋地笑道："好闺女！好闺女！天生一副福相！"何况这"好闺女"随即又给做爸爸的带来财源滚滚的好运气呢！一下子，"好闺女"在众儿女当中的地位就压倒了"乖女"和慕，成了皇甫老爷的名副其实的掌上明珠。

可能是天生的一股灵气，或则是把父母的精华都集中吸收到自己的身上来，和好在下地学走、开口说话方面，都似乎比一般的孩子要快。一副伶牙俐齿把个皇甫老爷哄得成天眉开眼笑的，不过，也可能正是由于父亲从小就把她惯坏了，这位四小姐脾气也大得很，动不动就倒在地上撒泼，摔东西，骂人。蕊芸兰不像皇甫以雄，对自己的孩子是一律看待的。她虽然也疼爱和好，但对和好的这种骄纵恶习却是从不容忍轻饶的，气急时少不得要用手在那胖乎乎的屁股上拍打几下，等和好大了时，她甚至还动用鸡毛掸子来教训。皇甫老爷不在时还好，若在，他就免不了要护着和好，为此，夫妻常常会在管教和好上拌嘴。然而，皇甫以雄毕竟拗不过蕊芸兰，最后只好撒手不管，听之任之，"好闺女"见没有"护身符"，也便不敢再闹下去，变得乖乖听话了。

蕊芸兰现在已经是两个孩子的母亲，对经常要陪皇甫老爷出外应酬也就越来越不积极。皇甫以雄在生意上红运高照，得心应手，应酬事务便更为频繁，而他又是专要带着蕊芸兰一起应约赴宴的，这样，他有时不得不多费唇舌动员、说服，甚至央求蕊芸兰像过去那样出头露面。在这方面，皇甫以雄也确有一番道理：在他那帮豪商富贾、达官贵人中间，无论是老爷还是太太，喜欢蕊芸兰这位皇甫府上的三太太的还真不少，这当然首先要归功于皇甫三太太的外貌有一股光彩照人的魅力。每逢有三太作陪，皇甫老爷一出场，就会像磁石般地把在场众人的目光一下子都吸引过来，从而似乎使他自己也借助蕊芸兰的光彩抬高了身价。相反，若是少了蕊芸兰，他就觉得，他即使再衣冠楚楚，谈笑风生，也收不到落落大方的蕊芸兰在身边的那种引人注目的效果。这是一。

二来，蕊芸兰在待人接物方面有一种拿捏适度、不卑不亢的大家风度，不论是什么身份的老爷太太，她都能从容适度地应对，对方也喜欢主动接近她，欣赏她那雍容华贵却又自然随和的气质，特别是在同她攀谈时，从不会有什么冷场的出现，这对于皇甫以雄借吃宴席、话家常而顺利地谈生意、做买卖也无形中提供了良好而融洽的气氛。

皇甫以雄一向是不甘心于裹足商界的，凡有机会，他总是不放过接触和结识一些政界乃至军界的人士。天津英租界不乏前清大官、当今军阀的大公馆，如前清状元陈某和倪督军，坐落在墙子河畔的曹锟和与英国公墓毗邻的石友三的豪华府邸，这些豪门大户当中有几家都不时邀请皇甫以雄为座上客。当然，就眼下来说，皇甫以雄还无意弃商从政，但他却深知与这些有权势者周旋来往，是有利于进一步开拓自己经商的阵地的，为将来一旦从政也能起开山铺路的作用。既然常与这些豪门大户来往，蕊芸兰也便结交了几位性情相投的阔太太，有的甚至还心甘情愿地与蕊芸兰结拜为金兰姊妹。曾在晚清做过河南巡抚的张某的第五位姨太太就是其中之一。

张五太原是在天津唱大鼓的，她的河南坠子曾名噪一时。当时，张巡抚常去捧场，最后就把她娶过来，收作五房。张五太长得并不好看，长脸庞，粗眉大眼，几乎没有一点女人的娇媚之气，所以，大家都弄不清，张大人究竟瞧上她哪一点，除非是她唱的那些如《摔镜架》《王二姐思夫》等段子确实动听悦耳。也许张大人把她娶过来，倒不是看中她的"色"，而是欣赏她的"艺"，专供他烦闷时一人消遣。张五太进入张府不久就失宠了：张老爷又从苏州娶了个娇小玲珑的堂子姑娘做六房。五太心里憋闷，渐渐养成吸食鸦片的恶癖，整天在喷云吐雾中打发日子。抽大烟耗费大，是个无底洞，五太的一些积蓄眼看越来越少，但在偌大的公馆里，六房太太中间，也不能显露得太寒酸，只好偷偷地叫身旁的于妈把一些古玩、字画、珠宝、金银首饰等拿去典当，勉强维持门面。因为她跟蕊芸兰最要好，平日无话不说，这苦处只有蕊芸兰知道。

跟蕊芸兰交往亲密的也不限于富户人家的太太们，连一些大家闺秀、未出阁的小姐也喜欢接近这位皇甫三太。蕊芸兰除了不会跳舞，许多爱好都跟这些千金差不许多，什么中外电影、京戏或文明戏等，她都能跟这些年轻女子说上一阵子；即使不会跳舞，她也肯应邀陪这些小姐到舞厅里待上一晚上或一下午（那时舞厅在星期日下午都常常办茶舞）；买东西和做衣服她也能陪她们一起去选料子，并且在样式上提出一些中肯意见或新点子。总之，在她身上，各位太太小姐几乎挑不出什么令人讨厌之处，倒往往在想找个伴儿出去活动时，总会首先想到蕊芸兰。这倒不是蕊芸兰善于巴结，只是由于她自幼养成温柔随和的性格，能在小事上忍让迁就，在大事上虽不肯轻易服人，却也能包容体谅。因此，皇甫家在权势地位上固然无法与这些大户人家相比，蕊芸兰却还真在这些大户人家的女眷中交上了几位知心朋友。

这一天是张五太的生日，因为是"三秩晋一"的大寿，蕊芸兰特备了一套银质餐具礼物，差魁元一早送去。适逢皇甫以雄出差济南，三太打扮了一下只独自一人到张公馆去祝寿。那时，这类大公馆每逢办什么喜庆大事，照例要请些杂耍艺人出堂会，有的更隆重些，还要搭台邀名角唱大戏。艺人们不仅要在院子或堂屋里献艺，有的还碰上老爷太太喜欢，被叫到卧室过厅，隔着珠帘，按从折子上所点的段子唱上几段。若是寿诞之日，当然在开唱之前，总要到男女寿星面前磕头祝寿；有的懂事理的，还专门按各房太太的顺序，登门礼拜请安，借此得到额外的赏钱。那个年月，艺人要走红，固然要凭真本事，但老爷太太少爷小姐的赏脸捧场也是少不得的。有的尽管人才出众，却因为没有人捧，一辈子也难混出个名堂来。

蕊芸兰先在张五太那里拜寿闲谈了一会儿，因为拜寿的人络绎不绝，她便躲到六姨奶奶的房中去，恰好六姨太想打麻将，三缺一，蕊芸兰便上桌打了几圈；后来觉得有些乏了，就请别人代搓，自己则向六姨太太告了便，撩起帘子出来，走过游廊，进了跨院，重又来到寿星老张五太房里歇息。这时，拜寿的人少了，张五太则倒在软榻上吸大烟，一个十二三岁的丫头坐在小凳子上给五太捶腿。蕊芸兰进了屋，笑道："寿星老！你好自在啊！外面这么热闹，你却自己躲在这里享清福！"张五太忙欠起身来，放下烟枪，让蕊芸兰斜卧在自己对面，笑着答道："应酬大半天，实在吃不消，只好歇歇提提神，谁想倒被你抓住了！"

蕊芸兰见张五太果然面色不佳，比刚才似乎更加白里透黄，眼圈也变得黑黑的，简直是一脸病容，哪里有一点寿星之相，便关切道："看你脸色确是不怎么好，是太累了还是身子欠安？"

五太长叹了一声，没有说话，又抽了几口，随即打发那个丫头出去。蕊芸兰知道张五太要谈些体己话，便收住笑容，亲切地劝道："凡事要想开些，别总闷在心里。说句不当的话，你这么年轻，何苦费那么大的劲儿办生日，劳民伤财。得亏是'三秩晋一'，要是八十呢？"

五太苦笑了一下，道："这还不是逼出来的？几房的太太都盯住你看你出乖露丑呢！我何尝不知这样大排场的生日不值得办？办这一次，我的存款就动了差不多一半了！"

蕊芸兰深知张五太的苦处，相信她说的是实情，绝非有意哭穷。她朝屋里扫了一眼，发现一个碧玉雕花的盆景不见了，想必又是叫于妈拿去典当，一问果真如此。

"公馆大，开销也大。尽管吃饭和日常费用都是由账房开，可一些零七八碎的开支，加在一起也不是一个小数目，我又抽上了这要命的玩意儿，想戒也戒不了。只好这么糊里糊涂地混，混到哪天算哪天！……"张五太说罢，眼圈一红，拿着烟枪的手也发颤了。她又叹了一口气，继续说道："再说，我不像你，有个疼你爱你的好丈夫。我又没有孩子，没个亲人，将来眼睛一闭，连个披麻戴孝的都没有。现在，我还有一口气，可其他几房，那些有儿有女的，已经在虎视眈眈地盯住我这点家当；我明知这些猴儿崽子是狼心狗肺，万一我真的死了，还得按家规，把财产分给他们。所以，想到这里，我才不心疼典卖东西呢！生不带来，死不带去。乐得活一天，痛快一天。哪怕当光了，卖光了，也不让那些没良心的得到一分钱！……"说到此处，张五太又气又难过，连太阳穴的青筋都暴突起来了。

"话虽如此，不过，你也该往长远里想。要真是花尽当光，你那日子不就更难过？苦撑门面且不说，公馆里上上下下嫌贫爱富，闲言碎语，叫你也受不了啊！依我看，趁着手里还有几个钱，还是把烟戒了，这是最要紧的，省得用白花花的大把洋钱去买这些要命的黑货。你的身体也会比如今强健得多……"蕊芸兰解劝道。

"你说的话都在理，我不是不想戒。我也多次下过决心，可就是戒不了，有什么法子？"张五太长叹了一声，随即又拿起烟签挑起一块黑油油的鸦片膏，在烟灯上方搅拌起来，一股异香立即扑鼻而来。

蕊芸兰躺在对面，眼看着张五太方才还气得煞白的面孔，这时又慢慢地恢复平静、舒坦，甚至可以说是没有任何表情：张五太重又坠入醉生梦死的云雾中了。蕊芸兰不由得轻叹了一口气。

"比起我来，你要幸福多了，虽然都是给人做小，周围有丈夫孩子关心你。做个女人，还能图些什么？还不是图个年轻时有丈夫疼爱，年老时有孩子孝顺？不过，话说回来，比起那些比我倒霉的，我又不知要好到多少倍了。"张五太吸足了烟，放下烟枪，欠起身子，喝了一口浓茶，说道。

"还记得沈四奶奶吗？"张五太淡淡地问道。

"怎么不记得?！我还到她府上去过两次呢。好大的院子！……"蕊芸兰眼前顿时浮现出一个十七八岁天真烂漫的女学生似的少女身影：尖尖的小脸，高鼻梁，一双亮晶晶的大眼睛，被两条又细又弯的、浓淡适中的眉毛衬托着，一张果真如樱桃般的小嘴，一笑就露出两排洁白如玉的细牙，那浓黑的头发本该梳成两条油亮的大辫子的，却过早地盘成一个妇人的发髻。

"死了！上吊了！"张五太依旧淡淡地、几乎是不动声色地说道，又开始用两根烟签在烟灯上搅拌起新的一块烟膏。蕊芸兰觉得，沈四奶奶就像那烟膏似的在火上煎熬，鼻子一酸，泪水立即涌上眼眶。

蕊芸兰听到这突如其来的消息，不禁心中一颤，她想道："这么一个鲜嫩的生命就这样无声无息地断送了！"沈四奶奶的死虽然显得突然，其实，在一定程度上，也是她意料中的事。令她难过的是，这位姨太太实在太年轻，既是早逝又是自裁，怎能不令人惋惜呢?! 所以，她也没有问起死因，只是觉得，沈四奶奶的那楚楚可怜的身影在她眼前不住晃动。

蕊芸兰知道，沈四奶奶原本是高中即将毕业的女学生，因为家境贫寒，父母先后去世，无以为计，只好自卖自身，到班子里当了姑娘，不久，被一位沈二爷看中了，很快就被赎了身。

那个沈二爷原是前清的"老公"，也就是太监，当时在宫中算是一个颇为得宠的红人，民国后，借着局势动荡，特别是在宣统皇帝尚未被逐出紫禁城之际，偷盗了宫中许多珍宝，从而发了大财，在天津墙子河一带买了大片房产，竟也模仿常人那样娶妻纳妾，大小老婆有十来个，沈四奶奶就是其中的第四个。由于沈二无法从房事中取乐，这些妻妾无不受尽性变态的虐待和折磨。平日不准迈出大门一步，若烦闷，只许坐上小轿车在大院子里兜风。遇有出外应酬的事情，必派四五名彪形大汉护卫，名曰"保镖"，实为监视。几年前，已经有过两位姨太太因为受不住精神上和肉体上的摧残，先后服毒自尽。沈四奶奶是第三位，因而也就见怪不怪了。

"沈四奶奶死得真惨！肚子里还怀着才四个月的孩子。据说是跟一个听差的有的。那听差的当然也未得好死，到今天连尸首也找不到……"张五太像是在讲故事似的，机械地鼓动着双唇，喃喃地说道。说罢，她抬起眼睛朝沉默不语的蕊芸兰看了一眼，接着她的眼圈又开始泛红了，声音哽咽地说道："你看，比起沈四奶奶和别的自寻短见的姨太太来说，我不是又强得多了？……"

蕊芸兰从张公馆回到家中，心中一直像压着一块大石头，感到沉重难忍，喉咙里也像堵上什么东西，觉得憋闷难受。皇甫以雄若在，她还可以畅快地向他吐露一番，倾泻胸中的哀伤和痛楚，而现在，却连个能说话的人也没有。因此，她烦闷至极，连晚饭也没有下楼到大太太、二太太那边去吃，只叫王干娘给做了一碗清汤挂面，上面放了几根青蒜，无非是点点心罢了。睡前，她洗完了脚，穿着拖鞋到和凤、和好床边看了看：两个孩子已经进入睡乡，那么宁静，那么甜美。晋妈与和好的奶妈刘妈见太太来了，都慌忙地披起衣服来，站到一边，等候太太吩咐。蕊芸兰也觉得自己今天的动作似乎有些反常和突兀，倒有些不好意思，便温和地催促她们快些上床睡觉，表示自己不过是过来看看孩子。过了一会儿，她回到房间，一边仍在继续想道："同样的女孩儿家，但愿和凤、和好将来不致有张五太、沈四奶奶那样的下场！"

自从给张五太拜寿回来后，一连几天，蕊芸兰都觉得说不出的烦闷，打不起精神来。张五太那张被烟瘾折磨得蜡黄憔悴的面孔，沈四奶奶生前那双总是哀怨惆怅的眼睛和难得有一丝笑意的容颜，一直萦绕在她的脑际，时而飘忽，时而隐去。她想道："自己虽然命苦，却比她们幸运得多，但是，谁又能保证以后会怎样呢？"她又联想到妹妹玉蓉和过去班子里的几位姐妹，几乎都是不得善终的。连那位嫁给督军、当了官太太的老六赛珍珠，尽管给那军阀生了个儿子更为得宠，并且还扶了正，看来仿佛诸事顺遂，最后却也"劫数难逃"，竟得了个不治之症，香消玉殒，年仅二十五岁！是否只有女孩儿家命运会不济呢？那么，父亲程伯荣，法名善海的二伯，不是也都在生命的旅途中屡遭坎坷、历经忧患吗？她只觉得冥冥之中似乎有一股无法抗拒的力量在主宰着每个人的命运，不论男女。像她这样一个女人，应说是够坚强的，一心只想与命运苦斗：十六岁就正式出来闯荡，如今总算是有了一个较好的归宿，但是，将来又会怎样呢？皇甫以雄现在对她是恩爱备至，但将来她人老色衰，他难道仍会对她如此吗？何况他又是一个喜欢寻花问柳之人！即使他能长久保持对她的"真爱"，谁又能肯定夫妻真能永远相伴相依、白首偕老呢？……这样想来想去，她又猛然想起冯少安。

自迁津居住以来，她从未想起过与冯少安的那段露水姻缘。这次，可能是因为烦恼事想得过多了，才又把记忆的沉渣旧淀重新搅起。冯少安对她不能不算忠诚，最后还不是冷酷无情地把她撇开了吗？而她自己呢，不也是下嫁皇甫以雄之后，不再忆起冯少安过去对她的情分？也许，人与人之间的感情关系，就是这样的：有缘相聚，无缘分手。不值得做任何留恋和惋惜！想到这里，蕊芸兰不由得长长地叹了一口气，泪水也把眼眶润湿了。她忙用手帕抹了抹眼睛，把一绺掉落在额前的头发撩了上去，苦笑了一下，自言自语道："算了！何苦这样自寻烦恼！"她对镜重新整了整妆，叫王干娘通知广睦，说三太今晚要看戏，叫他看看报纸，有什么好戏没有，如有，给三太订一张散座票。王干娘听了奇怪：三太从不独自去看戏或看电影的，一般都是带着孩子（如果是星期六）或让美珍做伴，而且总是坐包厢（如果是看戏），从未坐过散座，今天是怎么了？广睦看了一下报纸上的广告，过来禀告三太，说是大舞台有程砚秋的《青霜剑》，问三太可要看。蕊芸兰素来喜听青衣戏，尽管不怎么欣赏程腔，今日既然烦闷，好歹去散散心也好嘛。于是，她命广睦订了一个座位，并通知李大早些吃饭，届时好送她上戏院。正说着，王干娘进屋来说：大太太过来了，蕊芸兰忙起身出来迎接。

郑日珍平常很少到四号来，一般总是蕊芸兰过去吃饭或叙家常的。原来今天，郑日珍的好朋友、震华公司经理的太太吕月姣和华海同学丁鸣岐的母亲来访，闲着没事，想凑几圈麻将，正好三缺一，因为二太太是从不上桌打牌的。这样，郑日珍不得不由张妈搀扶着，亲自来找蕊芸兰，顺便趁老爷不在，表示一下关怀。郑日珍落了座，蕊芸兰叫杨妈献上茶来，问道："大阿姐今天怎么高兴到这边来了？有什么事？"蕊芸兰正在心烦，见郑日珍突然到来，心中当然更加不悦，脸上却又不得不堆起笑容。

郑日珍是个精细、敏感的人，一听"高兴"二字，便意会到其中带刺，勉强笑道："我平时料理家务，太忙，没有时间过来看你，别见怪。老爷不是不在吗？我怕你太孤单、寂寞，也不知你是不是缺些什么，所以过来看看。有什么需要，尽管告诉我，我好马上叫人去办。"

"谢谢大阿姐关心。老爷不在，我还有和凤、和好呢，倒也不闷得慌。大阿姐和二阿姐要是觉得寂寞，可以常到我这边来坐坐。至于缺什么东西，我就不麻烦大阿姐了，我会叫人去办的。"蕊芸兰一边说着，一边暗下责备自己："何苦见了郑日珍，总是要唇枪舌剑，你有一言，我有一语呢？自己对朋友们、姐妹们的容忍谦让的心情到哪里去了？"她这样一想，就马上改了口气，恳切地继续说道："其实，家里一切大阿姐都料理得这么好，我也缺不了什么，你就放心吧。"

郑日珍觉得最后几句还算中听，便微微一笑，岔开话题，谈到打麻将的事，说道："正好缺你这把手，你就过来打几圈吧。待着也闷，怎么样？"

蕊芸兰本想不扫郑日珍的兴，但又确实叫广睦已经订好戏票，只好推说要去看戏，改日再奉陪。

郑日珍听了，心中不快，觉得蕊芸兰是有意驳她的面子，不过，脸上丝毫没有显露出来，说道："程砚秋的戏有什么好看的？老是一身黑衣服，唱得闷声闷气的。还是叫广睦退了票，咱们姐妹一起热闹热闹……"然而，蕊芸兰坚持要去看戏，郑日珍最后只好又扶着张妈的胳膊怏怏地回去了。

蕊芸兰来到戏院，台上正演着《取洛阳》，是第三出。她没有买戏报，但一看便知是侯喜瑞的，颇值得一看，觉得自己来得很巧。她跟茶房要了一壶香片，买了一张戏报，一看知道前两出是开场戏《太平桥》和玩笑戏《打杠子》，原本就是自己最腻味的。她又向茶房要了一碟香草瓜子，于是，一边嗑着瓜子，一边注视着台上。等郭仲衡的《定军山》上场时，她不期然听到身旁有一位操着苏州口音说北京话的男士对她轻声说道："太太，您的手绢儿掉在地上了。"随着那声音，一只细白的长手向她递过来她的那条橘黄色绣红花的绸手帕。她转过视线朝右边一看，原来是一个衣着讲究的青年男子：浅灰色的绸衣衫上套着一件黑色软缎背心，一条黄灿灿又粗又长的金表链套在纽扣上，衣袖没有卷起，却看得清里面雪白的绸内衣的袖口……蕊芸兰接过手帕，连忙道谢，顺便把目光朝上一瞥：看到那位男士白皙而清秀的面孔，一双含情脉脉的眼睛正盯住她看。蕊芸兰脸上一阵发热，忙将视线移开，放到舞台上正在拉动宝雕弓的黄忠身上，心口则开始不住地突突跳动。她尽力收住心思，不再搭理身旁这个男人，但脑海里却仍然固执地反复显现着那人的面庞和眼神：似曾相识！是啊！那模样可真有点像……冯少安！不错，真像他！

下半场戏，蕊芸兰实在是勉强看下去的，一直挨到程砚秋上场，她无法再坚持下去了，因为她总感到那人的双眼一直在盯住她，一动不动，像是期待什么机会好再跟她搭话。最后，蕊芸兰下了决心，站起身来，向身旁的那人道了歉，便侧身蹭着那人的膝盖走了出去（他们二人的座位正好是靠右边过道的头两个）。她的心猛烈地兀自跳动着。她不敢回头张望，一个劲儿地加快步履，朝戏院门口走去；这时，她才想到，戏还没有散，约好时间来接她的李大还来不了呢！她有些踟蹰，刚要叫洋车，忽然身旁又响起那熟悉的声音："您没有车吗？我的汽车就在那边，要不要我送您回去？"这一句话把蕊芸兰吓了一跳，心中更加惶恐，扭头一看，那身材颀长的漂亮男人就站在身边，想必是自己出来时他就蹑手蹑脚地跟在她的身后的。那双多情的目光虽无恶意，但那意图则是一清二楚的。蕊芸兰感到从未有过的恐惧，其中也掺杂着一种莫名的厌恶。她斜睨了一下那男人，冷冷地说道："谢谢，我自己会叫车！"说罢，登上一辆就近的胶皮，也顾不上说地址，就催促车夫快跑。

她回到家时，李大刚好拉着包月车要走。他见三太已经回来，便赶紧问道："太太，怎么戏散得这么早？"蕊芸兰支吾地推说头有一点疼，就不等散戏提早回来了。她叫李大也早些休息，随即飞快地上了楼，一颗受惊的心仍在紧张地跳个不停。

　　蕊芸兰洗漱完毕，躺在床上，想起方才那一幕，倒对自己吓得丧魂失魄的那个可怜模样好笑起来，心想：就那男人来说，也算是"有缘"吧，竟然凑巧就坐在她的身边，借拾手帕来传情；而自己呢，毕竟是有夫之妇，是两个孩子的母亲，比不得当年。这使她对那位陌生的男士只能采取"无缘"的态度，尽管那男人举止文雅，并不像什么"拆白党"之流那样轻狂。老实说，她当时对他也并无恶感，倒觉得对待这样彬彬有礼的也如此冷漠，似乎有些不近人情。不过，她想来想去，最后还是警告自己："以后，可千万再也不要自己一个人去看戏了！"

　　过了几天，皇甫以雄从济南回来。由于生意兴隆，对公司的一些业务问题也处理得十分顺手，他回到府上的那种神气，是很明显地扬扬得意、踌躇满志的。他先到郑日珍那里歇了歇，换上家常便服，就过到蕊芸兰这里来。蕊芸兰领着和凤、和好，一边一个，前来迎接，将近一个月未曾见面，格外亲热。皇甫以雄把两个女儿揽到怀里，还特别亲了亲"好闺女"的胖脸蛋，笑道："和好越长越漂亮了！"王干娘和女儿美珍送上茶来，又端来一盘苹果和鸭梨、两盘花生瓜子，和好一手便拿起一个大苹果咬了一口，和凤则乖乖地等到母亲挑了一个颜色特红的苹果放到她的手中，才看了父亲一眼，腼腆地吃了起来。

　　蕊芸兰叫晋妈和刘妈把两个孩子带走，问起皇甫以雄此行的情况，顺便也谈到了张五太过寿、沈四奶奶上吊的事，方才的笑容顿时消失了，脸色阴沉下来，像是蒙上一层伤感的云雾。皇甫以雄见蕊芸兰如此伤心，自然连忙劝解。他听说张五太原是唱大鼓的，过去还不知道，便借此转换话题，给蕊芸兰减轻哀思，便问："以前，不知她是在哪个园子里唱的。"蕊芸兰答道："天祥市场楼上那个杂耍馆儿。据说还红过一阵子……"她呷了一口香茶，接着说道："要不是那位张老爷看上了她，说不定她还会再红下去呢。那时，乔清秀还没有出来，在唱河南坠子的人当中，还没有人能比得上她。"皇甫以雄一听，恍然大悟道："哦，是那个叫龚翠云的吧？"皇甫老爷对京戏、杂耍、电影这些娱乐界的事情是再熟悉不过的了。"我过去听过几次，确实不错。"他忽然又若有所思地问道："她唱大鼓的那阵子，还有一个唱天津时调的，也红得很，叫谭金凤，她可曾跟你提起过？"

"没有。怎么？你也听过那姓谭的？"

"嗯，听是听过……记得她那时跟龚翠云在一个地方唱，是前后场……"皇甫以雄的神色有些局促，他有意把话岔开，便不再继续谈下去，转问道："今晚，咱们去紫竹林吃西餐，好吗？"

蕊芸兰对皇甫以雄突然把话题又转到晚饭上去，倒也没有在意，便说不想去紫竹林了，不如换换口味，到文利东号去吃法猪排和白汁鸡饭吧，再说，那里的纸盒鸭饭也好久没有吃了。于是，她到卧室略微打扮了一下，换了身衣服，叫杨妈吩咐李大、张二备车，送老爷和三太去文利东号。

次日下午，蕊芸兰正陪着两个女儿玩耍，王干娘来说张五太的于妈来了，像是有什么急事似的。蕊芸兰忙叫于妈进来，问起缘由，原来是张五太病了，心里烦闷，想找个人说说话，便差于妈来请皇甫三太。蕊芸兰马上请于妈坐等一下，又差王干娘把和凤、和好领开，自己重又梳洗一番。她一边换衣服，一边向坐在卧室门口的于妈问道："那天过生日还好好的，怎么这两天就病了？不是办事累的吧？"

"五太有胃溃疡的病，一直没有治好。她又不大注意饮食，病发了，不愿看大夫，只靠抽大烟止痛，哪里能不病倒？"于妈答道。

蕊芸兰随于妈坐张公馆的轿车来到公馆门口，下了车，急步走进张五太的卧房，见她比平时更加黄瘦，可能午睡后尚未梳洗，头发也是乱蓬蓬的，病容更显沉重。张五太半撑着身子，招呼蕊芸兰坐到床边，握住蕊芸兰的双手，声音嘶哑地说道："我的好妹子，见了你真高兴！这几天就想有个知心人做伴。我又不好意思叫人去请你来，你有大人、小孩要照顾，不是吗？"

蕊芸兰连忙扶张五太躺下，亲切地道："咱们姐妹还这么客气干什么？想找我来，马上叫人去找就是，何况打电话也可以嘛！有什么不好意思？再说，我家里也不是没有人照顾。"她发现几天不见，张五太就病得如此沉重，关切地问了究竟，说道："怎么一下子就病成这样？听于妈说，你有病又不去看大夫，这可不好！养病如养虎嘛！你身子本来就弱，怎么受得了呢？"

张五太叹了一口气，道："病是有，主要还是心病。与其这样挨日子，倒不如早一天闭上眼睛就省心了……"说着，她又用手揉着胃部，眉头也皱紧了。

"心里不痛快，更要想开些，何苦自己折磨自己。俗话说，好死不如赖活。一点子病，就这样心窄，自己岂不是更加受罪？还是请大夫看看，吃药打针，总比抽大烟强！"

"我这个病，我知道，是好不了了。活着也是个废物，没有什么意思，倒不如早死！"

"你怎么今天老是说死不死的？千万别再提这个字儿了！再说，你的病也还没有严重到这个地步啊！……"蕊芸兰又费了不少唇舌，耐心地劝解了半日。

说着话，已到黄昏时分，张五太留蕊芸兰吃晚饭，蕊芸兰只好请于妈替她打电话告诉家里，说三太在张公馆吃饭，晚上不要等她了。张五太叫身旁的用人好生侍候蕊芸兰，自己则起了床，到盥洗室洗了洗脸，出来倒在烟榻上又吸了一会儿大烟。这时，丫头端上两碗银耳汤，一碗端给了坐到张五太对面的蕊芸兰，一碗递给了刚把烟枪放下的张五太，张五太只勉强喝了半碗。饭后，蕊芸兰继续陪着张五太闲话，她觉得张五太比她才来时气色好多了，而且还有了一些精神，便劝张五太早些休息，准备告辞，但张五太却又非要再跟她聊上几句不可，她只好答应再待上一会儿。说来说去，竟又提到张五太昔日卖艺的事。蕊芸兰蓦地想起皇甫以雄日前问起的那个唱天津时调的人，便问张五太可曾认识。

"是谭金凤吧？哪里不认得?！我过去是跟她一起搭班的，她比我红得早。不过，唉！去得也比我快！"

"怎么?"

"五年前，她就得了痨病死了！真可惜！"

张五太把谭金凤当年怎样红得发紫，怎样又得病去世的经过，一一讲给蕊芸兰听：原来谭金凤生来一副清脆动听的好嗓子，相貌又好，很得一帮老爷的赏识和捧场，才唱了两年，就被捧到挂了二牌。据说，当时有一位老爷为她特别倾倒，在她身上也着实花了不少钱，最后还跟她同了居。然而，那位老爷原本想纳谭金凤为妾，但是，他的大老婆却嫌谭金凤长得单薄，怕她"命不长"，看不中，就狠心地把这段姻缘拆散了。那位老爷也实在无情，竟然听信大老婆的话，说断就断。谭金凤一口怨气咽不下去，日久成疾，饭食无心，整日吐血，又没钱治病，不到一年就死了。张五太说罢，叹道："干我们这行的，有几个能有好下场的？就算你曾红透了半边天，说送命还得送命，躲也躲不了！"

蕊芸兰听了张五太的一番介绍，心中很不是滋味；尽管她并不认识这位过早殒命的薄命佳人，却也深感同是风尘女子，命运才如此凄苦，半晌说不出话来。她又坐了一会儿，见张五太确实显得有些乏了，便告辞回家。临行时，她又再嘱咐张五太要多多保重，凡事想开些，更要紧的还是早些延医疗治。

次日，郑日珍差张妈来请，说有事要跟二太、三太商量。蕊芸兰随即跟张妈一起来到郑日珍的卧室。张妈上了茶，郑日珍叫她先退下，有事再找她。郑日珍待张妈出去后，便慢条斯理地对蕊芸兰说道（看来，早来一步已坐到一把靠椅上的柳玉喜已经先知道了）："请你过来，想商议一件大事，老爷最近告诉我，在济南遇上一个班子姑娘，生得不错，想纳为四房，我刚才已经跟阿二说了，她没有什么意见，所以，现在想听听你的看法。"

蕊芸兰对大太太想给皇甫老爷再找个四姨太早有耳闻，皇甫以雄自己也提起过，不过，他曾表示过尚无此意，怎么这事竟来得这样突兀？皇甫以雄自济南回来，谈了不少公事，却对这件私事只字未提，这是什么缘故？难道是有意向她隐瞒，怕她吃醋吗？其实，蕊芸兰对这类事本来一向开通，加上皇甫以雄的脾性，她也是摸透了的：亲近女色，这个毛病恐怕他到死也不会改。何况她如今已经有了两个女儿，有时委实不想总是陪老爷出外应酬，巴不得有一位新姨奶来代替她。眼下，如果说她有些怪怨的话，那就是：为什么皇甫以雄不事先亲口告诉她！她想了一下，便问道："不知你现在的意思是怎样？"

郑日珍略微一笑，道："我对老爷要做的事，是从不拦阻，你是知道的。他有能力娶，有能力养，就任他去娶好了，十个八个也算不了什么！"

蕊芸兰笑道："你们二位既然都不反对，我就更没有意见了。横竖是老爷自己的心意，他想怎么办就怎么办就是了。"

郑日珍见事情解决得这么干脆，倒觉得有些意外，她原准备了一大套说辞来劝说蕊芸兰的，目前看来是有些多余了，但她又想，有些话毕竟还得讲出来，事先不向蕊芸兰说明，三人意见不完全一致，日后也会产生麻烦，便又说道："不过，这事虽然应由老爷自己做主，咱们做老婆的却也该对有些事过问过问，也不能平白简单地一娶了事吧？"这几句话，她既像在问蕊芸兰和柳玉喜，又像是在问自己。

蕊芸兰一听，觉察出话中有话，心想："模样如何，那也是老爷自己的事，我们这些人何必掺和进去？！再说，不'平白简单地'娶，难道还要付什么代价不成？！"她过去就听说过：娶她之前，老爷就先送给大老婆两万大洋。郑日珍话中的含意是否就是指这个？然而，郑日珍既然这样含蓄，自己也不好明说，且装着没有听懂，并不答话，只拿出手帕抹了抹眼角。柳玉喜一向是唯郑日珍之命是从，更是不便表示意见。

郑日珍见她二人没有理会，只好自己做了结论："我的意思是，等老爷回来，咱们就跟他说，何时领那女人来见见面。另外，到时候，要给见面礼，老爷总不能叫咱们自己掏腰包吧?!"郑日珍一个劲儿地用"咱们"这个字眼，显然意在说明：这是她们三位太太的共同决定。不过，最后一句所包含的用意不好说得太露骨，于是用了一个迂回曲折的暧昧说法。

蕊芸兰心想："我真服了你这位大太太了！"她确实佩服郑日珍的这番心计和口舌，但也毕竟免不了对郑日珍同时产生了一种鄙夷之情："又为了几个钱把男人出卖了一次！"她联想到自己这次也多少要沾边，而又无可奈何，只好轻轻地叹了口气，幸好没有被郑日珍察觉。她原以为，这次谈话大概到此为止，却不料郑日珍今天格外有兴致，非要留她再多聊几句不可，她不好推辞，只得耐着性子听郑日珍唱独角戏。

"前几年，老爷看上一个唱大鼓的，就想娶她，我一见，骨瘦如柴，像个纸糊的'美人'，我坚决不答应。老爷还真听话，就真跟她断了，不然，娶进门来，那女人也一定活不长……"

蕊芸兰听了一愣，怎么会如此凑巧?!那女人难道就是谭金凤？她佯作无意地问道："唱大鼓的？是唱什么的？我怎么从来没有听说过？"

郑日珍得意地笑了笑，觉得自己到底还是皇甫老爷的原配夫人，了解老爷的底细要比小老婆们多得多，便答道："老爷有些事他是不愿随便讲出去的，何况又是这样一件事。老爷跟那女人同居过一段时间，后来又把人家给甩了！这让别人知道，也不是什么体面的事……唱什么的，我不记得，我本来就不爱听大鼓，名字嘛，我倒还没有忘记，像是叫什么'谭金凤'。"

当晚，皇甫以雄吃罢晚饭，随蕊芸兰过到四号楼上安睡。他已经在吃饭时就感到蕊芸兰的神色有些不对，十分冷漠，爱搭不理的；也摸不着头脑，以为是她跟郑日珍又闹别扭了。正想跟着过来，问个究竟，不想，进了屋，蕊芸兰随手把门关上，先发了话："你跟谭金凤那段事，你干吗要瞒着我？"

皇甫以雄一怔，一时答不上来，停了片刻，才支支吾吾地答道："我觉得那已经是过去的事了，所以，所以……没有想到要向你提起……"他停顿了一下，又反问道："你今天为什么又提起她？"

蕊芸兰冷笑了一声，道："你忘了，老爷，是那天，你亲自问过我龚翠云和谭金凤的事嘛！真是贵人多忘事啊！"她见皇甫以雄的脸色变得惶恐交加，便缓和了一些语气，叹道："人都死了，你还怕提她干什么？！"

皇甫以雄一听谭金凤死了，面色大变，目瞪口呆，端起茶杯的手也颤抖起来。

"死了？什么时候死的？……"他嗫嚅地问道。

"你难道不知道？"蕊芸兰看他那个样子，不像是装出来的，感到很诧异，在追问了一句之后，便把原来听到的情况叙说了一遍，随即又正色道："已经死了五年了！你该想想，自己是不是太对不起她？要是你当初真的对她有情，总不该听了几句闲话就那么狠心地把她甩了吧？！"接着，她又谈起郑日珍转述要给皇甫以雄娶四房的事，道："你可已经害死了一个谭金凤，尽管不是你用刀子杀的，可是这比用刀杀人还要狠毒，是杀人不见血啊！现在又要娶什么第四房。我劝你要好好考虑考虑，不要再害'第二个谭金凤'了！既然有那么一位让你言必听、计必从的大老婆，这次，你就该好好斟酌，不要重演悲剧。缺德的事干多了，是要遭报应的！"说着，蕊芸兰一阵心酸，不由得坐到床边掉下泪来。

不一会儿，皇甫以雄缓过神来，不得不面红耳赤地靠近蕊芸兰身边，低声向蕊芸兰承认自己实在愧对死去的谭金凤，再三解释他委实没有想到自己离开谭金凤会给她带来这么大的打击。蕊芸兰见他言辞比较恳切，泪水都涌到眼眶里打转了，也便不好再多加责难，只沉痛地说了一句："你们这些玩女人玩惯了的老爷，都是冷酷无情到家了，怎么会想到别人的痛心和苦处。我真希望你能记住这次的教训，别再干这种损人利己的缺德事了！"随后，她掉转话题，问起他对那济南的女人究竟打算怎么办。

皇甫以雄低下头来，沉吟了一下，说道："那女人长得很标致，只是瘦弱了些，太太看了说不定又要多话，好在我这次只是跟那女人一般来往，并没有同居，更没有提过要把她纳小的事。我看，就跟她分手了吧，当然，我不会亏待她的……"

蕊芸兰作为一个女人，毕竟奈何不得自己的丈夫，见丈夫已经知错认错，又声明不再重蹈覆辙，只得作罢，最后叮咛道："下次再选人，可别再选那种林黛玉式的了，免得又惹出麻烦。"皇甫以雄连连点头称是。

这一年，皇甫以雄买卖称心，又新开了几个码头，给永泰和公司着实赚了不少钱；为了奖励公司众人的辛苦，准备年终时不仅加倍发放红利，而且还要增加职工薪水，再提拔几个工作卖力、为人正派的职员。这消息名义上是保密，实际上却早已不胫而走，上上下下没有一个人不知道。大多数人都欣喜异常，预计公历年、旧历年必将过个"肥年"。但也有那么极少数人由于平时工作疲沓，自惭形秽，对年终发红自己究竟能得多少，提薪自己究竟有没有份，心中甚是忐忑，更不用说提职了。耿小春就是这极少数人之一。

关于年终奖励的消息一传到耿小春的耳内，他就设法四处打听，力求事先心中有数。他尤其力图知道自己是否列在提薪和提职的名下。谁想探听到的消息，对他十分不利。他深知，这位总办一贯公正待人，尤其在赏罚方面是一点也含糊不得的。这样一来，他在岁末将临的那几天，真是坐立不安，茶饭不思，连觉都没法睡了。平时，他上班一向是不准时的，下班也总是借"上厕所"为名，偷偷早溜。他利用他的办公地点，与总办的办公室不在一处，以为总办似乎无法考勤，所以在迟到早退方面，更为肆无忌惮。其实，皇甫以雄在公司里耳目甚多，加上他本人总是以身作则，每天都很早就进入办公室，然后就四下巡察，根本也无须依靠别人告密，光是他自己就在一年之中能有那么七八次发现耿小春之流逾时不到。他随时带着的那个考勤小本本，把人名、日期、时间记得一清二楚；必要时，他会把有关的人叫来训斥，拿出这些确凿的证据，总是把来人质问得张口结舌，无法强辩。耿小春一帮人差不多都领教过总办这一招的厉害，看来，单从考勤这一关，他们就难免提薪无望。

这年元旦放假后头一天，总办刚一上班就差人把全体职员召集到一号楼上大会议室里来。众人一猜便知定是涉及红利、提薪等事，都争先恐后纷纷赶来。他们鸦雀无声地坐在会议室里等待着，不一会儿，皇甫以雄就不慌不忙地来到这里，照例穿着他的那件"工作服"——蓝布长衫。他满面春风，目光炯炯，显然是要给大家带来什么喜讯的样子。他在落座之后，向众下属扫了一眼，声音铿锵地说道："大家为公司辛苦出力，干了一年，公司才有今天这样红红火火的发展。这都是各位之功。公司向来重视各位同人的功绩，论功行赏，绝不会低估或是无视该受奖者的功劳。我想各位在公司供职多年，这个雷打不动的原则，是无须我多说的。不过我也想顺便提一下，有些人平常工作不努力、不勤奋，公司当然也不能姑息纵容，盲目地一律对待。这一点同样也无须我多说。因此，现在强调一下，该罚者必罚，这也该是理所当然的。请有关的人放心，所谓'罚'，并不是要扣你的薪金，也不是一点红利都不给，只是在待遇上要明显地有别于有功者。我想，这样做，算是够合乎人情，算是够公平合理的了。各位定会赞成吧？……"话未说完，全场就立即响起一片热烈掌声。绝大多数都高兴得眉飞色舞，只有包括耿小春在内的几个人，不得不低下头来，随着大家略微鼓了几下掌。皇甫以雄最后少不得又说了几句勉励大家再接再厉、为公司进一步大展宏图贡献力量的场面话，接着就从怀中掏出几张纸来，按顺序宣读各个职员所获年终红利：果然个个有份，只是多少不一。众人听了，自然喜形于色，确信今年的旧历年又可成为一个"肥年"，但是，与各人利益更加直接相关的则是提薪和提职；因此，众人在红利名单宣读后虽然依旧热烈鼓掌，但各自的眼神中却不自觉地流露出一些狐疑不安的情绪。

欢迎提薪名单宣读结果的热烈掌声果然听起来比方才更加清脆，更加响亮，原来公司职员包括勤杂人等在内几乎有三分之二以上的人得到提薪：从增加一倍到提高六七成不等。绝大多数人心上的那块大石头都爽快地落下，个个兴高采烈，欢欣不已。只有耿小春等五六个人原薪不动：他们一个个垂头丧气瘫在座位上发呆。这次得到提职的有两名：一名是留过洋、才高望重的顾久云，提为总办助理；另一位则是皇甫以雄的侄子皇甫培亭，升为洋账房正职。对众人来说，这两位的提升都是意料之中的事，特别是有关提拔皇甫培亭的传闻，是早已无人不知的，这件事尽管难免有任人唯亲之嫌，但由于皇甫培亭一向工作认真，很难从他身上挑出什么毛病，除非硬要责难总办不避亲属。众人惧于权势，对皇甫以雄的这种做法自然不敢异议，尽管心中不平，却也不得不佩服皇甫以雄不畏众议的胆识和魄力。

耿小春见几乎全体人员都提薪，只有他们几个落榜，一股怒气无以发泄，又羞又愧，脸色煞白，一时不知所措。忽然，一个靠窗边坐着的中年人，站起身来，涨红着一张四方脸，嘶哑着声音喊道："我抗议，抗议！这不公道！凭什么把自己的侄子提为洋账房？这不是明目张胆地肥水内流吗?!"大家一看，原来是跟耿小春一样一向工作懒怠的文书梁一鸣。此人素来就很不安分，人如其名，总想一鸣惊人，可又身无一技之长，只是一手蝇头小楷写得还算可以，才混上个文书之职，若非汪太玄在总办面前常为他说些好话，皇甫以雄早就打算让他"请便"了。梁一鸣从宣读的前两个名单里找不出什么破绽，便拿提升皇甫培亭这个唯一的事由做口实，当作炮弹，发射出来，企图引起众人不满。耿小春抓住这个机会，随即也站了起来，挥动拳头，声嘶力竭地附和"抗议"。他心想："今天，豁出去了！梁一鸣打头阵，我得助他一臂之力，说不定在这个异常敏感的问题上会叫皇甫以雄出乖露丑，万分尴尬，还真能在提薪方面诈出点东西来！大不了，让他把我们解雇！我看，大家伙儿对提拔的事也有看法，还会站在我们这边的。"不过，其余几名未提薪的人却没有胆量跟着他们"冲杀"，继续保持沉默，只图坐山观虎斗，盘算任凭哪一方得胜，对自己只有利而无害。耿、梁二人大叫了一阵，全场并未哗然，甚至连一个交头接耳的也没有，接着是一片静寂。过了一会儿，只听到皇甫以雄冷笑了几声，他面不改色、沉着有力地问道："你们二位叫完了吗？"他这一问，倒把耿、梁二人问呆了；他们傻乎乎地站在那里，更显得势孤力单，慌了手脚，一时语塞，不知下一步该怎么闹。皇甫以雄镇静地、字斟句酌地说道："不错，皇甫培亭是我的亲侄子，我提拔他可不是出自叔侄关系，而是奖励他工作勤奋，进公司以来，业务能力也有显著提高。再说，他的学历高，也是公司里少有的。我对任何人，不问是否亲属，都是一律看待的，奖勤罚惰，视才能高低而论提升。顾久云先生这次被提升，就是个明显的例证。他跟我皇甫以雄有什么亲属关系？"他端起茶杯，呷了一口，又继续说下去："你二人不要因为没有提薪，就气昏了头，不知好歹地瞎胡闹，以为拿这一点做突破口，就可以鼓动大家起来反对我皇甫以雄，这是白日做梦！大家要是认为我处事待人有什么不公，尽可以起来明说。我皇甫以雄还多少有这么个气度，愿意洗耳恭听。说得有理，我宁可向上面提出辞呈。不过，如果理亏的是你们二位，对不起，我可要采取理应采取的措施了。我皇甫以雄做人的原则是，彼此仁义相待。你若对我不仁，就恕我对你也不义！"

皇甫以雄这一席话，说得在场的绝大多数人无不点头称是。连其他那几位未被提薪的人也跟身旁的同事低声责怪耿、梁二人多此一举，引火烧身。全场这时活跃起来，虽然没有人站起来应和总办，却显然都朝皇甫以雄这边倒去。耿、梁二人更显孤立，而且预料要大祸临头，汗珠子都从额头上滴落下来。他们狼狈得站也不是，坐也不是，两腿都开始发凉颤抖。皇甫以雄微微一笑，慨然叹道："唉！你们年轻人容易激动，我原谅你们，希望以后自重，不要再自找无趣！"耿小春听了，没有应声，梁一鸣却见台阶不下，竟然硬要顽抗到底。他又大喝道："你不要得意忘形！我会给你好看的！我现在就辞职，辞职！不干了！"说罢就昂首阔步，满不在乎地扬长而去。这一举动出乎耿小春的意料，他原指望大事化小，小事化了，总办既然给他们留下面子，他们应该见好就收才是，这个梁一鸣怎么竟如此混账，这不是像京戏《打渔杀家》的那位教师爷说的："耗子舐猫儿的鼻梁骨——找死?!"但他又一想，事已至此，自己在众人面前已经彻底丢人现眼，日后又该如何相处？皇甫以雄这一回必将更加瞧不上自己，早晚也是卷铺盖滚蛋，晚去不如早走，倒莫如像梁一鸣那样充当个"英雄"！想到此处，他也顾不上进一步权衡利弊，便也高声喊道："我也辞职，辞职！不干了！"他挺起胸膛，梗着脖颈，目不旁顾地踩着梁一鸣的脚印，走出会场。皇甫以雄冷冷地目送二人走去，然后扭过头来，对正在纷纷议论的在场众人正色说道："诸位看得清楚，是他们自己辞职不干的，并非我皇甫以雄不能容人。如果还有不服的，尽管请便，公司要留的是有志之士，绝不容害群之马任意胡为！"

两天之后，皇甫以雄竟收到一封匿名信，信中对他百般辱骂，还恫吓他"出门留神吃枪子儿"，并威胁说，迟早要送他上西天！皇甫以雄起初倒不在意，后来又连续收到内容相同的三四封，这才叫他开始警觉起来，觉得不能等闲视之了。

六

"禀老爷，您雇的孙福亭来了。"魁元进到公事房，恭敬地垂手站在门槛旁禀告，随即听到皇甫以雄一声传唤，便走出去把孙福亭带了进来。

那孙福亭生得膀大腰圆，黑脸膛，络腮胡子，浓眉大眼，一张金钱豹似的大嘴，真称得起是个虎背熊腰的彪形大汉。他祖籍山东蓬莱，从小练成一身好武艺，原来靠在三不管摆地摊卖艺为生，后来经朋友举荐，到镖局里混饭吃，当了一名保镖，比以前流落江湖，生活安定多了。这次，皇甫老爷正是因为听说他"武艺高强"，能"空手入白刃""以一当十"，所以为了防身，就差人物色他来给自己当保镖。

雇保镖防身的这一决定，是皇甫以雄一连收到九封匿名恐吓信之后做出的。他先是派广睦到英租界警局报了警，后来又觉得洋人靠不住，便想到雇用保镖这档事。郑日珍、柳玉喜、蕊芸兰都十分赞成，尤其是蕊芸兰，她甚至曾私下想道："今后老爷出差或出外应酬，自己无论如何都要跟定了他，要做到寸步不离，不管怎样，要是真有人来暗杀，我也可以抢先一步，挡一挡嘛！"

她说到做到，果然就做好准备，把两个孩子托付给王干娘和两个奶妈，向她们交代，今后老爷外出，三太一定要紧随左右，她们一定要好好照看两位小姐，因为三太在家的时候恐怕不多了。王干娘和奶妈们当然连声应诺，却不知究竟；连皇甫以雄都有些诧异，弄不清这位三太近来怎么如此主动积极地跟着他出外应酬，甚至他要出差，她也要求他带她一起去，不再需要他为此多费唇舌。

为了确保安全，皇甫以雄也顾不得增大开销，包了一辆轿车，不再坐自家的包月。这样，有孙福亭跟他一起坐在车里，他心里也感到踏实些。有时，他跟蕊芸兰一道步行，老孙就尾随二人，相隔有十来步远，既避免引人注目，万一出事，又可一个箭步蹿上前去保护。老孙的短褂底下，腰带上插着一把拴着红绸子的盒子枪，他二目圆睁，四下张望，倒是相当机警，尽心尽意的。皇甫以雄心中欢喜，不时赏赐给他几块大洋，让他多喝几盅，因为他知道，这位镖师颇具海量。

半年之后，匿名信在发出第十封之后就不见再寄了。皇甫老爷一直安然无恙，大家也多少放下心来。是雇保镖起了作用，还是写匿名信的人本身就只是为了吓吓皇甫以雄罢了？谁也不清楚。耿小春和梁一鸣自那日走后，也再没有露面，下落不明。总算是一场虚惊吧。皇甫府上众人都松了心，也不再提及此事。皇甫以雄见孙福亭为人老诚，便不把他辞掉，留他在公司里充当一名外勤，顺便也帮魁元、广睦在府上帮帮忙。老孙对皇甫老爷的照顾和重视也很感激，自觉年纪渐老，生活也该安定一些，保镖这碗饭并不易吃，在芸芳里租了两间房，一家三口欢欢喜喜地过着安稳的日子。

前一阵子，由于担心皇甫以雄出事，蕊芸兰长久追随其右，皇甫以雄便更加觉得，出外应酬离不开她，而如今风波已息，蕊芸兰就认为，自己应该多照顾照顾孩子和家务了，有时，她便向皇甫以雄直截了当地表示，家事多，不能老是陪他出去。皇甫以雄发现她态度有变，才意识到前一段时间她之所以如此主动陪他，是因为他身临险境。然而，他却还是非拉她一起出去不可；蕊芸兰推辞不过，只好奉陪，有时陪烦了，便叫道："快些娶个四太太吧，免得老叫我陪你！"皇甫以雄见她气急，反倒笑了，道："谁叫你前一个时候纵容我啊！即使有个四太太，我也要照旧拉你出去！"蕊芸兰拗不过皇甫以雄用甜言蜜语哄逗、催逼着她，最后总是不得不梳妆打扮换衣服，陪他出外应酬。

这一天，倪公馆的七太太生日，皇甫以雄带着蕊芸兰前去赴宴。倪七太太的丈夫是大名鼎鼎的倪督军，前来贺寿的大多是军政要人，社会上的头面人物。皇甫以雄对这样的机会总是不肯放过的，还特别嘱咐蕊芸兰打扮得格外漂亮些。他头半个月便叫法租界一家出名的裁缝店老板徐士元亲自给三太赶制一身黑色软缎、镶五彩亮片的衣裙。徐老板也是江苏人，手艺一向精细，又经常给皇甫府上的太太小姐做衣服，这次听说要参加非常重要的宴会，便更加不敢怠慢，把皇甫三太的这身衣裙缝制得异常贴身得体，蕊芸兰穿上，也便更加显得雍容华贵，气度非凡。为此，皇甫以雄还特地叫她照了一张斜倚花盆架的全身相片，并且放大了，专门挂在卧室梳妆台的上方。

倪七太太是倪督军十分宠爱的小老婆。为了取悦这位督军大人，前来拜寿的宾客络绎不绝，整个小洋楼上上下下都挤满了人。有几个房间还摆了几桌麻将。有的客人嫌乱，便躲到山石叠翠、鲜花盛开的大花园里闲逛。皇甫夫妇来后，不久就分开各自活动：皇甫以雄热衷于跟一帮军政要人攀谈，蕊芸兰则挤在一群太太小姐当中说笑。这时虽然已是初秋，因为人多，屋里天花板上的大电扇一直转动着，却也带不起多少风。蕊芸兰应酬了一会儿，觉得闷热难耐，便独自走出房间，穿过大厅，来到花园。园内的人也不少，但毕竟比屋内风凉多了。蕊芸兰打开编织着一串串小珍珠的镶金手提包，从里面拿出小镜子和粉纸，对镜擦了擦鼻尖，又端详了一下，觉得还无须补妆，便把小镜子放回手提包里。而正在此刻，她忽然发现离自己右边只有三四步远的地方，有一位身着戎装的青年军官在呆呆地望着她。她不禁又凝眸注视了一下那人，不由自主地低低地叫了一声："啊！是他！……"

就在蕊芸兰从惊异到恍然认出这一瞬息之间，那人已经走到她的身边。蕊芸兰悲喜交加地凝视着那张如此熟悉的面孔良久，发觉他仍是那么清秀、俊美，不过，眉宇间却已增添了几条纹路，整个脸型也比以前瘦削多了，这也许是由于岁月的折磨？战乱的颠沛？际遇的沧桑？那轮廓分明、透露着意志坚毅的嘴唇，那目光炯炯的眼睛，也同样刻画出几条皱纹，然而，这并不曾给那英姿勃勃的面庞增加多少老气，反而使那整个形象更显示出无穷的男性魅力。蕊芸兰一时说不出话来，待心神稍定，才喃喃地说了一声："是您啊，冯少爷！"

冯少安虽然一身戎装，却依然透露出昔日做学生时期的那股出类拔萃的儒雅之气。他抑制不住内心的喜悦，两颊也有些泛红了。这意外的重逢使他这颗备受战火磨炼的钢铁般的心顿时软化了，变成一团炽热的火球，烧灼着他的整个身躯。他有些颤抖，嘴唇动了动，却没有出声。他眼前的这位少妇，依然保存着少女时代那种秀丽迷人的姿色，但那装束，那气派，已经不再是往日的"她"！他不知怎样称呼才好，脸色开始有些红涨，嗫嚅地反问了一句："……你……您还认识我？……"

蕊芸兰没有应声，只点了点头，心头一阵酸痛，眼泪不觉夺眶而出。她赶紧低下头去，手指有些僵硬地从手提包里拿出一条白绸绣花手帕，轻轻按了按眼睛，随后才缓缓说道："怎么会不认识？……您还是老样子。不过，我的模样大概变了不少……老了！"她定了定心，把胸中泉涌般的激情竭力压住，然后又强作镇定地仰视着冯少安。

"老？恐怕是我，你还是跟从前一样……还是那么漂亮，那么年轻！……"冯少安不自觉地又把"您"改成了"你"，脸上的红晕也慢慢消退了。

不期而遇的他们相对无语地站立了好半天，尽管双方都有许许多多说不尽的话挤压在心里，却又不知从何说起。来来往往的几个宾客从他们身旁擦过，都以好奇的眼光瞧了他们一眼，另有一对夫妻似的男女在走过之后还扭过头来，相互在耳边悄悄地嘀咕些什么。蕊芸兰发觉这样待下去，实在太惹眼，便对冯少安道："咱们到假山上那个亭子里坐坐吧，那里比较清静。"冯少安意会到蕊芸兰想避人耳目的用意，同时也感激她不忘旧交，已经先于他敏感地找到一个适合互诉离情的好去处，自然马上同意，有礼貌地轻扶着蕊芸兰的一只臂膀，踏上一级级台阶，登上假山。

两人在凉亭的石凳上坐下，彼此又满怀深情地对看了一眼，随即又沉默下来，最后，还是冯少安结结巴巴地开了口："这几年，我想你想得好苦！我又想见你，又怕见你。我知道，你一定会责怪我是个负心人。可你该知道，我为了你，把命都宁可舍掉，才从了军。我想在战火中忘掉过去的一切。谁知只要战斗稍微停息一些，我就看到你的影子在我眼前浮荡！除非是我战死，那才会一了百了！"他停了一会儿，又继续说道："谁知我命大，打了多少仗，还能活到今天。也幸亏如此，才能在今天见着你，不然，真要等来世了！……"说到最后，他的声音也哽咽起来。

"过去的事就别再提了。总算你我有缘，今生今世还能再相见。我原以为，再不会见到你了……我还以为，你早已把我忘掉。我本来就是不配跟你……"蕊芸兰想起自己今天的处境，不得不把话收住，却抑制不住眼眶里的热泪滴滴落下。

经冯少安一说，蕊芸兰才得知，冯少安为了她，至今从未娶妻。那年冯少安返家后，曾竭力要求父亲同意他和蕊芸兰结婚，果然遭到严词拒绝，说什么只有在他把那位千金小姐作为正室娶过来之后，才允许他纳蕊芸兰为妾。冯少安一怒之下离家出走，又觉得事未办妥，没有脸去见蕊芸兰，暂时寄居在湖北老家的舅父家中。但由于思念蕊芸兰心切，在舅父的资助下，千里迢迢重返京都，打算把蕊芸兰接出同住，自己再托人找些事干。不想时间耽搁过久，这期间，他感到一事无成，羞于动笔，所以一直没有给蕊芸兰写信，同时他仍抱有一丝侥幸之念，以为蕊芸兰不会很快从良，以致他风尘仆仆，到了北平之后，才从况家姆妈那里得知蕊芸兰已嫁给皇甫以雄。冯少安当下万念俱灰，决定投笔从戎，考入黄埔军校，原图日后战死沙场，来个变相"情殉"，却不想几经征战，不仅没有马革裹尸，反而屡建战功，眼下已被提拔为齐军长部下参谋长。这日，他是陪齐军长和太太来倪公馆祝寿的。他万万没有想到会在此时此地与昔日的心上人相会。

"我悔不该不听你的话。既然家父不同意你我的婚事，我也就该回去找你，你总不会因此而抛弃我。可我……当时觉得实在没有脸见你，寻思等我找到什么出路后再来接你。谁料竟弄成这个地步！……"冯少安言犹未尽，眼圈和鼻头都有些红了，泪水在眼眶里打转，他强忍了一下，眼泪终究没有流下来。

"唉！这也是咱们今世无缘结合罢了，绝不能怪你，你也不必过分难过。其实，你以前也实在过分抬举了我，明知行不通却非要娶我做太太，我哪里有那个命！……你看，如今我还不是仍然给人家做偏房？！这都是命该如此啊！……"蕊芸兰见冯少安的这般表情，已经感到心如刀割，想到命运之神在冥冥之中对他们这一对情人的残酷作弄，更忍不住泪如泉涌；她随即忍住哭泣，生怕有人会上到亭子里看见，赶紧用手帕擦掉脸上的泪痕。

冯少安听到此处，关心地问道："皇甫家对你怎样？那位皇甫老爷听说很有些资历，不是什么粗俗之辈，对你可好？"

"他对我还是真心实意的，相当体贴；我现在吃穿不愁，又有了孩子，做个女人我还能图什么更多的东西呢？只是……"蕊芸兰真想把心中对冯少安的更强烈的爱吐露出来，但毕竟是时过境迁，考虑到自己如今的身份，还是把话收住了。随后，她沉默片刻，顺便拿出小镜子，整了整容，强作镇静地笑道："我今天是跟老爷一起来的，回头我把他介绍给你，你们也见见面，好吗？"

她想：既然不能维系旧日的恋情，做个朋友也不失为一件好事。

他们俩正相对无言，这时，皇甫以雄恰好走到凉亭之下，看见蕊芸兰跟一位青年军官对坐在那里，便招呼道："喂！阿三，你叫我找得好苦。原来你在这里乘凉呢！"说着，皇甫以雄步上假山，进入凉亭，冯少安立即站了起来。蕊芸兰给他们介绍了一下，冯少安跟皇甫以雄握了握手，皇甫以雄请他再坐下，自己则坐在冯少安和蕊芸兰的中间。

三人围着石桌坐着聊天。皇甫以雄和冯少安一时不约而同地一边说话，一边相互打量着。皇甫以雄对蕊芸兰与冯少安过去的一段恋情是清楚的，蕊芸兰从来没有向他隐瞒过，这时，他心想：怪不得蕊芸兰曾经看上他，果然是个英俊青年，一身戎装，更显出一派儒将风度。冯少安则暗地思忖：这位皇甫老爷看起来似乎老了些，却有一股征服女人的男性魅力，以及一种威严而睿智的压人气派，就这一点来说，蕊芸兰确是没有选错了人。蕊芸兰在一旁看着他们二人谈得很投机，心中暗喜。她也在忖度着这两个她所爱恋的男人各自的特征。她觉得，二人各有其可爱之处，而自己却不能同时以身相许，总要从二者中做出取舍，这也许正是生活的残酷所在。想到这里，她用一种不易被人察觉的动作，貌似从容地掩盖住心中的遗憾，轻叹了一声。

毕竟还是皇甫以雄更为敏感，他扭过头来，关切地向蕊芸兰问道："怎么？你累了吧？"

"不，不，是天气太闷热了！今年的秋老虎还真够厉害的！"蕊芸兰拿天气做了挡箭牌，连忙答道。

"也是，凉亭不凉，一点风也没有，也许是那棵大梧桐树挡住的缘故。"冯少安接着话茬说道。

皇甫以雄和冯少安相互攀谈得十分融洽，二人于是约定今后经常来往，冯少安说，目前局势比较平静，军务不多，改日一定到皇甫府上拜望。皇甫以雄自然马上表示欢迎。其实冯少安心中另有打算，即想亲眼看一看蕊芸兰眼下的处境究竟如何，以慰胸中依然存在的忧虑。这时，一个老妈子上到凉亭，请三人下去入席。在宴席上，三人坐在一起，蕊芸兰居中，吃喝说笑，气氛既亲切又热络。三人最后一齐向主人道谢辞行，分别尽兴而归。

皇甫以雄和蕊芸兰回到家中，换装梳洗，然后上了床。皇甫以雄拿了一个大枕头，放在背后，倚着铜床的靠背，对正在脱衣的蕊芸兰笑道："你的眼光不错，冯少安果然是个美男子。我要是女人，也一定要嫁他！"蕊芸兰斜睨了他一眼，道："怎么？吃醋了？放心！我既然跟了你，也就认命了。"说罢，嫣然一笑。

皇甫以雄伸出胳臂，一把将蕊芸兰拉到怀中，亲了她的面颊，温存道："我才不会那么气量小、好嫉妒呢！何况我信得过你，你不是那种朝三暮四的女人。我不过是赏识这个姓冯的罢了。人品确实难得！他结了婚了吧？"

蕊芸兰把冯少安叙述的情况一五一十地转告了皇甫以雄。她觉得，自己和冯少安之间的关系是没有任何隐私不能讲的，理应如实地告诉丈夫。皇甫以雄听了，摇了摇头，感叹道："他对你可真是一片痴情，竟然到现在还没有娶亲。所以，我看出，这个人是相当有情义的。他虽然是出身官宦门第，却没有一点纨绔子弟的气息。他给我的印象不坏，我觉得，此人是可交的。"蕊芸兰听到他对冯少安有这样的评价，心中自然十分欢喜。

几天之后，冯少安果然如约造访。那天正是星期日，皇甫以雄在家休息，也没有什么饭局，便把冯少安请到二号大客厅坐下，然后叫张妈备菜，并请大太太、二太太、三太太前来陪客。正巧和慕和华海也没有出去，所以，冯少安这次初访，把皇甫府上的主要人物都一一认识了。二女儿和群这时已经快七岁，也跟着大家姐①和慕一齐打扮一下，下楼来见这位"年轻漂亮的军官"（这个说法是张妈在上楼禀告大太太郑日珍时听到郑日珍告诉和慕、和群两姊妹的）。和慕当时正年方十八，当然更觉得好奇，暗下思忖，一定要好好"瞻仰"一下这位军官的风采。她先替和群梳了两条小辫，扎上了两条与浅绿色衣裤颜色很搭配的碧绿色缎带，然后自己则精心修饰了一番，换上了叫徐裁缝给她新制不久的淡黄色底绣橘红色团花的衣裤，脸上还反常地薄薄扑上一层香粉，临下楼前特意对穿衣镜照了又照，这才拉着妹妹的小手姗姗下来。

冯少安见过皇甫以雄这一大家子人，心中不由得想道："蕊芸兰在这样一个家庭里生活，至少在待人处事上就会有不少问题，这恐怕比在我自己人口相对简单的家中要复杂得多。"众人落座后，主要是皇甫老爷和冯参谋长闲话，其他人则只是在作陪。冯少安虽是蕊芸兰的旧交（这一点，皇甫以雄在向家人介绍时有意略掉了，一来是因为他深知郑日珍好猜忌的脾性，二来也是为了避免引起一些闲言碎语），但蕊芸兰自然也很知趣，坐在一旁只是微笑着听着；两个男人在那里兴致勃勃地天南海北说个不停。

看来，皇甫一家对冯少安的印象都好，大太太和二太太觉得

---

① 广东人称"大姐"为"大家姐"，多了一个"家"字；若带名字，则为"慕家姐"。

这位参谋长的确年轻有为，人才出众，前途不可限量；华海则自惭形秽，趁着阿爷跟客人谈论正酣时，悄悄地溜了出去；和群年纪小，不懂得什么，待了一会儿，觉得无聊，就抓个空，在张妈上完水果、点心之后，索性跟张妈一起出去玩耍了。只有和慕静静坐在一个角落，目不转睛地盯住冯少安，越看越觉得此人不寻常，不知不觉地心跳也慢慢地加速了，最后则明显地感到自己的两腮有些发热，于是连忙羞涩地把头低了下来。和慕以为自己此刻的心情和表现未被察觉，其实，蕊芸兰在旁边看得一清二楚。蕊芸兰暗自对比了一下冯少安与和慕，除了年岁有些悬殊，二人的相貌倒是相配的，再说，男人大上几岁，关系不大，皇甫以雄不是比自己大得多吗！她一眼就看透了和慕的心思，一时觉得自己心情很乱，说不上是喜是妒，她一方面感到，冯少安为了她，直到如今而立之年，仍未娶妻，实在是件令她惋惜和愧对的事，自己既然已做他人妇，今生今世再不能与他结为连理，如有可能，撮合他与和慕来往，也不能不说是一种补过的方法；再者，和慕并非皇甫以雄的亲骨肉，也不致有"乱伦"之嫌。另一方面，她的内心深处却又情不自禁地嫉妒和慕目前正值妙龄、名花无主的优胜条件，这条件则是她早已丧失掉的。作为一个至今仍对冯少安有情而又明知婚嫁无望的有血有肉的女人，她又怎能对此无动于衷呢?！不过，她又想道："和慕在外貌上虽说还配得上冯少安，但她的人品却是府上尽人皆知的，既狭隘又任性，尤其是对人太刻薄，这同冯少安的宽厚待人、慷慨大度相去实在太远了。"她默默地在一旁分析、探索着自己的心灵，觉得她在后一种想法上应说是坦然无愧的，这里面确实没有前一种心情中的那种嫉妒因素。然而，她又想，即使和慕对冯少安是一见倾心，冯少安对和慕又究竟如何呢？她追忆了一下：似乎只是在皇甫以雄介绍这位大小姐时，冯少安才向和慕礼貌地微微一笑，点了点头，而后就一眼都没有再看和慕，仿佛这位大小姐根本不存在似的。想到这里，蕊芸兰心中却又像有了某种快慰的感觉。"难道在爱情上，人人都会是自私的吗？"她有些心情恍惚，不知该原谅还是责备自己。她最后给自己的烦乱心绪做了一个结论：她确实切望冯少安能找到一个新的意中人，但这意中人一定不要是和慕，或有类似和慕这样人品的人。她对这个一闪之念觉得很有趣，不由得窃窃一笑。

说着话，已到掌灯时分。皇甫以雄与冯少安谈兴犹浓，于是就留客人在府上吃便饭。冯少安觉得与皇甫以雄一见如故，虽属初访，也便不客气，没有推辞。皇甫以雄心想：冯少安是蕊芸兰的旧交，此来理应叫他更多地了解一下蕊芸兰的处境，而当着众人的面，也不便让他们二人过多接触，不如饭后请他到四号楼上坐坐，岂不是好？他拿定主意，在晚饭行将用毕的时候，便笑对冯少安说道："冯长官今天驾临舍下，我做主人理应请冯长官尽可能多认识认识我的一家大小。过去，三太和她的两个女儿是过来一齐吃饭的，现在，三太另外自己开伙，所以，您还没有见着她的孩子。我有意饭后请您赏光，过到四号三太的住处喝杯茶，见一见我的三女儿和四女儿，您意下如何？"皇甫以雄的这个建议正中冯少安的下怀，是冯少安求之不得的。冯少安从一踏进皇甫家门，就一心只想找个什么机会亲眼看一看蕊芸兰的生活起居状况，更想见见蕊芸兰的两位千金，但是作为初访的来客，不便启齿，此刻听到皇甫以雄这样主动邀请，当然喜不自胜，马上应诺。蕊芸兰也早已巴不得请冯少安到自己住处坐坐，同样碍于场合，无法请他过去；这时，皇甫以雄既然代她说了心里的话，她便赶紧随声附和，并满怀感激之情，瞧了皇甫以雄一眼。

　　冯少安随皇甫以雄和蕊芸兰来到四号楼上，觉得房间似嫌狭窄了些，但是，依然像蕊芸兰在嫡红班时那样，布置得典雅、别致，用人也不算少，心中颇感安慰，庆幸自己心爱的人有了比较理想的归宿。蕊芸兰把和凤、和好叫到跟前，向冯家叔叔见礼。冯少安一看，这和凤长得简直是蕊芸兰少女时期模样的再现，只是比蕊芸兰显得腼腆、娴静些。他又看了看和好，那和好则活脱脱是皇甫以雄面容的翻版，却另夹杂着令人向往的女性的妩媚。他见蕊芸兰一双女儿如此美丽，不禁兴奋地赞不绝口。皇甫以雄和蕊芸兰听了，自然也高兴得很。冯少安自觉不宜在此久留，稍坐了一会儿，便告辞回去了。

　　自这日起，冯少安只要有空，十天半月总会到皇甫府上来一次，渐渐熟稔，有时便不再拘礼，索性直奔四号楼上。和慕对冯少安一见钟情，每逢听说他来了，便梳洗打扮，过来陪蕊芸兰招待他。蕊芸兰避免与冯少安单独相处，却也并不讨厌和慕在场，只是越来越确信，冯少安对这位大小姐并无好感，对待和慕只是礼貌应对，有时和慕自以为与冯少安已经处熟了，谈笑不免会放肆了些，这样一来，冯少安甚至板起面孔，把她冷在一边，使这位大小姐感到很是无趣。蕊芸兰见到这般情景，不禁暗笑，但有时对和慕这种单恋心情，也觉得有些可怜，心想："他对你这样冷淡，你为什么还是那么痴？天底下男人有的是，你何苦这样无望地追求他？！"

郑日珍是个聪明绝顶的人，眼里容不得揉进一粒沙子。她把和慕爱上这位年轻军官看得再清楚不过，同时对冯少安与蕊芸兰近来的来往慢慢地产生了猜疑。她不时私下旁敲侧击地向皇甫以雄探听冯少安的底细，却不料丈夫在这个问题上总是守口如瓶，因此，她倒枉费了不少心思。她看上冯少安身居高位，年轻有为，对和慕与冯少安接近，不仅不反对，而且还颇指望他们能成好事。但是，她也看出来，男方对女方十分冷漠，不免感到有些失望。不过，她又想，冯少安是个军人，在如今这兵荒马乱的年代，说不定什么时候就会在沙场上发生意外，自己的这个"乖女"，岂不是要误了终身？从这一点考虑，她又有些庆幸二人好事难成。后来，她听魁元和张妈说，大小姐有个男朋友，是前不久认识的，是个学医的大学生，两个人经常一起度周末；她对此倒有些松心，觉得这样一来，和慕不致朝朝暮暮为冯少安神魂颠倒了，否则最后难免要落得竹篮打水一场空，如今多了一个人，可以候补，倒真是一件好事。一天，郑日珍抓了一个机会，直接向和慕问起那个大学生。和慕马上面色绯红，不好意思地说出自己的心事。原来这个妙龄少女此刻也处在极度的苦恼当中，心情十分矛盾：一方面，她仍偷恋着那位年轻军官，尽管她凭直觉也感到对方于她无意；另一方面，她也确实开始倾心于那个姓赵的大学生，因为那人同样也可以说是一表人才，不过那人家境贫寒，跟她的门第实在不相称，这也正是她彷徨踟蹰的主要原因。郑日珍听了之后，拉着她的手，亲切地劝道："这也犯不上那么烦恼嘛！什么时候带那个姓赵的学生来见见我，姆妈可以替你拿主意。"和慕的脸羞得更红了，索性投在郑日珍的怀里把脸藏了起来，说道："好。下星期六我一定把他带来见您。我一切都听姆妈的……"

　　冯少安与皇甫以雄结交，其实主要是为了便于与蕊芸兰接近：一来旧情未断，侥幸重逢，多少年的离愁别怨，他总想有机会向蕊芸兰尽情吐露；二来即使蕊芸兰现已别嫁，他也难以割断对她的无限萦思和眷恋，其中有一点难言之隐，更是他自己也不敢正视的，即他渴望有朝一日能与蕊芸兰重修旧好。所以，当他越来越发现蕊芸兰的生活如此美满时，就越来越压抑不住胸中的妒意和失望，而这种心情他也明知是与他的初衷相悖的。这样，他渴求重新占有蕊芸兰的欲望就会变得越来越强烈，像有一团烈火日夜在他的心灵深处燃烧，几乎弄得他坐卧不宁，寝食不安，人也消瘦了许多。蕊芸兰对此自然有所察觉。她既心疼冯少安多情自苦，又生怕自己稍有动摇，会走错无可挽回的一步，因此，每逢冯少安趁皇甫以雄不在家中，前来看望蕊芸兰，她就总是把和凤与和好拉在自己身边，避免与冯少安单独相处。她觉得这种关系长此下去，终究难免会有被冲破的危险，但又怎样渡过这一关呢？舍不得抛弃旧恋和须要恪守对丈夫的忠贞，这种矛盾心理像一团乱麻似的把她的一颗心紧紧捆住，使她无法解脱。最苦的是，她在人前必须千方百计地掩盖住自己的这种剧烈的痛苦和烦恼，尤其是当皇甫以雄在家时，她还得做出若无其事的样子，而这又是违反她的本性的。她终于感到这样勉强维持下去是不行了，总得快刀斩乱麻，当机立断，否则于他于己都将会是一场悲剧和灾祸！

　　一个暴风雪的夜晚，德源里独一无二的一盏路灯在漆黑的夜色中若明若暗地闪着昏暗的光芒。风声呼啸，雪花飞舞，蕊芸兰的大客厅中的大火炉，已经加了不少大块无烟煤，炉火烧得正旺，却仿佛也抵不住屋外的寒气阵阵袭来。皇甫以雄这一夜正好在二太太的房里安歇，蕊芸兰在看奶妈把和凤、和好安置好睡下之后，回到自己的卧房。她正待宽衣上床时，忽然听到楼下有人在急促地叩大门。叩门人想必是担心风声太大，上面听不见，才把大门叩得很响很急。不一会儿，李大披着棉袍上楼呼唤王干娘。蕊芸兰在房中隐约听见李大告诉王干娘，说"冯参谋长来找三太"。于是，她不等王干娘来报便径自走出房来，向客厅门外说道："快请！"她想，冯少安深夜不顾这样恶劣的天气前来，必定有什么要紧的事，不由得心跳也加速了。

王干娘掀起棉门帘，请冯少安进入客厅。蕊芸兰见他便装打扮，深灰色的呢大衣和礼帽上还有不少积雪，可能是在走进胡同叩门时落上的，因为他通常乘坐的轿车无法开进来。冯少安面色苍白，神情恍惚，把不知是因为激动还是因为寒冷而不住颤抖的双手深深地插在大衣的衣袋里。冯少安脱去衣帽，露出里面的一件本色团花的黑缎棉袍，反衬之下，更显得面白如纸。蕊芸兰忙请他坐在靠近炉火的小沙发上，一面吩咐王干娘赶紧沏茶，给他驱寒。蕊芸兰和冯少安相互看了一眼，沉默了一会儿，等王干娘上茶退出之后，蕊芸兰才走过，把客厅通往孩子们的房间的门拉紧，然后坐到冯少安对面的一把软椅上，问道："这样的天气，又是这么晚，你怎么还会跑来？有什么急事吗？"

冯少安沉吟了一下，端起茶杯呷了一口，强作镇静地缓缓说道："明天一早，我们的队伍就要开拔了……"

蕊芸兰只觉头脑里轰的一响，全身像泼了冷水，虽然靠近火炉，却忍不住打了一个寒战："怎么？到哪里？"

"还不又是打仗！去向不能跟你说……"冯少安自我解嘲地冷笑了一声，"这就叫作'军事秘密'！"随即他抬起充满温情的眼光注视着蕊芸兰那张也同样变得十分苍白的脸，柔声说道："所以，我只能在今夜来向你告别，我也是半个钟头前才得到通知的。"他顿了一下，继续说道："这次行动十分诡秘，连我这个做参谋长的事先竟一点风声都没有听到。看来是上面拍了拍脑袋瓜儿，独自决定的……"他像是说到这里，居然再找不出别的话可说，其实，情况恰恰相反。过了好一阵子，他才似乎结束深思，又把低下的头抬了起来，凝眸盯视着蕊芸兰，道："也许，这是你我最后一次见面了！万一……"他不想把已经来到嘴边的那句不祥的话脱口说出，让蕊芸兰伤心，便闭上嘴，又把头垂下来。

"不会的，不会的！"蕊芸兰预感到他想说的是什么，便急忙连声劝慰道："你多少次战役不是都平平安安地打过来了吗？这次，我相信，老天保佑，还是会平平安安的！……"她还想再说什么劝慰的话，但不知怎的，却什么话也想不起来了，只是呆呆地、眼泪汪汪地望着他。

二人对坐半晌无言，都不知如何珍惜和度过这次话别，甚至会是诀别的短促时光。这短暂的相聚也许真的会成为永别！到那时，也许真的要到阴间才能再相逢了。他们不约而同地都预感到这次相会很可能就是今生今世的最后一次，也正因如此，他们索性就让沉默来替代彼此欲言又止的千言万语吧！蕊芸兰默默地流着泪，冯少安的眼睛却已经是干的了，而他的心却早就裂成碎片。他这次来辞行，原打算不顾一切，了却自己的夙愿：要把蕊芸兰搂在自己的怀中，亲吻她，抚摸她，同她共度这也许是最后一宵甜蜜而热烈的爱的冬夜。然而，当他一进门见到蕊芸兰时，这一切打算就陡然烟消云散了。理智终于扑灭了激情之火：他对自己的自私感到惭愧，他怎能在最后关头毁掉自己一生最心爱的人?！他丧失了最初的那股"勇气"，他完全绝望了。他想："这样也好，我能心地坦然、了无牵挂地走上战场！"此时此刻，蕊芸兰又何尝没有类似冯少安最初的想法呢？她在想：只要冯少安有所表示，她就会不顾一切，依从他，听他摆布。他是向死亡走去啊！难道自己还该吝惜自己的一切?！在这生死关头，她难道不该把自己奉献给这个旧日的恋人吗?！但是，隔壁传来和好的梦中哭声又把蕊芸兰一下子拉到现实中来：她犹豫了，踌躇了。她猛然又清醒地看到自己今天的地位，她几乎开始害怕冯少安此刻会有什么使她无法抗拒的举动了。

他们俩就这样默默地对坐在炉旁，从深夜直到将近黎明。蕊芸兰披起斗篷把冯少安一直送到巷口，二人紧紧地握了一下手；蕊芸兰双眼流着泪水，目送他上了汽车，在茫茫风雪中逐渐远去，最后还是忍不住号啕大哭起来。

冯少安率领队伍出发后，只给蕊芸兰来了一封短信，此后便音信全无。蕊芸兰痛心地思念着："难道他真的就这样……"

和慕对冯少安的离去，反应平淡，甚至还略微有一点不期然的庆幸心理，因为她觉得自己终于能解开心中那个长时间难以解开的结。这一方面是她在追求冯少安上确实下了不小的功夫，而对方却始终对她不理不睬，使她深感失望；另一方面也是有了那个学医的青年赵相文，可以把对冯少安的未了之情转移到这个大学生身上。前面说过，赵相文也是一表人才，白净的脸蛋，颀长的身材，在协和医院医学院读三年级，眼看就快毕业了，一旦出来行医就可能挣大钱。况且，姆妈郑日珍曾见过此人，也颇喜欢这个小伙子，除了穷，和自己的女儿相当般配，也曾劝过和慕死了追求冯少安的那颗心，索性认定了赵相文。不过，郑日珍又想，赵相文的家境不好也确实是个大问题，要成其好事，只能把他招赘过来。赵相文的父母都是教书匠，不幸的是，年前他们相继去世，抚养三个弟妹的担子都落到赵相文的身上。他不仅要半工半读，不时在课余还须找些零活干干，生活的艰苦可想而知。赵相文人很刚强，自从认识皇甫和慕以来，从不向她吐露经济拮据，更不曾向她借过一分钱。赵相文的大妹妹赵相丽，原是和慕在教会学校圣功女中的同班同学，因为得了肺病，辍了学，如今只能在家养病。和慕与赵相文的关系正是通过赵相丽建立起来的。赵相文对这位富家小姐本无兴趣，除了相貌还可取。但是，赵相文禁不住和慕的热烈追求，特别是在冯少安走后，和慕就更加紧对他的追求，几乎每隔一天，就要给在北平读书的他去一封信，信中那些谈情说爱的动听词句，搅得这个风华正茂的青年如醉如痴。每当寒暑假赵相文从北平回来，和慕更是朝夕相伴，俨然一对未婚夫妻。她还依照郑日珍的嘱咐，把赵相文强拉到家中，见过阿爷和其他家人，甚至有时留他在皇甫府上过夜。因为赵相文深得阿爷和姆妈的喜爱，和慕就三天两头拉他到家里吃便饭。赵相文又不好拒绝（也可能是被和慕追求他的一片诚意所感动吧），只好尽量凡事都依着和慕去做，从而成为皇甫府上的常客和上宾。其实，论当时他与和慕的私下关系，已经可以算是皇甫家的"娇客"了。赵相文这时一则对和慕已经产生好感，二则也考虑到，万一真能攀上皇甫家这样家大业大的亲事，对自己将来行医开业自然会大有好处，而这后一种念头更是他主动接近乃至迎合和慕的主要动机。和慕对赵相文改变原来那种僵硬、别扭的态度当然得意非凡，以为是出于自己的"魔力"，恨不得马上跟赵相文宣布结婚。倒是赵相文比较理智和冷静，尽管和慕早已以身相许，他还是对自己有所克制：他一心要把这几年的学业学好，将来好独立创业。他认为，与和慕结合肯定会在这方面得到皇甫家的大力支持，但是，攀登社会阶梯，终究还是要靠真正的本事，所以，他出入皇甫府，从未以"乘龙快婿"自居，不过，皇甫府的上下人等却早已无人不以"娇客"来对待他了。

这几年皇甫以雄在事业上一帆风顺，在家庭中也是人丁兴旺：除了和慕、和群、和凤、和好这四位千金，这年岁末，二太太柳玉喜又喜得一子，取名"华炽"，皇甫府上于是又多了一位少爷。皇甫以雄对这家里家外一派繁荣景象，往往抑制不住地踌躇满志，白兰地、五加皮等酒喝得更凶了，花街柳巷也出入得更加频繁。三位太太都担心老爷这样下去，会乐极生悲，把身子搞垮了，不止一次地劝他要节制些，要注意保养。皇甫以雄却以自己的体魄一向健壮为由，反倒讥笑她们神经过敏。大太太郑日珍没有法子，又把娶第四房的事拿出来跟柳玉喜和蕊芸兰商量，好以此收拢一下老爷的心。皇甫以雄被三位太太说动了，开始在自己接触到的一帮班子姑娘中认真地物色起对象来。他不时地还对三位太太念道："如今咱们家有了四位千金、两位少爷，要是再来两位少爷，男女对等，岂不更好？"有时，他在蕊芸兰的卧房里就向她嘀咕道："你这肚子里的孩子不知是男是女，要是你像阿奶那样，再给我生下两个男的，那可真是遂了我的心愿了！"而且总是再加上一句："到那时，阿婆一定会笑得合不住嘴了！"蕊芸兰听到这种话，便总是要啐他一口，笑道："别做梦了！哪里能什么事都顺着你的心意来?！要真的又是女的，你难道要把我休了不成？"皇甫以雄怕她生气，赶紧赔笑道："不敢，不敢！我只是希望你在生孩子上争一口气，千万别败下阵来。"

说来也巧，过了一年，蕊芸兰果然生了一个儿子，大太太给他起了一个名字，叫"华胜"。全家对这件喜事十分兴奋，尤其是那位重男轻女的老太太。另外还有一件喜事，就是：皇甫老爷真的要娶回一位四太太了。

然而，前一件喜事，在发生过程中，还曾有过一些小小的波折；后一件喜事后来则有了一些始料未及的发展。

"生男还是生女"，这个问题从来没有像这次如此使蕊芸兰感到心烦意乱。阿婆对她一连生下两个女儿一直很是不满，尽管对她的态度比她刚到皇甫家时已经好得多了。本来皇甫以雄也是一贯不在乎生男生女的，这次却半开玩笑半正经地向她也提出一个"争气"的问题。与这个问题直接有关的可能是：去年一年，皇甫家三房都普降麒麟，二太太柳玉喜生了华炽；皇甫以冲的二姨太细母也生了儿子华演；连大房长子培亭的老婆郭仙芝也得一子，竟一反常规，取名"华汉"，按他的辈分是不该列入"华"字辈子的。这无形中对蕊芸兰形成一种难言的威胁。据说，从孕妇肚子的形状可断胎儿的性别：形尖为男，形圆为女。因此，蕊芸兰有时在沐浴或更衣时就会不自觉地打量一下自己的肚皮：似乎有些偏圆，这样，她不免有些沮丧。不过，她接着又想：这种推测未必可信，何必自寻烦恼呢？有了这个想法，她倒觉得心里开阔多了。

　　这一年夏季，天旱少雨。干热的天气让日夜不断的蝉鸣搅得更加令人烦躁。蕊芸兰怀着身孕，加重了身体负担，稍动一动就汗如雨下。她喜欢干净，每天不得不洗三次澡，别人劝她注意身子，说是洗澡过多，会伤元气，影响胎儿，她也置之不理。这一天下午，蕊芸兰刚洗完澡，叫王干娘、杨妈来倒澡盆里的水。不知她们是大热天午睡睡死了，还是找个什么地方乘凉去了，半天竟没有应声而来；两个奶妈带着和凤与和好到二号去找和群玩耍，也正好不在。蕊芸兰是个急性子的人，不愿把澡盆放在卧室里，便自己弯下身来，把澡盆往客厅里拖，过门槛时稍一不慎，竟扭了腰，只觉得下腹部一阵剧痛，一股鲜血从新换的白绸裤衩里飞溅出来。蕊芸兰一见，惊吓得面如白纸，浑身瘫软，一下子就倒在地上，这时才听见有人上楼，她有气无力地喊道："来人啊！快来人！……"进门来的是王干娘，看见三太倒卧在血泊之中，也吓得浑身发抖，一面把蕊芸兰搀扶到床上，一面大叫杨妈。两人忙乱了一阵，重新给三太擦洗干净，换了衣裤。好在血已暂时止住了，王干娘忙叫李大先打电话给施大夫，然后赶紧去接。这事惊动了正在公事房办公的皇甫老爷，郑日珍、柳玉喜等也都闻讯跑了过来，大家慌作一团。皇甫以雄急得像热锅上的蚂蚁，在客厅里不住地踱来踱去，担心这会导致流产，保不住"儿子"，又伤了蕊芸兰的身体。尚幸施大夫赶来检查后，断定是伤了腰部，虽然出血，却无伤于胎儿，只消卧床静养几天，吃些保胎药，问题不大。这场虚惊使皇甫以雄不得不责怪蕊芸兰太粗心大意，怀着身孕，还要逞强，哪里有挺着那么大的肚子还搬动澡盆倒水的？！

不出大事就算运气好。看着皇甫以雄又急又气，脸色比平常更黑了，蕊芸兰忍不住倒笑了起来。她指了指皇甫以雄的面颊，道："行了！你看，我不是好好的吗？孩子也没事，你来摸摸，他（她）还在动呢！"

郑日珍听说蕊芸兰刚才流了许多血，就悄悄地对柳玉喜说道："哟！看来又是个女胎。男胎要娇气得多，怎会保得住?!"柳玉喜也不知二姑从哪里得出这样的经验，竟说得那么有把握，虽然不大相信，却不敢表露出来，只默默地点了点头。

郑日珍的评断传来传去，竟传到蕊芸兰的耳边，这就使蕊芸兰也不禁产生疑虑："要是真像她说的，这一胎可让我'争'不了'气'了！"随后她又想道："管他是男是女，孩子总是我的，能保住也不枉我怀胎那么久！"想到此处，她顿觉轻松许多，往日那种无形的威胁也仿佛经过这场虚惊变得无足轻重了。她每日欢欢喜喜，能吃能喝，因此，身体很快就得到完全复原。

阴历六月底的一天晚上，蕊芸兰要分娩了。阿婆特地从伦敦道赶来，一扭一扭地又来到产房门口，坐在藤椅上耐心地等待着。不一会儿，她听到婴儿的啼哭声，心里马上紧张起来，所幸王干娘从门里出来，首先就向这位老太太报喜，道："老太太！恭喜您又得了一个孙子！"这一声喜报不仅使阿婆立即松了心，笑眯眯地合不拢嘴，甚至连守候在客厅里的两位太太也都兴奋得站起来。郑日珍向老爷恭喜道："这次不但保住了胎，还喜得贵子，这都是托老爷的洪福，这是场胜利，不如就叫这个三仔'华胜'吧，您觉得怎样？"这也便是"华胜"这个名字的由来。

蕊芸兰连生两个女儿都因为奶水不足，不得不雇用奶妈，这次生了华胜，自然也得想办法雇个奶妈。皇甫老爷有话：男孩子不必要求奶妈长相如何，只要奶水充足就够了。那天，魁元从奶妈店里找来了一个三十岁左右、一脸白麻子的奶妈，蕊芸兰一见就觉得丑，但是叫她当场挤出奶水来看，却真个是又浓又多，便留下了。这奶妈是宝坻县人，姓王，人虽丑，却很注意洁净，而且嘴巴厉害，从不饶人，不仅下人们不敢惹她，连大太太对她也不能像平时那样作威作福，敢于随意挑她的毛病。她奉敬的只有老爷和三太太，别人一概不在她的眼里。说来这王奶妈也真有点本事：才两三个月，这位新生的三少爷就长得又白又胖，从未生过一场病。皇甫老爷心中欢喜，不时当着众人的面夸奖她会照看孩子，她也就因此抬高不少身价，更加耀武扬威了。

华胜天生细皮白肉，眉清目秀，一点也不像个男孩子，模样越来越像蕊芸兰。据算命的说，"男生女相"，将来必有大富大贵。蕊芸兰对这种说法虽然将信将疑，但听到之后，心中毕竟还是很高兴的。况且，华胜比他年长一岁的哥哥华炽、堂兄华演和另一个也是年长一岁的侄儿华汉都长得俊秀，里里外外的人不论是谁，都会赞不绝口，蕊芸兰自然更加欢喜。她对自己目前已经有了二女一男，十分满意，说来也巧，恰是每三年生一个：和凤已经六岁，该上私塾了；和好三岁，个头儿却跟姐姐差不许多。蕊芸兰自觉子女不多不少，有时就不知不觉地向皇甫以雄透露出自己的心意。谁知这位老爷并不知足，他哈哈大笑地指着蕊芸兰的肚子道："你满意，我还差一点呢！除非你再给我生一个儿子，凑成四对四。"

和群与和凤都已大了，尚未入学，皇甫老爷就请了一位陈老先生来家坐馆，束脩相当丰厚。这位老先生主要教两位千金读什么《千字文》《百家姓》之类的东西，是为将来进学校做个初步准备。皇甫以雄虽是个新派人，却很注意子女的汉学根底，请人坐馆便是他这番用意的一个例证。

陈老先生性情温和，又是在这富贵人家教千金读书，自然在言行上更加注意，实际上倒像是哄着两位小姐在书馆里玩耍的保姆。和好人小，却争着非要跟两个姐姐一起读书不可。蕊芸兰拗不过她，加上又有皇甫老爷的纵容，就允许她也煞有介事地背着小书包，跟和群、和凤一起进书馆"读书"。书馆设在二号的一间不大不小的房间里，除了桌椅板凳，还有一个大书橱，一个茶几，上面放着暖瓶和茶具，旁边摆着一个太师椅，供陈老先生休息。教书时间只在上午，从九时到十一时。陈老先生在天津有家，而且就在附近，所以，教罢之后，他就回家去了。和好进了书馆之后，才知道读书没有什么好玩，她哪里待得住，过一会儿就跑出来一次，说是要"撒尿"。蕊芸兰怕她撒谎，就逼着她坐在痰盂上，看看是否真的有尿。谁知道这个小妮子坐上痰盂，就叮叮当当地真尿了起来，而且是每次必有尿，倒弄得蕊芸兰气笑不得，只好听凭她跟姐姐们一起到书馆里混。陈老先生不仅教三位千金识字，还应皇甫老爷的请求，给府上的少爷、小姐都起了大名：和慕叫"文仪"，华海叫"文振"，和群叫"文复"，和凤叫"文泰"，和好叫"文临"；华炽和华胜虽小，却也因而有了大名，分别叫"文昌"和"文洁"。从此，和慕和华海在学校里就都改用大名了。

娶四太太要大办，这是大太太郑日珍的主意。她的理由是：老爷娶了这第四房，也该到顶了；既然是最后一次，就该隆隆重重地大事庆贺一番。皇甫以雄正在兴头上，乐得随她安排：自己在事业上顺手，多花几个钱也无所谓，况且又是花在自己身上。二太太柳玉喜向来是没有主张的，一切都听二姑处理。三太太蕊芸兰虽然听到郑日珍不止一次地宣扬大办的理由，心中却好笑："娶哪一房还不都是你张罗？真是人嘴两张皮，任你爱怎样说就怎样说。不过，老爷要是真想再娶一房，你难道能拦得住?!"她无心多管闲事，横竖听其自然。她眼看大太太出出进进，忙里忙外，纵然凡事并非全要她亲自动手，她也总要在皇甫以雄面前摆出要为老爷"鞠躬尽瘁"的样子，不由得心中暗笑。当然，大太太有时也差她到天宝金店去挑几件首饰，到信隆祥去选一些衣料，她总是有差必应，但是，她绝不想像大太太那样，故意显示出要为丈夫"赴汤蹈火，在所不辞"的那个架势。

　　四太太叫温秀馨，也是从北平八大胡同里选中的，碰巧跟蕊芸兰一样是苏州人。人长得比蕊芸兰丰满得多，圆脸蛋，大双眼皮，尖下巴，高鼻梁，皮肤白皙，一张小口不涂唇膏也显得那么红艳艳的。论模样确实比蕊芸兰艳丽，称得上是个标准大美人，但是，以气质来说，就难以这样品评了。不知怎的，这位四太太言谈举止，总是那么轻佻、俗气，无论看什么人（自然更多是看男人），都像是在眉目传情、暗送秋波。她走起路来，轻飘飘的，真仿佛风摆柳，却又嫌扭动腰肢、臀部过甚，而且还总是左顾右盼，搔首弄姿，好像是无时无刻不在想方设法展示自己的美丽。她的这种做派，初看起来还能叫人承受，然而，再多看几眼，就惹人厌烦了。不过，温秀馨外表虽然如此，心地却很善良，丝毫没有千方百计要算计别人的坏心眼。个性憨厚也许正是皇甫以雄从这些脂粉阵中选上她的一个主要原因。正因如此，四太太过门之后不久，就与个性相似的三太太结成亲如姊妹的关系。

四太太进门那一天，皇甫府上从一大清早就忙了起来：不仅二号、三号楼上楼下张灯结彩，而且连蕊芸兰住的四号楼上和下面的公事房也动用起来，准备摆上四五席。光是喜幛就挂满了二号过厅的右厢房和大客厅的几扇墙壁。德源里的巷子里临时竖立了几个大炉灶和案板，显然光靠大太太这边的厨房和王师傅一个人已经远不够用了，而蕊芸兰那边尽管也开伙，但面积毕竟太小，于事无补，只好勉强用来备茶点、水果。根据大太太的安排，午间是宴请近亲和熟友，就在小巷中请来登瀛楼几位名厨备膳，在二、三、四号摆席；晚间的婚宴是设在蓬莱春，有二三十席。依郑日珍的原意，是想在北安利粤菜馆举行正式宴会，后来皇甫老爷说，每请客就去北安利，把人都吃腻了，不如换在登瀛楼或蓬莱春，换换口味。这样，郑日珍才为了符合老爷的心意，改定了山东风味的蓬莱春，她知道，老爷一向是欣赏这家餐馆的拔丝山药的。

这一天，确是热闹非凡，光麻将就摆了十几桌，连一号公事房的几个大房间也都利用上了：公司为总办办婚事特地放假半日。来来去去的宾客少说也有二三百人。蕊芸兰借此机会，把自己素日认识的一些官太太，像倪七太太、张五太太等，也请来了，因为平时没有可能做到礼尚往来，一般只是去赴宴，而无法回请。这些官太太，一向是不轻易应约的，因为喜欢蕊芸兰的为人，都很赏脸，没有一个婉拒。然而，就这一点也引起郑日珍对蕊芸兰的无限妒意，尽管她内心不得不佩服蕊芸兰竟能结交这么多豪门大户的贵妇人。

郑日珍撺掇皇甫以雄娶四房，原为的是让丈夫喜新厌旧，使温秀馨压倒蕊芸兰。谁知四姨太进门之后，虽然小心翼翼，注意接近大阿姐和二阿姐，处处不忘讨她们的欢心，却跟三阿姐的关系更密切，更真挚。郑日珍是个聪明人，对这一点哪里会看不出来，这一方面令她感到有些失望，后悔当初；另一方面也促使她多用心机，设法把四太太拉过来。每逢皇甫以雄要出去应酬，她就总是怂恿丈夫叫新姨太作陪，说什么"该让阿四多见见世面，多会会你的朋友嘛"！到了夜里，她也不辞辛苦，为丈夫到哪位太太那里安歇出点子，说什么"阿四是新来的人，你该多到她那里嘛"！她寻思，这样一来，她既可达到疏远皇甫以雄与蕊芸兰的关系的目的，又可显示她作为大太太的"贤德容人"。不料，在这些问题上，情况却不尽如人意：皇甫以雄还是偏偏喜欢动员三太陪他出去，更经常到三太房中安眠。有时，皇甫以雄为了不让四太扫兴，居然请两位姨太太作陪，一左一右。蕊芸兰看出郑日珍的卑鄙用心，再说，她本不愿和温秀馨一争短长，而且她过去也曾多次向丈夫表示更喜欢留在家里，所以，她常常借口要看管孩子或身子不适，鼓动皇甫以雄只带四太一人前去。皇甫以雄对此常感不快，甚至在社交场合，无精打采，拉长一副嘴脸，对身旁的四太也是不大搭理，闹得四太在众人面前十分尴尬，每每反倒央求三太伴她一起陪老爷出去。有时，她甚至愁眉苦脸地对蕊芸兰道："我一个人陪他，他总是那么冷冰冰的，我都怕了！"蕊芸兰知道有这种状况，不时劝说皇甫以雄，说既然把人家娶了过来，却又把人家撂到一边，这叫什么道理呢？然而，皇甫以雄对蕊芸兰的这些私下劝解，却像是一块难以点头的顽石，他总是竖起双眉，圆睁二目，叫道："我讨厌她那副轻薄劲儿！卖弄风骚！没有一点太太的样子。我真后悔，怎么会娶这么一个女人！"

"你不喜欢她的样子，可以帮她改嘛！冷落她就能叫她改变作风？再说，阿四都弄不清你究竟是怎么回事，娶到家里来倒反讨厌她了。你怎么能这么待人？阿四人品还是不错的，你不要无故找碴儿，伤人家的心！"蕊芸兰这样苦口婆心地劝解，不知说过多少遍了，却始终不能令皇甫以雄回心转意。她没有办法，只好私下婉言劝慰温秀馨，提醒她出去应酬多注意一下自己的举止，特别是在陪老爷出去的时候。但碍于这些话不好明说，只能拐弯抹角，旁敲侧击，温秀馨又是一个直心肠的人，对蕊芸兰的这种委婉言辞有时并不能完全领会，似懂非懂，因而始终不明白老爷到底不喜欢自己的哪一点。

四太太的房间被安置在二号楼下过厅的右厢房，正好面对大客厅，面积也大致相等。那里原来是做饭厅用的，这样一来，大家吃饭只好到三号楼下的一个大房间里，而老爷原来用作休息和读书看报的书房也就被取消掉了，横竖皇甫以雄以前也并不经常到那里去。这样的安排当然又是郑日珍的主意，原本四号楼下广告部后面也有一间不小的房间，是给包装部用的，郑日珍偏说那里太僻静，不方便，硬要在二号、三号两座连通的楼里来个大搬家。其实，她的真正用心是担心温秀馨和蕊芸兰一起住在四号，会被蕊芸兰拉过去，成为她的心腹。这用心虽然乖巧，却瞒不过任何一个明眼人，尤其是那些派来卖力气搬动家具的底下人，他们一个个一边搬东西，一边则在嘟嘟哝哝地低声咒骂，骂这位大太太是把家虎，为了拉拢新姨太，不惜把用人累得大汗淋漓，往死里折腾。这也难怪：这两间房东西又多又重，出来进去有时还得上下台阶，若是用四号楼那个几乎是没有什么家具的房间，岂不是不致累得一个个人腰酸背痛，膀子发软？不过，郑日珍也会做人，等诸事完成后，每人赏两块大洋，这样，众人也就转怒为喜了。然而，说到底，大太太的这番心机终究还是有些枉费了，因为四太太仍然更多地偏向三太太，却很少跟大太太说些掏心窝子的话，更不要说大太太原来还想利用她充当密探，向她告密了。所以，大太太有些私下挑拨离间的勾当，反而有时被四太太一五一十地转告给三太太。像什么郑日珍不止一次教唆温秀馨争着陪皇甫以雄出门应酬，撺掇她拉皇甫以雄到自己房中过夜，并且还千叮咛万嘱咐她提醒她得想方设法网住老爷的心，别让蕊芸兰把老爷独占了去，如此等等。四太太把这些事情原原本本地告诉三太太，并非有意挑拨三太太和大太太的关系，不过，三太太听了尽管一笑置之，毕竟心里感到不痛快，更不好挑明，叫四太太从中作难。蕊芸兰了解温秀馨为人老实，绝非想搬弄是非，再说，这样做对温秀馨自己也没有什么好处，如果她死心塌地紧跟郑日珍欺侮蕊芸兰，岂不是好处更大？况且，她又为什么不挑拨蕊芸兰和柳玉喜的关系呢？哪怕二太太在家中的地位不高也罢。这样一来，蕊芸兰与郑日珍之间的仇怨难免越积越深，尽管表面上还保持一团和气。

自从华胜降生以来，温秀馨与蕊芸兰的关系变得更加密切了。这位四太太特别喜欢这个眉清目秀的小男孩，每天几乎都要往四号楼上跑上三四趟，来了就把他抱在怀里，不停地亲啊，摸啊。

蕊芸兰见她这么喜欢华胜，便笑道："要不嫌弃，就叫他做你的干儿子吧！"蕊芸兰是想，温秀馨嫁过来已经很久了，至今不见怀孕，她既然这么喜欢华胜，虽说也已经算是华胜的一个"娘"，但毕竟不如再加上一层干亲，那岂不是亲上加亲，更加如意吗？温秀馨经蕊芸兰一说，当然十分兴奋，并且还对蕊芸兰打趣说道："好啊！我今后即使真的不生，也会有靠了。到时候，你可别吃醋啊！"

蕊芸兰有了三个孩子，就更不想多陪老爷出门应酬，皇甫以雄因而就不得不让四太太作陪。他仍然嫌恶温秀馨那种往轻里说是不够稳重，往重里说则像皇甫以雄所说的是"疯疯癫癫"的派头，最后，索性把她晾在家里，独自出去了。温秀馨当然受不了这样的对待，几次向蕊芸兰哭诉。蕊芸兰非常同情她，劝说时也比以前更率直一些，不料温秀馨听了，反倒恼了，叫道："嫌我派头不好，当初干吗还要娶我呢？叫我来守活寡？我才不干呢！……"蕊芸兰见她如此，也便不好再说下去，只好把话岔开。她私下反复解劝皇甫以雄，责备他不该如此对待四太，况且四太也没有什么对不起他的地方。不过，解劝半日，也无济于事，有时皇甫以雄反会气极了，竟跟蕊芸兰吵起来。皇甫以雄吼道："她要是嫌我对她不好，叫她滚蛋好了！我没有她，倒更清静，更省心呢！"郑日珍觉察到皇甫以雄不喜欢四太太，也曾劝过多次，却无法令老爷心动。一天，她偶然在老爷的书桌抽屉里翻找出一张烫金的大红帖子，皇甫以雄在上面亲手用毛笔工工整整地写出"蕊芸兰"三个大字，落款的日期正是老爷初次见到蕊芸兰的那一天。郑日珍一见就更清楚自己是又失算了：丈夫爱的仍是三太太;四太太非但没有争得丈夫的宠爱，反倒让三太太跟丈夫更紧密地黏合在一起了。怎么办呢？她几乎感到自己已是黔驴技穷，渐渐对温秀馨也冷淡下来。

当然，在这方面最苦的还是温秀馨。说来她也可怜，自进入皇甫家的门，一直遭受老爷冷遇。她心中苦闷，无处发泄，便经常叫张二拉她到戏院、电影院去散心。有时，她还陪华海到舞厅里坐坐，因为她还不会跳舞，又不想学；后来，干坐着看别人跳舞，实在没意思，她便更多地去看戏、看电影了。温秀馨虽然为人灵活，却得不到皇甫家亲友的好感：首先，阿婆就讨厌她整天打扮得花枝招展，怪她不是过日子的人；大伯母和细母也嫌弃她坐不住，只知吃喝玩乐；培亭夫妇知道三叔不喜欢这位新姨奶、四细叔母，便也敬而远之，尤其是培亭，觉得四太有架子，瞧不起他，其实，温秀馨是嫌他们夫妻俩长得实在太丑，确实不愿意搭理他们。皇甫府上的下人和公事房的职员都晓得四太不是皇甫老爷的宠姬，当然也就不怎么敬重她。在这种备受多方冷遇的环境下，四太的苦闷和烦恼是可想而知的。她除了从三太那里还能得到一些关爱，觉得自己仿佛终日生活在一个阴冷的冰窖之中，得不到一丝温暖和阳光。因此，她只有往外跑，从外界寻求家中得不到的安慰和刺激。

也正因为常外出，常坐张二的车，有什么事也常叫张二去办，温秀馨与张二的接触自然比较频繁。她觉得，张二似乎是男女用人当中把她当作太太来侍候的唯一一个仆人。温秀馨和张二年纪相近：张二比四太太大两岁。四太渐渐发觉张二身上有不少讨人喜欢的地方，且不说年轻英俊，聪明伶俐，而且办事麻利，可以信赖。有时，她甚至会想入非非：张二可惜只是个拉包月的，不然……她往往想到这里，就不敢再想下去了，同时会感到心口跳得厉害，脸颊也有些发热了。这时，她常揽镜自照，发现自己面色绯红，像是多吃了几杯水酒似的，显得比平常更加艳丽，于是就想："我的青春难道就这样荒废掉了吗？"随即又萌生一个念头："既然皇甫以雄这样对待我，我何苦这样自守清白？"因此，每逢张二拉她出去，她对张二总是十分亲热，体贴入微，一个坐在上面，一个跑在下面，有说有笑，倒也欢快得很。她常背着众人，塞给张二几块大洋，而且逢年过节，在到信隆祥去给自己买衣料时，总会特地扯上两三丈府绸甚至绸缎，偷偷送给张二做衣裤和长袍。张二是个聪明人，四太的举动和眼神显然使他悟到其中的弦外之音。素常注意自己外表的他，如今既得到四太的赏识，就越发把自己收拾得干净利索：热天是一身雪白绸裤褂，冷天则是一身藏青或毛蓝棉布衣裤，脚上总是一双黑礼服呢面、白千层底的便鞋，浑身上下真可说是一尘不染，不了解底细的人，见了他，还真会以为他是什么开油盐店的小掌柜呢。每次出门回来，他就拿起布掸子，到院子里噼噼啪啪地把身上、脚上的尘土掸得一干二净，再仔仔细细地洗洗脸，有时，还把藏起来的蝶霜拿出来，往脸上薄薄地擦上一层。小平头以前是一个月理一次，如今则缩短为十天半月。无怪乎魁元和张妈有时跟他开玩笑道："怎么？张二！交桃花运了？打扮得那么漂亮，要去相亲吗？"听到这些善意的打趣，张二自然也会马上面红耳赤，讪讪地笑着走开，心里却想，桃花运恐怕是真交上了！起初，他对四太的这份情意只是感到一种意外的惊喜，后来则有些自鸣得意，他发觉自己身上竟会有这么巨大的吸引女人的力量，甚至让这位标致的新姨太也动了心。不过，他内心对这种飞来的艳福还只是更多地觉得好奇，并不十分认真：一位高贵的太太竟看上一个拉胶皮的，那简直是不可能的事。他确实听说，老爷对四太不中意，或许四太因为闷得慌，才拿他来解闷，反正自己多加小心，不越轨，逢场作戏，总不会吃亏的。然而，久而久之，他毕竟抵挡不住四太的美貌和情感的诱惑，不知不觉地陷入爱河，而且越陷越深，晚上睡不好觉，人也消瘦多了。以前，他拉四太出去，总是兴高采烈的，有时不见四太亲自或差老妈子前来吩咐他备车，还多少有些怅然，若有所失，如今则变得对陪四太出去抱有一种畏惧与渴求交织在一起的复杂心情了。现在，他拉起车来，已经不像过去那么自然，那么有说有笑，甚至抵达目的地时，放下车把，也不敢扭头正视四太的面孔，只沉默地垂着头。温秀馨对张二的这种细微而又明显的变化，当然很快地就觉察出来，因而她坐在上面也变得缄默了，似乎找不出什么话来说。如今虽然是一个仍坐在上面，一个仍跑在下面，双方也都仍然是那么渴望相处在一起，但是，却仿佛有一种看不见的力量在压抑着他们，使他们的行动乃至呼吸都感到莫名其妙的困难。他们俩多需要有一种求之不得的适当时机，相互尽情倾诉和发泄啊！实际上，温秀馨和张二都明知这样一种力量是什么，是那种主仆、尊卑之分把他们这一对孤男怨妇无情地分隔在两处，似乎有一条深不见底的鸿沟横亘在他们二人中间，直到现在，双方还没有一个敢于舍身冒险跨越过去。温秀馨有时也会自问：自己究竟喜欢张二的哪一点呢？如果是为了开心取乐，她尽可以到风月场中去找个小白脸，何苦爱上一个低贱的拉车夫？然而，她在班子里混事多年，亲身体验到在那种场合，要想遇上一个真情实意的男子，实在不易，不致碰上几个拆白党之流就算万幸了。也许，这正是她爱上张二、不嫌他出身低贱的主要原因吧。有时，夜不成寐，她也细心分析、揣摩自己的思想：她对张二的好感虽是出于老爷对她本人的冷漠，但是，她由此而对张二产生的情感却是深邃的、诚挚的，没有一点轻视张二的地位卑微的痕迹。她甚至还想：一旦真能与张二结合，张二颇认识几个字，用她多年的一些积蓄，做个小买卖，过个和美舒心的日子，还是不难的，总比在皇甫府上做小、守活寡、受洋罪要强百倍。如今，她别无他求，只求有人爱，这一点看来也只能从张二身上求得了。于是，她下定决心，要找个机会，跟张二打开窗户说亮话，彻底弄清对方的心意，不能再这样遮遮掩掩、猜猜摸摸下去了。她也曾想找蕊芸兰一吐胸中的积郁和苦恼，却又实难启齿，担心蕊芸兰会瞧不起她，这样，就只好闷在心里，自我折磨，模样也日显憔悴了。

蕊芸兰发觉近来温秀馨面色苍白，神情恍惚，怕她得了什么月经不调之类的妇女病，多次劝她到施大夫那里去检查。温秀馨明知自己"病"在何处，再高明的医生也是治不好的，总是推说心中烦闷，不碍事，不敢将自己的隐私向蕊芸兰透露半句。温秀馨就这样勉强挨过了一年光景，直到翌年的暮春时节。在这期间，蕊芸兰同情温秀馨在皇甫家没有人来真正关心她，怕她真的病倒了，岂不更加可怜，便经常自己掏钱，叫王师傅给四太做些鸡脯炖燕窝、银耳莲子羹、乌鸡香菇汤等滋补身子。好在自从上次为了做鲥鱼汤，跟郑日珍闹了一场，郑日珍在大小事上总要横加干涉的习惯做法，已经有所收敛，对此事也睁一只眼，闭一只眼，不再多话了。

一天晚上，温秀馨又独自坐张二的车到平安电影院看夜场，回家时已近午夜。她下了车，偷偷地又塞给张二一张五元的钞票。巷子里没有人，路灯又很昏暗，但是她却清楚地看见张二的脸色马上涨红起来，拿着钞票的那只左手也微微有些发抖，她心中一阵酸痛，扭头就要走进大门。张二突然从她身后轻声召唤："四太，您先别走。您把这个拿回去吧。我……我不缺钱用。再说，您赏给我的钱也不少了。我一直……一直存着，一个子儿也没有动……"张二虽然声音发颤，言语支吾，但是一字一句却说得那么清晰，像是花费很大气力才拿定主意向她表白的。

"怎么？你不想要我的钱？也不愿用我的钱？"温秀馨觉得心口像刺进了一刀，她睁大了双眼，死死盯住张二的小平头。

"不……不是。瞧，您说的是哪儿的话！我感激还来不及呢。不过，我觉得，总是拿您的钱，有些不好意思。我侍候您也不够周到，担当不起您一赏再赏的……"张二的头一直低垂着，但是，语调已经平静多了，话也说得更利落些。

"你就拿着吧！我没有别的意思……"温秀馨这时却显得有些慌张了，她不知说什么才好，心口仿佛不如一，想说的话到了嘴边又咽了回去，而说出的话却又没有充分表白清楚，语意倒多少有些双关。说罢，她转身进入大门，朝自己的房间走去，尚幸院中和过厅连个人影也没有。

温秀馨回到房间，对着镜子整了整妆容，她发现自己双颊绯红，心也还在突突地跳个不停。她觉得自己面上的红晕，像是刚刚多吃了几杯美酒。她站在镜台前发呆，脑海里却像是掀起层层巨浪，澎湃汹涌，激荡着整个身心。她感到自己像是随波逐流的一叶扁舟，在海浪中漂荡、起伏、旋转，既找不到目的，又辨不出方向，而且似乎很快就会在浪涛的冲击下沉没了。过了好一会儿，她才慢慢地定下心来，她怅然地坐到床边，倾听着四下死一般的寂静，恍若她与早已进入梦乡的他人相隔在两个世界。"张二呢？他也睡着了吗？"她又猛然把自己拉到现实当中，幻想着张二怎样把车拉进车房，怎样打开自己的小屋房门，怎样关上，怎样脱掉衣裤，露出那肌肉发达的健美身躯，怎样洗涮，怎样钻进被窝……她不由自主地站起身来，轻轻地打开房门。

过厅的灯熄了，皎洁的月光从玻璃门窗射进来，把整个房间照得像是用清水洗过一般，显得那么清明、洁净，桌椅仿佛也闪闪地发出一层蔚蓝加银白色的光芒。她蹑手蹑脚地走了出来，打开过厅的房门，来到院中。张二的下房正在右手车房一侧，小小的窗户已经没有灯光。"想是他已经睡了！"她不禁想道。她犹豫一下，不知自己是该往前走，还是该向后退。"现在大概有两点了吧？"她一边在想，一边抬头望了望略向西斜的月亮。虽是刚过中秋，那月儿却仍显得那么晶莹剔透，皎洁圆润，这是否象征着什么呢？她的嘴角不知不觉地浮起一缕痉挛的微笑，说不上反映她所感到的心情是幸福还是忧喜参半：她竟然在深夜独自一人这样不顾一切地向自己心爱的人的住处悄悄走去！她此刻似乎把什么恐惧、羞耻都一概抛到九霄云外，她唯一渴求的就是投入那个男人的怀抱，这是她盼望已久的，她一定要在今夜了却已经把她折磨得太久的夙愿。她来到下房门前，不由得又踟蹰了一下。然而，情欲的烈火烧灼着她的心，她大胆地轻推了一下房门。房门没有上锁，仿佛预期她会前来似的。她索性一手推开房门，走了进去，随手把门掩上。房中没有动静，连人的呼吸声也听不到。月光从窗玻璃斜射进来，把小小的房间照得半明半暗：靠左手墙壁的一角，平放着一张铺板，上面躺着一个身材如此熟悉的男人。那男人只盖了一条薄被，双肩露在外面，那张同样如此熟悉的面孔正朝着房门这边转过来，静悄悄的，没有发出一点声响，像是丝毫没有感到意外。

温秀馨知道张二没有入睡。她径直走到床边，站住了，像是等待什么。张二撑起上半身，赤裸裸的，那么健壮，那么光滑，闪烁着银白色的光，充满着火一般的青春活力。他没有说，也没有动，也像是在等待什么。温秀馨矜持不住了，一下子扑到张二那热烘烘的胸前，颤抖的双手紧紧抓住张二筋肉结实的肩膀，泪水纵横的脸颊紧贴在张二那铁板似的坚实而又富有弹性的胸脯上，她亲吻着，抚摸着，张二特有的那股浓烈的、诱人的男性气味沁入她的心脾，使她沉醉，使她昏迷，她仿佛丧失了一切力量，瘫倒在张二的怀中……

七

蕊芸兰嫁给皇甫以雄之后,凭着日常积攒下来的一些生活零用,又拿出存在银行里的一部分存款,给父亲程伯荣寄去了大洋两千元,请父亲想办法买上一所房子,免得再住在租金虽然便宜,但是房屋实在破旧不堪的三间小房。这房子是亲姑母念在手足之情,在解雇了程伯荣之后,未曾狠心收回去的,但租金照收,分文不得短少,按月派人来收,程伯荣一旦有所拖延,就会被来人痛斥和威胁一通。几年前,程伯荣已经续了弦,是邻居卖豆腐的彭老大的老姑娘。这姑娘相貌平平,为人却很老实,干活勤快,由于家贫贴不起嫁妆,青春也便被耽误了。她嫁给程伯荣时已经二十八岁,明知对方眼睛不好,还有一个八岁的儿子,家境也不富裕,然而考虑到自家的爹娘不能养活自己一辈子,况且程伯荣是老邻居,相互比较了解,知道程伯荣淳朴老诚,虽比自己年长近三十岁,但嫁后定不会亏待自己,程伯荣因残疾无法工作,幸有两个在外的女儿接济,生活还是有保障的。这样,父亲彭老大向她一提起这门亲事,她就一口答应了。过门之后,夫妻感情弥笃,彭氏也尽心尽力地把这个破破烂烂的家收拾得井井有条、干干净净。不料，彭氏很能生孩子，几乎是一年一个，眼看一家八口挤在三间小屋里，经济上也显得有些拮据。幸亏蕊芸兰寄来这笔置房的款项，除了付房费，还略有节余，程伯荣的多口之家才算比较幸福地安顿下来。

唯一令彭氏感到头疼的是程伯荣前妻留下的这个小儿子程文林。这个孩子聪明机灵，相貌也好，就是从小娇生惯养，养成一个自高自大、不服管教的坏脾气。在他眼中，这位其貌不扬、家境贫寒的继母根本没有什么地位。甚至程伯荣命他叫她一声"姆妈"，他都是很不情愿的。彭氏对他则是处处体贴、忍让。彭氏与文林的关系紧张，颇使程伯荣居中为难：做父亲的一向溺爱此子，虽知错处都在儿子一边，却不好为此而责怪儿子，更不要说是打骂了，而彭氏如此贤德，他也无理指责这位后娘。这样一来，文林就更加得寸进尺，把这位继母实际上当作用人使唤，后来索性连勉强叫出的"姆妈"也取消了。程伯荣看在眼里，心中十分气恼，背地里向儿子劝说过多次，文林却把他的话当作耳边风，有时甚至还大哭大闹，口口声声地喊叫自己是"没有人疼的无母苦孩儿"！弄得程伯荣对这个肆无忌惮的儿子简单是束手无策。

这一年，程文林高中毕业，不想再升学，要求父亲代他向大姐说说，在姐夫的公司里找个事由干，其实，他内心深处是想离开这个远不如天津那么繁华的苏州。程伯荣也心中忖度，让文林上大学是供不起的，而儿子的才学也必定考不上那些国立大学；如不让儿子到天津去，长期在家闲着也不是事儿，小地方找工作，固然不算太难，怕也拢不住儿子的心。如今，玉英已经从北平迁往天津，女婿又是烟草公司的总办，找个像样的事情干，想必容易。另外，把儿子与他的继母分开，也可省却许多麻烦，不必整日价生活在紧张揪心的气氛之中。于是，程伯荣决定带儿子北上，去找蕊芸兰。

那是一个盛夏的傍晚，天气热得叫人在房中待不住，尽管开了电扇。西半天一片火红的晚霞，更增加几分令人难耐的燥热感觉，并且也预示着次日必将又是一个令人挥汗如雨的大晴天。蕊芸兰带着和凤、和好与几个老妈子一起都坐在房后的那个大平台上乘凉，其中也有抱着刚满一岁的华胜的王奶妈。晚饭过后，那里是唯一比较风凉的地方。平台坐东朝西，南面有楼房的背面遮挡住毒热的白昼阳光辐射，北面则临近一片空地和几所低矮的房屋：晚风虽然仍然很热，却能阵阵吹来，比闷热的房间和电扇吹送的非自然风要令人清爽得多了。

李大上楼来报："亲家老爷到了！"蕊芸兰听了一怔，心想父亲怎么不事先通知就来了呢，但随即连忙站起身来，向平台的梯阶走去。这时，程伯荣父子已经来到平台的门口，就要下台阶了。蕊芸兰自离开上海以来，一直没有再见过父亲（以前，祖母来平时，也是请一位同乡陪伴来的），一见父亲虽然不见显老，气色也不错，却两鬓苍白，两只眼球依然被一层灰蓝色的云翳遮住，忍不住一阵心酸，眼泪立即夺眶而出。她抢上一步，紧握住父亲的双手，哭叫了一声："爹爹！"伯荣见大女儿衣着考究，容光焕发，心中虽然欢喜，却也忍不住老泪纵横，说了一声："阿囡，你好吗？"他随即把身后的儿子程文林叫过来，跟大姐行礼。蕊芸兰一眼看出这正是自己的小弟弟文林，但身材已长得比父亲高过一头：眉清目秀，一双亮晶晶的眼睛很像蕊芸兰，透着一股出类拔萃的灵气；一件竹布长衫使皮肤更加显得白净、细嫩，活生生的一副江南公子哥儿的相貌。蕊芸兰破涕为笑，说道："哎哟，弟弟都这么大了！你们俩一路辛苦，快到平台上凉快凉快吧！我马上叫人给你们做饭。你们先稍微洗洗，休息一下，屋里太热，一会儿就在平台上吃饭吧！"说罢，她叫老妈子拜见亲家翁和亲家舅爷，让和凤与和好见过外公和舅舅。和凤羞答答地向伯荣父子见了礼，和好却见面就熟，偎依在外公怀里，问个不停，什么"走了几天？累吗？火车上人多吗？路上好玩吗？"……伯荣见了王奶妈抱着的华胜，白白胖胖的，赞不绝口。

伯荣父子正在吃饭，皇甫以雄从外面应酬回来，一见岳父，当即笑呵呵地恭恭敬敬鞠了三个躬，对那尚未相识的青年也点了点头，说道："岳丈一路辛苦，怎么事先不来个电报，也好让我们到车站去接？"伯荣谦笑道："老爷公事繁忙，怎好惊动，这次带小儿文林来府上打扰，已经很过意不去了。"说罢，就叫文林上前给姐夫行礼。皇甫以雄忙欠身道："岳丈怎么这样客气，还称我什么'老爷'，这可折杀我了。我还是您的'半子'啊！"随即又向面前的文林打量了几眼，道："这就是文林吗？好相貌！有十八九了吧？"伯荣忙替儿子答道："二十，刚刚高中毕业。"皇甫以雄本是个爱才之人，又善于观察人的长相和举止，觉得文林在眉宇之间透出那么一股灵气，不同凡俗，心里就喜爱了几分。双方寒暄了几句之后，伯荣父子又坐下吃饭，皇甫以雄陪坐在桌边，看了看桌上的菜肴，就责怪蕊芸兰道："只这样几盘菜，怎好招待岳丈和小舅子？怎么不打电话叫登瀛楼送来一席？岳丈该怪我这个女婿小气了！"说罢，转向伯荣道："今天迟了些，来不及了，明天晚上，我请岳丈和文林到登瀛楼补上，算是正式接风，好吗？"蕊芸兰听了笑道："是大方还是小气，不在这一顿。再说咱们都是自家人，何必讲究这些。家里的厨子也是把好手，只要有东西，做出的菜同样能上席的！爹爹怎会为这一顿饭就说你小气，你说得好，明天补上一席，不也就显出你的大方来了吗？"说得众人都笑了。伯荣忙道："这些菜已经摆满台了，我们在家里就是过年也是吃不上的。阿囡说得对，咱们都是自家人，不要太破费。"

饭罢，皇甫以雄夫妇陪伯荣父子在客厅里闲话。这时，天已黑了，屋里开了天花板上的电扇，已经风凉多了。伯荣把埋在心里好半天的话借机说了出来："文林这次跟我来，是想请姐夫给他找个事由干。这孩子高中毕业，无心上大学，况且家中也供不起一个大学生。望求姐夫能好歹给他安排个工作。"

皇甫以雄听了，呷了一口茶，忖度了一下，又详细地问了问文林的学业状况，说道："其实，按照文林的年纪和学业，还是升学的好，到那时，找个比较称心的工作，也容易。至于岳丈刚才说的安排工作的事，那好说。目前，公司生意开展得不错，正在用人。安排个把职位，不成问题。只是对文林来说，恐怕是要屈才了。因为文林的学历浅了些，只是高中毕业，公司是个洋人办的，一般职员至少得大学水平；文林虽然学过一点英文，但应付公司的这种洋务，怕吃不消。倒不是说不能给他安排一个不用外文的工作，抄抄写写的工作也有，只是像开头我说的，太委屈了他！……"他又沉吟了一下，继续说道："要么，就这样办吧，叫文林边工作边学习，天津眼下有一些教英文的夜校或补习班，文林每周可以去上几次，同时在公司里先学着干一些文书工作。只

* * * 169 * * *

要文林肯用功，不好高骛远，公司绝不会埋没人才的。"

蕊芸兰在一旁仔细地倾听着皇甫以雄的这番解释，心眼里顿时产生了一种钦佩与感激交加的感情，暗想："他真不愧是个洋行总办！说话、办事都在情在理。"她边思索边点头笑道："你看，姐夫的想法很好。文林弟刚从学校出来，理应从一些最细小的事情做起，凡事不可挑肥拣瘦，眼高手低，首先还是该努力提高自己的本事。爹爹，您看呢？"

伯荣见女婿一口应允，哪里有不同意的，忙笑道："姐夫这样照顾，我们简直太感谢了，但愿文林不辜负姐夫的这番好意和栽培。"这时，三人的目光不约而同地都投向年轻的文林身上。

文林此来原是抱着"朝中有人好做官"的思想，何况自己的姐夫又是洋行总办，一官半职，想必会稳拿在手，刚才听到皇甫以雄对自己的评价，特别是提到他英文不行，先是不由得倒吸了一口凉气，随后又闻知他要从小小的文书做起，更是像泼了一头凉水，心中实在是老大不乐，却又不敢流露出来，便极力忍住，毫未显出有什么不悦的表示。但是此刻大家都一时沉默下来，用疑问的眼光盯住他看，文林连忙表态道："我自己没有什么想法，全凭姐夫和姐姐安排就是。"他口里这样说，心里却拿定主意："将来，我一定要干出点名堂让你们看看，叫你们知道我是怎么个材料！"

这样，程文林就在永泰和公司当了一名小文书。

程伯荣在女儿家里住了半月有余，因为惦记家里，就告辞返家。皇甫以雄买了不少东西，又给了岳父五百块现大洋，亲自陪蕊芸兰到东车站送行。伯荣临行前，把文林拉到月台上较僻静处再三叮咛，叫他好好干事，给姐姐争光，万事不可懈怠，等等。伯荣此来，顺利地解决了文林的工作安置乃至发展前途问题，又深得女婿的厚待，自然是乘兴而归。

程文林初来皇甫府上，孑然一身，皇甫以雄就吩咐广睦在公司的三层阁楼上打扫出一间套房，让他住下。这样，一是上下班方便，二是可以节省房租。这套房间虽在阁楼，却很宽敞，还有个小小的卫生间，大的一间做书房和卧室，小的一间放些衣箱等杂物，吃饭就到姐姐家里，平时有公司的勤杂工侍候，沏茶打水，收拾房间，一概不需文林亲自动手，跟住旅馆差不多。文林对这样远胜过家中的生活条件，是无法不满意的。

程文林生性聪颖，又会处事，上上下下没有一个不夸奖这位舅老爷的，连郑日珍也经常向皇甫老爷提起：这位小舅子老成持重，办事勤快，又很用功，听说英文学得很有长进，将来倒真可以成为老爷在公司里的一个嫡系好帮手，这样，除了培亭，加上文林，老爷也不致事必躬亲，过于劳神了。皇甫以雄听到连这位善于挑剔的大太太也都这样称赞文林，心中十分欢喜，觉得自己没有看错人。根据他本身观察，文林上下班早来晚走，交代的抄写任务无不办得头头是道，尤其一手蝇头小楷，写得异常工整秀丽，公司的老夫子汪太玄都曾多次向总办称道这位舅老爷的好书法。

文林为人乖巧，明知自己在府上的地位不低，却为了讨好众人，并不处处以亲舅自居，表面上待人接物总是谦逊和蔼，甚至听到用人称呼他"舅老爷"时，也是谦让说道："别这么称呼我，就叫'先生'吧！"然而他骨子里却一直憋着一股劲儿，力争早日出头露脸。皇甫府上的用人都对三太的这位内亲有好感，文林换洗的衣服，几个老妈子都抢着为他去洗。蕊芸兰见弟弟初来，就得到府上的好评，心里真是放下了一块石头：她原本担心弟弟此来会招惹许多闲话和是非。她特别怕文林仰仗自己的姐姐是皇甫老爷的爱妾，作威作福，而这对一个血气方刚、刚满二十的年轻人来说，是很难免的。当然，蕊芸兰也顾虑文林来到这天津的花花世界，会贪图享受，辜负皇甫以雄的好心栽培，走公司里过去那些没有出息的青年的老路：五分钟热度过后，就露出好吃懒做的真面目。然而，事实却与她所顾虑的恰恰相反。文林来津近半载，业务、学习都表现得蒸蒸日上，蕊芸兰心中喜不自胜，但为了防止弟弟骄傲自满，总是多督促，少赞许，力求让他注意克勤克俭。因此，姐弟有时谈心，蕊芸兰总是要提醒文林："你现在在程家，算是最大的了，要给弟妹做个好榜样。爹爹苦了一辈子，将来都要靠你把程家支撑起来。你如今虽有姐夫的扶持，但凡事都还要靠你自己努力，要靠本事，而不是靠亲戚混饭吃。这样，人家才能真正瞧得起你，才不会说你是靠裙带风吃饭，靠'皇亲国戚'得势。特别要注意，不要叫人抓你姐夫的把柄，说他袒护你这个做小舅子的……"

蕊芸兰看文林有时很喜欢打扮，发现他把薪水的一大半都花在衣着方面；她觉得，注重仪表不是坏事，但是，如果过分讲究穿戴，这就不能不加以过问了。所以，她不时对文林说道："咱们家底子薄，现在经济情况虽然比以前好些，但是，爹爹没有工作，弟妹都小，要是你每个月能多少接济一些，也是你做大儿子的责任所在。有钱不如多攒些，顾家、顾己都很需要；你将来娶媳妇，总不能向爹爹伸手吧？再说，我看你来到这里，置的衣服、鞋子也不少了，我并不反对你打扮，年轻人爱漂亮，也是常情，但是过分就不好了。何况你毕竟还有家庭负担，你说是吧？咱们毕竟不是出身富贵人家嘛！"

每逢蕊芸兰这样谆谆告诫，文林都是恭恭敬敬地点头称是，从不强辩，更不反驳，但是，他在心里是不服气的，甚至是越来越感到厌烦。这样一来，姐弟之间从表面上看，似乎没有什么纠葛，而从文林这一方面来说，已经开始在他与蕊芸兰之间逐渐筑起一道高墙，并且随时间的推移，他越来越感到这位姐姐实在是庸人自扰，过分忧虑了。他讨厌姐姐见了他总是这样啰啰唆唆，婆婆妈妈。他自觉从来到姐夫家里，处处谨言慎行，力争给众人好感，而且做得是相当出色的，而姐姐不仅不夸奖，总是这样唠叨不休，这不是鸡蛋里挑骨头吗?! 生来任性高傲的他，本是容不得别人训教的。蕊芸兰虽不是像他所感觉的那样，总是跟他絮絮叨叨，劝他上进，他却已经觉得这位姐姐逐渐成为一条绳索，把他牢牢捆住，使他难以自由驰骋了！不过，如今他是寄人篱下，不得不逆来顺受，丝毫不敢流露出有任何不满。但是，他与姐姐的隔阂越来越大，除了用饭，尽量少到姐姐家中去，有时，蕊芸兰问起他何以不常来了，他便推说公事忙、学习忙。蕊芸兰信以为真，也没有往心里去。

由于公司业务开展，人手有时不够应用，皇甫以雄有心让他锻炼，便叫他不时跑跑码头，到唐山、张家口一带较小的分公司去联系公事。文林聪明能干，不久就得心应手，俨然一副内行架势，地方上的那些小经理知道他是公司北方部总办的内弟，哪个不趋之若鹜，争相逢迎奉承。因此，文林进公司还不到一年，红利、外快、礼金却收到不少：他在新华银行还立了个折子，倒像真的为自己将来娶亲积攒起资金来，而早就把接济家中的责任置于脑后了。

程文林从古朴的苏州来到这五光十色的十里洋场天津，一直不敢涉足那灯红酒绿的夜生活，尽管他对此早已垂涎三尺。如今荷包里有了几个钱，心里仿佛有只毛毛虫似的东西在蠢蠢欲动。他每逢闲暇无事，便到繁华热闹的法租界逛上几圈，尤其喜欢到永安饭店等那些舞厅前面来回走上几遭，看看那些摆在大门口的招牌、广告，听听那阵阵送入耳际的弦乐笙歌，望望那些衣着入时、神气十足的男男女女出出进进。他只能抱着既羡又妒的心情，伫立在人行道上望洋兴叹。他深知凭他好不容易积蓄下来的那些存款，是根本不够到里面去玩上几天的。最后，他总是慨叹一声，悻悻而归。

程文林比皇甫家的大少爷华海小两岁，举止谈吐则要老成得多。在吃喝玩乐上，华海自然是文林无法望其项背的。自文林来家后，华海很欣赏这位小舅子生得一表人才，常到他的住处去找他聊天，尤其是公司所在的一号跟二号只隔着一个院落，有时，华海闷了，也邀他到自己的房间闲谈，品个香茶，吃个夜宵。从华海的嘴里，从来没见过"世面"的程文林得知了许多既离奇又刺激的事情，他想：原来世上竟有这么多可以享乐无穷的地方。每听到华海在滔滔不绝、添油加醋地炫耀自己的"见识"时，文林就难免心里痒痒的，恨不得马上也亲身尝试一番。华海慢慢看出自己的话已经调动起对方的胃口，非常得意，有时便试探文林的口气，试探他有无跟自己结伴同游之意，这比自己独自去玩乐要热闹一些，不过，钱可是得由文林出，休想让华海为他拿出一分钱。这样一来，华海带着文林经常在周末去逛逛永安饭店、国民饭店、中原公司的舞厅，甚至带他去那些更高消费的意租界的回力球和英租界的英国乡村俱乐部开开眼。

头一次涉足舞厅，是在一个夏夜：程文林半推半就地被华海拉进永安饭店。刚一进门，文林就被那半明半暗的朦胧灯光和梦幻般的气氛迷住了。他随着华海被一个身着白布长衫的茶房领到靠舞池边的一个台子上；华海代他要了一大杯冰镇啤酒，自己则要了啤酒和一小杯威士忌。文林傻呵呵地坐在椅上，呆呆地、目不转睛地盯住在光可鉴人的舞池内翩翩起舞的一对对摩登男女：男的油头粉面，西装革履；女的花枝招展，珠光宝气。他呆看了半天，没有说话，等华海用臂肘轻轻地推了推他的胳膊，让他喝酒，他才像从梦中惊醒。

那一夜，他们几乎玩了一个通宵：华海请了一个二十一二岁的舞女坐台子，差不多是每曲都跳。文林未学过跳舞，只好干坐着看。那舞女怕他烦闷或是被冷落，也曾搭讪地跟他讲了几句，还主动教他跳舞，他涨红着脸推辞了，心中不住突突地猛跳。他只觉得那椅子像烧红的炭火，烤得他灼热难挨，但又像有什么胶水糨糊似的东西，把他牢牢地粘在那里，叫他无法脱身离开。就这样，他度过了这一夜。回到住处，躺到床上，辗转反侧，老半天睡不着，他发誓：一定要尽快学会跳舞，再也不要像傻子、乡下佬那样，到舞厅里去出丑了。

过了两天，程文林见了皇甫华海，就提出求他教舞的问题，华海那白多黑少的眼珠子转了一下，尖削的脸蛋挤出了一副奸猾得意的笑容，应道："没问题！只要你下功夫，我保你一学就会，不出三天，你就能自由自在地在舞场里跳个华尔兹或狐步！"接着，他又顿了一下，眯起两只小眼睛，鬼鬼祟祟地放低声音说道："不过，我这个师父也不能白教啊！你打算给我什么好处呢？"他边说边盯住文林的面孔看。文林却一时答不上来。

"那，那，那你说怎么办才好？"一向聪明透顶的文林这时倒有些蒙了，只能用乞怜的眼光也看着华海的脸，感到语塞。

"别紧张。我是说着玩儿的！"华海刁滑地一笑，伸手拍了拍文林的肩膀，又道："咱们俩相好，只要你做舅舅的别忘了我这个外甥，也就够了。日后，我也会有事求你呢！"

"放心！只要我能办到的……"文林松了口气，赶紧做了表白。

华海低着头，用手摸了摸下巴尖，沉吟了一会儿，抬起眼睛对文林说道：

"你知道，舅舅，阿爷管教我是很严的。我跟你出去玩的事，可千万别让他知道，省得惹麻烦，况且你又是他的下属。"

文林听到华海提起皇甫以雄，脑海里立即也浮现出蕊芸兰用温和的口吻谆谆告诫的形影，于是他立刻接着华海的话茬说道："你别担心，我是连我姐姐也不会告诉的。"

从此，程文林每逢星期六或星期日，不再到什么明星、光明等二轮电影院去看电影了，也没有兴趣再到什么天华景、大舞台等戏院去看大戏，他的唯一消遣和娱乐场所，就是舞厅。有时甚至赶两场，即下午的茶舞和晚上的夜场。起初，他总是随华海一起去，以观望为多，后来，他舞艺渐精，也敢紧搂着舞女的腰肢，旋风似的转上几圈，便往往自行前去。为了跳舞，他把自己衣橱里的行头也逐步做了更新：他过去虽然喜欢打扮，但也仅限于定做几件长衫和中式裤褂，从金九霞买的鞋子中只有一双黑皮鞋。这时，西式皮鞋和中式礼服呢便鞋的比例已经完全颠倒过来，而且五色杂陈，棕色的、白色的、黄色的、蓝色的、灰色的，应有尽有，都是从英中街的拔佳鞋店买来的，并且都与所购置的西服套装配套。眼看那原来比较宽敞的阁楼，逐渐都被衣服鞋子吞没了。这样，他不得不从旧货店里买来一个双开门带穿衣镜的大衣橱，这衣橱几乎占去一扇墙壁的四分之三。他把那些新置的衣鞋都放到里面去，还用钥匙锁上，唯恐姐姐前来时偶然打开橱门，发现秘密。平时，文林照旧是长衫、布鞋上下班，只是到了星期六晚上和星期日，才焕然一新地去过夜生活。单是用在置装方面的开销，他已经花了几百大洋，而他每月的薪水不过才七八十元，这对一个初出茅庐的小青年来说，已经是够丰厚的了，不过，长久下去，他越来越觉得手头拮据：原来他只有二三百元的存款，那么，购置行头的这些巨款又是从哪里来的呢？除了一些外快，当然都是背着姐姐、姐夫从一些手头比较宽裕的同事那里借来的，加上，华海不时也以"借钱"为名，向他伸手（这些贷款是从来不还的），这样一来，不仅存款几乎都被提光了，而且还背了一大批债务。他不得不绞尽脑汁，想些生财的路子。他先是借出差机会，跟地方上分公司的小经理要上几箱香烟倒手牟利，后来，地方上的那些人知道他是总办的小舅子，无不慷慨解囊，争相塞给他不少好处，求他在姐夫给地方批货时，替各自争些优惠。果然，这样一来，他那亏空的大窟窿不仅已经补上，而且还颇有盈余。

于是，他在花钱上也便越来越大胆了。有时，他在做地方经理批给他的现货的买卖上赔了，他居然敢向这些小经理张口要贷款，款项之大甚至达到上千数目：小经理们为了巴结这位总办的舅老爷，无不从命，尽管明知这笔贷款是没有还期的。尚幸这类事发生得不多，加上文林行动诡秘，事事做得天衣无缝，小经理们也乐得替他瞒天过海，所以，皇甫以雄一直被蒙在鼓里，反倒觉得，这个二十出头的小舅子很会办事，特别是颇有交际手腕，跟这些地方上的小头头的关系打通得挺不错。

程文林自幼接触女性很少：家中的两位姐姐早就离家远去，父亲续弦之后，继母一年又一年生的又多是男的，只有一个小妹子。文林上的学校虽是男女同校，但是，小地方比不得大城市，男女授受不亲的观念仍紧紧地束缚住人们的心灵，不论大小，在男女交往上，还是很不开放的。文林长得清秀，有几个早熟的女同学看上了他，却不敢斗胆去主动接近他，而文林虽然已经到了对异性产生好奇乃至追求的年龄，但自己模样俊秀，对一些姿色平平的女生根本看不上；而对那些中看的，他却又出于胆怯和腼腆，不敢有所表示。这样一来，他在上高中时，竟没有交上一个女朋友，而交女朋友这事在大城市，在他的同龄人当中则是很平常的。

来到天津后，他的接触面广了，但也只限于下班后和出差办事，与他交往的一概是清一色的须眉丈夫。初来时，为了要在工作学习上表现得勤奋，他确实无心去想这方面的事，但日子久了，他往往不免感到有些苦闷，又不想把心事说给姐姐听，只好先是拿看戏看电影，后则是靠跳舞来充填业余的空虚；也正是因为后来的兴趣几乎集中在跳舞上，经常被那些争奇斗艳的舞女所环绕，他的青春苦闷更加重了。文林毕竟不像华海这类纨绔子弟，即使他如今口袋里确实有了几个钱，也从不敢去寻花问柳。有一次，他从劝业场四楼天华景戏院看夜戏回来，一时雇不上胶皮，徒步走了一段路，正走到靠近国民饭店的一个地方，恰好碰上有两三个野妓在拉客，其中一个三十上下，擦了一脸怪粉，在昏暗的路灯下，更丑得吓人；她看到这样一个年轻漂亮的公子哥儿似的男人孤身走过来，立即抢上几步，一把扯住文林的长衫袖子，一个劲儿地往国民饭店方向拉，一边还咧着抹着口红的血盆大口笑道："少爷！跟我来吧！准叫你玩个痛快！"文林吓得面如白纸，用力挣脱了那女人的利爪，拔腿就跑，跑了一二百米远，仍然听到那个女人还在扯着沙哑的喉咙喊他回来，尚幸没有追上，他这才松了口气。

文林初次随华海在舞厅里散心，依然是很腼腆的，坐台子的舞女跟他讲话，他都不好意思抬起头来；后来，他成了舞场的常客，无论有没有华海在场，他都像变了个人，固然还没有学会打情骂俏那一套，但头也敢抬了，脸也不红了，心口也不突突猛跳了，跳快步舞时，甚至还敢把对方的腰肢搂得更紧，并且对着对方的面孔，送上一丝轻佻、调情的微笑。有时，他从舞场尽兴而归，躺在床上，不由自主地在脑海里对比了自己的过去和现在：一个是怯生生的年少学生，一个是风流倜傥的男子。甚至连他自己也会对自身的大变化感到惊奇，这时，一股扬扬得意的暖流会从他的心底一涌而上。他自觉这是他在人生道路上迈出的大胆成功的又一步，他的脸庞也因而变得红彤彤的了。

程文林最常去的舞厅还得算永安饭店。永安饭店和国民饭店都是法租界高等的旅馆、西餐厅，都设有舞场。前者位于最繁华的通衢大道的拐角，一条稍显僻静的马路上，毗邻二轮的明星电影院；后者靠近法国花园，较永安饭店优越的是有一个大院子，夏天可以在那里举办露天舞会。程文林之所以常去永安饭店，是因为那里的乐队更好些，隔壁又是明星电影院，有时可以在这两家娱乐场所穿梭消遣，不少舞迷兼影迷就是经常从这两个地方进进出出的。永安饭店对面有一家小饭馆，门面很小，饭菜却十分可口，尤其是一些如蒸饺、锅贴、馄饨等小吃，而且营业一般都到午夜过后，许多前来跳舞或看夜场电影的顾客都喜欢来此吃夜宵，其中就有程文林。

永安饭店的舞池，白天都摆满桌子作为西餐厅，晚间和星期日下午则除外：那时，穿着白大褂的茶房便把一个个圆桌或方桌移到边上，把大片光可鉴人的舞池围成四方形，对着大门的一边空出一部分，做乐队的演奏台，轮换着演奏西洋乐曲和广东音乐。天花板上垂挂着四盏水晶大吊灯，光彩夺目，衬着繁星般点点红绿色小灯泡和杏黄色壁灯，气派颇为富丽堂皇。舞池两侧坐着打扮得花枝招展的舞女，等候舞客前来邀舞。有些走红的舞女，除了伴舞，还被请去坐台子，这样一夜下来，并不一定非要陪客人跳得人困马乏才能挣上大沓舞票，次日拿去向财务兑换现金。不过，这里要特别提及的是，她们并不能把成捆的钞票全部塞进各自的手提包，其中相当部分还得用来"孝敬"那些操纵她们命运的舞女大班！舞女的走红自然要靠姿色和舞艺，而更有决定性意义的是要靠舞女大班的宣传和吹捧：某女初次登场前，往往要拍张袒胸露臂的半身照，由大班在报纸上一登，并在舞场进口处张贴广告，于是，声名鹊起，顾客垂青的可能性就大大增加了，有的为此而先献身于大班，那就更是不在话下了。红舞女坐台子，一个晚上不只坐一个，有的甚至可坐上十来个，每个只坐上十多分钟，然后转台。当然，舞票给得多些的富贾阔少、达官贵人，则可以把她留得时间长些，乃至把她包上一夜。不过，红舞女毕竟是少数，更多的是生意清淡，只要有四五位客人来邀就算不错了。有的很可怜，会干坐一宵，无人邀舞，这叫作"吃汤团"。这样的舞女当中，有的赔不起住旅馆、制行头的大笔开销，为债务所逼，最后不得不服毒吞金，一死了之；有的较走运的，此处若晦气，只好换个码头，从天津到北平去求生，还真的能时来运转。最让人瞧不起的，则是那些因捞不回血本而不得不投靠洋琴手（即外籍乐队的演奏者）的女人，这种女人经常是与洋人同居，虽能保住一日三餐，却注定她这一辈子没有出头之日，因为是被看成洋琴手玩过的下贱货！因此，许多不能走红的舞女宁肯自寻短见也不愿与洋琴手鬼混。谁又能体会到这些锦衣缠身、珠宝辉映的女人心中隐藏着多少辛酸血泪呢?！正是在这样一些风尘女子当中，程文林遇上了一个令他神魂颠倒、痴迷不可终日的丽人。

程文林认识叶丽珠是在中原公司舞厅的一次茶舞会上。叶丽珠本是永安饭店的舞女，为了生计，有时也到其他舞场如中原公司、国民饭店等去伴舞，而由于属于饭店一类的舞场，白天一般都要做餐厅营业，周六、周日也不例外，经常举办茶舞的，几乎仅有中原公司一家，所以，叶丽珠为了多赚些钱，周末也不休息，总是到公司的茶舞会上伴舞。叶丽珠是属于生意比较清淡、勉强能维持生活的一类舞女，程文林初见她就被她那素雅的装扮、大方的举止吸引住了。他觉得，叶丽珠就像是一朵杂陈在万紫千红的花圃中的幽雅的兰花。叶丽珠生就一双大而忧郁的眼睛，配着白皙的鹅蛋脸、微蹙的细双眉，俨然一副病西施的模样，楚楚动人。这种长相当然不合那些喜欢香艳肉感的舞客的胃口。她不喜浓妆艳抹，衣衫也力求色彩协调，从不追求花哨，水葱般的手指仅戴着一枚镶红宝石的九成金戒指，其他珠翠首饰一概全无。也正因如此，她无法赢得更多的庸俗低下的舞客的青睐，一宵能陪上十来位顾客跳舞已经算是不错了，这也便是她不得不有时撇下病卧在床上的寡母，一天赶几场的主要原因。程文林第一次与她跳了一曲华尔兹之后，就请她坐台子，攀谈中了解到，她原是官宦人家的小姐，父亲过世后为大婆所不容，只好与作为偏房的母亲离开府邸，靠微薄的遗产和私蓄过活。她读过两年大学国文系，却难在社会上谋职。母亲是父亲生前宠爱的小老婆，遭到大婆的如此欺凌和虐待，气不过，竟得了咳血的肺痨。不久，家底用尽，为了养家和给母亲治病，叶丽珠只好下海伴舞。程文林对叶丽珠的凄凉身世颇为动情，便经常在生意上照顾她，每次买给她许多舞票。久而久之，双方情意日趋深笃，几乎达到难舍难分的程度。

程文林眼下只不过是一个小职员，是无力成家的，更谈不上有能力来维持叶丽珠母女的生活，何况叶母又身染重病，医药费就是一笔巨额开支。程文林为了保持与叶丽珠的来往，只能靠从地方小经理等方面拿些额外收入甚至举债来应付，他又不愿向姐姐蕊芸兰开口，这样，就浑浑噩噩地过了好几个月。叶丽珠知道程文林是个小职员，固然有一位有钱的姐夫，自身却并无多少生财之道，因而常劝他少来舞厅，为了将来，莫如平素想法多积攒一些钱，不要像现在这样充阔佬滥加挥霍。她曾亲口对文林言道："你我的感情不是用钱买来的。从长远考虑，还是要多方省俭些，也好有朝一日，能合住在一起。你我都还年轻，我可以等。"一天，叶丽珠看出程文林神色沮丧，知他手头又紧了，便从手提包里拿出几张五元的钞票，塞在他手里，道："拿去先用吧，我这里还能应付。别惦记我。看来，像我说的，你我还得从长计议。你如果真爱我，暂时不一定非到舞场来找我不可；还是照我说的，忍耐一时，咱们各自多攒些钱，总有一天，够让咱们俩生活在一起，那时，何愁没有好日子过？"她停顿了一下，看了无精打采的程文林一眼，又道："你可千万在赚钱方面谨慎小心，不要为了我铤而走险，一旦出了什么事故，那才后悔莫及呢！"程文林听了，只是低头不语，暗地里却在拼命琢磨怎样才能赚上一笔大钱，尽早实现两人结合的愿望。

这一日，皇甫以雄差人把程文林叫到他的办公室，对他说道："烟台一家小公司拖欠了咱们一笔货款，至今有一年多了，你明天乘火车去了解一下情况，必要时，得催促他们快些偿还。这里，近来银根有些紧，那笔货款数额不小，如能要来，可以应急。你去后，一定要抓紧办理，可以的话，尽快赶回，不可耽搁。"文林听了，心中暗喜，庆幸自己正在发愁之际，飞来这样的好差事，差旅费加上对方很可能献上的礼金红包，又会有一笔数目可观的外快。事先，他给烟台那家公司的经理史某，发了一封电报，随后简单地整理了一下行装，次日登程。

出乎他意料的是，来接车的居然是史经理本人。这个姓史的，白白胖胖的，眼睛里透出那么一股狡猾的神气，活生生的一副奸商的坯子。他与程文林虽是初次见面，却像多年交往的老熟人，一步抢上前来，热乎乎地紧握住程文林的双手，连声说道："欢迎！欢迎！"出站之后，他请程文林上了小轿车，一直驶到一家上等旅馆，给程文林安排在一间带起居室的套房住下。

双方寒暄了几句，程文林坐在长沙发中间，便想跟坐在侧方的一个小沙发上的史经理谈起公事。谁知这位胖经理满面堆笑地抢先说道："程先生，您是来催款的吧？这事不忙，好说！您一路辛苦，先洗一洗，歇一歇。晚上，请您到蓬莱春小酌，给您接风、洗尘。这里的蓬莱春当然比不上天津的那一家，但一些名菜做得也还不差。在饭桌上，咱们也可以聊一聊公事嘛！"他边说边送烟、献茶，好不殷勤。程文林见他待自己如同上宾，心中得意，便摆出一副总办似的架势，一本正经地对史胖子说道："这事已经拖了一年多了，怎能不忙？我姐夫，皇甫总办，派我这次来找您，正是为了速办速决，我也好早来早回，尽快复命。"

史胖子听了，笑容更加可掬，给程文林又添了一点茶水，答道："这我知道。实在抱歉。近来，这里销售"红锡包""老刀牌"稍显困难，不然，我早就把那笔款子给令姐夫寄去了，何劳您这位舅爷亲自来催讨呢？这还希望您在令姐夫面前再美言几句。这笔钱我一定尽快汇过去……"程文林一听，这显然说明，他此行是白来一趟，要不上货款的，心中有些着急，便正言厉色地说道："史经理，咱们是初次见面，您应该知道我们作为办事人的苦衷。总办这次交代我，要把钱带回去，您却又推说要以后再寄，这不是明摆着让我为难吗？我回去该怎么交代，又怎样替您美言呢?！"

程文林嘴里这样说，心里却在暗想："我临行时，姐夫只是叫我必要时催一下款，并未叫我把钱带回去，我现在这样加码，如办得到，回去交差，必有重赏；办不到，这个胖子也得花些'运动费'，叫我替他说情，我这简直是在使诈呀！"他分析到这一点时，不禁对自己的"聪明""老练"，感到有点亦惊亦喜。果然，他见这时史胖子把那小眼睛滴溜溜地一转，谄笑了一下，同时用手从长衫口袋里掏出了一沓五元的钞票，厚厚的，大概有一百张，放到程文林表示无法交代的手掌上，轻声说道："您这么聪明强干，总能替我想想办法搪塞搪塞。这点小意思，您先拿去，权当咱们初交的见面礼，以后，我还真巴不得高攀，跟您交上个朋友呢！"接着，他又假惺惺地叹了口气，佯作无奈的模样继续说道："实不相瞒，我最近炒股不怎么顺手，赔了不少，连卖香烟挣的也贴进去了！……"程文林听到此处，觉得对方言辞矛盾，便插话问道："且慢，您刚才不是说，香烟销路不好吗？到底是怎么回事？"史胖子脸稍微一红，勉强解释道："那只是暂时的，后来还是比较顺畅，所有存货都卖光了，所以还是有盈利的。"程文林心想，此人言语支吾，说话颠三倒四，实在是滑头得很，本想再追问下去，但眼看厚厚的一沓钞票已经到手，若真推掉，实在舍不得，便摆出一种被对方所难的委屈样子，说道："好吧，既然您一时困难，我也只好替您向我姐夫再说一说情，但是，总办是否容许再拖欠下去，我可不能保证，还是希望您及早想办法，将款寄过去。不然，我也再没法替您找借口了。"史胖子听程文林这样一说，喜形于色，马上热烈地双手握住程文林的双手，说道："一定，一定！……不过，关于刚才提到炒股的事，还请舅老爷代我隐瞒一下，万不可说出去！”

　　程文林回津后，向皇甫以雄汇报了交涉情况，只说是史经理售烟前一阵子不大顺手，曾滞销过一个时期，目前稍有好转，但货款一时难以凑齐，答应尽快给永泰和天津总公司把欠款汇来。皇甫以雄听了程文林的汇报，有些失望，因为他原以为程文林聪明，会办事，不想却被人用几句场面话给打发回来了："尽快"，快到什么程度？连个具体的日期也未商定，看来，他是对小舅子估价过高了，以后，还真得下点功夫培养他，锻炼他，毕竟是年纪太轻，阅历太浅嘛！这时，恰巧有一件更重要更紧迫的公事要办，他也就没有再追问下去，只嘱咐程文林注意向对方多加追讨。尽管皇甫以雄是个精明的人，但他却绝未想到文林是接受对方的一笔巨款才受人指使的。

　　事有凑巧，史经理后来由于接连炒股失利把公司的血本也赔得精光，在程文林走后不到一周，便把公司关了，自己则逃之夭夭。这样一来，史经理避债潜逃的消息很快就传播开来，个别知情者还通过一些渠道，把程文林受贿的事也向皇甫以雄捅了出去。皇甫以雄得知，大为震怒，碍于文林和蕊芸兰的关系，不便声张；他立即召集总办助理顾久云和侄儿皇甫培亭一起紧急商讨对策。他一方面叮嘱顾久云和培亭暂且严加保密，另一方面也派人到各地方分销处探听程文林的行为，这样，他才开始真正了解到这位内弟的为人。他在愤怒之下，也曾冷静地考虑到，既然还不知道史经理的去向，眼下若追问文林受史经理之贿赂一事，无法对证，程文林一旦矢口否认，也不会问出什么结果来，况且还会闹得满城风雨，于蕊芸兰的面子和名声也很不利，这种因程文林之过而影响到他心爱之人在家中的地位的事，他是绝不会干的。因此，他决定还是不可把此事公开，即使将来史经理被缉拿归案，也只可暗地弄清他与程文林的秘密交易，不宜全部暴露。至于如何处理程文林的问题，他只需要今后在使用这位不可信的内弟方面改变一下章法就是：这样的人怎能培养成自己的左右手呢？而这绝不能怪做姐夫的无情，只能怪做小舅子的不争气，咎由自取罢了！

果然，从此皇甫以雄就改变了对程文林的器重和培养，日常见面也十分冷淡，在公事上，不再派他独当一面承担到地方上处理业务的美差，重又叫他协助老夫子汪太玄干些抄抄写写的杂活了。程文林心里有鬼，对此当然十分敏感，但作为下属，也不敢质问姐夫何以一反往常地对待他，何况自己又做了见不得人的亏心事呢！这样，他上班是无精打采，下班也是苦闷焦虑，每天真可谓如坐针毡，度日如年。

他返津后只去看望过叶丽珠一次，因为叶丽珠的母亲病重，住了院，在有八张病床挤在一起的大病房中，言行都很不方便。他曾在离去时，把这次得来的五百元现钞塞给了叶丽珠。叶丽珠很惊讶，问他这样大的一笔现金是从哪里赚来的，他支支吾吾，勉强说是公司发的红利、奖金，这自然不能解开叶丽珠的疑问，叶丽珠这时心挂母亲，也无心再多追问，只是劝他，如果借的是印子钱，可千万退回去，将来利滚利，怎受得了？！她安慰程文林道："我现在毕竟还能应付眼下的困难，你可千万不要为了帮我而借这种敲骨吸髓的高利贷！"叶丽珠虽然不知道这笔巨款的来历，但觉得，这也表明文林对她的一片真心，她当然不舍得动用这些钱，便把这沓钞票用一张旧报纸包好，放在家里大衣柜的隐蔽处，决心尽量不用。

程文林没有别的去处，甚至因为心怀鬼胎，连姐姐蕊芸兰的家也更加少去了。其实，他不知道，皇甫以雄并没有把他的事透露给蕊芸兰。他整日价浑浑噩噩、心神恍惚，戏院、电影院、舞场等欢乐场所也无心涉足，几乎落到魂不守舍、寝食不安的地步。

一个星期六，蕊芸兰派杨妈去公事房请舅老爷来家吃晚饭。程文林不好推辞，只好硬着头皮前往。蕊芸兰见他形容消瘦，关心地询问他是否身子不爽。她亲热地握住弟弟的手，恳切地说道："多少日子不见你来，我在家有些放心不下，所以才叫人请你来吃便饭。我看你瘦多了，是不是公事太忙？还是因为身子不舒服，病了？你一个人在天津，我又不能经常照顾你，你可千万要注意自己的身体，要注意起居饮食，万一病倒了，那可要急死我了！"文林对姐姐的亲切关怀，只感激地点了点头，心中一阵酸痛，险些掉下泪来。他推说是公事近来太忙，夜里常失眠，可能因为这个才显得瘦了；实际上，他这时是有苦说不出，开始对自己的轻率贪财行为感到后悔莫及了。

蕊芸兰猜想文林近来很少来家，在外一日三餐，一定吃得很简朴，便特地叫厨子王师傅炖了老母鸡汤，焖了对虾，炸了鸡腿，搭配了一些素菜和冷盘，相当丰盛。她知道，弟弟颇有酒量，还把皇甫以雄的白兰地拿来招待，文林见姐姐如此热情周到，着实感动，也确信姐姐对他的所作所为尚不知情，心中的压抑倒像是去了一大半。酒足饭饱之后，他告辞出来，刚一走出大门，却立即又觉得眼前一片黑暗，甚至感到有些毛骨悚然。这种既恐惧又困惑的情绪猛然涌上心头，几乎令他不知向哪里迈步了。他害怕独自回到宿舍，又想不出到哪里去寻找慰藉和安抚才好。他在短短的德源里的巷道上兀自伫立了好半天，脑子里空空的，手脚发凉，方才的酒饭给他身上增添的一点暖意，仿佛一下子就化为乌有。

他走出德源里，来到马路上，路灯似乎也不如往日明亮。四周是那么昏暗，他觉得自己像是行走在一团迷雾当中。他恍恍惚惚地朝英法租界交界的那个方向走去。走啊，走啊，他走出了静谧的英租界，来到繁华热闹的法租界，经过了劝业场，又掉转方向，朝位于街道拐角处的交通旅馆走去。恰巧这时，一个半老徐娘似的野妓站在路灯下面，一见他走过来，便一手把他的长衫袖子拉住，一边把涂得红艳艳的厚嘴唇凑近他的耳边，半调侃半挑逗地轻声说道："哟！这位少爷！您像是有什么心事。来，来吧！跟姐姐我说说。我会给您好好排解排解的……来，来吧！"

程文林像是中了邪，昏昏沉沉地跟随那女人走进了交通旅馆。他觉得自己是在步入一条黑黢黢的、深不见尽头的隧道，周围越变越黑，他伸手不见五指，甚而连知觉仿佛也完全消失了……

近两三个月来，程文林就是这样昏昏沉沉地打发日子。白天，迷迷糊糊地抄抄写写，经常出错，气得汪太玄也不顾面子，时常申斥他。晚上，下了班，就到英中街酒吧间喝上一通，借酒浇愁，不想头脑更加清醒，心绪更加杂乱；他害怕过早上床会辗转难寐，于是便跑到法租界去泡舞场，甚至找上一个多少有些姿色的野妓寻求刺激。这样一来，他积攒下来的存款很快就花费殆尽，而此刻，他又再没有出差赚外快的机会了，手头越来越紧，只好拿自己的一些上好的西服去典当，最后连一块瑞士名表也送进了当铺。

他很少到姐姐家中（一个月最多去上一两次，表示问候），连叶丽珠也很少去见，他怕见叶丽珠！他觉得自己如今已经坠落到无底深渊的边缘，他羞于见这个深爱他、体贴他的好女人：一个月也最多到医院里借探望病重的叶丽珠之母去见她一两次，已经不像以前那样，到叶丽珠家里去找她。对他来说，到医院去见叶丽珠，有个好处：借病房拥挤，人多眼杂，可以少和叶丽珠谈话，而叶丽珠也因要侍奉病人，顾不上与他多谈。有时，他在舞场里碰上叶丽珠，也竭力回避。后来，因为叶丽珠一见他，总是要问他何以最近如此形容憔悴、精神萎靡，而他又穷于应对，哑口无言，就索性连医院也不去了，只推说公事太忙，只好用打电话的方式与叶丽珠联系。日子久了，酒吧间、舞场这类高级消费，他也承受不起了，生活变得越发郁闷难熬，只好不时到一些小酒馆去排解忧烦，甚而偷偷地到下等窑子里去泄欲。不久后的一天，他突然发觉阴部红肿，又痛又痒，小便也很费劲，有时甚至忍不住要头顶墙壁，用力挤出一点尿来，豆大的汗珠不住地从额上往下掉。又过了几天，红肿的部分开始溃烂，流黄水，奇臭难闻，连给他打扫房间的勤杂工都不得不捏着鼻子出入。因为身有恶臭，公事房里的同事们也都尽量远远地躲着他，并且用鄙视和怀疑的眼光斜睨着他。尚幸他是单独一人在一个房间里干文书工作。汪太玄由于工作需要，不得不接近他，这位老夫子很关心这个年轻人的身体状况，但又不好多问，便向总办皇甫以雄反映。皇甫以雄得知，立即命人把程文林叫到他的办公室。果然，文林一进门就带来一股难闻的臭气。皇甫以雄见他原来白皙的面庞如今竟变成蜡黄，头发蓬乱，双目无神，便问道："文林，你这是怎么了？是有病了吗？看过大夫没有？"文林嗫嚅地答道："这几天，我可能是重感冒，高烧，浑身疼，夜里出虚汗……吃了不少药，总不见好……"

皇甫以雄道："既然有病，就该到医院去，不要自己胡乱弄些药来吃。耽误了，可怎么好？！再说，既然有病，就该请假，好了再上班，公司也不会勉强让你抱病干活的嘛！"他又一转念，问道："你姐姐知道你病得这么厉害吗？"

文林道："最近抄写的公文多，没空去看她。她还不知道……"

皇甫以雄又问："你觉出来没有？你身上有一股味道，很难闻，同事们都发觉了。是不是长什么东西了？"

文林脸一红，支吾道："可能因为难受，好多日子没有洗澡了。我赶紧回去洗一洗吧……"

皇甫以雄听了，皱了一下眉头，明知这是在撒谎，心中起疑，便叫文林把办公室的门关上，随后正颜厉色地问道："你是不是生活上不检点，得了什么脏病？快说实话！"

文林见姐夫把脸沉下来，怒目而视，吓得浑身发凉，低下头来只好据实相告：说他也怀疑自己得了梅毒，但手头没钱，打不起六〇六药针，所以只服了一些消炎的药，擦了一些药膏。

皇甫以雄听罢，更加恼怒，冷笑了一声，说道："文林！你说我这个做姐夫的该说你什么才好？！你想一想，你刚来天津时是怎样的光景，如今却落到这般田地，你自己至少也该骂你一顿吧！你干的那些丑事，你以为我不知道？！可纸包不住火，总有败露的一天！可我万万没有想到你会得上这样的病。别的事我今天就不跟你追究了，你自己心里有数就是。如今迫切紧要的事是赶快治病。真有什么好歹，我怎么对得起你姐姐，又怎么向你爸爸交代?!"他边说边站起身来，走近保险柜，开了保险箱，从里面拿出五百块钱，递给程文林，继续说道："快用这笔钱把病治好。其余的事，等你病好了再说。为了方便起见，我建议你去住院。这件事我暂时不告诉你姐姐。你手头上的公事暂且交给汪太玄。公司方面，我会替你遮一遮的。"

程文林羞惭得一张黄脸变成了红脸，垂着头，眼泪忍不住夺眶而出。

皇甫以雄见他已有懊悔之色，声音便也缓和下来，用手拍了拍他的肩膀，说道："你现在马上去住院，你姐姐那里，我会说你是得了急性肝炎，黄疸病，怕传染，最好不要去医院看你。"皇甫以雄虽然气恨程文林不知自爱，却也念在他毕竟是蕊芸兰的弟弟，自己的内亲，年纪轻，错走了一步，还是该原谅他，帮他悔过自新；他一向性情火暴，这时能这样冷静地处理文林的事，倒是罕见的。

当天晚上，皇甫以雄来到蕊芸兰那里，饭后闲谈时，才把程文林得"黄疸病"住院一事告诉了蕊芸兰。蕊芸兰当然急得要在次日去医院探视。皇甫以雄劝阻道："那是个传染病院，你哪里去得？反正幸亏治得及时，我想，很快就能痊愈的。再说，我已经派广睦经常去看看，随时把治疗情况告诉我们，你就不必惦记了。"

蕊芸兰当晚虽然被皇甫以雄说服，却整宵焦虑，几乎不曾入睡。次日，她把广睦叫来，询问了弟弟文林的病情和住院情况，但她发现广睦所说的那家医院，并非什么传染病院（这一点恰恰是皇甫以雄疏忽了的），心中起疑，便决定瞒着丈夫，于当日下午亲自前去探视。

蕊芸兰在住院处听说弟弟是住在性病房，先是一怔，随即满腹狐疑地自忖："老爷为什么骗我说他得了传染病呢？"她来到程文林的病房，见是三人一间，文林睡在房间尽头靠窗户的一张病床上，形容消瘦，面色青里透黄，顿时感到一股愤怒多于伤痛的情绪涌上心头，鼻子一酸，泪水就扑簌簌地流了下来。她走到病床前，见弟弟又惊又怕地望着她，心里一软，就把原来要痛斥一番的话咽了下去，她放缓了语气，关切地问道："文林，你怎么了？怎么会住到这样的病房来？"说着，她就闻到一股臭气从文林的病床上扑鼻而来，她不自觉地从手提包里拿出一条丝制的手帕捂住了鼻子。

文林见此情景，知道无法隐瞒，只得嗫嚅地把自己得病经过告诉了姐姐，说罢，忍不住号啕大哭起来。

蕊芸兰听到弟弟的述说，几乎像是五雷轰顶，恨不得给文林一巴掌，本想把文林痛骂一顿，又见房中还有其他病人，只好把话收住，勉强柔声安抚道："弟弟，你现在既然已经有了病，再哭再悔，也已经晚了，只好尽快把病治好，别的就不要多想了。你还年轻，以后的日子还长着呢，这次算是一个教训，要好好记取。以后千万不要再跌这样的跟头了！"她停顿了一下，问了问医生的诊断和治疗，最后说道："需要什么，可以叫广睦告诉我，我会派人给你送来。我过两天再来看你。"弟弟如此不争气、不长进，她也不想多待下去，忍住一肚子话，等日后再说，随即又安慰了几句，起身离去。

在返家路上，蕊芸兰在包月车上一直饮泣着，因为怕李大听见，不敢哭出声来。她绝没有想到，好端端的一个弟弟竟然如此不求上进，堕落到这种见不得人的地步：得了花柳病！日后，不仅是他自己，而且连她这个做姐姐的，也都难以面对众人！尤其是她怎样向父亲交代呢？！她痛悔自己平素对弟弟照顾不周，监管不够，任其胡作非为，她作为姐姐也是难辞其咎的。她在自责的同时，也回想到，怪不得最近弟弟来家时，和凤与和好都说："舅舅臭！"特别是和好，只要文林进门来，就总是喊道："臭舅舅来了！"她责怪自己当时何以如此麻木！同时，她也怨怪皇甫以雄竟把这样的大事也向她隐瞒，但随后一想，这样做还不是为她着想，怕她气坏了身子，这样，她又万分感激皇甫以雄对她的深情厚意了。一时间，她心中像是打翻了五味瓶，酸甜苦辣种种复杂情绪搅在一起，令她感到困惑和无奈。她一方面，恨铁不成钢，为父母亲的这个独苗的前途感到茫然；另一方面，也因弟弟让她丢尽了脸面感到无地自容，今后她在皇甫家里里外外该如何应付人们对她这一对姐弟的鄙视和讥笑呢！

蕊芸兰是个直爽的人，芝麻大的事儿也按捺不住，所以当晚就告诉皇甫以雄，她已经了解了实情（她哪里知道，这个宝贝弟弟还有别的问题呢）。皇甫以雄见她眼圈红红的，泪水汪汪，只好百般劝慰，好不容易才让蕊芸兰止住了哭泣。蕊芸兰问起今后打算怎样处置文林，并且希望他直言相告，不要顾及她的面子。皇甫以雄沉吟了一下，说道："文林这次闹得公司内外都无人不晓了。我想，让他在公司里再干下去，似乎不太妥当，不如先让他回老家去好好养养身子。当然，这件事千万不要让岳父知道。过些时候，等大家对这事淡忘了些，再叫他到天津，找个事由干干。你说呢？"蕊芸兰一想，丈夫的想法不无道理，如今也只有这一条路可走，何况皇甫以雄还为文林留了条后路，只好表示同意。

两个月后，文林终于治愈，可以出院了。出院前的那天夜里，他在病床上辗转反侧，难以入睡。走廊上的灯光微弱地照射下的病房，半明半暗，更让他无法合眼，几年来的往事，像叠印的电影似的在他的脑海里一幕幕掠过，悔恨和悲痛像利齿般啃啮着他的心，枕头很快就被不知不觉地流淌的泪水浸湿了一片。他原想打电话告诉姐姐，他第二天就可以出院了，但是几经踌躇，他还是决定不打了。一个连他自己也从来不曾想过的念头，突然在他的脑海里闪现。日前，他在报纸上偶然看到一则吴大帅招兵买马的消息。当时，他就有了一个电掣般的反应：这对一个无路可走的落魄之人不失为一条出路！这个反应竟然在这不眠之夜中又出现了。他想，他如今即使治好了病，又有什么面目去见姐姐、姐夫和皇甫家上上下下的人等？姐夫即使让他上班，他又怎样有脸与公司里的同人们继续共事？他更不想辞职回家，让对他寄予厚望的老父伤透了心。至于叶丽珠，他深感愧疚，羞于再去见她，索性跟她一刀两断，让她将来找一个配得上她的人吧！摆在他面前的只有一条出路：投军当兵！是他自己毁了自己的前途，这又能怪谁呢？！

次日，他结算了住院治疗的费用，打点了简单的行装，毅然决然地步出医院，坐上一辆胶皮，径直前往车站，买了开往募兵的所在地保定的车票。临行前，他给姐姐发了一封告别信，信中说："……如果老天保佑，我不致战死沙场，或许有朝一日，还能报答姐姐和姐夫对我的大恩大德。万一我真的送了命，那也是我罪有应得，那时，也只好请两位姐姐代我在父亲面前尽孝了……"

三天后，蕊芸兰收到这封平信。她拆开一看，顿时觉得心头一阵剧痛，眼睛一黑，晕倒在沙发上。

从此，程文林再没有任何音信。

八

华胜满周岁时，皇甫以雄在事业上可说是发展到了顶峰。光是设立分公司，从东北三省到长江以北地区，就达五十余处。皇甫以雄亲自创立的香烟牌子（如"红锡包"）成了烟草市场上抢手的热门货。每月分公司的小经理到府上送钱，此去彼来，应接不暇。这位永泰和公司北方部总办个人所得红利就有好几十万。难怪皇甫以雄派魁元、广睦到英租界四处打听，寻觅合适的洋房准备搬家了。人丁增加自然也是其中原因之一，但主要的还是皇甫老爷财运亨通，几年之内手下就掌握住近百万的巨款，所以才打算置洋房、买汽车了。这个时期正赶上军阀混战的局面基本结束，政治相对稳定，从而带来经济的新的复苏，永泰和公司的营业比过去更加兴旺。皇甫以雄已经跟二哥皇甫以冲各自买了著名的马宝山饼干公司的大笔股票，皇甫以冲还在上海买了大片地皮，皇甫以雄也在跃跃欲试，意欲在天津尝试一下不动产交易。皇甫以雄的雄图大志当然远不止于此，他私下盘算要进一步打进金融界，曾跟交通银行的经理和襄理等头面人物接洽多次，商议入股问题，进展得也相当顺利。根据皇甫以雄的设想，金融界一旦涉足，下一步就该是工业界了：皇甫以雄早已跟天津、上海几家知名的厂商挂上了钩，只要资金充足，插手其内看来也不会成为难事。

　　华胜过了周岁生日后不久，二老爷皇甫以冲从上海来津，一来是以永泰和总公司总办身份视察北方部的工作，二来是借此机会省亲。皇甫兄弟二人见面都为各自事业的蓬勃发展而兴奋不已。根据二老爷的提议，皇甫家大、二、三房全家到国泰照相馆照一张全家福，以资留念。在这张照片里，老太太邵氏坐在中间，左边是二儿子以冲，右边是三儿子以雄，背后站着大房长孙培亭及其妹妹玉莲；以冲、以雄的媳妇——细母孟氏（大太太刘氏未在，告缺）、郑日珍、柳玉喜分别坐在自己的丈夫旁边；大房以林的妻子郑氏，即二、三房的儿女称之为"大伯母"的，则坐在细母的旁边；蕊芸兰和温秀馨跟着和慕和培亭的媳妇郭仙芝分别站在培亭与玉莲左右；孙儿孙女及曾孙曾孙女，大的如二老爷的庶出女儿和乐（她因为也上过曾在三老爷家坐馆的陈老先生的私塾，大名被起为"文笙"）、丽娴，三老爷的子女华海、和群、和凤、和好，培亭的女儿丽娥（她竟然也被归在二老爷女儿的"丽"字辈了）都在阿婆脚下盘膝而坐，小的如华炽、华演（二老爷和细母所生之独子）以及培亭的二儿子华汉（他与姐姐丽娥一样，也莫名其妙地升了一辈），比华胜大一岁，也坐在地上，华胜则是被抱在蕊芸兰怀里。除了培亭的长子、患有痴呆症的华柱未能上相以及二老爷的大太太所生五个女儿未来天津，皇甫家的大小人等都摄入这张全家福里了，它可以说是皇甫家兴旺发达的忠实写照。相片里的男男女女、老老小小，一个个都喜笑颜开，花团锦簇。

　　二老爷视察期间，少不得"三日一小宴，五日一大宴"，迎来送往，宾客盈门。位于小小的德源里和典雅的伦敦道的两个皇甫府邸门前，私人轿车、包月车几乎每日都会排成长龙，等候拜访这位总公司的总办；与他洽谈生意的股商富贾也成群结队，好不热闹！

然而，世上的事往往就是这样诡谲，难逃命运的捉弄：时而是否极泰来，时而是乐极生悲，正所谓福兮祸所伏，祸兮福所倚。正当皇甫以雄踌躇满志，大展宏图之际，灾难的阴云却人不知鬼不觉地密集到皇甫家三房的上空。一天夜里，皇甫以雄跟几位商界朋友在外面打了几家茶围之后回来，兴致未消，坐在二号客厅里大理石面圆桌旁边的一张弹簧椅上，叫张妈取来白兰地和五加皮各一瓶，吩咐王师傅做几样下酒的小菜。因为夜已深了，几位太太都已安寝，皇甫以雄也不想要人陪，一心只想痛痛快快、安安静静地独自喝上几杯。事业顺手，人丁兴旺，他觉得自己身上有使不完的劲儿，自信能争得更加阔绰、更加红火的日子，仿佛这个世界上的一切都是为他妥善安排、由他唾手可得的。他得意扬扬地笑了，倒了一大杯五加皮，吃了一口，随后又夹了一块肥嫩的白斩鸡，放进口里，细细地咀嚼着。不一会儿，两大杯白兰地和五加皮便都下肚了。正在吃喝得津津有味的当儿，他突然觉得左腮下一阵针刺般的剧痛，眼前一黑，金星乱舞，他勉强支撑了一下，无济于事，终于晕倒在椅上。站在一旁侍候的张妈一见，大惊失色，赶紧呼喊魁元来帮她把老爷扶到长沙发上躺下。当时魁元道："您先看着老爷，我去叫太太们去！"不一会儿，四位太太披着睡衣，惊慌失措地跑到老爷身边，此刻，皇甫以雄尚未醒来，郑日珍吩咐魁元赶快打电话叫汽车去接施大夫。众人定睛一看，只见皇甫以雄面如土色，嘴唇发黑，手脚冰凉，左腮淋巴腺处肿起一个大血疱。蕊芸兰急唤张妈端来一盆热水，用蘸湿的毛巾轻轻地放在那大血疱上热敷。这时，皇甫以雄呼吸急促，仍然不省人事，大家面面相觑，不知如何是好。过了好一阵，皇甫以雄才慢慢苏醒过来，这时，施大大也被接来了，他给皇甫以雄检查了一下，又命随身护士给老爷打了一针，郑日珍随即命魁元和广睦把老爷抬进她的卧室。在皇甫以雄被抬走之后，施大夫才坐了下来，严肃地对四位太太说道：“看情况，是恶性肿瘤，或者也叫毒瘤，不过，我还得进一步检查诊断，是淋巴腺瘤还是其他部位的。据我了解，皇甫先生一向体质强健，过去是从未有过类似的症状的。因此，我建议你们等我对他做了进一步检查之后，马上送大医院去检查治疗。”他停顿了一下，想了想，又道：“天津的大医院恐怕还应付不了这样的病，最好是到北平的协和或者德国医院。”

大家一听是毒瘤，都吓呆了。柳玉喜和温秀馨忍不住，哭了起来，还是郑日珍和蕊芸兰比较镇静，又问了一下施大夫：“协和与德国医院一定有办法治这种病吗？”施大夫答道：“如果真是毒瘤，就得做镭放射，现在全国也只有这两家医院有这样的设备。”

次日，施大夫又用了大半天的时间给皇甫以雄做了更详细的检查，并且做了化验，果然确认为毒瘤，可能还是脑瘤，必须立即送医院治疗，因为皇甫以雄正在壮年，病情会发展得更快。作为皇甫以雄的私人医生乃至私交，施大夫一向欣赏和钦佩皇甫以雄的才干，对这位病人兼好友遭遇的飞来横祸非常惋惜，便对四位太太道：“皇甫先生得了这种病，很不幸，你们几位要做好精神准备。到现在为止，全世界对治愈这种顽症，可以说，还是束手无策呢！请不要怪我言重。"施大夫的这几句话对郑日珍等人来说，不啻晴天霹雳，大家听了，急痛交加，都哭了。蕊芸兰哭得尤其伤心，她一边抽泣，一边问道："难道真的就没有救了？"施大夫摇了摇头，说道："这种病一经发现，就至少是二期。何况皇甫先生的症状已经明显外露，如果治疗、营养补充及时，还能多少维持一段时间，不过，也不会很长的……"他原想具体说明最多也超不过一年，但怕过分刺激这几位已经悲痛万分的太太，便把话收住了。

过了两天，剧痛见轻，但是，那个大血疱却丝毫未见减退。四位太太苦苦劝说皇甫老爷急速赴平住院诊治。皇甫以雄却硬是不肯，道："我走了，这公司怎么办？眼下公司正是大发展时期，我若不在，光靠顾久云这些人能顶得住吗？再说，也许施大夫把病说得过于严重了些，这病未必是什么大不了的。我现在自我感觉还是很好嘛！看来，白兰地和五加皮不能混合着喝，更不能过量，我今后注意就是。"四位太太听了，都不敢把全部实情讲出来，真是有苦说不出；蕊芸兰曾多次婉言劝道："公司事情，有顾久云、培亭在，多少能应付日常事务。至于有什么大事，非你解决不可，还可以打电话、电报请示，北平离天津又近，也可以坐特别快车当面向你请示嘛！总不至于误事吧！这样，公事和治病两不误，岂不是好？常言道，养病如养虎，耽搁治疗，小病变大病，怕真的是难治了！"她说到最后两句，怕老爷听到起疑，便佯作开玩笑的轻松的样子，对皇甫以雄勉强微微一笑。

有时，郑日珍在场，也会应和道："对啊，阿三说得也是，小病也不该大意。早治比晚治强。光是靠施大夫几支针、几包药，怕不大管事。还是住院彻底治一治好。"这时，如柳玉喜和温秀馨也在，她们也都附和着，连连点头表示赞同。

皇甫以雄听众人劝来劝去，有些不耐烦了，便道："过几天再说。我先吃药、上药、打针。我身体一向健康，难道还禁不住这一点小病?!"四位太太看老爷主意拿定，不好多说，私下请施大夫亲自向老爷晓以利害，但皇甫以雄还是不为所动。

这样，皇甫以雄继续照常上下班，因为血疱未消，还敷着药膏，有碍观瞻，出外应酬便一概谢绝，最多让顾久云或培亭代他前去应付。颐中公司的英美老板，听说这位得力的中国总办患病，都纷纷前来慰问。他们已经派人打听皇甫总办的实际病情，虽然没有当面明说，却力主要皇甫以雄早日住院治疗。他们说，公司业务可暂时由顾久云代理，皇甫培亭协助，并说，他们在协和与德国医院都有一些熟识的知名医生，加上全中国独一拥有的现代医疗设备，对治病大大有利，万不可再拖延下去。皇甫以雄见洋人上司也如是劝解，况且病势近日非但未见减轻，反倒由于公事劳累，似乎变得越发沉重了；有时，只觉得大脑剧痛，像开火车似的轰隆轰隆地轰鸣，彻夜难寐，次日上班也更觉精力不足，勉强支撑了半月左右，实在无法坚持下去，只好同意立即赴平治疗。英美老板对待皇甫以雄，不仅薪津照发，红利也一文不少，等于是就医供事，有极紧要的事，仍要由下属请求皇甫以雄处理，各地分公司缴纳盈利，仍须由总办亲自管理，顾久云和皇甫培亭只监督日常业务。这样安排才使皇甫以雄放下个心来。两天后，一切住院手续均办理完毕，皇甫以雄便由四位太太与大女儿和慕陪同，一齐赴平。魁元作为府上总管，为了料理杂务，也一并同行。

抵平之后，魁元事先已联系好，下榻东交民巷的六国饭店，当天就将皇甫以雄送到距离不远的德国医院。经过检查，院方决定进行镭放射治疗。当时，镭才发明不久，放射一次价格惊人，皇甫家也顾不得这许多，只求速见成效。四位太太不能都留在北平陪伴老爷治病，郑日珍便打算让三太、四太留下，皇甫老爷却执意不肯，非要蕊兰单独留下陪他不可。郑日珍没有法子，只好听从吩咐，在平度过一周之后，便带上柳玉喜、温秀馨以及和慕回津去了。

温秀馨见老爷公开表示不愿让她做伴，心中自然十分难过，更觉得脸面上挂不住，难以见人，事后又想："老爷素来就喜欢三阿姐，见我就皱眉头，我又何苦不识相，死要面子活受罪呢？再说，我还有张二在津等我，我即使留下来，也是心挂两头，倒不如趁有台阶便下，这也不能怪我无情。"此外，她自思还有一些更紧要的事要跟张二商量，回津之后，可以马上行动，不能一拖再拖了。

原来温秀馨自爱上张二以来，便一直盘算想跟张二一起及早离开皇甫家，怎奈没有什么机会和口实；如果二人私奔，不仅名声不好听，而且还属偷偷摸摸的违法行为，被人捉住，还得吃官司：自己会被指控通奸，张二则会被诬告"拐带"。皇甫以雄这次病重，自然是个大好机会，自己可以公开向大太太说明：自己这样年轻，不能苦守着一个患了不治之症的丈夫，何况这个丈夫又根本不喜欢她。她想，这样的话虽有些狠心、绝情，难免要被人指责，但毕竟是事实，而且这样做光明磊落，不是什么见不得人的勾当。

至于跟张二的关系，倒不一定当下揭开，张二可借口辞职不干。好在他们俩的暧昧关系至今尚未被人发现，估计谁也不会想到，堂堂的四太太会爱上一个拉车的，她这一走，竟是跟张二一起去生活的。不过，对于蕊芸兰，温秀馨觉得，看在姐妹一场的情分，是该向她说实话的。于是，她在离平前夕，抓住一个空闲时间，把她和张二的关系以及自己的打算都一五一十地、坦率地告诉了蕊芸兰。蕊芸兰听罢，先是大吃一惊，随后则又感到温秀馨的这种行为、想法和感情，确是可以谅解的。她想：这样的事如果发生在自己身上，又当如何呢？何况温秀馨没有什么儿女牵累的问题。所以，蕊芸兰虽然觉得，温秀馨没有做到"好女不嫁二夫"，对皇甫以雄毕竟是"背叛"，是"不贞"，但是，皇甫以雄这样对待她，难道就是公平合理的吗？或许，自己若是温秀馨，一旦遇到心上人，也会干出对丈夫"不贞"的事，不过，倒绝对不会在丈夫处于危难之际，一走了之，毫无情义可言，就这一点来说，她对温秀馨是责备多于同情的。然而，她又想："我跟四妹到底还是不一样，我是有三个孩子的母亲，她则是'两袖清风'，什么牵肠挂肚的都没有，我总不能为了自己，把自己的孩子牺牲掉吧?!"这样一想，她倒觉得，温秀馨还是走的好，为了所谓的好名声，毁了自己的青春，是不值得的，何况还有张二这个人真在爱她！蕊芸兰一方面对温秀馨的决心离去思来想去，最后得出这样的结论；另一方面，她也看出，温秀馨确是经过深思熟虑才拿定这个主意的，口气十分坚决，再挽留也是无益的。于是，她含泪对温秀馨道："听你这番话，我的确感到意外，可是，我再替你想了一想，我以为，你还是走的好，所以，我也不想劝你留下。只希望你这一去，能跟张二一起过个和和美美的日子，白头到老。"她叹了一口气，又道："放心！你们的事，只有你知、他知、我知，我绝不会告诉别人。你自管大胆、放心地走吧！但愿你我姐妹以后还有见面的一天！……"说到这里，蕊芸兰的声音哽咽起来，她再说不下去了，眼泪簌簌地掉个不停。

"谢谢三阿姐这样体谅我，支持我，我一辈子忘不了咱们的情分，忘不了你对我的一片诚心。"温秀馨说到此处，也忍不住与蕊芸兰相抱哭泣起来。次日，蕊芸兰由于一早还要到医院去，只好在饭店门口送郑日珍等上车赴前门火车站时，与温秀馨洒泪而别。

温秀馨随郑日珍等回到天津后，马上就提出要离去的事，郑日珍还以为她是因老爷不愿让她作陪治病而怄气，劝了半日，见她不为所动，知道挽留不住，便且自由她。温秀馨整理了一下自己的衣物，吩咐广睦叫了一辆汽车，毫无留恋地径自去了。不过，临走之前，她还特地到四号看了一下蕊芸兰的三个孩子，特别对华胜依依不舍，因为她是华胜的干娘嘛！

温秀馨离去几天之后，张二也辞了职，说是父母来信，催他"回去娶亲"。郑日珍虽然喜欢这个年轻能干的车夫，却也无可奈何，只好答应他，并且多给了他三个月的工钱。

从此，蕊芸兰再没有见过温秀馨，也不知她的下落，却是经常想念着这位四妹，暗暗祷告她与张二姻缘美满。

皇甫家没有一个人敢把温秀馨的事告诉皇甫老爷，怕他为此愤怒而加重病情。

皇甫以雄在德国医院住院治疗约有一个月的光景，病情暂时算是控制住了，只是头痛和脖颈上的大血疱总未见退。负责给皇甫以雄治疗的主治大夫是他的老相识，德国人，名叫白亨利（德文原名是享德里希·贝舍尔）。他对皇甫老爷的才干和英语十分欣赏，经他建议，最好转院到协和，那里设备更为齐全，医疗力量也更加雄厚。皇甫家商量了一下，觉得这种病需要长期治疗，因而要做长期打算；病人长期住院，陪同人员长期住旅馆，终非长久之计，于是在接受白大夫的建议的同时，决定在平安排一个长久住处，这样，对需要时刻陪伴和护理病人的蕊芸兰以及一周之内总要往返平津探病人两次的郑日珍等人，就方便多了。郑日珍命魁元设法在协和医院附近物色一幢住宅，只要条件好，租金多少且不管它。魁元办事果然麻利，很快就在距协和不算太远之处，王府井南口、北京饭店后的一条较短的名叫霞公府的街道路北的地方，找到了一幢红砖小洋房。这地点虽位于繁华闹市，却少有车马人行，相当僻静，坐北朝南，还带有一个小院落，是一个很好的治病养病的所在，而且四通八达，购物也极方便。郑日珍和柳玉喜去看了一下，十分满意，征得老爷同意后，立即修整房间，置买家具，只用了一个多星期的时间就一切就绪。这样一来，皇甫以雄就不必去住院，每天请大夫上门做镭放射治疗。那时的治法很简单，只是把一个装好镭的仪器（一个小盒子）放到大血疱的部位，历时二十四小时，取下后，隔天再做。皇甫以雄一方面由西医治疗，另一方面还遍请肖龙友等名中医配合诊治，由魁元每日煎熬各种汤药给他服用。皇甫家为了保全皇甫老爷这根顶梁柱的性命，真是花钱如流水，哪怕倾家荡产也在所不惜。不过，事也凑巧，皇甫以雄患病期间，也正是公司进一步发达兴旺的时际，各地方分公司的经理几乎每天都络绎不绝地亲自或差人把大批盈利货款送上门来，蕊芸兰除了要侍候病人，还兼当接受和保存这些货款的"秘书"之职，她特地叫魁元买来一个保险箱，天天把大沓的钞票或大堆大堆的银圆放进去，并用一根赤金项链把保险箱的钥匙扣在上面，挂在颈上，片刻不离身。纵然如此，她也仍是不免日夜提心吊胆，生怕会出什么差错或意外。蕊芸兰一向心地善良，为人老实，丝毫不懂得做些什么手脚，从这些巨款中扣除一部分作为"体己"，相反却等郑日珍来平探望老爷时，不等老爷吩咐，就把属于皇甫以雄的红利部分，把这些成捆的钞票或成袋的银圆如数交给郑日珍。尽管这位三太如此辛苦，夜以继日，无微不至地照看着病人，同时还兢兢业业地保管钱财，却仍避免不了招来不少风言风语：有的说什么照看病人找这么个年轻貌美的姨太太，病人还好得了？！有的则猜疑这位三姨太至少借此机会捞了不少私房钱！这些流言蜚语传进蕊芸兰的耳朵里，她当然觉得冤枉、委屈，甚至十分气恼，但她毕竟是个心胸开阔的女子，加上心中无鬼，难道还怕这些人吃饱饭没事干，用恶语伤人寻开心？但是，令她难过的是，外人说三道四也还罢了，谁想连郑日珍这位大太太有时也拐弯抹角、旁敲侧击地说些不三不四的话！其实，把这些巨款拿去变成私房钱的人，最有可能的还不是她？！蕊芸兰有心与她争辩，又碍于丈夫病重，不好再为此给他增添烦恼，只好把气强忍下去，过去她那不甘随人作弄的锐气已经由于忙于侍候病人而渐渐消磨不少了。郑日珍对此居然感到十分得意，有一次，竟跟蕊芸兰聊天说道："阿三，你这阵子脾气变得好多了。看来，看护病人也有好处！"蕊芸兰闻听此话，真是气笑不得。

蕊芸兰为了尽心护理丈夫，不得已，自己的三个孩子几乎无暇照顾；临行前，把孩子们托付给王干娘和王奶妈，说此去恐怕只能等老爷痊愈后才能回来，让她们多费心照料家事，尤其是三个孩子。

蕊芸兰陪皇甫老爷在平治病，半载有余，果然几乎无法抽空回津看看孩子。尚幸头三个月，皇甫以雄的病情还轻些，曾答应给她一天的假，返津看看家里的情况。但是，必须当天乘夜车赶回来，因为蕊芸兰若不在，只有魁元在皇甫以雄身边照看，而皇甫以雄则总是觉得任何人都比不上蕊芸兰那样细心周到，所以总是不让别人代替她看护。当时，蕊芸兰听了，当然喜出望外，一大早就嘱咐魁元千万好生照顾老爷，不要离开左右，自己仅拿了手提包坐车到前门火车站。回到家里，蕊芸兰见了和凤、和好和华胜，悲喜交加，急忙要把他们搂过来抚摸、亲吻。两个女儿见了妈妈，高兴得跑过来把她紧紧抱住，那华胜却因年纪太小，有些见生了，一味躲在奶妈的背后，好奇地望着她。傍晚，上车之前，她在卧室里洗脚，这时，华胜悄悄地来到房门口，倚着门槛，睁大了两只小眼睛盯住她看，一只手指还放在小嘴里怯生生地向她微笑，过了一会儿，竟然说道："那个人在我们家里洗脚！"因为人小房大，站在那里，华胜更显得矮小、好玩，蕊芸兰便招呼道："过来，过来，华胜，怎么老是躲着我，才几天就不认得我了？我是你妈啊！怎么是在你们家里洗脚?！"不想她这一叫，华胜倒羞涩地扭过身去，跑了。她心中很不是滋味，脚泡在盆里，眼睛则望着空间，发了一会儿呆，接着又猛然醒悟过来，长叹了一口气。由于怕误了车，她匆匆洗毕，换了衣服，准备跟孩子们一道在客厅里吃晚饭。这时，华炽跟他的奶妈也过来找华胜玩了。

华炽毕竟比华胜大一岁，见了蕊芸兰，一点也不见生，蕊芸兰一招呼，他就跑过来偎依在她的身边，叫她阿姐，华胜见了，也大着胆子跟过来，索性也随着哥哥在她身旁一齐叫。蕊芸兰见华胜开始跟自己亲热起来，非常兴奋，吻了吻他的小脸，只是听到他跟华炽一起称自己为阿姐，很不受用，笑也不是，气也不是，刚巧此刻和凤与和好也从外面进到客厅，和凤听弟弟居然称妈妈是阿姐，就马上责备道："这是妈妈！你怎么叫阿姐？"说得华胜糊里糊涂地发愣。蕊芸兰笑道："和凤，别管他，随他叫去吧！他太小，不懂事，等他再大一点，自然会改的。"

这一次，蕊芸兰抽空返津，虽然看到三个孩子都很健康，心中颇感安慰，却也增添了不少事先未曾料到的烦恼和心酸，尤其是华胜对待她的那番情景，一连数日不时在她眼前浮现，弄得她怅然若失。后来，老爷的病情加重了，皇甫以雄更离不开她，她也无心请假回津看看孩子，当然，说到底，还是皇甫老爷不愿让别人来代替蕊芸兰侍候他，甚至后来当郑日珍终于告诉他四太已经离去时，他不仅眉头都没有一皱，反倒哈哈干笑了一声，道："她早该走掉！"

蕊芸兰惦记孩子，又无法再脱身，只好不时叫魁元到东安市场买北平的特产常回天津去，一部分送给大太太和二太太那边，一部分叮嘱他一定要交到王干娘或王奶妈手中。她知道，两个女儿嘴最挑吃，特别是和好，她们喜欢吃北平的红果酪、山楂糕、豌豆黄什么的。小华胜倒好，王奶妈从他能吃饭食起就常把什么平常的、精细的东西都喂给他吃，所以，小儿子并不像他的两个姐姐那样在饮食上娇惯、讲究。这时，和凤也大了些，能勉强给妈妈写简单的信了，其中曾写道："我和妹妹、弟弟都想你极了，妹妹长高了，弟弟会跑了……"蕊芸兰看到封封来信，通篇尽是"了"字，又想笑，又想哭，心中像是打翻了五味瓶，说不出是什么滋味。一天，魁元从天津送东西回来，蕊芸兰问起孩子们的情况，魁元欲言又止地说道："小姐、少爷都挺好的，请三太放心。不过……"三太见他这样吞吞吐吐，逼着他把话讲出来，并安慰他道："要是有什么不便跟别人讲的，我一定不会说出去，让你为难，不过，你得把实情告诉我。"魁元不得已，只好说道："三太，不是我爱多嘴管闲事。您以后少买东西带回去吧。每次，不碰上大小姐还好，一碰上，您叫我带去的什么好的、香的，凤小姐、好小姐和华胜少爷其实都吃不上，都给她截住了！您花那么多钱，不但落不上一个'好'字，还让人说些便宜话！"

三太一听，无名火起，便追问道："怎么，和慕又来劲儿了吗？"

"可不是嘛！差不多我每次都被那'肥卤鸡'拦住，非叫我把所有的东西都留在二号不可。"魁元竟气得把大小姐的绰号也叫出来了！接着，他又说道："我跟她说，这里面有三太买给四号的。她竟说：'那有什么？反正都是用老爷的钱买的！'您说，这叫人气不气？您花了钱，送了东西，不但自己的孩子吃不上，还得不到人家的谢！多冤哪！看到您把大筐大筐的水果、大包大包的好吃的给这帮人吃，我真心疼！也真不服气！我魁元就看不下去这个。所以，后来我就留了心眼，回去先把一部分东西藏在我的下房，然后送完二号的东西，再把这些东西送到凤小姐、好小姐、华胜少爷那里，我早就想把这件事告诉您，又怕您误会，以为我是在挑拨是非。其实，那位大小姐做得也实在太过分了。您今后不如多给点钱，叫王干娘她们给小姐少爷买点好吃的，何必叫人家占了便宜还卖乖?!"魁元红着脸，把久已憋在心里想说又不敢说的话一股脑儿都吐露出来，觉得十分痛快。

魁元的一番话使蕊芸兰听得脸都气白了，但是，她随即想到丈夫的病和自己远在北平，鞭长莫及，再闹也闹不出什么名堂，反倒使现有的关系变得更糟，自己不能在跟前，孩子们会更加吃亏受罪，何苦呢? 想到自己眼下的这种无可奈何的处境，她一阵心酸，不禁掉下泪来。但是，她为了不让魁元作难，便谢了魁元的好心提醒，并再次保证她不会把这件事宣扬出去。她等魁元出去之后，立即跑到厕所里，把门关紧，索性痛痛快快地大哭了一场。她哭了一会儿，怕皇甫以雄找她，便匆匆擦干眼泪，跑到卧房，重新整了整容，特别用香粉细心地扑在哭得红肿的眼皮上，然后走了出来。这时，皇甫以雄果然正在隔壁的大客厅里有气无力地叫着她。

皇甫以雄自从得了这个按他自己说的"怪病"以来，身体日见消瘦，日日夜夜都不能躺下，只能坐在躺椅上，因为一旦倒在床上，那头就像要爆炸似的，里面轰隆轰隆地像开火车，疼得黄豆般大小的汗珠不住从额前淌下来，这样，他只好又从床上重新坐起。病魔的折磨已经把他那魁梧的身材几乎缩小了一半，骨瘦如柴，除了那两只眼睛依然炯炯有神，昔日凛凛的威严风度早已荡然无存，竟像变了一个人。皇甫以雄素来喜欢洁净，穿起长袍来，袖口从外到里一层层的雪白显眼，即使如今到了这般光景，浑身上下也是一尘不染，内衣裤是一天一换，身上是由蕊芸兰每夜细心擦洗；只是外面穿的长袍十天半月才更换一次，到天冷，一件虎皮做的长袍竟穿上整整一个冬天。由于老是坐着，靠近臀部的那一大块虎皮，连毛都磨光了。

皇甫以雄生性好强，加上不知自己究竟得的是什么怪病，总是勉强打起精神硬撑着，从不呼痛叫苦，有时，甚至把前来探病的客人或各子公司的经理都唬住了，觉得总办的病势虽重，却不像是"要命的病"，说不定隔段时间，又会重新驰骋商界。了解病情底细的自然知道，皇甫以雄得的是不治之症，估计活不长久，只是时间问题，但对于他那股顽强坚韧的毅力和精神，也不由得钦佩至极，包括那些英美老板，他们也不时向自己周围人等竖起大拇指，夸奖这位中国总办"了不起""不可思议"。

这一天，皇甫以雄吃罢中药，感觉头痛似乎减轻了一些，心中烦闷，便找三太说说话，碰巧身边的杨妈不在，只得大声呼叫："阿三！"蕊芸兰应声而来，见皇甫以雄有些精神，问道："怎么，觉得好些了？"

皇甫以雄点点头，指着躺椅旁的小沙发叫蕊芸兰坐下。其实，通常蕊芸兰总是习惯坐在他身旁那张扶手藤椅上的。蕊芸兰意识到老爷是有什么话要跟她说，便坐下来，劝道："要是觉得好些，还是多休息、少讲话。累多了，又该头疼了。"

"唉！好是好些，头疼看来是治不好了。这半年多吃了多少中西药，每天几乎都要把那个盒子（指那装镭的仪器）戴在脖子上，可病还是不见有任何好转，也许真的是好不了了！……"皇甫以雄吃力地说了这几句话，感到有些气力不支，就闭上眼睛歇息了片刻。他说话的语调还是蛮平静的，但是，敏感的三太已经觉察出其中透露出一丝绝望的苦涩和消沉意味，这对皇甫以雄来说，还是罕有的迹象。于是，她连忙劝道："别那么丧气！病是重了些，但你的身子骨一向结实，能挺得住，总会好的……"蕊芸兰不得已讲出这种言不由衷的话，心中十分难过，想哭又忍住了。

"我还有好多大事没有干呢！这么早就叫我死掉，我真不甘心！"皇甫以雄叹道，一边攥起右手，有气无力地在躺椅扶手上捶了几下，又道："再说，我要是撒手一走，太太和二太还好办，有的孩子都长大成人了，你该怎么办呢？三个孩子都那么小……"他说不下去了，闭上了眼睛，这时，"火车"似乎又在他的脑子里轰隆轰隆地开动起来，他痛苦地皱紧了眉头，双手自然而然地勉强举起，捂住了左右两个太阳穴。

"别再说下去了。今天，你是怎么了？觉得身子清爽些，那是再好不过的事儿，说明吃的药、用的药，都在起作用，你却老是说什么死了活的，你瞧，头不是又疼起来了?!"蕊芸兰听丈夫说得那么凄惨，而且是恰恰抓中问题的要害，本来想扑到丈夫身上，号啕大哭，叫道："你可真说对了！可我又能怎么办呢？这是命啊！"但是，看到皇甫以雄那痛苦的样子，她又怎能放纵自己的情感，不顾后果呢？于是她只得强忍悲痛，走近皇甫以雄身边，用手轻轻地代皇甫以雄按摩他的头部和太阳穴；她竭力使自己的语调平淡，表情镇定，尽管她心中却淌着血！

皇甫以雄果然疼得大汗淋漓。蕊芸兰赶紧打了一盆温热的水，用毛巾给他轻轻擦洗着。皇甫以雄其实早已从自己往往少有的几分钟的清爽感觉中对自己的病势渐渐产生怀疑乃至绝望。然而，他却总是不肯直面现实，总是抱着一线侥幸希望，总是想用意志力来战胜病魔，而每逢病痛从见轻很快就转为依然如故，他就不免感到，自己似乎刚从坎坷的低谷爬上陡峭的高山，心情稍觉舒畅，而没有多久，就突然重又沿着陡坡，堕入疼痛难熬的无底深渊。他的信心开始动摇起来，终于觉得在病魔的无穷威力面前，自己不得不缴械投降了！

这一次，皇甫以雄仿佛比往常疼得更加厉害，他弯下腰来，推开蕊芸兰的双手，自行紧抱头部，用力揉搓；他虽然尽量不发出痛苦的叫喊，却依然不免要不住微微呻吟，浑身像筛糠似的不停地发抖。皇甫以雄这种时好时坏而又坏多于好的症状，一天要反复发作几次，蕊芸兰固然终日守候在他的身旁，几乎片刻不离左右，已经对此习惯了，但一见这种现象反复发生，仍然会霹雳轰顶，心慌意乱，不知如何是好。她总是竭力保持镇静，使脸上不致流露惊慌失措的神色，却仍阻止不了在给皇甫以雄端水杯和止痛药时的那两只手痉挛颤动。她总是耐心而体贴入微地抚摩着皇甫以雄的头部，用柔声细语安慰和鼓励着他，尽管已经感到自己的心在被绝望无情地一片片撕碎。

一天，皇甫以雄异样反常，他猛地把蕊芸兰递过来的玻璃杯和药片抢在手中，摔到地上，声嘶力竭地喊道："让我死了吧！拿刀来，杀了我吧！我受不了了！"皇甫以雄以往在疼痛发作时，寻死觅活的现象还是有过的，因而在他的卧室中从不敢放置什么刀剪之类的东西，但这一次，这样发狂的表现却是第一次，把蕊芸兰吓得浑身发凉，束手无策。也正是从这一天起，皇甫以雄便再也无力强忍病痛，不喊不叫地忍受疼痛的折磨了，有时甚至喊叫到精疲力竭的程度，晕厥过去。蕊芸兰每见此情景，都是既难过又着急，心里加倍发慌，总是一边忙喊魁元打电话或乘车去请大夫，一边则千方百计地使皇甫以雄能略微平静下来，她的泪珠在眼眶里不住地打转。

等大夫和护士给皇甫以雄打了止痛的麻醉剂，皇甫以雄陷入昏迷之后，蕊芸兰那颗悬在喉咙里的心，才算放了下来。她把这样的症状向大夫详细讲了，大夫摇摇头道："今后千万要注意皇甫先生的情绪，不要让他想些不愉快的事，说些不愉快的话，这里的环境倒好，很安静，没什么嘈杂，要保持下去，叫病人静养。"蕊芸兰进一步关切地询问皇甫以雄这样的表现，是否意味着病情在加剧。大夫叹道："那是自然。不过，这种病就是这样，时好时坏，疼痛难免让病人的脾气变得暴躁。总之，您要做好心理准备，日后的情况想必是会更加严重！"蕊芸兰听到这样的解释，已经很难放松的那颗心就总是要变本加厉地揪紧起来。

为了保持安静，蕊芸兰尽量减少闲杂人等，所以，这幢小楼除了皇甫以雄，实际上只住了包括蕊芸兰自己在内的四个人：厨子在院子西边的伙房里，是从不上楼来的；家务由杨妈包办，魁元则只侧重跑外，同时兼管给老爷煎药，因为他有耐性，人又细致，蕊芸兰才把这样重要的活交给他，这样，比较放心。不准家人从天津来平探望，这是郑日珍的决定，当然，她和二太则除外。郑日珍不让天津的少爷小姐来平探望父亲，也有道理，担心这会吵闹病人，而皇甫以雄因为重病缠身，除蕊芸兰之外，也不大愿意见家里的任何其他人，即使郑日珍和柳玉喜前来，他也是很烦躁的。大太太和二太太也不得不注意蹑手蹑脚、屏息低声，避免惊动老爷。因此，这幢小楼在深更半夜，几乎静得像一座坟墓。

其他少爷、小姐不来北平倒还罢了，尤其是华海，乐得阿爷病重，少了一个"凶神恶煞"管束他，只是和凤、和好和华胜，因为自从蕊芸兰上次离津返平后，已过了好几个月，他们是那么思念母亲，特别是和好，作为皇甫以雄的掌上珠，则比姐姐弟弟更加思念阿爷。有时这两姐妹急得直哭，谁哄也不行。华胜虽然年幼，这时也懂得怀念姆妈了，常常觉得家里少了"那个人"，就变得"不好玩"了，有时还伸出小指头，指着照片里的蕊芸兰，问身边的王奶妈，小嘴里嘟哝着："姆妈、姆妈，姆妈怎么不回来？"蕊芸兰在空闲时，自然也十分挂念自己的小儿女，往往在梦中会梦见哪一个宝贝孩子发生什么意外，从而被猛然惊醒了。

　　这一天，两位小姐又因想念母亲而不住地哭闹。王奶妈哄了半日，不见成效，便找王干娘商议道："看样子，孩子要见亲妈，是在情在理的，咱们能不能求太太破个例？"王干娘摇了摇头，叹道："怕难。不然，三太的孩子去了，二太的又该怎么办？太太是绝不会答应的。"她们俩苦思了一会儿，王干娘突然眼睛一亮，说道："有了。明天，你一早带着孩子去北平，趁魁元还没走，叫他买火车票时多买几张，他可以陪你们一起去见三太。太太问起，我只说你们去张五太那里串门玩儿了。不过，你叫魁元明天下午一定得把你们送上火车，赶回来。要不然，咱们可就得露馅了！"王奶妈一听大喜，笑道："你放心，我一定照办。阿弥陀佛，这回可有指望了。"两人商议完毕，王干娘径自去找魁元，碰巧魁元也正准备明早赶回北平，听王干娘一说，自然马上同意，并且保证不出差错。魁元道："反正少爷小姐去了，可以只在楼下见见三太，千万不可惊动老爷。咱们是瞒上不瞒下，太太绝不会知道。"这样，主意已定，次日早上八点钟，正好有一班快车，魁元就带着王奶妈和两位小姐及少爷华胜，人不知鬼不觉地去了北平。

到了霞公府，正赶上老爷病又发作，三太抽不出身来，王奶妈只好带着孩子在下房里等。三个孩子倒乖，一点也不闹，连性子最暴的好小姐也由于能马上见到妈妈而兴奋得老老实实，异乎寻常地听话。过了半盏茶时，三太才从外面来到下房。孩子们一见都跑了过来，"姆妈，姆妈"叫个不停，连华胜也不认生了。蕊芸兰见到自己的三个宝贝，又喜又悲，马上亲热地把他们搂在怀里，亲亲这个，吻吻那个，又是笑又是想哭。王奶妈见三太的眼睛有些红肿，猜想是刚刚哭过，便关心地问道："三太，老爷的病还不见好？"蕊芸兰凄伤地摇了摇头，叹了一声："这两天明显加重了，大夫说，怕以后还要厉害！"说着，终于忍不住，掉下泪来。三个孩子见妈妈这般光景，都惊呆了。和凤、和好毕竟大了一些，知道阿爷病重，妈妈是为阿爷的病啼哭，便随着妈妈，也红了眼圈。蕊芸兰问王奶妈何以至此，王奶妈便把与王干娘商量安排的事从头至尾说了一遍。蕊芸兰听罢，无可奈何地叹道："你瞧，我如今怎么脱得开身？老爷病重，感觉特别灵敏，稍有一点声响，就要大发脾气，所以，我也不敢带你们到楼上去。你们待一会儿，吃完中饭，到中山公园去玩玩罢。难得来一次，叫孩子们也痛痛快快地乐一乐。不过，千万别误了火车。我看到孩子们好，也就放心了。只是让你和王干娘为我多操心，我真过意不去。"

王奶妈立即说道："三太，您可别这么说。把少爷小姐照顾好，本来就是我们该做的事嘛！再说，您的难处我们难道不知道？"她又叹了口气说道："您只管放心，伺候好老爷是头等大事。不过，您自己也得保重。凡事想开些，累坏了身子，愁坏了身子，那就更糟了。"

蕊芸兰听了王奶妈的这番话，感激地点了点头，接着站起身来，道："眼看就要开饭了。我不能在这里待得太久，一点钟，大夫还要来。你们吃完了饭就去玩好了。下午，让魁元叫汽车送你们上车站。"说罢，她又吻了吻三个孩子，匆匆走了。

不料，华胜随王奶妈和两个姐姐刚回到天津就发起烧来，像中了邪似的昏迷不醒。这可把王干娘和王奶妈急坏了，两个人像热锅上的蚂蚁，急得不知如何是好，又不敢禀告大太太，求她请施大夫来看，只是用水泡了点牛黄清心丸，让华胜服了。但是，到了晚上九点钟，华胜烧得更厉害了，嘴唇都有些发紫，呼吸急促，依然昏迷；两个人慌了，编了个瞎话，只说是下午到法国花园玩，着了风，请大太太赶紧派人去请施大夫来家给华胜少爷治病。郑日珍一听也有些着急，责怪她们不该拖到这个时候才来禀告，一边急命广睦叫汽车去接施大夫，一边同柳玉喜、和慕、和群一起到四号来看华胜。只见华胜双目紧闭，呼吸困难，一张小脸烧得通红，不时手脚还有些痉挛。郑日珍心想："蕊芸兰不在家，孩子病成这样，万一有什么好歹，我可得担当好大一部分责任，我又怎么向老爷交代呢？"但是，她在下人面前，也不能失掉做太太的身份，于是，强作镇静，详细地又把病情发作经过问了一遍。好在王奶妈一口伶牙俐齿，把这瞎话编得有声有色，没有一点纰漏，连一向精明透顶的王干娘也不得不在一旁暗暗佩服。不一会儿，施大夫接来了，经过诊断，知道华胜可能着凉，得了急性肺炎。大夫说，这病本来可以及时抢救，可惜如今耽误了时间，怕有危险。王奶妈一听，吓得脸色煞白，扑通一下就跪倒在大夫面前，哭哭啼啼地央求道："大夫，您行行好，快想办法救救华胜少爷。他妈又不在跟前，真有什么差错，我可得上吊了！……"王干娘、张妈等都过来劝，想把她扶起来，可她硬是不动，口口声声求大夫快救少爷的命，少爷要是没有指望，她也不想活了。郑日珍和柳玉喜见王奶妈急成这个样儿，也过来劝了几句，然而，她们也觉得，除了请施大夫想主意救病人，确实别无良策。施大夫当即命他随身带来的护士给华胜打了一针，称：等到午夜时分，孩子若能小便，便有救，否则就实在爱莫能助了。施大夫作为皇甫家的嘱托医生，见皇甫以雄的小儿子病得如此严重，也很焦急，决定暂不回家，要亲自守在华胜旁边及时观察病情发展。郑日珍等非常感激，请施大夫到客厅里休息，又命王师傅给施大夫准备夜宵。这时，皇甫一家人几乎都聚集在四号楼上的客厅里，除了华海，因为谁都不知道他又跑到哪里去鬼混了。往日这个客厅显得相当宽敞，此刻却变得异常狭窄，加上气氛紧张，郑日珍、柳玉喜，特别是王奶妈和王干娘竟觉得憋闷得透不过气来。接近午夜，郑日珍、柳玉喜陪施大夫来到华胜的卧房。因为时间已经太晚，和慕、和群与华炽都先由张妈带回二号去了，和凤、和好也被哄着上床安眠，王干娘和王奶妈则一直守在华胜身边，片刻不敢稍离，神经极度紧绷着，眼睛酸麻却毫无倦意。大家屏息注视着仍在昏迷的华胜，急切地期待良兆的出现，而心中则仍被吉凶未卜的焦忧阴霾笼罩着。午夜过后，还没有动静，郑日珍等人的心像是被无数无形的绳索捆得越来越紧，个个脸色急得发白，只有施大夫和护士还在相当镇静地耐心观察着。又过了一会儿，时钟尚未敲响一点，只见华胜下身有了一些颤动，开裆裤前部稍见隆起，随即缓缓地弄湿了身下一大片褥子。这时，众人的心才蓦地松弛下来，面上露出喜色；大家都不约而同地朝施大夫那边望去。大夫的嘴角也开始向上弯起，略露微笑，他告慰大家道："好了，放心吧，危险过去了！"

华胜的小命居然奇迹般地保住了。次日，郑日珍把王奶妈、王干娘叫过去，吩咐道："华胜少爷现在没事了。今后你们一定要多加注意，不可再发生这样的事。三太既然陪老爷在北平治病，你们暂时也不必急着要把这件事告诉她，免得她操心，反正少爷已经转危为安就是。"王奶妈、王干娘当下唯唯诺诺地满口答应，退了下去。郑日珍这时忽然心血来潮，暗下琢磨道："华胜这孩子看来命真够硬的！才生下来不久就把阿爷给克病了，如今自己得了这样要命的急病，却能活下来。这孩子有点不大寻常，倒莫如给他改个名字，冲一冲，说不定真能冲掉家门的不幸……"于是，她左思右想，猛然想到："干脆把华胜改名为'柏铭'，表明孩子的性命是铭刻在长青的柏树上的，取个大吉大利。"她当即通知府上人等，今后不要再称三少爷为"华胜"了，要以她新命名的"柏铭"少爷相称；至于三太那边，暂时不必叫她知道，等适当机会，她本人会当面告诉三太，向她解释。眼下，她实际上已成为"一家之主"，无人敢于不从。

大太太习惯给皇甫府上下人等起名字，这是尽人皆知的，大家虽然觉得这时给三少爷华胜改名有些蹊跷，却也并不奇怪，横竖这位太太点子很多，又闲着没事，再说，谁又干涉得了呢?！不过，这一次，柳玉喜倒莫名其妙地有了一点胆量，竟然敢于较起真来，她委婉地问道："二姑，那么，柏铭在老家祠堂里的牌号要不要也改动呢？"郑日珍听了一愣，她还真没有想到这一点：按理说，在祠堂里竖立或更改名字，是要经过皇甫二老爷和三老爷的批准的。但她岂能在自己过去使过的丫头面前服输，于是，那双丹凤眼滴溜一转，又斩钉截铁地说道："祠堂里的牌号就不动了，还是'华胜'……"她却没有耐心，更没有办法进一步向二太说明理由，反正起名权是攥在她的手里。

　　冬至过后，皇甫以雄的病情更加严重了，看来已经是病入膏肓。早在一个月以前，他已经不能再遥控理事，北方部的业务总的由皇甫以冲兼管。二老爷不知有多少次往返于津沪之间，每来探望三弟，见三弟病得这样，也不胜唏嘘，估计挨不到明春。他除了伤恸和惋惜，也不得不考虑北方部公司总办的继承问题，而这也是皇甫以雄在病痛有时稍显见轻时日夜忧思的心事。为此，二老爷不得已，曾早命秘书给英美老板写了报告，请上面及早物色后继人选，免得贻误公事。从二老爷本身来说，他自然担心三弟一死，大权落入外人手中，三弟辛辛苦苦地创下的基业就白白地拱手让于外人，况且，三弟一家一门孤寡，还没有一个能支撑得起这份家业的，自己作为北方部总办的上司和元老，又不便为胞弟率直讲话，怕引起公司上下人等非议，所以，着实十分苦恼和忧虑。不久，皇甫以雄病危，老太太邵氏和二老爷的二姨太细母以及大伯母郑氏及女儿玉莲，先后由皇甫培亭夫妇陪同，来到北平六国饭店下榻，郑日珍、柳玉喜则带领和慕、华海先来一步，住在霞公府。因此，除了皇甫以冲在沪的大老婆和五个女儿，以及他在津的年纪较小的和乐（她跟皇甫以雄几个女儿列入"和"字辈，而非像同父异母的五个姐姐称为"宝"）、丽娴、华演，皇甫以雄自己的几个小儿女，皇甫家大、二、三房的主要成员，都已群聚北平。二老爷当然早已命以魁元为首的下人为三老爷准备后事。皇甫以雄到了后期，不仅头疼加剧，而且从耳鼻里不断流出一些腥臭的红白色液体，蕊芸兰几乎时刻都要用温水给他擦拭，一点也感觉不到嫌恶；有时，她看到那流出的黏液，仿佛就是老爷的脑汁，那双殷勤擦拭的手也会惊吓得有些发抖。但是，她日夜守护在丈夫身边，眼看他如此痛苦，她心中也像有万只钢针在扎刺，那种无计可施的难过心情往往压倒了恐惧。皇甫以雄这时已经被病魔折磨得只剩下皮包骨头，面色蜡黄，以往炯炯发光的眼神也变得呆滞、模糊，只是由于鼻翼还在微微翕动，胸口还在缓缓起伏，这才表明他还在活着。蕊芸兰几个月来一直寝食不安，因为怕他夜里病情发作，始终都是在靠近他的躺椅的一个床榻上和衣而眠；这最后一个月，她更是夜不成寐，饮食难进，尽管她已经憔悴得不成样子，却仍然尽量注意梳洗，生怕丈夫发现，增添烦恼。她一心扑在伺候皇甫以雄这件大事上，其他任何大小事似乎都与她无干，何况有些事，纵然重大，如华胜得病和改名一直遵照大太太的旨意，向她隐瞒，其实，眼下她若得知，怕也无心去计较了。

皇甫以冲目睹这位三姨太如此尽心尽力、不辞辛劳地护理三弟，十分感动，觉得青楼女子中竟有这样贤德的人，实在难得。这日，皇甫以雄显得比平常清醒些，便差人请二老爷来。见了二哥，他一把握住对方的手，有气无力地说道："二哥，我不行了，我死之后，请你多多照看我的一家大小。特别是阿三，她年纪轻轻，才二十九岁，又没有什么文化，孩子又小，大的才九岁，老二才六岁，最小的才三岁。我死了，她该怎么过呢！至于公司的事，我有意请求颐中公司的老板让侄儿培亭接替我的职位，这样，我打出的天下，不致落到外人手中，同时也可以照顾我一家。这样的事，外国是少有的，但是，我希望你能尽力说服洋人老板，叫他们能满足我这最后的一点愿望……"他一口气说了这些，已经累得喘不过气来。皇甫以冲听了，含泪忙道："放心，这也正是我的意思，不过，我想，与其叫我转达，倒不如你自己亲口对老板说。至于你的病，你且不要那么悲观，不要想得太多，说不定吉人自有天相，会有转机！"皇甫两兄弟的这番谈话，并没有背着蕊芸兰。蕊芸兰在一旁听着，心如刀割，又不敢啼哭，只默默地流着眼泪。当下两兄弟商定，当日下午，由培亭请英美老板前来，同时，皇甫以冲决定要有大、二、三房的所有长辈在场。由于皇甫以雄的遗嘱是早已拟好的，这次只谈公事，家事就全由二老爷按遗嘱处理了。

这日下午两三点钟，有关人等都按照二老爷的吩咐，来到皇甫以雄的卧室坐定，皇甫以雄则仍然躺在躺椅上，眼睛紧闭着，呼吸急促，两腮的肌肉不住地抽搐着，显然是在尽力忍受病痛的折磨，三太也依然守在躺椅旁，不时用温毛巾给皇甫老爷擦拭着额上的汗珠。不一会儿，培亭陪两位外国老板——一是英国人，叫詹姆斯·华生；一是美国人，叫乔·罗宾逊——来到楼上。魁元献上了茶水，退了出去。皇甫以雄勉强睁开了眼，奇迹般地仍用流利的英文跟两位老板说了起来，皇甫以冲不时也用英文插上一两句话，培亭则恭恭敬敬地站在一旁。其他在场的人都不知他们在说些什么，只好纳闷地看着；只有蕊芸兰知道他们可能正在谈着让皇甫培亭继任北方部总办的事。她见那两个外国人不住点头，估计谈判顺利，要求得到认可，心想："还是丈夫有办法，病到这步田地，还考虑得如此周到。瞧，他病得那么重，那英文还是说得这样流利自如，就跟说中国话一样……"但是，她又随即想道："如此精明强干的一个人，竟将这样过早地死去，真是老天爷不作美，人又岂能奈何?!"想到此处，她不禁低头暗泣起来。过了一会儿，皇甫以雄抬起眼睛，目示培亭来到自己身边，拉住培亭的手，断断续续地说道："三叔……快去了。你是长房长子，责任重大。三叔现在的位子就由你坐下去了……你的几位三叔母都需要你……好好照顾。还有……几个年纪小的弟妹……也都要靠你细心照管……特别是你的三细叔母！"皇甫以雄说到这里，凄伤地望了一下蕊芸兰，叹道："她最年轻……孩子……也最小……你一定要格外关心……照顾……不然，我……死也不能瞑目！……"可能是皇甫以雄方才与英美老板说话过多了，这叫他已经显得精疲力竭，无法再说下去，他紧闭双眼，疲惫地把头倒在躺椅的椅背上，呼吸也比以前更加紧促了。皇甫以雄在与培亭讲话时，都是二老爷以冲把他的话译给两位外国老板听，他们边听边点头，还满怀同情地望了望满面泪痕的蕊芸兰，并且深深地叹了一口气。

三天之后，皇甫以雄就断了气，年仅四十四岁。

九

蕊芸兰自皇甫以雄病故以来，仿佛变成了另外一个人。虽然她那丽质天生的姿色没有改变，喜爱整洁的习惯也根深蒂固，但是，她已经不像过去那样，在修饰上每天要花费很大功夫了。她固然一向不喜浓妆艳抹，却从来不像如今这样与胭脂无缘，几乎连淡施都无心去做，最多不过是洗面之后擦些雪花膏，再薄薄地抹上一层香粉。有时为了出门应酬，不得不淡淡地描一描眉，而这些也是在服丧期过后才做的。在服饰上，她索性命王干娘把那些色彩艳丽的衣裳放到樟木箱底，甚至把她那身黑色软缎的衣裙的五彩亮片花边也叫徐裁缝拆去，换上一些窄条的银色镶边。她除了一些重要的应酬，一般的邀请一概谢绝；她很少出去串门，几乎是足不出户，即使要出去应酬，也不像以往那样，非做新衣裳不可，总是挑一些花色比较朴素、老气的旧衣裙，远远望去，她仿佛一下子就老了许多，走近些看，才会发现，她依然是一个保持着青春魅力的二十多岁的妇人，只不过在眉宇间显露出她比过去不知已经成熟了多少。或者说，蕊芸兰首先从心灵上开始老化了。她觉得，皇甫以雄一死，似乎世上没有更多的东西能令她动心，除了三个孩子。她对任何事物都淡然了。然而，也正是由于这三个彼此相差仅三岁的孩子，她感到自己的一颗心仿佛变得沉重了不少。她常想："这三个无父的孤儿，都这样小，我得熬上多少年才能把他们拉扯大了呢？"她有时对镜梳妆，见自己那依然秀丽无比的容颜就不禁思忖："我才二十九岁，丈夫就离我而去，以后的日子该怎么过啊！"然而，她立志无论如何要把这三个孩子抚养成人，无论如何要守节终身，以求无愧于死去的丈夫，这是她在皇甫以雄断气后首先萌发的心愿。她决心要誓死做到这一点。不过，要做到这一点，她得付出多大的代价，得走多少艰辛的人生路程呢？她每每想到这里，就情不自禁，打起寒噤。看到皇甫以雄书桌里保存的那张工工整整写着"蕊芸兰"三个大字的红条子，看到皇甫以雄生前用过的种种东西，穿过的件件衣裤，还有那幅挂在客厅墙壁上的皇甫以雄的大照片——长袍马褂，容光焕发，跷起一条腿，安然坐在一个花盆架旁的靠椅上，那眼神，那气度，都是这些年蕊芸兰与他朝夕相伴，从未感到有一丝厌烦的迷人之处……每逢看到所有这些，蕊芸兰都会立即感到，似乎有一股寒气从内心深处迸发出来，传遍全身，使四肢变得冰凉、麻木，动弹不得，大脑仿佛也停止运转，整个身体像是从里到外都变得空荡荡的，没有着落。一切都宛如昨日，而昨日又宛如一场春梦，那么幸福，那么和谐，今日却都变成虚无缥缈的东西了。每每想到此处，蕊芸兰都不禁潸然泪下。

蕊芸兰对于郑日珍把皇甫以雄的遗物分发给众儿女也处之淡然。如果是往日，她见到郑日珍在处理这类事情上如此跋扈，如此偏颇，如此不公，定会据理力争。此刻，她则认为重要的是人，人都不在了，何苦为争这个，争那个，徒增烦恼，况且逝去者的每件遗物，不论大小轻重，都具有同样宝贵的价值。所以，她已经无心去与郑日珍为此怄气，随她处置，相反，有时她还从另一种意义上来看待这种分发遗物的问题，例如，郑日珍把阿爷生前所着的上好皮袍，都一一分给华海、华炽、和慕与和群，却只把皇甫以雄患病期间一直穿用的那件腰股之处的皮毛都已经磨光的虎皮长袍给了柏铭（和凤与和好甚至连一件也没有分到），她对此非但不气恼，反而心想："这是他阿爷生前最后穿得最久的皮袍，是最有纪念意义的，尽管已经磨光了一大片皮毛！……"在郑日珍向她索取她在皇甫以雄病中一直佩戴在颈上好给老爷按时服药的那块贵重的金表时，她虽然有些舍不得，想留作纪念，却仍然老老实实地交给了郑日珍，因为她想："人都死了，表留下又有什么用？……"甚至在听到华胜已改名为"柏铭"时，她也没有心思去质问究竟，却抱着迷信的心情思索："这孩子也许真的命硬，克死了阿爷，改了名字，说不定倒真能使皇甫家转运！"总而言之，蕊芸兰对家中诸如此类的大事小事，如今都看得很淡，不像过去那样容易斤斤计较，不仅王干娘、王奶妈有时替她抱不平，觉得三太"太好欺侮"了，而且连柳玉喜、细母乃至郑丽山的姨太太二嫂，都觉得郑日珍对蕊芸兰未免过分刻薄，但她们却碍于情面，不好过问，同时也不想因而得罪这位大太太。然则，这样一来，郑日珍却觉得蕊芸兰软弱可欺，越发为所欲为了。

郑日珍为皇甫以雄的过早去世本来也十分悲痛，她毕竟是皇甫以雄的原配夫人，但是，令她更为伤悲和惋惜的是，皇甫家刚刚发展到可以进一步兴旺发达的关头，丈夫却离开了人世，从而使皇甫家的这根擎天柱骤然倒塌了。夜里做梦时，她曾多次梦见皇甫家像一座堂皇大厦在摇摇欲坠，也许不到几年就会全然崩溃，这时，她总是会从梦中惊醒，不由自主地倒吸一口凉气。但是，后来她又想，皇甫以雄身后留下多少产业，除了二伯父以冲，只有她比较清楚。皇甫老爷在世时，每年每月的进项无不经过她的手。她是个有心计的女人，凡有进项，她总是要暗地从中扣除一笔现款，作为私蓄，存入银行。据她估算，皇甫老爷遗下的存款数额至少有百万上下，作为她的私蓄的款额，也有二三十万之巨，金银、钻石等首饰且不计算在内。因此，今后在相当长一段时期，她在经济上是不必发愁的。对她来说，苦的是以后再没有这些大笔进项，她也再无法指望从中得到一些好处，增加自己的私房钱了。此外，她明知皇甫以雄置过一些股票和地产，但这些都控制在二老爷以冲的手里，究竟有多少，她从不敢过问，二老爷也从未向她透露过，这是如今最令她感到烦恼的，每想起就十分不安；她总觉得，这个疑团不解开，她是绝不甘心的。不过，不论如何，她既然已经有了不少私蓄，就觉得目前还不是什么末日降临，而且一旦华海大学毕业，在社会上能够立足，说不定还会飞黄腾达，重振家业，何愁自己晚年安逸与否？可惜的是，这位老谋深算的大太太却从来没有意识到她的这位并非亲生的大少爷是什么材料，将来会对她如何。其实，华海自阿爷死后，生活更为放荡，更为奢华，光是用在跳舞、赌博和打茶围、逛妓院方面的钱，每月至少就有好几百，且不算他上私立的东吴大学和交女朋友的开销。然而，大太太既然如此疼爱这位长子，供他花钱就在所不惜，几乎是每索必给，每求必应。同样，和慕也非大太太的亲生女儿，却是她从小拉扯大的。郑日珍对花在这一对爱子爱女身上的钱，从来不会感到心疼，这也是因为这些开支都是出自整个皇甫府上的总开支之内，对她的私房钱丝毫无损。不过，话说回来，皇甫以雄去世后，情况就与过去不一样了，总开支的财源实际上已经随皇甫老爷的离去而完全断绝了，大、二、三房的花费都要落在这位掌管皇甫府钱财的大太太的肩上，于是，她认为理所当然要由各房自出一份。按理说，她作为老爷的原配夫人，又代理全家的收支，她私下拥有比二太太和三太太多得多的财产，是尽人皆知的，她理应承担更大的份额。但是，这位大太太却向来是不肯吃亏的，于是，她日夜费尽心思，考虑如何从二太、三太那里多弄些油水，即使让自己多出几个钱，也不能叫二太、三太得到太大的便宜。她想，二太的私蓄一向是由她掌管，出多出少，听她自便，何况二太本来就是她使唤过的丫头，从来不敢提出任何异议。令她感到有些棘手的倒是蕊芸兰，尽管蕊芸兰自老爷逝世以来在大太太眼中已经不像过去那样锋芒毕露、不好触犯了。

皇甫以雄生前，对家用开支的做法一向是：每月交给大太太一笔固定款项，由大太太经手支付，最后向他报账，多退少补。其实，这种报账不过是一种形式，皇甫以雄是从不严加审核的，因此，每月总是亏空时多，盈余时几乎没有，这便又是郑日珍的一笔无形收入。此外，大、二、三房如有其他特殊开支，则由他自己统一支付，每逢魁元把三位太太各自特殊开支的账单一沓沓地交给他，他总是会蹙蹙眉头，感到头疼，但也无奈，只得照付。他还给大、二、三太太发每月零用钱，分别为五百、四百、三百五十大洋。如今，他已经撒手西归，这种惯例是否还会沿袭下去呢？郑日珍作为主管家用的大太太，不得不为此而感到焦虑。幸而二老爷以冲在谈及三弟遗嘱时，曾半规劝半命令地向三位太太交代，说是三弟在弥留之际，曾有言在先，希望她们在他死后能继续和睦地生活在一起，不要分家另过，因此，他的遗产全部暂由作为遗嘱执行人的二伯父掌管。全家的生活开支、三位太太的每月费用维持现状，各房的特殊开销或实在有困难，可随时禀告他，由他定夺。也正是最后这一点，与皇甫以雄生前的做法稍有变动，这也就迫使郑日珍不得不绞尽脑汁，想些办法，说服柳玉喜和蕊芸兰各自掏出一点私蓄，合在一起来应付，因为以后她们在特殊花费上肯定不会像过去那样自由了。她在想，自己每月连同二太的零用费加在一起，可有九百的正式收入，如能从三太那里再挤出一点，凑足一千，岂不是好！当然，这笔钱她是绝不会用于应付特殊花销的，她无非是以此为名，从二太、三太那里挤出油水，增加她个人的收入：归根到底，无论是全家总开支和各房特殊用项，都是要由二老爷掌管下的遗产中扣除的。她还寻思，万一三太不同意，也不怕她闹，老爷已不在，少了主心骨，她又能如何？还会真像四太那样一走了之？！

　　这样，一天午饭过后，郑日珍突然叫张妈到四号去请三太来二号，说是太太有要事跟二太、三太商量。等蕊芸兰过来了，郑日珍立即把已经先来到的柳玉喜和蕊芸兰叫到自己房中，关紧了门，侃侃说道：

　　"自从老爷去世，家里再不能像从前那样有什么进项，诸事都得力求节俭。如今，遗产是由二老爷掌管，咱们是一个子儿也动不得，虽然二老爷声明，一切开支照旧，但是，咱们各房自己的额外花费，就不会像老爷在世时那样随便和自由了。我想，咱们姊妹商量一下，一来考虑咱们怎样能每月减少一些开支，二来能不能咱们各自从零用钱里拿出一部分来，凑成一笔共同消费的基金，咱们的额外花销可以从这里出，能节俭多少算多少，哪怕每月省下十块八块也好嘛。咱们要是拿定了这个主意，我可以向二老爷禀告，二老爷想必认为这是件好事，不会反对，更不会怪咱们是先斩后奏。"接着，她缓了一口气，继续说道："我想，二老爷有言在先，咱们各自的每月零用钱仍像以前那样发给咱们，咱们可以从这里拿出点儿来凑成刚才我说的基金。我呢，每个月比你们拿得多，我就出二百，你们二位各出一百，凑个四百整数。至于府上如何节俭开支，我倒觉得，以前，各房的孩子们的学杂费是由府上家用总开支出的，有了这笔基金，就可以改成从基金里支付了。这样，总开支就可以节省不少钱，二老爷听了，我想准会赞成，甚至还会夸奖咱们明白事理。你们二位看怎么样？"郑日珍把这一大套话说完，柳玉喜只低下头来，没有吭声，看来，她已经早就被通知了，觉得郑日珍的这个主意来得突兀的还是蕊芸兰。她暗想，各方儿女的学杂费本来就是由家用总开支出的，而且二老爷一直也从未提起要改变这个做法。再说，即使要由各房负责支付各自孩子们的学杂费，又何必成立什么基金呢？正如郑日珍自己所说，成立基金是要应付额外开销，难道儿女的学杂费是什么额外开销吗？如果真的这样做起来，从基金里提取款额最小的肯定会是蕊芸兰，因为她的三个孩子年龄最小，占便宜的，很明显，就是大、二房嘛！再说，培养皇甫家子女的教育费用本应出自家用总开支，又不是哪一房自己应当负责的开销，为何突然要改变过去一向合理的做法呢？她随后又一想："二太的所有进项一直是控制在大太太的手中，对二太来说，大太太的话是说一不二的，大太太的这个主意，岂不是明摆着冲着我来的?！这是不是太贪了嘛！"

郑日珍见柳玉喜和蕊芸兰都沉默不语，感到有些冷场，便不得不又开言道："以后，凡是跟学校沾边儿的费用，咱们都各自负责，说不定会比以前少用些……"蕊芸兰这时实在忍不住了，尤其是最后这句话叫人委实无法受用，便率直地表示了意见："大阿姐，您这句话就说得不对了，不能说自己负担孩子上学的费用，就会用心算计些，这就好像过去不归自己开支，就是大手大脚、胡乱花钱似的。再说，孩子上学，是让他们求上进，将来有本事能在社会上混饭吃，这本该是家用里的一个大项目，怎么能叫自己负担？咱们也还没有分家另过嘛！我的三个孩子都小，只有和凤、和好上学，虽是私立小学，学费贵，却无论如何比不上华海、和慕，他们的学习费用光从基金的四百块钱出，恐怕是远远不够的，难道二阿姐有力量来添补？"说罢，她刻意瞅了瞅在一旁默不作声的柳玉喜。

"这跟分家是两码事。"郑日珍随即说道，"我刚才说过，主要是为了节省开支，哪怕节省一点点也好。华海、和慕上大学确实花钱，不过，我跟阿二都想过，都是替咱们全家着想，要是能不把自己也该挑起的担子放在全家总开支上，也好嘛！"郑日珍仿佛成了二太柳玉喜的代言人，但她也不得已偷看了面有难色的二太一眼，然后又说道："阿三说的也是，孩子上学，大、中、小三类学校用钱多少就是不一样。这也正是我马上要解释的。凡费用大的，像中学、大学，就暂且还是由家用总开支出，小学费用少，本人负担起来又没有什么困难，就由基金出。像阿二的和群，她的上学费用就可以从基金里提取。这不是两全其美吗！"郑日珍蛮有把握地、得意扬扬地说道。

蕊芸兰是个聪明人，郑日珍的言谈话语恰恰证实了她的想法："这果然就是冲着我来的！"她十分气恼，暗自鄙视这位明媒正娶的原配夫人竟然如此贪心不足，还想从我这里挖出点东西来，但是，她也自觉不该为此小题大做，还是要据理以争，便不露声色，却十分诚恳地说道："大阿姐刚才说的也是。老爷不在了，家中再没有大的进项，凡事都该尽量节约。不过，我想，虽然成立大阿姐所说的基金，实际上还不是各人负担各自子女的学杂费，节省的不会多，各自挑的担子却很重，当然，像华海、和慕的情况，又是例外！（这句话显然是把矛头指向郑日珍，所以，郑日珍马上有些变颜变色。）过去咱们没有这样做过，怕难做好。倒不如从家用方面想些办法，节省开支，有些不该花的或者花得过多的，完全可以省下不花。那笔数字可比上小学的孩子的用费多得多了。大阿姐，你说呢？"蕊芸兰所指的是什么，郑日珍当然一听就明白，因为蕊芸兰说得有理，她一时感到无法应对，勉强笑了一笑，缓缓说道："今天，我不过是跟你们商量商量，要是行不通，也就算了，还照原来的做法办吧。"蕊芸兰见她已经让步，也就不便乘胜追击，只叹了一口气，不再多说，心里却想："既然如此，又何必多此一举呢！"她只觉得一股厌烦得几乎要作呕的心情像火一般地烧灼着全身，使她无法再在郑日珍的房间里坐下去。为了不致得罪这位大太太，她站起身来，问道："大阿姐，要是没有别的事，我就回去了。"

"没了，没了！你去吧！刚才的事就算我没有说。"郑日珍也连忙起身，皮笑肉不笑地把蕊芸兰送到门口。

蕊芸兰怏怏地回到自己的房间，感到身心十分疲惫，随即倒在小沙发上，一味地望着皇甫以雄的那张大照片发呆。然而，她的心中却如波涛汹涌，许多念头像潮水般地涌现出来："看来，郑日珍要开始算计我了。可老爷还尸骨未寒呢！这究竟是为了什么？难道我不是皇甫家的人?！我的孩子不是皇甫以雄的骨血?！……"她痛楚地望着照片，热泪马上涌上眼眶。"下一步，她又会怎样对待我呢？难道真的要逼我走温秀馨的路?！她简直是妄想！我即使穷死、饿死，也绝不会丢下我的三个孩子！我一定要把他们抚养成人，对得起他们死去的阿爷！……"她一边在这样思索，一边忍不住呜咽起来。

皇甫以雄死后，皇甫以冲念兄弟情分，来往津沪并往皇甫以雄家走动得比过去多了，当然，他也惦记皇甫培亭新官上任，担心他在处理公司业务上有什么不妥之处，不得不勤加考察。他是比较清楚郑日珍平素办事跋扈，恐怕三弟不在，这位弟媳会更加恣意妄为，欺侮其他两房；尤令他放心不下的还是蕊芸兰：年轻守寡，孩子又小，困难必然不少，她果真能守得住吗？这种既关心又疑虑的复杂心情是促使二老爷每来必到四号看一看的主要原因。他见蕊芸兰和三个侄儿侄女都好，特别是蕊芸兰不仅改变以前喜爱打扮的作风，而且言谈举止完全赛过老老实实居家过日子的普通主妇，渐渐也松下心来，对这位小弟媳嘘寒问暖，关切备至。皇甫以雄的母亲阿婆本来就对蕊芸兰逐渐产生好感，这次三儿病中，老太太又听到二儿以冲亲口夸奖三姨太服侍病人的尽心尽责，更是深为感动，对蕊芸兰的亲切关怀更甚于往日。细母也感于蕊芸兰的为人，与蕊芸兰的来往比以前更为频繁，加上大女儿和乐年纪跟和凤差不多，以前跟和群、和凤、和好一起读私塾，如今又跟她们一起在私立的浙江小学读书，学名也按“文”字辈起作“文笙”，因而双方关系越发亲密。细母有时按二老爷的嘱咐，私下试探过蕊芸兰的口气，看她有无抛弃子女，另行改嫁之意，结果了解到蕊芸兰竟是如此坚定地要忠贞守节，抚养遗孤，不由得对蕊芸兰的人格增添了不少敬意。侄儿皇甫培亭自英美老板按皇甫以雄的遗愿将其升任为永泰和烟草公司北方部总办以来，凡事不敢稍怠，兢兢业业，力求给洋人上司一个好印象，对三叔一家，也处处谨慎从事，照三叔临终遗言，尽量把三叔遗下的一门孤寡照顾好。这样一来，他不仅在亲友中评价甚高，甚至在社会上、商界内也树立了好名声。由于皇甫以雄托付他要特别关注三细叔母，他碍于过去曾对蕊芸兰有过一段非分之想，虽然也有时到四号来看望，但主要是通过老婆郭仙芝代他问安。他的母亲怜惜这位小弟媳的处境，经常也由女儿陪伴，到蕊芸兰这边坐坐，表示一下关怀和慰问。因此，蕊芸兰虽然失掉了亲爱的丈夫，但在众人的心目中，地位却提高了不少。郑日珍对此当然是不能容忍的，平日对待蕊芸兰和她的子女也就更加刻薄些。

这天下午，蕊芸兰正在房中绣花，忽见和好哭哭啼啼地提着书包走进来。蕊芸兰一手把和好揽了过来，忙用手帕给和好擦掉胖乎乎的脸蛋上的泪珠，问道：“怎么了？跟同学打架了吗？怎么哭得这么伤心？”和好止住哭泣，噘起小嘴说道：

"我的石板砸碎了，要买一块，问大姆妈要钱，她就是不给，还说，家里不是文华斋，不能随便要什么就买什么……"

蕊芸兰听了，心中气恼，她暗自想道："你这个做大姆妈的，不给孩子买文具，也就罢了，干吗说这么难听的话?!孩子又不是要买什么玩具一类的不相干的东西，要的是上学用的，又没有几个钱，为什么这么吝啬?"她越想越气，实在按捺不住，便拉起和好的小手，径自过到二号楼上，去找郑日珍。说来也巧，这位大太太正在房内把厚厚的一沓五元钞票塞给华海。郑日珍见蕊芸兰意外地闯入，来不及把钞票藏回去，十分尴尬，又见蕊芸兰满脸怒容，手里拉着和好，知道来者不善，忙打发华海出去，自己则仍旧堂堂皇皇地坐在沙发上，纹丝不动。蕊芸兰把华海拦在房门口，喝道："华海!你先别走!我要问问，你手里的这些钞票拿去是干什么用的?至少有三四百吧?!"她随即又面向郑日珍，大声说道："大阿姐，不要怪我多管闲事，你把这么多的钱给了华海，却舍不得花一毛钱给和好买一块石板，这说得过去吗?这到底是什么道理?"郑日珍被蕊芸兰单刀直入的质问给怔住了，一时答不上来，过了片刻，才冷冷地说道：

"和好三天两头打坏石板，家里哪有那么多闲钱给她买?!"她这时还没有想好怎样回答华海拿钱的理由，所以干脆回避了这个问题。

"奇怪!怎么会是三天两头打坏石板?!一个学期才买一块石板，这难道还嫌多吗?!再说，和好那么小，你怎么能要求她那么小心，不弄坏、写坏东西呢?你做大妈的怎么这样偏心，给华海总是大把大把的钞票，给和好连花一毛钱也心疼!"蕊芸兰此刻气不打一处来，连郑日珍平常最忌讳的"大妈""大太太"的称呼也满不在乎地脱口说出，她此时的那种逼人的火气显然又上来了，这却是郑日珍意想不到的。

"华海的事，自有我管，不用你插嘴！"郑日珍一反常态，想不出如何应对，索性强词夺理，耍起赖来了。

"我凭什么不能管?！我是皇甫家的人，就有权管皇甫家的事！钱是大家伙的。你有什么权力和资格独揽?！你今天不说明为什么给华海这一大沓钞票，我就不放华海走！"蕊芸兰见郑日珍蛮不讲理却又故作镇静的那种冷漠气色，更加火起，她圆睁二目，站在门槛上，一手挡住房门，吓得华海不禁往郑日珍身后退了一步。

"华海是在大学里念书，跟和好上小学不一样，花销自然很大，这是明摆着的事，你又何必多问?！"郑日珍心虚，脸上尽管仍是冷若冰霜，语气却慢慢缓和下来。

"大学里念书也不可能莫名其妙地一花就是几百几百的吧?！华海！你说，这钱是干什么用的?"蕊芸兰冷笑一声，又转而质问华海。

华海明知自己刚才是跟姆妈要钱还赌账，自然无法改口，一张平素苍白瘦削的三角脸这时却涨红成猪肝色，嘴里支支吾吾地嘟哝了几个字。

"有话好说嘛！你坐下来，心平气和地讲，不行吗?"郑日珍自知理亏，越来越处于守势，只求速决。

蕊芸兰这时已占了上风，华海想跑也跑不掉，她索性大大方方地坐到靠门口的那把软椅上，语气暂缓了一些，说道：

"大阿姐，你自己想一想，你这样做，到底是公不公？今天对和好的一块石板就这样不舍得给钱，明天又不知会对谁的什么小小的花销抠门儿，而给华海却是这么大方！而且总是拿我这边来开刀。这到底是什么缘故？和好、和凤、柏铭难道不是老爷的儿女？我们三房到底有什么地方得罪了你？你倒是明明白白地说清楚嘛！日后要是总是这样，我跟我的孩子们该怎么活啊？！"蕊芸兰的几个"到底"问得郑日珍半晌哑口无言。蕊芸兰越说越伤心，泪水已浸湿了面颊。

"阿三啊，为了一块石板，也不至于扯到那么远吧？！"最后，郑日珍终于不得不开口，随即又冷冷地哼了一声。

"怎么远了？我说的就是眼前的事！钱是由你掌握，爱怎么处置就怎么处置，我跟我的三个孩子只能受你这样的苛刻对待，这样下去倒不如干脆分家，我受不了你这样的霸道！"蕊芸兰此刻终于说出了自从上次郑日珍提出凑成什么基金和各自负担子女学杂费以来一直想说而未说出的话。蕊芸兰气急了，嗓门很高，把陪着华炽午睡的柳玉喜也惊醒了，她睡眼惺忪地跑来问了究竟，由于这次的争执也直接涉及她养的大儿子华海，她不知如何表态才好，只好低头不语。

郑日珍见蕊芸兰突然提出分家的问题，先是一怔，后来一想："哼！你以为分家对你有什么好处吗？横竖你只能靠遗嘱分上一点钱，这可是没法跟我比的！你能靠这几个钱把孩子养大？！那才怪！全部产业虽是由二老爷控制，可都是经过我的手的，你休想从这里得到半点便宜！"郑日珍的这个想法不是没有根据的，她毕竟是皇甫以雄的大老婆，皇甫以冲固然从未向她透露过遗嘱的详细内容，却不止一次告慰她，她获得遗产份额是最大的。她心中有了这个底，暗想蕊芸兰分出去，那简直是求之不得，便哈哈一笑，缓了缓语气说道："阿三，这可是你自己要求的。我并没有逼着你分家。凡事你要想个仔细。将来后悔，可别怨我。"

蕊芸兰听到这几句冷言冷语，更加气愤，于是也针锋相对地冷笑道："分出去是为了不受你的横行霸道的摆布，有什么可后悔的?! 更甭说什么怨了! 将来，我即使穷得要了饭也不会上你的门来要! "

郑日珍见蕊芸兰执意分家，这对自己只有好处，没有坏处，乐得顺水推舟，也不想多费唇舌，假意劝解，便扭过头去问柳玉喜："你的意思呢?"

柳玉喜一向对大太太是百依百顺，从无主见，见事情弄得这么僵，何况是冰冻三尺，非一日之寒，虽然不忍心在老爷去世不到一年，就拆散了这个家，她也确实想不出什么道理来反对蕊芸兰分家另过。她虽是郑日珍的陪房丫头，但多少还有几分是非观念；她觉得这位大太太有时做得实在太过，却不敢顶撞这位由她侍奉多年的老小姐，再说，大太太宠爱的是她自生的儿子，那又有什么不好呢? 这时，她被郑日珍将了一军，不得不表明一下态度，只好说道："分出去，以后全要靠自己把家管起来，这可不是件容易的事，阿三，你可要好好地想一想……"话未说完，她见郑日珍狠狠地瞟了她一眼，便马上改口道："不过，阿三既然一定要分，我也没有办法拦阻。"这样，三人就商定把分家的事禀告二老爷，若是二老爷应允，就由他来主持。

当然，按照惯例，向二老爷请求分家的事仍是由郑日珍出面来做。蕊芸兰明知郑日珍向二老爷禀告时定会添枝加叶，歪曲事实，但也无可奈何。她想："我心正步端，不怕她捣鬼，二老爷若答应主持分家，总会向每个当事人征求意见，了解情况，那时再向他详细说明也还不迟。"

皇甫以冲在上海收到郑日珍托老夫子汪太玄代笔写的有关分家的事，觉得有些突如其来，但是仔细想了一想，认为蕊芸兰固然不该这么过早提出分家的要求，但其中想必是郑日珍的为人起了导火线的作用，因为皇甫以冲对于这位明媒正娶的大弟媳多少还是有些了解的，他的二太太（亦即细母）就曾不时地把郑日珍苛待蕊芸兰及其子女的事转告给他，这使他在一定程度上比较同情蕊芸兰，预感到她定是迫不得已而为之。然而，他最不放心的还是，蕊芸兰一旦分了家，有了钱，会不会继续安分守己，抚育儿女呢？四太可是前车之鉴！丈夫才刚病重，她就远走高飞。三太在前一段服侍病人以及后一段坚贞守节方面表现虽好，但毕竟人心隔肚皮，谁又知道她究竟在分家的后面隐藏着什么其他动机呢？这就不能不在他对蕊芸兰的良好印象上蒙上一层疑虑的阴影。在主持分家这件事情上，他作为二伯，除了表面上要做些劝解、说和的文章，也不便多口，尤其是在触及兄弟的遗产这种十分敏感的问题上，有些事儿如股票、地皮等只有他和侄儿培亭清楚，一旦摆到桌面上来处理，反倒会增添许多麻烦。实际上，关于这些股票和地皮，皇甫以冲确是另有打算的，因为三弟的遗嘱中并没有明文写入，这样，在这些问题上，做些手脚显然是轻而易举的，并且别人很难识破，即使为人所知，也抓不住半点把柄。他为了此事，早就私下跟培亭密议过，叔侄二人已议定要联手私吞这笔巨款！所以，这次分家，定要谨慎行事，回避这个问题，而郑日珍既然是唯一了解皇甫以雄生前曾买过股票和地皮的人，就尤其得防范于她，不能得罪，横竖先把她稳住，多照顾她的面子和利益，避重就轻，只把分家局限在现金和存款以至衣物等范围之内，同时，私下再给她一点暗示：将只有她一人能从股票和地皮的份额中得到一些好处。好在郑日珍本人对相关的实际数额是毫不知晓的。皇甫以冲当下对三弟遗孤分家的事做了以上准备，并且从上海来到天津之后，当晚就把培亭叫到伦敦道公馆，关起房门，叔侄二人密谈到深夜。皇甫以冲决定，从次日起，先着手做些表面文章，把当事人——三位弟媳分别找来，进行"劝说"，然后再找几个有头面的底下人如魁元、广睦、张妈、王干娘"了解情况"，这一步走完了，便可依照遗嘱着手分家了。

皇甫以冲按排行顺序，首先找来公馆谈话的当然是三弟的原配郑日珍。以外形上看，皇甫以冲是个普普通通的小老头，身材既没有皇甫以雄高大，长相也不如三弟威武，除了一双炯炯有神的眼睛，兄弟俩几乎没有一丁点儿相似之处。他似乎知道自己其貌不扬，但身居高位，对下属和家人仍须有必不可少的威严派头，这样，他不得不在举止上下些功夫。他习惯于把右手叉到腰部，板着面孔，一边说话一边来回走动，摆出一种高不可攀的架势，露出一种不屑一顾的傲气，这种气派和姿态在英美老板面前自然是没有的。即使跟大弟媳讲话时，他也同样摆出架势，只是眉宇间稍显放松些，这就使鼻梁上方因习惯皱眉而形成的一条直竖的纹路变得略微浅淡了些，同时，语气上有意放缓和些，而不是那种硬邦邦的逼人腔调。从这两方面的些许变化上，谈话方就本能地意识到自己在二老爷心目中的地位，因而在谈话时也会自然而然地松弛一下紧张的神经。二老爷用左手指着一把软椅叫郑日珍坐下，自己则仍用右手叉着腰，在房中不住地踱来踱去。他略问了问这次要求分家的起因，作为开场白，然后顿挫分明地说道：

"以雄的遗嘱是几经修改，去年才由庞律师最后拟定的，你们都没有看过。因为以雄把执行遗嘱的事全部委托给我……"这时，郑日珍为讨好二老爷，未待他说完，就抢先插上一句："二老爷经办这件事，是理所当然的，我完全放心……"她原想再说几句奉承话，皇甫以冲却把左手摇了摇，把她的话打断了。皇甫以冲随即接着方才未说完的话继续说道："况且当时也没有提出分家的事，所以，我没有把遗嘱的内容念给你们听。不过，以雄有多少现金和存款，你大概比较清楚，家用既是由你一人经手，存折也差不多全由你掌握，这就无须我多说了。遗嘱里写得很清楚，该分给每个人的现有遗产——我指的正是现有的存款和现金——数字多少也恰恰是你如今心里有数的。至于有些零散款项，该怎样处理，倒是值得跟你们三位商量。我作为二哥，不好决断。因此，我现在找你来，主要就是问问你对处理这些零散款子的意见。"他沉吟了一下，端起茶杯，饮了一口，又道："我现在可以先告诉你，根据遗嘱，你可以分得二十万，阿二、阿三可以各自分得十万，你们三人之间相差得够大的。这样的分配，遗嘱上白纸黑字写得分明，自然有它的道理——你是原配，是正室，理应分得多些。不过，要是到时候把遗嘱全文都读了出来，因为彼此差额有一倍之多，她们会不会有意见，要争执呢？再说，她们的孩子都比你多，恐怕不会那么痛快地答应。你看呢？"皇甫以冲果然老奸巨猾，故意在这方面卖个关子，把皮球索性踢给郑日珍，反倒显得自己是站在郑日珍的立场上考虑问题，既要忠实执行遗嘱，又要兼顾执行后果。郑日珍一向精明，马上就领会了二老爷的用意，便道："遗嘱，分家，当然也包括您说的怎样处理零散款项的问题，我想都该由二老爷一人做主，我们妇道人家不好主事。您说得极是，相差悬殊，要是宣读出来，阿二好说，阿三听了一定会闹，不如到时候只请您说出按遗嘱阿三他们能分多少，我和阿二应得多少就不必提了。估计阿三急于分家，不会考虑很多，何况有您二老爷主持，她也不敢太放肆。"

皇甫以冲听罢，正合心意，随即说道："我看，到时候该怎样做，再随机应变吧。至少处理零散款项的问题，我觉得，可以按三人平均的做法来做，一是这笔款项并不多，二是你分得的遗产已经比她们多了一倍，还是大方一些，不必太计较了。"郑日珍既有言在先，全由二伯父"一人做主"，这时也不便再多说什么。不料，皇甫以冲此刻突然话锋一转，又加了一句："那么，以雄全部遗产的总数额要不要交代一下呢？"这分明是有意引郑日珍上钩，造成一种印象：名义上是由他主持分家，但主要点子实际上都是出自郑日珍之口。

"也便算了。阿三平素在这方面动的脑子不多，还是好对付的。"郑日珍了解蕊芸兰为人并不乖巧，心思不会很多，竟率直地讲出了自己的隐蔽思想，并且用了"对付"这两个字，仿佛要皇甫以冲与她通同作弊似的。这使皇甫以冲颇为不悦，他立即拉下脸来，用略带斥责的语气说道："我作为分家的主持人，还是要公平合理的，首先是要完全按照三弟的遗嘱办。有些事情我是从大局出发，尽量设法不让分家给你们三房之间带来更坏的影响。一定要做到不偏不倚！"这几句话一下子就把郑日珍原以为这位二伯父是偏向大二两房的得意情绪压了下去。她涨红着脸，一时说不出话，原想趁势探问一下股票和地皮的事，一见二老爷变了脸，也吓得缩了回去。她知道方才言多语失，便不敢再开口了。

"你还有什么问题吗？"皇甫以冲觉得这次谈话的主要目的已经达到，便无意再跟这位弟妹周旋下去，实际上是下了逐客令。

郑日珍忙道："没有了，没有了，全凭二哥做主。"随即告辞出来，上楼去看望了一下阿婆和细母，闲谈了几句，悻悻地回到了德源里，心中还一直懊悔刚才说话最后竟冲撞了二老爷，尽管二老爷的立场看来主要还是偏向她这一边的。

郑日珍走后，相隔约莫有一个多钟头，蕊芸兰应二老爷之约，来到伦敦道公馆。这时正是下午三四点钟，是皇甫以冲习惯喝两杯啤酒的时候。皇甫以冲跟他的兄弟不同，固然也少不了沾些酒色，但是从不饮烈性酒，更不喜欢逛窑子。他每天下午，总是叫厨子给他素炒一盘菠菜或空心菜，半生熟，绿油油的，很有营养。再叫江妈用一立升的大玻璃杯装上从英中街起士林买来的地道德国啤酒，拿个大小适中的玻璃杯放在他的卧室里的大理石面的圆桌上，逍遥自在地自斟自饮。这也许正是他得以到近半百年纪而仍面色红润、身体结实，从未臃肿过的一个养生秘诀。他自从娶了二房孟氏，几乎是一年一个孩子，即使大老婆刘氏过门之后，不到六年，也曾先后给他生了五个女儿、一个儿子，可惜的是儿子不长命，才十岁便夭折了，如今只剩下孟氏所生的独子华演，女儿却是一大群。由此可见，皇甫家兄弟二人嗜好近似，而作风则大不相同。

蕊芸兰随着江妈来到房间，皇甫以冲正端坐在桌边，用象牙筷子挑起菠菜送入口中；他见蕊芸兰来了，便用筷子指了指桌旁另一个大理石面、上边铺着金黄色绣花锦缎坐垫的圆凳，叫蕊芸兰坐下。他把菜咽了下去，又喝了一大口啤酒，接着就慢条斯理地说了起来。这次，他不再先从了解分家经过方面绕弯子了，而是开门见山地问道："你要求分家，可曾仔细想过没有？分家之后，且不说能分得多少，家中一切费用可都要由你一个人自理了，你干得了吗？以雄给你留下的钱，包括和凤、和好跟柏铭的在内，我估计，短时期还能应付，但是，你的孩子都那么小，这笔钱你能用到他们长大成人吗？"皇甫以冲的这几句话固然问得在理，但是，从措辞到语调来看，已不像跟郑日珍谈话时那样温和了，甚至使人觉得，他像是在训斥一个犯了错误的淘气的小孩子。

蕊芸兰跟皇甫以冲平素直接接触不多，对他一向比较敬畏，这时见他如此，心中确实有些发怵，但一想，自己要求分家并没有什么短处，而且理由充足，只需要跟二老爷说明究竟就是，便恭敬地答道："我早已做好了打算，请二老爷放心。我省吃俭用，总要想办法用老爷留给我们的这些钱，把孩子教养成人，哪怕我自己要多吃些苦，也绝不让我的儿女受委屈。这比在大阿姐手下过那种待遇不公平又要忍气吞声的日子要好多了。希望二老爷能体谅我的要求，主持公道，让我分出来过，我无论如何都要对得起死去的老爷。万一将来受穷，我也绝不后悔，更不会到大阿姐门前去要饭！"蕊芸兰把话说得那么坚定，毫不含糊，皇甫以冲边听边不住地点头。

"那就好！"皇甫以冲放下筷子，站起身来，又把右手叉在腰部，在房间里来回踱了起来。"你这样懂道理，有志气，我很赞成。不过，你还是要多想一下，心里要有个充分准备，省得将来遇上困难，不知如何对付。我作为二哥，对你们三个弟媳之间的事不好多嘴。你既然坚决分家另过，我不好阻拦，只好按以雄遗嘱去做。我现在可以向你透露一点，遗嘱分给你和你的子女的钱眼下看来不能算少，正式分家时我会向你们宣读的。但是，你这笔遗产要维持到和凤、和好、柏铭长大成人，那可是至少二十年的事，你办得到吗？以雄临终时特别嘱咐我要照顾你，我作为他的二哥，当然不能置之不理，而且据我领会他的意思，也正是说明他对你年纪太轻，儿女太小，十分十分地不放心。所以，你千万在这个问题上多多考虑。"皇甫以冲说到此处，又端起酒杯喝了一口，随即说道："你应得的钱遗嘱上写得一清二楚，我想你不会要求我现在就念给你听吧？"他显然把向大弟媳已经提过的具体数额隐而不谈。

蕊芸兰果然一心只想尽快与郑日珍分开，从未对遗嘱的具体内容动过太多的心思，虽然她也十分关心她和子女究竟能分得多少，但经皇甫以冲这样一问，不好开口，否则岂不是对二老爷太不敬?！便应声答道："有二老爷主管，我很放心，还能有什么要求？一切都听您的安排了。"皇甫以冲见与蕊芸兰的谈话进行得如此顺利，蕊芸兰又是如此听话，心中颇为自得，当下又跟蕊芸兰说了几句，答应次日即去德源里二号郑日珍处给她们分家。他明知柳玉喜和郑日珍的关系，所以根本没有找柳玉喜谈话，了解她的意图。

蕊芸兰走后，皇甫以冲又在房间里大步踱了起来，双眼闪着光，显得比平时更加炯炯有神，透露出他内心的喜悦和得意。他没有想到，与这两个分家的主要人物的谈话竟会如此一帆风顺，除了说明这两位弟媳世故懂得不多，因而易于差遣，还充分表明他在她们心目中的地位和威信。他不禁对自己的为人处事感到踌躇满志。他觉得，这两次谈话似乎解决了他最初对郑日珍有可能会追问股票和地皮问题所抱有的不安，对蕊芸兰分家后能否继续对皇甫家忠贞不贰所怀有的疑虑，而这两个人居然完全被他玩弄于股掌之间，这又怎能不令他感到心满意足呢？于是，他在极度兴奋之余，在桌旁停了下来，又满满地倒了一大杯啤酒，一饮而尽。

过了一天，果然在皇甫以冲的主持下，蕊芸兰与郑日珍、柳玉喜分了家。从此，蕊芸兰带着自己的三个孩子就在四号楼上开始了独立自由的新生活。

十

　　蕊芸兰在皇甫以冲的主持下终于分得了遗产：除了她自己应得的十万，柏铭十五万，和凤与和好各得三万（这正体现了广东人的重男轻女风俗），加上零散款项的分得以及她这些年的私蓄积累，不算金银珠翠首饰，大约有四十万。这在当时用两块大洋就可以买上一袋面粉的行市来说，也可算是小康了。然而，对蕊芸兰本人来说，主要获得的倒不是金钱，而是自由，是脱离仰人鼻息生活的自由。她过去一度在北平独门独户过惯了的那种自由自在、无拘无束的生活，如今毕竟是盼到了。所以，她拿到这笔遗产时，首先想到的是：一定要信守诺言，要争气，要千方百计地保住这个得来不易的自由生活，靠自己的力量，借助这笔遗产，把儿女抚养成人，既对得起死去的丈夫，也为自己获取一个好名声，叫那些因她的出身而从骨子里就把她看成卑微下贱的人的冷言冷语、说三道四落空。她也曾想过，眼下虽然有了这笔巨款，但是，今后的日子是有出无进的，只靠吃息，将来难免要入不敷出，坐吃山空。为此，她也曾跟王干娘商议（如今，她觉得，自己身边只有这一个可以信赖的人了），怎样安排好以后的生活。王干娘在生活经验方面要比蕊芸兰丰富得多，曾劝她不如在天津或北平购置一两所宅子，可以租出去，每月吃房租，也算是一项收入，总比没有任何进项强。王干娘还替她出主意，说也可以拿出一部分款子开个店铺，不失为增加收入的一条路子。不过，蕊芸兰心想，自己从未做过什么买卖，根本不懂什么生意经，一旦亏本，那还得了?! 再说，她作为一家知名洋行的总办夫人，竟然开起小店来，这名声在周围的亲友当中是多少有些不大光彩的；何况蕊芸兰平常结交的又有一些社会上头面人物的家室，因此，蕊芸兰一听这个建议，马上就否决了。至于购房的事，蕊芸兰觉得，倒可以考虑，起初还叫王干娘平时注意着，有合适的，不论平、津，都可以买上一两所甚或两三所，但是，她后来又想，房子一旦租了出去，房客届时不按时交房租，岂不是自找麻烦?! 所以，她对此并不十分积极，实际上是把这件事索性搁置下来了。

蕊芸兰固然从十六岁起就在社会上混事，但苦的是粗通文墨，而且所认的这些字都是靠平素看戏剧电影广告、商店招牌等慢慢积累起来的，根本没有文化本钱外出谋事，不然，作为一个职业妇女，多少也能解决收入问题。此外，她虽是出身贫寒人家，但自从进入了嫡红班，锦衣玉食，生活一向优裕，既不懂得理财，又不知细水长流地节俭过日子，平常是大手大脚惯了的。因此，左思右想，还是找不出更好的解决今后生活问题的办法，也就只好暂顾眼前了。

蕊芸兰自分家另过，自立门户以来，就时时刻刻地设法不让自己的儿女受委屈，样样都不愿让人瞧不起，尤其怕在众人眼下，自己仿佛低郑日珍一等。这样，每月生活开支必然很大，家里养的闲人也不少，除了王干娘和她的女儿王美珍，甚至刘妈的嫂子、杨妈的闺女都来了，虽然不拿工资，却是白吃白喝白穿。特别是逢年过节，请客送礼，更是花钱如流水：首先，她自己和两个女儿每逢参加别人的喜庆大事，都要各做一件新旗袍（这时已不时兴穿衣裙了），配上新鞋新提包，且不算有时还要到法租界天宝金店买上一两件新首饰，而且只要是这次穿戴过的，下次应酬，绝不再穿戴；其次，在送礼出份子方面，受当时社交圈子风气的影响，蕊芸兰也是力求不落人后，喜幛、挽联等绝不低于郑日珍所送的东西；再次，礼尚往来，每每请张五太等亲朋好友来打打牌、吃吃饭，虽不经常，但偶尔一次，也得破费不少，而若是到别人家做客，红包、赏钱也都是一笔不菲的巨资。柏铭当时还小，一般都留在家中，但是，这孩子仿佛受到父亲的遗传，从稍微懂事起，就迷上了京戏和电影（尤其是好莱坞的电影）。每逢星期六，蕊芸兰必叫李大到劝业场四楼天华景戏院订上一个迎上场门、靠下场门的包厢，这包厢几乎成为皇甫三太一家固定的看戏座位了。柏铭小小的年纪，还会咿咿呀呀地唱上几句，并且总是缠着妈妈，给他买上一些上好的绸缎，做些戏装，在家里唱戏玩。蕊芸兰心疼这个"赖仔"①，几乎有求必应，所以，在给儿子制作戏装方面，也着实花了不少钱。有一次，柏铭要学在天华景戏院上演的连台本戏《西游记》里孙悟空耍金箍棒的动作，非缠着姆妈给他买一根类似的棍子不可。蕊芸兰没办法，只好寄钱给父亲程伯荣，请他在当地设法叫人打制一根白铜的"金箍棒"，差人送来，所费当

---

① 广东话，指最小的儿子，有句俗话"赖仔赖心肝"，就是指最小的儿子犹如心肝宝贝一般。

然不少，可见蕊芸兰疼儿子的心切。蕊芸兰的小儿子会唱戏的消息甚至传到上海二伯父皇甫以冲的五个女儿的耳朵里，所以，在其中的四堂姐结婚时，皇甫家三房全体出动，赴沪参加典礼，临行前，蕊芸兰接到三堂姐的电话，说是带柏铭来，千万带着他的戏装，因为她们几位堂姐要亲眼看看这位小堂弟唱戏！果然，柏铭到了上海，当着五位堂姐的面，煞有介事地歌舞一番，逗得她们一个个捧腹大笑。总之，柏铭虽然在制新衣参加应酬方面花费不多，在制行头上却几乎与两位姐姐的社交制装费不相上下。至于满足两个女儿各自的特殊爱好，蕊芸兰也同样是不心疼钱的：例如，和凤不时喜欢在家里开个小派对；和好专爱吃北平的红果酪，吃饭喜吃油焖对虾和炸鸡；两位千金几乎一周至少要跑三次法租界的南京理发店去做或洗头发，若逢喜事宴会，更不在话下。这些开支相对来说显然微不足道，蕊芸兰当然也就更不在乎了。

皇甫家位于英租界，皇甫以雄又是为英美公司办事的，西洋作风对他一家大小自然颇有影响。英中街的起士林咖啡馆，小白楼的维多利亚糖果店，英国花园附近的利顺德西餐厅，法租界的紫竹林、文利东号和文利西号等西餐馆，都是他们经常光顾之所，皇甫老爷去世后，这个习惯也未见改变：蕊芸兰常带着和凤和好柏铭到那里去，几乎成了那里的熟客。

自丈夫死后，蕊芸兰把整个身心都放在子女身上，不仅望子成龙，而且望女成凤。她深感自幼缺少文化之苦，立志要叫和凤与和好受到良好教育，可能的话，让她们像柏铭一样，将来都戴上博士帽，成为大学士，出国留洋深造。她要打破"女子无才便是德"的旧观念，学那些戏文中的卓文君、苏小妹、祝英台，让两个女儿都能成为才貌双全的女中魁元，因而在供她们上学方面，非要挑天津最好的学校不可，从不吝啬学费多少，尽管这一点曾遭到阿婆的非议和责难，说什么女孩儿家将来总要成为外姓，所谓"嫁出去的女儿是泼出去的水"，何必下那么大的本钱，最终还不是要归给人家。但是，她如今生活自主，阿婆也奈何她不得，况且她仍然像皇甫以雄生前那样，对老人家孝敬备至，经常到冠生园给阿婆买些软食吃，或是到信隆祥买些贵重衣料给阿婆送去。阿婆对这小三儿媳，也确是挑不出什么毛病，反而对她越来越有好感。

和凤与和好是同一年小学毕业的，因为和好虽比姐姐小三岁，却异常聪颖，五岁入学，连跳了两级，跟姐姐竟成了同班同学。和凤虽然也聪明伶俐，但不如和好乖巧，做什么事都谨小慎微、循规蹈矩，没有和好那股敢作敢为的闯劲儿，功课则比和好学得扎实，成绩总是名列前茅。和好太贪玩，凡事都喜欢玩弄小聪明，不大下苦功，成绩在班上总是居于中游，但是，每逢姐姐得了全班第一名，蕊芸兰高高兴兴地给以奖励，这位小妹妹却不讲道理，争着闹着，非要得到跟姐姐一样的奖励不可。母亲嫌她无理取闹，毫不通融，有时，和好就倒在地上撒泼，逼得母亲拿起鸡毛掸子，不得不着实地教训她几下，这一来，和好才老实起来。

和凤听说北平慕贞女子中学很有名气，更羡慕故都的山光水色，要求母亲让她上北平去读初中。蕊芸兰自然一口答应，并许诺给和凤每月十元做零用。和好一听，也争着要跟姐姐一起到北平求学，其实，她那小心眼儿里看中的是那十元零用钱，至于学校好坏、故都风光，她根本连想都没有想过。蕊芸兰见和好又在这件事上要得到跟姐姐一样的待遇，又好气又好笑，便正色对她说道："凤家姐比你大，能生活自理，你连袜子都不会洗，住校怎么行呢？"和好偎在母亲身边撒娇道："我可以学嘛！您不是老说我不笨吗！我一学就会，我还可以学洗衣服、熨衣服呢！"蕊芸兰不想跟她纠缠，又考虑到和好能跟姐姐一起去上北平的名校，不失为一件好事，况且姐妹俩在一起也可以互相关照，只好勉强同意，道："不过，到了北平，你可得听姐姐管教，不准跟姐姐吵架！还有，你从今天起就得自己练习洗衣服，不准把脏衣服推给刘妈（刘妈是专伺候好小姐的）。我看你学会了，才准你去北平上学。"谁知和好说到做到，果然从当天起就自己洗熨衣服，看到她那认真劲儿，蕊芸兰也忍不住暗笑。这样，姐妹俩便考取了北平慕贞女中，蕊芸兰少不得又花费了不少，给她们制办行装，并且请王干娘看家，亲自送和凤和好去北平入读。

慕贞女中位于北平东单船板胡同里，是一所基督教会学校，附近也有一所名校，即汇文中学，却是一所男校，这与灯市口的贝满女中和育英男中相隔不远恰好相同。两校学生性别虽然单一，但是相互私下交往的事却是防不胜防，这与这几所学校的性质本身不无关系，因为这两所女校均属基督教会，与天津的女子名校圣功中学的天主教会背景大不相同，两所男校也不像天津的工商学院附中那样由天主教神甫管理，校方对男女学生的管束并不十分严紧，这样一来，男女学生中的"风流韵事"难免层出不穷。幸而和凤与和好年纪都小，还能把心思专用在读书上，不受干扰。蕊芸兰打听到这方面的消息，心里当然有些不安，所以，临行时对两个女儿嘱咐再三，叫她们千万不要受这类风气影响。此外，王干娘原在北平当佣工时，熟人不少，还有一个干儿子，姓田，在北平铁路局工作，蕊芸兰于是请王干娘嘱托那位姓田的代为照顾他的两个干妹妹。蕊芸兰在送和凤和好入学时，也曾拜访过这位田某人，见过他的一家人（田某小夫妻和他的年近花甲的老父母），觉得这一家人都很朴实，很热情，都愿意帮忙，她心中就踏实多了。和凤与和好走后，家中只有柏铭一个孩子，明显清静了许多。空闲时，蕊芸兰就到张五太等要好的朋友那里串串门，或是让王干娘的女儿美珍做伴，陪她去看看电影和大戏，生活倒也安逸，且由于如今不必与郑日珍等经常接触，也少生了不少闲气。

　　分家后最初一段时间，二号和四号两边几乎不相往来，在胡同里遇上了，双方也就冷淡地打个招呼。倒是孩子们一直不断地来来往往，特别是华炽和柏铭，兄弟俩只差一岁，时常喜欢在一起玩耍。和凤与和好在赴北平读书前，也经常跟和慕、和群以及细母的大女儿和乐凑在一起逛公园、看电影。几位小姐个个长得秀丽苗条，亲友们一见都赞叹她们是皇甫家的"五朵花"。也正是由于孩子们往来密切，大人之间的隔阂才慢慢地得以消除，但也只是维持在朋友之交的限度内，全然不像是一家人。蕊芸兰一般是不到二号那边去的，除非郑日珍打麻将三缺一，派人来请。而郑日珍呢，更是不愿踩上四号的门，仿佛皇甫以雄生前就不曾有过这边的妻儿似的。蕊芸兰为了不让人抓住话柄，逢年过节，或是郑日珍、柳玉喜过生日，总是携带儿女过去坐一坐、送送礼，尽管大太太和二太太从不考虑礼尚往来，哪怕是蕊芸兰过生日。柳玉喜跟蕊芸兰的关系本来就是不冷不热、不好不坏，因为二人既没有什么瓜葛，又不曾发生过任何矛盾，但是，碍于郑日珍对蕊芸兰的态度，柳王喜从不敢做一些有违二姑心意的事，有时看到双方子女相处还算亲热，则多少还会产生一些庆幸之感。总之，蕊芸兰对双方关系日趋冷淡和疏远是并不在意的，在某种程度上，甚至可以说是求之不得：她为自己终于摆脱大老婆的辖制而兴奋异常。不过，她总觉得，平时见面不必做得太过分，说到底，总还算是一家人嘛！何必视若仇敌呢？

　　与蕊芸兰不时来往的是二老爷的二姨太细母和皇甫培亭的老婆郭仙芝。细母跟蕊芸兰的关系一向很好，她佩服蕊芸兰的为人，尤其欣赏她对亡夫的一番情意和与大老婆一刀两断的果敢作风，相形之下，不免自愧弗如。郭仙芝在皇甫培亭继任永泰和烟草公司北方部总办之后，一度前来问安还是颇勤的，后来不知为什么变得越来越少见了，尽管见面时，表面上看，对蕊芸兰还是蛮亲热的。蕊芸兰对皇甫家的人如何对待她，如今并不斤斤计较，一心只想争口气，把自己新成立的独立小家庭好好地维持下去，把三个年幼的儿女一点点抚养成人，生活安定，人丁平安，除此之外，也没有更多的要求了。

　　然则，生活并不是那么尽遂人意的。三个孩子在几年间接二连三地患病，给蕊芸兰带来莫大的焦虑，而为了给孩子治病，她从未考虑要花多少钱。首先是和凤在十二岁那年，得了严重的鼻窦炎，需要开刀，而且鼻梁有些倾斜，也需要矫正，在天津中华医院住院疗治了一个多月，尚幸手术做得不错，但是，蕊芸兰却为了女儿的病担惊受怕而瘦了一圈，且不说还花费了巨资。其次是和好，不知怎的，在皇甫以雄去世后不久，这孩子的皮肤就突然生出了许多红疙瘩，奇痒难耐，搔得过头弄破了，则立即红肿化脓，于是除痒之外，又加上痛，尤其是吃了鸡蛋鱼鲜等物，病就发得越发厉害，据大夫检查，说是血液有问题。蕊芸兰不禁想起柳玉喜的二儿子，当时也是遍体糜烂，还曾一度被人猜说是受喜爱寻花问柳的父亲所累，那么和好呢？她却是在皇甫以雄死后才发病的，难道也是受父亲所累？为了给和好治病，前前后后不知看了多少中西医大夫，住过多少次医院，花钱更不计其数，却始终没有彻底治好，每逢炎夏，或忌口不慎，总会复发。孩子受苦，蕊芸兰也急得无可奈何。再次是柏铭，这孩子在七岁时突然得了肺结核，这可把蕊芸兰吓坏了，因为那时不像后来有专治肺结核的特效药，一般都认为是一种绝症。为了给儿子治病，蕊芸兰不得不把儿子送到北平德国医院住院治疗，特别请皇甫以雄生前的德国好友白大夫负责主治。不久果然治好了，但是，不知什么缘故，治愈后，柏铭却发不出声，有时孩子因为想说什么却说不出来，急得直跳脚，甚至哭也哭不出声来。蕊芸兰见此情景，心急如焚，整日价东奔西跑，到处求医，几乎落到了六神无主、寝食不安的地步。后来，经一位名中医推断，说可能是那位外国大夫用凉药过量，麻痹了声带，因而发不出声来。服用了几个月的汤药，果然对症，柏铭有了逐渐恢复嗓音的迹象，但是，已经没有原来那种清脆响亮的童音了，不仅声音嘶哑，而且讲话费力，更不要说唱歌了。然而，蕊芸兰对于儿子有了声音这一点，已经感到十分满意，不敢要求过高，横竖儿子将来不必靠唱戏、唱歌生活，嗓音差些，已属万幸！

蕊芸兰一心扑在教养儿女上，对于自己的事简直是无暇顾及，而且她也不愿意去多想，有时，遇上至亲好友问起她将来的打算，才像是在一泓平静的池水中投进一块石子，使她的心灵深处泛起一圈圈涟漪，深更半夜，她独自睡卧在床榻上，不免感到惆怅和哀伤。

的确，蕊芸兰并不是从未考虑过自己的前途的。看到孩子们个个这样年幼，她委实不能不对目前的处境和未来的发展感到迷惘和忐忑。这种困惑不安的情绪在皇甫以雄逝世后不久，尤为强烈。什么时候才能平平安安地把孩子们抚养大呢？这些遗产真能维持到那个时候吗？一旦山穷水尽，身无分文，怎样才能把日子混下去？难道真的要落得沿街乞讨?! 也许，她的这种忧虑是有一点胡思乱想，但是，就眼下这样有出无进、坐吃山空地度日来说，这种想法也还是很现实的。钱总有一天会花完，倘若那时孩子们尚未成人，无法自立，像他们这样的孤儿寡母又该如何应付这残酷的生活呢？她有时揽镜自照，发现自己眼边和嘴角似乎已经出现了几条纹路，不禁感到惊怵，尽管她不施脂粉而风姿犹存。难道自己的年华就这样无声无息地流逝吗？"才三十出头啊！"她甚至会凄然地喃喃自问。她真命苦！恋爱、婚姻都没有到头。冯少安是她一生中最倾心的人，如今已经不知去向何处，生死不明。皇甫以雄虽不是她最心爱的人，但是十年相处，感情深笃，已经成为她生命中不可或缺的一部分，而现在也永远离她而去了。她那么年轻，那么漂亮，难道就这样在孤寂中慢慢地消耗自己余下的大部分生命吗？也许，真该像有些关心她的人劝解她的那样，再找一个能与她白头偕老的新人吧？但是，在这方面，不仅有像贞女节妇、"好女不嫁二夫"等传统观念，如同一条条粗绳将她牢牢捆住，而且还有如改嫁后果将会如何，尤其是担心三个孤苦伶仃的孩子一旦离开自己的生母，必将会受到大婆郑日珍的歧视和虐待等重重顾虑，如同纠缠不休的噩梦，令她无法挣脱。她怎能做一个为了自身而不惜舍弃自己的亲生儿女的无情母亲呢？于是，在这极度的矛盾和痛苦折磨下，蕊芸兰还是最终坚持住自己已经做出的抉择：要为儿女而牺牲一切！正是依靠这个坚定信念的鼓舞和支持，蕊芸兰才有力量带着自己的三个子女坚强地活下去，迎接恶劣环境和冷酷人生的挑战。

　　从少女时起，蕊芸兰就尝遍人情冷暖、世态炎凉之苦：姑妈的无情，卖笑生涯的辛酸和苦痛，世人的趋炎附势和嫌贫爱富风气，都往往使她一想起来就感到阵阵寒心。然而，就眼下来说，她毕竟手上还拥有几十万的巨款，尚不致遭人白眼，甚至有时反会得到人们的抬举和敬重，而以后又会怎样呢？在皇甫以雄的亲朋中间周旋多年，她是颇知其中的奥妙的：在社交中不能显露出半点寒酸，不然定会遭到别人的鄙视和冷遇。她有时很厌恶这样的人际关系，却苦于无法摆脱，而多年来养尊处优惯了，如今又担心孩子们在丧父之后受到委屈，因而一直怀着自相矛盾的心情，不得不在这金钱胜于一切的环境中厮混和苦熬。除了跟子女在一起时，她会暂时忘记这些烦恼和苦闷，大部分时候，她总是觉得心中空荡荡的，尤其是在深夜独处，这种空虚之感会强烈到令她毛骨悚然的程度。

　　跟蕊芸兰最要好的张五太很关心她在丈夫死后的生活，有时也想试探一下她的口气，看看她对自己的将来究竟有什么打算。一天，蕊芸兰带着柏铭前来做客。张五太叫一个小听差陪柏铭到花园里玩去。她倚着靠枕，一边喷云吐雾，一边对坐在对面床沿上的蕊芸兰说道："一晃，皇甫老爷已经去世三年了，我猜想得出，这几年的日子你是过得够苦的。我是过来人，知道做寡妇的苦处和难处，虽然丈夫本来就有三妻四妾，——我们这位张大人更是有六个老婆！——论感情嘛，似乎还够不到这个份儿上，不过，说到底，还是两个人待着比一个人孤零零的好得多。皇甫老爷确是给你留下了一笔不小的遗产，但是，孤儿寡母的日子还是难熬的，尤其是将来会怎么样，谁也料不清。你对今后就没有什么想法吗？咱们姐妹一场，谅你也不会把我当作外人看待，今天没有什么事，你就跟我说说心里话，好歹图个痛快，凡事还是不要憋在心里才好。"五太吐了口烟，又啜了一口浓茶，瞥了蕊芸兰一眼，接着说道："自从皇甫老爷死后，我早就发现你跟过去大不一样，不大留心自己的打扮了。其实，你那么年轻，长得又俊，何苦把自己弄得那么老气呢？再说，居丧的日期早就过去了，凡事千万要想开些，别过分苦了自己！"

"你说得也是。"蕊芸兰轻叹了一口气道，"我们老爷死得实在太早了，才四十多岁，正是有作为的时候。孩子小，我又没有什么才学，做不了事，怎样能节俭着依靠这点遗产，把孩子们一个个拉扯大了，我也就心安了。不过，这也正是我现在的最大一桩心事。前几个月，王干娘告诉我，北平有一所小四合院房子，价钱蛮合适，劝我买下来，租出去，挣点租钱，也算是一笔收入，总比眼前有出无进要好些。光是靠银行存款的那点子利息，能顶多少用场？可我又觉得，吃房租又能吃多少，还不是杯水车薪，照我们现在的花销和排场，又能顶什么用呢？再说，万一碰上一个房客赖着不给月租，我们这些孤儿寡母又能把人家怎么样?！所以，我一直没有答应。我对做买卖也是外行，遗产本来不多，要是赔了，难道真的叫我带着三个孩子去喝西北风?！不论如何，眼下问题不大，好歹有几个钱，至于将来，那就难说了。我心里真是没数，有时想起来，也够害怕的。"蕊芸兰皱着眉头说罢，端起盖茶，呷了一口。

"我也是为了这个，替你发愁呢！孩子们要是长大成人，在社会上谋个事由，能够自立，也便罢了。但是，这可至少还得过上十几年。如今兵荒马乱的，之前，丢了东三省，以后还不知会怎么样。这个年月，有点存款也是朝不保夕。存些大洋还好，要只是钞票，说不定哪一天，就会变成废纸！像你这样干吃遗产，总有一天，要吃光的！难道你就没有什么别的打算?"

"我刚才说了，买房子，做买卖，我都不敢办，也办不了，还能有什么别的打算?！只好过一天是一天了。谁叫我过去家里穷，上不起学，到今天，身无一技之长，想养家也是有心无力！"蕊芸兰又叹了一口气，觉得坐了半天，有些乏了，便索性倒下，躺在张五太对面的靠枕上，呆呆地望着张五太灵巧地用两根细细的烟签搅动着一块冒出一股特殊香气的烟膏。她觉得，自己就像那块柔软的烟膏一样，无可奈何地听任生活的火焰在烧烤，听任命运的手掌在拨弄。

"你从来没有想过再找个人吗？"张五太吐了一口烟，终于说出了自己早就想说出的话。她关心地看了蕊芸兰一眼，随即又半闭着眼睛，继续喷云吐雾起来。

"……"蕊芸兰低下了眼睛，双腮有些泛红，一时不知说什么才好。

"咱们这种人,被生活害苦了,除了吃饭、花钱,什么也不会。要找个真能帮自己一把而又不怀二心的,这年头也真难!除非是沾亲带故的……"

"哼!像我们家的大太太那样'沾亲带故'的,还不如没有,不但不能帮你一把,还恨不得把你一口吞下去!"蕊芸兰没有等张五太说完便插言道,脑海中又浮现出郑日珍的那张傲慢而阴险的面孔。

"也说得是。我们家的各房,说是亲的热的,还不是彼此明争暗斗,势不两立的!不过,话说回来,真要是碰上对自己有情有义的,我劝你倒不妨考虑考虑。光靠你孤寡一人,在这世道上混,难啊!"张五太又吐了一口烟,同情地看了看蕊芸兰。

"我也知道难。"说着,蕊芸兰的泪水已经浸透了眼眶,"可你叫我怎么办呢?周围连一个真正的亲人都没有。说起来,我还有个亲弟弟。但谁又会想到,他又是那么不争气,到如今,是生是死,都不知道。要是当初他能有出息,走正道,现在总还会有个人能帮帮我,照顾我。至于再找个真心对我好的男人改嫁,也不是那么容易的事。你想啊,要是我像我们家的四太,没有儿女牵挂,找个合适的人,一走了之,也就罢了。可我这种情况,且不说我根本舍不得我的三个孩子,即使真有合适的人,也难保证人家不嫌你拖儿带女,那会有好结果吗?"

"不过,说不定真有喜欢你的人,又不怕你带所谓的'拖油瓶'呢!"张五太哈哈一笑,又开始烧起新的烟膏。忽然,她眼睛一亮,从烟膏转向蕊芸兰,问道:"你记得上次我过生日的时候,来拜寿的人当中，有个姓周的少爷吗？”

"姓周的？……"蕊芸兰有些茫然了。

"是啊！就是那个瘦高瘦高的个子，三十多岁，人长得挺白净的，你当时还跟他打了几圈麻将呢！”

蕊芸兰想了一会儿，才想起前年张五太生日时自己来拜寿，跟两位先生和一位太太凑成一桌麻将，其中一位先生长得眉清目秀，身材颀长，头发梳得整齐光亮，一件月牙色的绸衫，衬托着那样白皙的面孔，更显得文质彬彬，儒雅大方。"他大概就是那姓周的！"她想道。当时，此人给她的印象虽深（因为她从此人身上似乎看到冯少安的一点影子），却早已忘记他的姓名，此刻经张五太提起，她才回忆起这位周少爷似乎一见她就显露出对她抱有好感，打牌时坐在她的上首，往往有意无意地打出她正需要的一张牌，或是"吃"，或是"碰"，甚或是"胡"！这样一来，她曾一连胡了几个满贯，另外两位牌手还为此责怪周少爷打牌"心不在焉"。

蕊芸兰听罢，想到此处，面色稍稍羞红，嫣然一笑道：

"瞧，刚才说得挺正经的，怎么现在又来打趣我了。”

"我是在说实在话。那周少爷自从上回见到你，每次到我这里来，总要问起你，我把你的情况也向他简单地说起过，——你不会怪罪我吧？——他倒是挺同情和关心你的，觉得你眼下的日子好过，以后可就难说了。他还有意无意问起你有什么打算没有……当然，这些都是他跟我闲聊起来的，但不能不说其中多少有些认真的意思。你要是愿意，倒不妨跟他来往来往。至少算是多交一个朋友罢了。"说罢，张五太试探地看了蕊芸兰一眼。

蕊芸兰半晌没有言语，兀自看着张五太在喷云吐雾。过了好一会儿，她才缓缓地说道："即使我愿意考虑一下这个事儿，恐怕也得过一段时间。老爷去世刚满三年，我不能那么性急，倒显得我太绝情绝义了。再说，这个姓周的，到底是怎样一个人，我一点也不了解，又怎能冒冒失失地跟他来往呢？别的不说，没影儿的事，万一传出去，让亲戚朋友听到了，风言风语，说三道四，我不是自找麻烦？"

"我倒不是希望你马上就跟他来往很密，可以细水长流嘛！慢慢地接触接触，这样也才可以了解。好呢，就继续下去；坏呢，就断！"张五太说到这里，也忍不住笑了一笑。"至于这人的底细，我多少倒知道一些。他的爸爸是我丈夫在前清时期同朝的臣子，做过道台，家里有几个钱，也有些房产，墙子河靠曹锟的公馆不远的地方，有个大院子，就是他老爷子原来的住处。不过，他现在早搬出去了，住在明园的一栋小洋房里。"她略微一顿，像是想起什么重要的事，随即继续说道："你瞧，我这糊涂劲儿！说了半天，还没告诉你他叫什么。他叫周梦赋，是周老太爷的长子，有两个兄弟、一个妹妹。老婆前年就去世了，老早就要续弦，可一直找不到合适的；有没有儿女，这我倒不大清楚，不过，看他那个年纪，三十多岁，就算有，也不会很多。周少爷是个留过洋的，现在当大陆银行的襄理，眼界难免很高，他自己的人品、作风都很难挑剔，你也见过他，大概也看得出来。我是个妇道人家，跟周少爷虽然很熟，但有些话也不好多说，有些事也不便多问。不过，我刚才给你提供的一些消息，总是足够供你考虑的吧？"张五太说罢，欠起身来，端起盖茶，喝了一口，又道："我跟你说的这番话，可不是跟你开玩笑。用意刚才也说过了，都是为你的将来考虑。你要是乐意，可以常到我这里来坐坐，若是碰上了，可以多聊一聊，等你们混得熟了些，我也就听你们自便，撒手不管了。不过，眼下看来我给你们牵牵线，还是必要的。你说对吗？"

几句话说得蕊芸兰面色绯红，低头不语；两人沉默了一会儿，又不约而同地相视而笑了。

蕊芸兰回到家中，和凤、和好跑过来缠着妈妈，要她答应晚饭后叫李大送她们到大光明电影院去看晚场。蕊芸兰道："今天又不是星期六，明天还要上课，改天去看，不行吗？"和好嘴硬，抢着说："今天是珍妮麦唐娜①的《桃花恨》，是凤家姐最爱看的，里面有好多歌，特别好听。她是听同学说的，明天就要换片子了，所以不去不行。我的功课早做完了，正好陪她去。姆妈，您就答应我们吧！难得一次，不是吗？"和好的一张小嘴，叽里咕噜，一口气说了一大套话；和凤性子柔弱温和，只是站在一旁，看着妹妹，抿着嘴笑，不时也央求似的瞧一瞧母亲。蕊芸兰知道大女儿生就一条好嗓子，在学校的歌咏队里总是当领唱的，每有美国音乐片上映，她几乎是每片必看，便问和凤道："和好说的都是实话吗？她说她已经做完了功课，是真的吗？那么，你呢？"其实，蕊芸兰明知和凤素来用功，根本不需要人督促，比和好强多了，顺便问了一句，也是故意试探一下和好的功课是否真像她说的，已经做完。这乖巧的小妮子有时总是会哄人的。

"姆妈，这次真是我的主意。和好听到了，才非要跟我一起

---

① 珍妮麦唐娜系二十世纪三四十年代好莱坞名歌唱演员。

去。我们俩特地放学回来就把功课做完了。您要是不准，我们就等看二轮的好了。"和凤温顺地解释道。

"不行，不行！看二轮至少要等半年。姆妈又没有硬说不让我们去，你干吗又说不去了？"和好噘起小嘴，冲着姐姐喊了起来。

蕊芸兰拗不过和好的纠缠，只好答应，但嘱咐两姐妹，次日得按时早起。因为晚场九点才放映，回来也要近午夜了，她不放心，就叫干姐姐王美珍陪两个干妹妹一起去，命李大再到街上叫一辆胶皮，同时对美珍说道："干娘在哪里呢？你去找她来，好吗？有点事要跟她说。"

蕊芸兰在津没有什么亲人，平常有什么为难事，便找王干娘商量，王干娘实际上已经成为她最好的朋友，两人几乎无话不谈。今天下午跟张五太说的一番话，一直窝在心里，七上八下，闹得她坐立不安。很想趁晚饭前还有点空闲，索性跟王干娘商议商议，听一听这位饱经世故的干亲的看法。

"我看，张五太说的话都很有道理，也都是为您的前途着想。您过去跟我也曾商量过怎样对付今后的生活。买房子、做买卖，您都吃不准，也不想办。张五太说的那位周少爷要是真像她说的那样，倒不如先来往来往，交个朋友再说。不过，这个大主意还得您自己拿。"王干娘听罢蕊芸兰转述张五太的话，沉吟了一会儿，就陈述了自己的见解。

蕊芸兰听了，叹了一声，道："老实说，自从老爷过世，几年来我确实没有朝这个方面动过心。我跟老爷的感情实在太深了！你叫我怎么能一下子就忘掉？再说，孩子也是一个大问题，即使那姓周的不介意，谁又能保证日子长了会不会变卦呢？日后相处必不可免要有许许多多的麻烦，有些甚至是现在也可以想象到的。要是让我的三个孩子到时候受苦受罪，那我是死也不干的！要是男方也有孩子，那可就更加让人伤脑筋了！另一件我眼下就可以料到的，那就是，亲戚朋友会怎样看我呢？谁真正会替我这年轻守寡、携带着三个孩子的人所遇到的各种各样的难处着想呢？他们一定会说我负心、无情无义，说不定还会骂我拐带遗产呢！这个黑锅一旦背上，一辈子也卸不下来……"蕊芸兰边说边抽泣，说不下去了。她掏出了手帕，捂住了泪眼，只觉得自己似乎走在一条布满荆棘的夜路上，四下那么黑，脚下是那么磕磕碰碰的，既步履维艰，又看不清前进的方向。

"您说的确是实情，"王干娘同情地也叹了一口气，说，"依我看，您只要考虑成熟，觉得自己没有什么对不住人的地方，那就当机立断，旁人的闲话也就别去管它了。我觉得，最难办的问题还是有儿有女的问题。您又舍不得把孩子丢给大太太。这个问题不处理好，倒不如像现在这样过下去，将来再说将来的，反正没有过不去的关！"

蕊芸兰听了王干娘的这番话，怅然地点了点头。她深知，说来说去，转来转去，仍然是回到原来起步的地点，而且也的确是只有她自己才能突破这无形的包围圈，任何其他人对此都是无能为力的。她又想："这事从长远来说固然十分重要，但就眼下来说，还不是什么迫在眉睫、急于解决的问题，自己的青春一旦早逝，固然可惜，但孩子们的幸福、自己的声名却是更加重要得多的，大意不得。这心事若被旁人知道，就先会闹得满城风雨，惹来许多闲言碎语和无端的麻烦，甚至那姓周的，尽管对我有心，也难免听到风声会认为我不够安分，从而贬低我的人格。"想来想去，蕊芸兰决定不可操之过急，还是听凭事态自然发展为好：一旦水到渠成，当然恰合人意，万一徒劳无果，也无碍大局。因此，以后几天，她姑且把此事搁置一边，到张公馆去串门也不如以前那么频繁了。

这一天，是星期六，她突然接到张五太的电话，请她去打牌消遣，说是三缺一。张五太还特别请她务必不要推辞，并说，晚饭也请她在张公馆里用，用罢到中国大戏院看梅兰芳的全本《三娘教子》，带《双官诰》，是出难得的好戏，票子早就订好了。蕊芸兰最爱听梅兰芳的戏，这次梅兰芳到天津来演出，她带着王美珍已经看过几次，尽管票子很贵，又不好买。她对打麻将倒兴趣不大，一听晚上还去看梅兰芳的戏，就十分兴奋，赶紧梳妆打扮换衣服，叮嘱了一下王干娘照顾家里，便坐着李大拉的车去到张公馆。

蕊芸兰挑起门帘，刚一进去，就看到那位周少爷已经坐在靠卧榻一边的小沙发上，正跟斜卧在卧榻上吸着大烟的张五太聊天呢，看样子，像是来了一会儿了。这位周梦赋少爷，世代书香，平日养成一派书生风度，丝毫不像一个活跃在金融界的巨头。他一向穿着不俗，今天则不是身着西服，而是穿着一件淡青色的绸衫，因为正跷着腿，大襟的底下露出下面一条银灰色的西服裤、白皮鞋，显得那么俊雅、洒脱，倒像是个大学里的教授、学者。周梦赋一见蕊芸兰进来了，连忙站起身来，向前走了两步，笑道："皇甫太太来了，您快请坐。"说罢，就让出自己刚才坐的那个沙发，径自坐到旁边一个茶几右边的软椅上。张五太没有站起来，只瞟了周梦赋一眼，转过脸来对蕊芸兰笑道："快坐下吧！人家都让位给你了。"

蕊芸兰听了双颊微微一红，觉得张五太的打趣未免有些露骨，却也竭力挺住，镇静而大方地笑道："不敢当，不敢当，周先生您自管坐着，我哪儿都可以坐嘛！"

张五太笑道："你就坐下吧！别客气。周少爷已经把位子让出来了，他也没法再坐下去。是不是？"她说着，又刻意地把两人先后看了一看，继续说道："于妈，快给皇甫三太泡茶。"随即又开始在烟灯上烧起烟泡来了。

蕊芸兰索性坐了下来，道："那么我就真的不客气了。"随口又向周梦赋道了谢。她向四周看了看，问道："张五太，您在电话里不是说还有两位客人吗？"

张五太自己是从来很少上牌桌的，她喜欢看别人打牌，凑个热闹。她听到蕊芸兰这样一问，便把刚吸进口中的烟吐了出来，答道："估计快来了。那两位你恐怕在这里都见过，一位是徐大总统的孙少奶奶，另一位是曹锟家的亲戚，开绸布店的林老板。"蕊芸兰跟张五太关系密切，私下里都是以"你"相称，但若有别的客人在场，蕊芸兰就习惯用"您"来称呼张五太了，然而，张五太则是不管公开还是私下，都是用"你"来称呼蕊芸兰。

"哟！咱们今天跟大总统的贵戚打交道，福气可真是不小啊！"蕊芸兰风趣地说道，"何况听说周先生的令尊大人也是做过大官的，看来，就属我这个小民贫贱了。"

"你这个小妮子，今天也耍起嘴皮子来了。"张五太笑着站起身来，走过去用手指点了点蕊芸兰的鼻尖。又道："什么'皇亲国戚'！早就今不如昔了。"这时，于妈端了个茶盘来，给蕊芸兰上了茶，又给张五太和周梦赋换了新的，随即退了下去。

"张五太常跟我提起您，知道您为人正直，不幸居丧，立志抚养遗孤，真叫我钦佩、敬仰。"周梦赋诚恳地对蕊芸兰说道，一双眼睛一直盯着蕊芸兰的面庞。

"唉！这也是我命苦。老爷不在，只剩下三个年纪很小的孩子，您叫我该怎么办呢？也只能这样吧！"蕊芸兰谦虚地说了两句，觉得在这种场合，只一味议论这个话题，似乎不妥，便把话转到周梦赋身上，道："听张五太说，您现在是大陆银行的襄理，真巧，我在贵行还有一点存款呢，想不到我还是您的客户。"

"哦，那我可太荣幸了，承蒙您照顾，敢问，您的户头用的是什么芳名？……请恕我冒昧。"

"皇甫程玉英。"

"哎呀！这名字可真够响亮的！……"

张五太在一旁见他们谈得很热络，便扭转身去，重又躺在卧榻上，笑道："你们两位先聊着，我可不奉陪了，我得再抽上几口，别见怪。"周梦赋趁势，移身坐到方才张五太坐过的面对蕊芸兰的另一个小沙发上，这样看蕊芸兰就显得更方便了，不必扭过头去！

从周梦赋的口述中，蕊芸兰才知道，周梦赋祖籍浙江绍兴，因在上海待久了，所以能说一口江苏话。他原来在同济大学学习，二十岁留学德国，想不到后来却学非所用，回国后竟做起金融业务。他在家中行大，恰巧也是两三年前丧了妻室，如今有个女儿，今年十二岁。因为是独女，长得又好，爷爷奶奶特别疼爱，被看成是掌上明珠，他自己对女儿倒并不怎么娇惯，但是他的父母却对她溺爱，因此，养成一位娇小姐，性子很不好，现在老家的一所女子学校念书。

周梦赋跟蕊芸兰的谈话出奇地坦率，甚至还提起近年来亲友多次介绍，试图帮他解决续弦的问题，但始终没有一个令他中意的。这不仅给了蕊芸兰极其深刻的印象，而且这一见如故的谈话，还让蕊芸兰对他的坦诚逐渐产生好感。接着，她又听周梦赋说起：他在明园有幢小洋楼，只他一人住着（因为女儿一直住在老家的爷爷奶奶家），有时颇感孤独寂寞。这就使蕊芸兰进一步感到，她和他真是有点同病相怜，而周梦赋身边没有一个亲人，就这一点来说，不如蕊芸兰远甚，于是，她也就更加同情这位同样是年轻丧偶的不幸的人了。

过了一会儿，听差进来禀报，徐少奶奶和林少爷驾到，大家都忙起身迎接。只见那听差把门帘一掀，先后进来了两个青年男女，都是二十多岁。那位徐府上的孙少奶奶，生得不俗，打扮得也颇雅气，高高的身材，再加上足下的那双白漆皮高跟鞋，更显得亭亭玉立，比紧随其后的林少爷几乎高过一头。林少爷是曹锟的一个姨太太的表弟，长得并不难看，但是，一眼看去，就可以知道他是位地地道道的花花公子，一身雪白的西装，油头粉面，一笑还露出一颗亮晶晶的金牙，相形之下，从骨子里就透露出一股令人厌恶的俗气。这几位都不是初次见面，只寒暄了一下，张五太就命下人在花厅给他们摆好牌桌。林少爷坐在蕊芸兰的上首，一边摸打着麻将牌，一边不住地瞟着蕊芸兰，嘴里虽然还叼着象牙烟嘴，却仍滔滔不绝地说着一些上层社会的风流韵事，不时还加上几句俏皮话，说完之后，他倒自己先笑起来。蕊芸兰心里挺厌烦这位俗不可耐的公子哥儿，脸上却也不便显露出来，有时，那林少爷还有意无意地喷出一口烟气，飘到下首。蕊芸兰本不会吸烟，又厌恶这个吸烟的人，忍不住就把眉头皱起，把头偏过下首的徐少奶奶那边。周梦赋正坐在蕊芸兰的对面，把这情景看得清清楚楚，他同样也嫌恶这个姓林的，不时同情地跟蕊芸兰交换一下会意的眼色。

这一天，张五太却一反常态：她不再独自倒在卧榻上吸烟了。她兴致勃勃地坐在蕊芸兰的右边观阵，特别是仔细观察坐在面面相对地方的蕊芸兰和周梦赋的面部表情，一边不由得暗想："看来是有点门儿了！"

自那日牌局以来，蕊芸兰和周梦赋的个人接触果然就逐渐增多了。为了避嫌，蕊芸兰几次婉拒了周梦赋登门造访的要求；两人一直是在外面会晤，或是到法国花园、英国公国散步，或是到中西餐馆用便饭，虽然蕊芸兰多次推让，不要周梦赋每次都主动做东，但是周梦赋却坚决如此，说："哪里有我请您出来吃饭，却让您花钱的道理?!"不过，他们的会晤每周最多不超过三次，而且总是在周末。周梦赋很多地方，很多趣味，都跟皇甫以雄乃至冯少安相似，除了他不大喜听京戏，但他为了迎合蕊芸兰的爱好，总是心甘情愿地陪她去，并且每逢什么好角到天津这个码头演出，或是听懂戏的人说起有哪位名角上演哪出好戏，便总是派人去订个包厢，请蕊芸兰去看。蕊芸兰知道他对京戏是外行，不时地边看边跟他低低地做一些必要的解释（这倒像皇甫以雄生前跟她去看外国电影，也是边看边做些解释一样），他则像个小学生似的，谦虚地聆听"老师"的教导，连连点头，表示明白，那表情叫人看起来真是既认真又可爱。蕊芸兰看在眼里，忍不住心中暗笑，同时也颇为感动。有时，周梦赋开着私家汽车来接蕊芸兰去大光明电影院、平安电影院看好莱坞的电影，这时则是轮到他对蕊芸兰做一些必要的解释了。蕊芸兰发现他的英文竟然不下于皇甫以雄，因为在电影院不时会碰上他的一些外国朋友或熟人，放映中间休息时，他们会到影院的咖啡厅小憩，她看到他和洋人闲谈，尽管她对洋文一窍不通，却多少能看出他与皇甫以雄一样，言语流利，态度自然，他对她所做的解释也同样言简意赅，几乎没有任何废话赘语。她不禁想道："果然是名牌大学毕业的，还留过洋！"周梦赋和蕊芸兰都喜欢吃西餐，而且蕊芸兰在这方面也发现，他和皇甫以雄一样十分讲究，只到法租界的紫竹林和英租界的利顺德吃饭。他们俩在单间雅座里一吃就是两三个钟头，仿佛有说不完的话，与其说是来吃饭，不如说是来聊天。夜里，蕊芸兰回到家中，洗漱完毕，躺在床上，往往还会一幕幕追忆起当日跟周梦赋交往和接触的过程。她发觉，自己虽是一个没有什么文化的女人，但在自己的这一段生活经历中所遇到的令她中意的男人，竟凑巧都是高级知识分子，这也算是一桩幸事。她有时也情不自禁地把周梦赋、皇甫以雄和冯少安三人做个对比：周梦赋在外貌上显然要比皇甫以雄清秀得多，某些方面更近似冯少安，但又不如冯少安那样健美，实际上是纯而又纯的一介"白面书生"；若要从气质上看，皇甫以雄则远比周冯二人更有威严，更具魄力。想到这里，她往往会为自己的这一番近乎情痴的遐想而自我解嘲地笑了起来。总之，她感到，她对周梦赋的好感确实在与日俱增，她尤其喜欢他那谈吐文雅、举止庄重、对人体贴入微的作风。周梦赋后来与蕊芸兰接触多了，有些心事也愿意吐露，只是一直避免提及婚嫁问题，也许是怕碰壁吧？这样一来，蕊芸兰倒乐得如此，因为她认为，借此机会可以更多地增进相互了解，培养双方感情，而不致情感冲动，操之过急，草率从事。何况还有许许多多的实际问题须要面对，须要慎重考虑呢!

十一

　　周梦赋和蕊芸兰交往一年多，始终没有提起婚事，由此可见他的冷静、耐性和节制力，这种性格是他自小养成的。等年长一些，特别是进入大学而后又出国留洋之后，他原有的这种性格又有了进一步发展：在情感经历方面，他更增强了许多自觉性，这充分体现出他的恋爱观和对女性的尊重。他一向主张男女之间萌生爱情，要侧重心心相印；他固然并非赞成柏拉图式的精神恋爱，却时刻注意男女各方都不该把对方看成泄欲的工具。他和他的原配夫人，虽然是经过媒妁成婚，但是夫人在世时，他们一直是卿卿我我，相敬如宾的。他从不涉足风月场所，哪怕出外应酬。他喜欢到舞场里去跳舞，尤其是爱跳华尔兹和狐步，但把请来的舞女纯粹当成舞伴，绝无任何邪念。往往蕊芸兰有兴致，他也愿意带她去永安饭店或中原公司的舞厅，甚至有时还到高雅的英国乡村俱乐部；蕊芸兰不会跳也不想学，却喜欢舒舒服服地坐在茶座上，边饮清茶边看周梦赋请某位有些姿色的舞女跳舞。两人相处，无论是从哪一方面来看，都是很和谐的，况且二人都不喜欢过夜生活，即使到舞厅去消遣，也是很早就出来，各自回家。蕊芸兰有家庭、儿女牵挂，周梦赋则事业心强，不愿熬夜，每天早上，他上班总是先于他人。然而，话说回来，周梦赋又何尝不想早一点向蕊芸兰表白心意，了却悬在心头的这桩大事呢？从平素的接触中，周梦赋也意会到蕊芸兰对他是有好感的，同时，蕊芸兰的美丽大方、温柔体贴、言行得体、处事从容，也使他日益发觉，这正是自己在前妻去世后梦寐以求的理想伴侣。但是，双方的家庭、儿女却确实是构成他长期举棋不定、难下决心的根本原因。从他这方面来说，父母和女儿这一关能顺利地通过吗？从蕊芸兰那方面来说，她本人就已经有了三个孩子，能愿意嫁给有一个大女儿的他吗？即使双方都不认为这是阻挠他们二人结合的一大障碍，日后的生活看来也不是那么容易相处的：他深知自己的那个宝贝女儿的脾气！他甚至还预料，自己作为继父可能好当，蕊芸兰作为继母就肯定不会那么容易。这些难解的未知数几乎日夜困扰着他，加上他遇事素来谨慎，因而双方虽然来往甚久，相互又都有好感，他却一直没有勇气和决心向对方主动启齿。

一个秋天下午，周梦赋打电话约蕊芸兰到英中街的起士林吃茶点。蕊芸兰接到电话，有些纳闷，从两人接触的习惯做法来看，这约会有些蹊跷，因为这一天既不是周末，又是下午上班时间，一般来说，周梦赋是从来不干什么因私废公的事的。进到起士林，蕊芸兰一眼就看到周梦赋正坐在左边一间间隔开的四人相对而坐的双排沙发上等候着，走近一看，他面前的一杯咖啡像是没有动过，但热气已经没有了。蕊芸兰刚进门，周梦赋就连忙站起来，直到她走过来与他握了握手，才和她一起坐下来。坐在他对面沙发上的蕊芸兰对他微微一笑，问道："怎么今天上班的时候叫我出来喝咖啡？……是不是有什么急事？"蕊芸兰边说边解开乳白色夹大衣的纽扣，周梦赋忙又站起身过来帮她脱掉，顺手把大衣放到自己所坐的沙发的空当地方。

"正是有事。不过，不忙。您先点一点吧。"他们虽然已经相处很熟，却仍然客气地保持"您"的称呼。

蕊芸兰点了一杯红茶加柠檬，周梦赋向那个笑容可掬、接待殷勤的德国女侍用德文说了几句，除了为自己再要了一杯咖啡，还在征得蕊芸兰同意下，点了一盘种类多样的西点。他待那女侍走远，又对蕊芸兰说道："到起士林来，还是得吃一点西点，不然就有点可惜。您说是不？再说，按照西方人，特别是英国人的习惯，现在正是喝茶、吃点心的时间呢。"周梦赋边说边吮吸了一口凉咖啡，然后把杯子推到一边，并从淡青色有条纹的西装上衣里面的口袋里抽出一条洁白的手帕轻轻地按了按嘴唇。

女侍把饮料和糕点送来之后，二人略用了一些，寒暄了几句，周梦赋这时才皱起眉头，谈起正事来，道："明天一早，我就要乘火车回家一次。家父昨天来了一封电报，说身体不适，要我回家看看。因此，我才请您来，想告诉您，最近这段时间，咱们恐怕暂时不能见面了……"周梦赋言犹未尽，先叹了一口气，随后垂下头来，面色显得十分沮丧。

"老爷子病了，那是要赶快回去看看的。不过您也不必太着急，怕是一来老爷子的身子确实不大健康，二来也可能您这些年一直在外，没有回去过，想念您。咱们日后见面的日子多得很，也不必急于一时。"蕊芸兰见消息来得如此突兀，又见周梦赋表情异常严肃，先自预感到其中必另有隐情，心中不觉一沉，但是她还是勉强满面堆笑，又劝说了几句。

"您说得是。但是，我估计还有别的原因。家父虽然上了年纪，身体一向还是很健康的，再说，不会因为略得小恙就打电报来催我回去。"周梦赋说道，脸上的愁容显然更加深沉了。

"那会是什么呢？"蕊芸兰这时似乎有些明知故问了。

"我怕……怕是催我回去续弦！"周梦赋有些嗫嚅，"这件事您想必也会猜得到，尽管我从来没有跟您提起过家里多次催我续娶的事。上个月，家父就曾来信，说是已经替我看上了一位官宦人家的千金小姐，还把照片寄来……"他饮了几口咖啡，力图使自己镇静下来，随后继续说道："当然，现在不比过去我年轻的时候，我续不续婚，怎样续婚，绝不会完全由父母做主，但毕竟要引起许多麻烦，要多费许多唇舌。这两年，他们催得更紧，上月的那封信就是证明。"周梦赋越说越觉得心烦意乱，又端起茶杯，把剩余的咖啡一口饮尽。

"那照片怎么样？长得还好吧？"蕊芸兰虽然猜出十之八九，却仍然抵制不住心头的一阵惆怅，她一时找不出什么适当的话来回应，只好说出这两句不痛不痒的言语。

"很平常。我已经把它撕了。据说，这位小姐相貌平平，选婿却挑三拣四，所以，人快三十了，还从未出阁。别的不说，单只这一点，这人的性格就可想而知。况且，老姑娘脾气古怪的多的是，我即使找不到合适的人，也不会自找罪受！"周梦赋呆呆地望着空茶杯，说到最后一句才抬起眼睛，满怀深情地看了看蕊芸兰。

蕊芸兰听着周梦赋讲话，觉得他说得颇有道理，心口也像是放松了些，尤其是那最后几句，竟把她逗得扑哧一笑，说道："得了！别挖苦人家了……不过，您年纪也不小了，难怪老爷子着急，催您早日续弦。不管您回不回去，这件事总该慎重地考虑考虑，早晚总得走这一步，免得他老人家老不放心。"蕊芸兰想摸一摸周梦赋的底，又不好直言，于是采取了比较迂回婉转的说法。谁知这一提，倒正中周梦赋的下怀，周梦赋立即抓住这个话头，回应道："我何尝没有考虑过，而且可以说，我是一而再，再而三地考虑很久了。"他的面颊有些泛红，不知是出于激动还是出于羞涩，他的声音却是清晰而坚定的："其实，我早就考虑成熟。我已经找到了意中人，而且决定非她不娶！"他的眼睛在发亮。

"……"蕊芸兰意会到这个"她"是指谁，心开始突突地跳得更厉害了，她感到自己的脸也在发烧，同样有一种说不出究竟是激动还是羞涩的感觉。这心境使她仿佛又回到少女时期，一时不知怎样搭腔才好。

"玉英！"周梦赋睁大了两只眼睛，热烈地盯住蕊芸兰的羞红了的面孔，两只手伸过来，一把抓住她的右手，急切而亲热地叫起蕊芸兰的本名来。"我的心事你难道还不知道?!"（这时他顾不上用"您"来称呼蕊芸兰了！）他停顿了一下，仿佛是在竭力鼓足勇气，"答应我吧！嫁给我吧！别再折磨我了！你知道，为了你，我度过了多少不眠之夜啊！"一股热流涌上他的心头，眼泪开始在他的眼眶中打转。

过了一会儿，蕊芸兰把被周梦赋紧握住的手慢慢地抽回来，脸上的红潮也在缓缓地退下去。她长叹了一声，道："唉！我又不是个木头人，怎么会看不出你的心思?!"这时，她也亲切地以

"你"相称了。"不过，你我都有各自的难处啊！"蕊芸兰镇静下来，尽量用平静的语调表达了她对周梦赋所提婚事的看法和自己的难处。周梦赋一直聚精会神地听着，任凭蕊芸兰独白，毫无插话和打断之意。最后，蕊芸兰似乎把话差不多讲完了，又长叹了一口气，像是要做出结论，随即哀婉地说道："你我都不是初婚的人了，都有自己的——可以说是——累赘，这个问题要是得不到解决，就算咱们结合了，将来的日子也不会好过，麻烦会多得很呢！从我这方面来说，我对你也是一片真心，我想，你也一定能体会到。我的三个孩子，不论怎样，我都是不能让他们离开我的，更不能让他们受一点委屈。不然，我会对不起他们父亲的在天之灵。这一点我要跟你讲清楚。我对你是有感情，可是我的孩子叫我更牵肠挂肚！希望你能谅解。再有，你们家能不能容下我这样一个人，也是一个大问题。特别是你的那个女儿，她可不再是个小孩子了！你要是对我真有情意，这次回去，老爷子不提续弦的事便罢，要是提起了，你敢不敢把你我的事向老爷子说明呢？"说到这里，她停顿下来，喝了一口柠檬红茶，又看了看周梦赋的面部表情，接着又说下去："其实，我的意思是，不必操之过急。可以下一下毛毛雨嘛！让老爷子慢慢地了解你的心意和我的情况。我想，只要老爷子没有意见，你女儿的那一关就会好过了，是不？"

周梦赋听完蕊芸兰的讲话，兴奋地笑道："说实话，你对我的情意我早已意识到了，只是不经你亲口对我表明，我或多或少还是不能完全放心。你说得对，咱们都是有儿女的人，要结合可不是那么简单的，尤其是我这方面。你自管放心，你的孩子就是我的孩子，我可以向你发誓，我一定会把他们当作亲生儿女对待，绝不会亏待他们。坦白地说，我的难处要比你大得多，正像你已经想到的，不仅有父母这一关，而且还有女儿这一关。我的女儿娇养惯了，要想说通她，可不是多费几句唇舌就能做到的。不过，你最后说的那一关，我倒另有想法，不管这次回去，家父提不提我再婚的事，我都要把你我的关系亮明，因为这是早晚要解决的事，何必一拖再拖呢?! 这一点请你千万要原谅我不听你的。但是，玉英，请你相信我，往坏里想，即使家里反对，横竖我终身不再续娶就是了! 他们能把我怎么样?! 当然，玉英，这是万不得已的。因为我作为儿子，不能违背父母；作为父亲，也不能抛弃女儿，我只能牺牲我自己的幸福，同时也叫你受委屈了! ……"周梦赋说到后面，越说越伤心，忍不住眼泪夺眶而出，蕊芸兰一见，心头一酸，赶紧打开手提包，掏出手帕，遮住了眼睛。

次日，蕊芸兰送周梦赋上火车，直到列车快要启动时，才不得不下车，向站在车窗里面的周梦赋依依惜别。

周梦赋到了上海，停留了一天，顺便料理了一下银行业务，然后换乘了到杭州、宁波的火车，回到了老家绍兴。

周府现在的宅第仍然是原来的道台衙门：门前的两头大石狮子依然匍匐在大门两侧，威严的眼球凝视着过往行人，只是昔日的旗杆早就被拔掉了，这样才多少有了一点住宅的形象。四进的大院，花草树木，假山鱼池，亭台楼榭，曲径画廊，既气派又幽雅，可称得起典型的江南园林建筑，把主人的富贵之气和书香本色，巧妙地融为一体。

这位周道台老爷名叫周枕流，取自"枕流漱石"之意，世代书香，他本人虽也风雅，但也正是从他起，周家的才子才走上仕途，当起官来了。不过，在那晚清鬻官售爵时期，他的官职却的确不是花费银子钱运动来的，完全依仗他的才学本事，步步高升。任职期间，他当然做不到手脚干净、两袖清风，但毕竟多少还做过一点对"子民"有益的好事，他本人还被称作"周青天"，所以，周府的声望在老家一带还算不错，没有被"贪官污吏"这类臭名所玷污。周老爷治家颇严格，膝下三男一女，周梦赋是老大，和三弟都没有继承父风，只有老二在北洋军阀的政府里做过官。三弟是暨南大学的教授，曾留学法国，回国后做过省图书馆的馆长，是明史专家，看来算是隔代承袭祖业。独生女儿已经去世，因此，大儿子的唯一千金周阆珊，就特别得到祖父母的宠爱。周梦赋这次回家探亲，若提起续弦之事，他担心的却不是父母，而是这位千金小姐。因为他深知，他要娶蕊芸兰这件事，在父母面前可能还容易通过，难以得到的却是女儿的首肯，而女儿若不同意，即使父母先应下了，也会收回成命，他和蕊芸兰的婚事也必将成为泡影。所以，令他忐忑不安的实际上是女儿这一关。

周梦赋进到二院上房，见父亲正在回廊里闲步赏花，毫无病容，心中马上就打起鼓来，知道自己所料不差。行过礼后，周老爷命他随自己去到书房里叙话。父子二人边走边谈，周梦赋照例详细问过父母的起居，两个弟弟的近况，周老爷也关心地询问了长子在天津的公干。他们来到书房落座，听差的送上两杯碧螺春，这时，周夫人也在两个丫头的搀扶下进到书房。梦赋忙起身又行了礼。周夫人见大儿子比几年前丧妻后的气色好多了，非常欣慰，一再追问梦赋在天津的生活、工作状况。梦赋只好把已经向父亲

禀告过的一些话，详详细细地又讲了一遍，老太太边听边欣悦地
点头微笑。

"我这次叫你回来，还是想当面问一下你续弦的事。"周老爷
终于转入了正题，"上次寄去的照片，想必你早就收到了，怎么
几次来信都不见提起？"周老爷的语调虽然平静，脸色显然有些
不悦。

周梦赋听了，心想，既然父亲提起照片，正好从这里开始，
先回绝了这档婚姻，然后再表明续弦的具体打算，免得多费口舌，
便道："照片确是早收到了，因为银行事忙，顾不得考虑这件事，
不过，现在爹爹既然问起，我也就坦白地向您禀告。那人模样平
常得很，您以前的儿媳的长相，我想您一定还记得，她哪一点能
比得上？儿子续娶新室，岂能随随便便挑一个就算了？！哪怕她出
身再高贵，也不能仓促行事吧？！何况还不知她品行、性情如何，
岁数这么大，一直没有说成人家，其中总该有点缘故吧？"

周老爷听了这一番话，自然有些气恼。这个大儿子一向是很
听话的，而且自己也最疼他，怎么今天，自己才问了一句，他就
滔滔不绝地回应了那么多话？！但他又想，梦赋的回答也不无道
理，夫人就曾打听到，这位老小姐的性情古怪，在底下人当中很
不得人心，然而这些却始终没有得到证实罢了。他自儿媳去世后，
一直为大儿子的续弦事，多方奔走，好不容易才找到这位门第相
当的千金小姐，儿子怎么能说做老子的是随随便便呢？！若要真挑
些毛病，还真像儿子说的，长相实在不济，夫人本来也是瞧不上
的，只是经他多次劝说，才勉强同意。周老爷自觉有些理亏，但
作为长辈，对儿子的这一番"抢白"（他确是这样认为的），面子

上有些过不去，便责怪道："你怎么能说是随随便便挑的呢？你知道我为你的婚事操了多少心，费了多大力吗？光是绍兴、宁波、杭州一带，我就直接间接地为你找了多少大户人家的小姐？！"周夫人见老爷有些动怒，急忙使了一个眼色，暗示他："儿子才到家，你何必才说了两句就发起火来？"她随即插言道："你爹爹说的是实话，你如今比不得年轻未婚那个时候了；那时，凭咱们家这样有头有脸的人家，找个对象那是容易得很。眼下，说句不好听的话，正是高不成，低不就。你不挑人家，人家还挑你呢！因此，遇上了这位千金小姐，还真是不易，不管怎么样，人家还是个黄花大姑娘呢！能答应跟你这有孩子的男人过一辈子就算难得！"夫人劝了儿子之后，又回过头来，安慰了丈夫两句。

周梦赋听母亲把自己说得一文不值，心中老大不痛快，又不敢出言顶撞，只愠愠地说道："她觉得委屈，我还瞧不上她呢！其实，自从阑珊的妈妈去世，我就根本没想再娶。只是因为您两位老人家一再催促，我才答应考虑这件事。要是依照我自己的心思，我若找不到真正称心如意的，就宁可终身不再娶了！"

"这怎么行？！你不要老婆，阑珊还得要个娘呢！再说，咱们周家虽然有你这个长子，老二、老三都生了女儿，还缺个长孙呢！将来怎么传宗接代？！……"周夫人有些气急了。

周老爷按捺不住胸中的怒气，用手指指点着周梦赋质问道："好啊！称心如意的！你倒说说看，怎样才是你觉得真正称心如意的？你告诉我嘛！我好托人再想办法给你这位周大少爷去找！"

"爹，您先别生气。我既然这么说，就说明我做得到。我给您找一个儿媳妇，模样比那位老小姐强得多，人品也无可挑剔，难道不好吗？"周梦赋见父亲真的动怒，便赶紧缓下口气，像个撒娇的孩子似的又哄起父亲来了。他抓住这难得的好机会，便把与蕊芸兰交往的情况和蕊芸兰的品貌向父母做了介绍，最后说道："像她这样的人，可以说，打灯笼也难找得到。她虽不是官宦人家，但也算是豪商富贾，不会有辱咱们家的门庭。也许，您二位老人家可能会嫌她是个寡妇，又有儿女，但我想，只要人品好，娶过来，能孝顺公婆，能像疼爱自己的孩子那样疼爱阑珊，不惹是非，也就很不错了。何况我自己也有孩子，人家不嫌弃我，也算不易了！"然而，他却有意避而不谈蕊芸兰原来的出身，因为他最担心的正是这一点：尽管他自己对此从不介意，父母则未必然了。他边说边从上衣的口袋里把早已准备好的蕊芸兰的近照取出，走过去，双手递给周老爷和周夫人看。

二老一看照片，果然相貌出众，证明儿子眼力不错，只是觉得双方都有儿女，对将来如何和谐地生活在一起感到担忧。周老爷叹了一口气，说道："人长得是不错，再说，婚姻大事我素来不愿勉强儿女一定要遵从父命，我也算是够开明的了。不过，眼前确实有一个现实问题，你不能不考虑得周到一些。你不能凭一时冲动，过于任性，不计后果。一旦仓促行事，将来贻害无穷。另外，阑珊那孩子的性格你做老子的也是知道的，一是她能不能答应你娶这样一个继母；二是就算答应，她那个性子能不能容得下这位后娘，能不能跟这位后娘带来的孩子相处得好，这都是棘手问题，不能回避的。你可要三思啊！"说到此处，他看了看已经有些变色的儿子的脸（周梦赋最担心的也正是这一点啊），随即温和地说道："我们做父母的，当然一心只想成全儿女，希望他们幸福、和美。但有时，稍微考虑不周，弄不好，也会事与愿违。"周老爷说罢，啜饮了一口茶水，沉思起来。周夫人接着话茬，也设法提醒和劝解周梦赋，道："你爹爹的话都很有道理，而且都是替你着想，你万万不可以为是父亲在作梗。你介绍的这个女人的情况，果真属实，我们也是求之不得的。只是阑珊那一头，你还是得耐着性子，好好开导她。毕竟将来大家要住在一起。"说着，她扭过头去，问身旁的丫头道："小姐是不是还在房间里？她也许还不知道她爹爹回来了。你快去请她下楼来吧。"

周梦赋见父母如此通情达理，而且指出的问题正是他事先早已料到的，因而是既高兴又不安，一想到他的那个掌上明珠，他实在感到有些怵头，母亲劝他多开导他的女儿，但是，该怎样开导呢？说不定刚一开口就会谈崩了，而不谈又不行。于是，他横下一条心，强作镇静，向父母说道："不必叫她下楼来了，您二位要是没有别的训教，我干脆上楼去找她就是。"

周梦赋走出书房，一路上虽然脚步未停，心中却像结了一层冰，血液似乎都冻凝了：好像有什么无形的力量使他的双腿僵化，叫它们动弹不得。他勉强迈起步子，跨过月亮门，进入三院，忽听有清脆的声音在喊他："是爹爹啊！爹爹！您什么时候回来的？怎么不叫人来告诉我?!"他扭过头去向右一看，只见右边双层的旧式楼阁的那道狭窄的楼梯上，闪出一个秀丽的身影：果然是女儿阑珊。

周阑珊今年十三岁，刚刚考上省里的女子中学，但从言谈举止来看，简直就像个十六七岁的大姑娘。她的五官相貌很有几分像她父亲那样的清秀，眉宇间却透露出一种明显而又难以形容的骄横之气，尤其是那双目光犀利的眼睛。她喜欢捯饬，更乐意听人家称呼她是江南美人。其实，论姿色，她远远比不上她的母亲。

平常阑珊小姐不犯性子时，可以说极尽温柔娴静之态，一旦使起性子来，则仿佛倏然间变成另外一个人，不仅残余的稚气全消，而且表情凶狠，言辞泼辣，一位大家闺秀竟一变而为市井泼妇！凡挨过没头没脑的训斥、咒骂的下人都深知这位娇小姐的喜怒无常的脾气，表面上对她恭恭敬敬、唯唯诺诺，甚至被她恶毒地大骂特骂时也不得不满脸堆笑，反一个劲儿劝她消消气；背地里却都把她恨得要死，骂她是个"小夜叉"，暗求老天爷保佑："让她找不到好婆家。"

周阑珊见父亲回来了，满面笑容，跑过来偎依在周梦赋身上撒娇地问个不停："给我带来什么好东西了？""这次该带我去天津玩了吧？"诸如此类。只有这时，这位高贵的千金多少还像个天真烂漫的女孩子。周梦赋拉住她的手，又摸了摸她的脸，笑道："听说你考上省女子中学了。不错嘛！你爷爷来信说，你毕业考试成绩很好，考了个第一，对不？我得好好地奖励奖励你。说吧！你想要什么？"周阑珊装模作样地想了想，道："我想要一只五克拉的钻戒！"周梦赋摇了摇头："不行，小孩子家，戴那么大的一只钻戒干什么？"周阑珊一听，脸色一下子就变了，在父亲怀里扭来扭去的身子也立即不动了，瞪大了两只眼睛盯住周梦赋的脸，叫道："我凭什么不能戴？！我的同学钱惠珠就有那么大的一只！你还说什么奖励呢！其实是心疼钱！"

周梦赋一见女儿原来还是好好的，突然一下就变了脸，忙赔笑解劝道："你别着急，别生气嘛！我这次给你带来好多好多好东西！来，到我房间里来看看。"他边说边轻轻推搡着女儿，往他的房间走去，阑珊慢慢地也缓和了气势汹汹的态度。

她来到父亲的房间，见房间中央那张大理石圆桌面上摆了一大堆东西，周梦赋忙解释道："瞧，这些东西都是给你的，你自己好好地看看吧！"阑珊马上又恢复了欢天喜地的脸色，一跳一蹦地跑到桌前，把东西一件一件地迅速打开：又是一盒盒高级绸缎，又是一双双捷克名牌拔佳皮鞋，还有一只镶红宝石的名贵金表。周梦赋指着金表说道："你瞧，这不是比钻戒更有用吗？你还是个上学的孩子嘛！戴只表，知道时间，不会迟到，这多好啊！"周阑珊心里高兴，却仍摆出不太满意的样子，刻意刺激父亲一下："这么多东西也抵不上一颗五克拉的金刚钻嘛！你还是心疼钱！"一句话把周梦赋噎住了，一时不知说什么才好。

周梦赋差人把东西送到小姐的房里去，父女二人随即坐下聊起天来。阑珊告诉父亲，她不愿待在省里，要到上海去上中西女中，但是不住校，学校里生活条件太差，什么都得自己动手，还得洗手帕、袜子呢！好在上海有的是阔亲戚，单靠爷爷的名声财势，邀请她前去做客的必然趋之若鹜。要么就跟爹爹一起去天津，听说天津也有两家贵族女中，一个是圣功中学，那里的校服是白衬衣、黑裙子，正符合这个学校的天主教性质，像个修女，但很洋气；另一个是法国天主教会办的法国女子学校，校服同样漂亮得很，是乳黄色的……周梦赋听到后一部分，猛然想起，蕊芸兰的大女儿皇甫文泰，从北平慕贞女校回津后就在法国女校读书，二女儿皇甫文临，因为英文不如姐姐好，就在圣功女中学习，如果他真能如愿，与蕊芸兰结合，三个女儿都在同一个地方上学，也不失为一件好事。他这样一想脸上就显露出有些走神，阑珊于是尖叫了一声："爹爹！你在听我说吗？"他这才惊怔了一下，回过神来，只就前一部分做了回答，道："上海那个地方，虽然是大都市，繁华热闹，但是，社会风气不大好，远不如地方上，坏人、拆白党不少，你一个女孩儿家，身旁又没有大人照看，叫你一个人去，我可不放心！"他有意回避了后一部分，因为他和蕊芸兰的事还是八字没一撇呢！怎样能想得那么远。再说，女儿若真的跟他生活在一起，岂不是自缚手脚，自找罪受?！然而，阑珊一听他的回答，脸色马上一沉，噘起小嘴喊道："我就那么不知好歹吗？非要有大人管着我?！告诉你！越有人管我，我越会出事！"说罢，就扭过身去不看他。周梦赋见女儿这么不可理喻，只好赔笑说道："可以再商量嘛！别动不动地就发小脾气。问一问爷爷奶奶的意见总是应该的吧？"

阑珊听到此话，扑哧一笑，气呼呼的小脸又变得笑逐颜开了，道："他们早就同意了，只是叫我再跟您讲讲就是了。"听那口气，看那模样，根本不像一个未成年的孩子在跟自己的父亲讲话。阑珊对父亲有一个特点:高兴时称"您"，生气时称"你"，而且称"你"的时候要比称"您"的时候多得多。

周梦赋听女儿这样一说，知道决定此事的大权还是在自己父母手里，或者说，是在女儿自己的手里，因为爷爷奶奶对她总是顺遂她的心愿的，自己作为女儿的父亲，却总是无权过问，幸而她没有再提去天津的事。

阑珊这种喜怒无常的任性虽是周梦赋早已熟知的，但此时此刻却异乎寻常地加重了他的心事:蕊芸兰的事要不要跟女儿谈呢？

他此来不正是为了跟她谈谈要给她找个新妈妈吗？他恍惚觉得自己现在仿佛要打一场硬仗，但何时打才好，怎样打才行，心中像有十五个吊桶，七上八下，叫他犹豫不决，进退两难。一时间，他愣在那里，不知说什么好。阑珊倒自得其乐，把父亲给她买的那些东西，一件一件地拿起来看了又看，比了又比。凑巧，这时上房的丫头来请，说是老爷太太在饭厅里等他们——少爷和孙小姐——吃晚饭呢。周梦赋忙吩咐丫头回复老爷太太：他要稍微休息一下，洗洗脸，随即跟孙小姐一块下楼去。他在阑珊叫丫头帮她把东西一道取走之后，进到浴室一边洗脸，一边忖度：看来，问题难解，硬仗难打，但又总得解，总得打，况且父母都不干涉，难道还怕女儿作祟阻挠不成?! 想着想着心中也就慢慢地鼓起不小的勇气。他洗完了脸，抹了一点雪花膏，又梳了梳头，自觉精神比刚才焕发了一些，走了出来，正好阑珊正穿着一双新买的白色漆皮鞋，嘴里哼着《风流寡妇》①里的一曲华尔兹，进到房间来，显然这时她的情绪又变得兴冲冲的了。周梦赋笑问道："怎样？合适吧？你的尺寸我是了如指掌的，爹爹绝不会买错！"阑珊抬起头来，眯起眼睛，向他笑了笑，道："样式也不错！您真是典型的'贤夫良父'！"周梦赋听到"贤夫"二字，心中一动，不露声色地试探道："那么，你呢？你对爹爹会不会像爹爹对你那样关怀呢？"

"那还用说！"阑珊把小嘴一撇，又把垂在眼帘上的一绺青丝甩了上去。

"好！吃完饭，咱们到花园里走走。爹爹还有话对你说呢。"

---

① 二十世纪三十年代初一部风靡一时的好莱坞歌舞片。

周梦赋趁着女儿这时的好兴致，信口说了一句。

"好吧！遵命！"阑珊顽皮地向父亲鞠了一躬，又做了一个鬼脸，钩起父亲的右臂，一齐步出房间，向前院饭厅走去。

晚饭用罢，周老爷和夫人跟周梦赋父女到客厅里又闲谈了一会儿，周阑珊非缠着爷爷奶奶答应她这次陪父亲回天津去不可，说什么"长这么大了，最多不过是到省城兜兜圈子，这次非出出省、见见世面不可"。周老爷照例不仅不嫌烦，还一边将着花白胡子，一边笑嘻嘻地欣赏着这个撒娇使性的孙女儿，道："这次你要到上海去上中西女中，那就不是出了省了吗？上海可比天津大多了，也繁华得多了，还不够让你见世面?!"阑珊索性跑过去，搂着爷爷的脖子，继续胡搅蛮缠，娇声娇气地说道："天津虽然没有上海大，可也是北方有名的大都市嘛！凡是有外国租界的地方，就是跟一般的城市不一样，就是不像'中国地'①那样破破烂烂，土里土气。汉口听说也是这样的，我将来也要去。我觉得，那样的大都市才对我有吸引力呢。求求您，让我去一趟吧！"这一对祖孙的一番逗趣性的谈话，叫坐在一旁别有所思的周梦赋不知如何搭腔才好，他只是默默地陪着笑。

过了一会儿，老爷子累了，夫人于是叫丫头扶老爷子进卧房休息，又叮嘱梦赋一路劳乏早些休息。梦赋说还要跟阑珊到花园里走一走，夫人会意地点了点头，随口说了一句："有什么要紧事，明天再跟我说吧。"一语双关。梦赋向母亲感激地笑了笑，道了晚安。

---

① 过去，某个城市里租界以外的地方，都被称作"中国地"，像上海的虹口、天津的南市等。

父女来到花园，这时一轮明月已经升得很高，把一片银光洒在婆娑摇曳的柳枝和散发幽香的花丛上。园里堆砌着一些玲珑剔透的假山石，傍着一泓清可见底的池水，水上的睡莲和浮萍静静匍匐着，特别是那朵朵睡莲，在月光的照射下，隐隐约约地像是入梦的美人的一张张诱人的粉面桃腮，在波光水影中浮动。周梦赋一时被阔别三四载的自家园林的景色迷住了，走了神，只在一味地享受这醉人的夜晚，竟然忘记了此来是要跟女儿做一次重要的对话的。

　　阑珊伴着父亲在花园里用小鹅卵石铺成的小径上走了一会儿，父女二人一直没有开口，最后这位千金有些不耐烦了，便问道："爹爹，您不是要跟我说什么要紧的事吗？怎么到了花园，您倒成了哑巴？！"

　　周梦赋此刻才像从梦中惊醒，恍然笑道："可不是吗！我正是要告诉你一件重要的事。我想你一定会高兴的。"他设法先定下一个基调，希望女儿能顺着这个调门与他一齐唱和。

　　这后一句话倒把阑珊弄糊涂了，她忙好奇地问道："您先别说得那么好听，等说出来以后，再看看是叫我高兴还是叫我扫兴！"这小妮子的这两句话真显示出她的本性：她可不是那么容易让人糊弄的女孩子！

　　周梦赋停住了脚步，沉吟了一会儿，面对着这个似大非大、似小非小的女儿，凝视着她的两只大眼睛问道："阑珊，我给你找个新妈妈怎么样？"

　　阑珊听了扑哧一笑，道："我说什么重要的事呢！原来是这个。我早知道了，爷爷把照片寄给您之前就先让我看了，还征求我的意见呢。我觉得那个女人长得平常，不过，听说出身却是挺高贵，跟咱们家倒是挺门当户对的……"阑珊喜欢看小说，古的如《今古奇观》，新的如张恨水、刘云若的言情小说，都属于她的浏览范围，所以，年纪虽小，此类词语却知道得不少。

周梦赋一听，知道女儿所说的和他所想的恰恰满拧，心中不由一动，预感到这次跟女儿的谈话不会顺利，因为女儿既不知他早已把那张照片撕了，以为他所要找的女儿的新妈妈就是那个照片中人，又把她爹爹的再婚的着眼点放错了地方，即所谓门当户对；他若提起蕊芸兰，这个惯用势利眼看待任何人和事的娇小姐必然就会追究其出身，而这正是他所力求避讳的最最敏感的问题。然而，事已至此，他也不得不说下去了，便硬着头皮答道："不是那个人，是另一个！"他一眼看出这句简单的答话立即引起女儿的既惊愕又狐疑的表情。话既已说出，他也便索性把该说的话继续说下去，随即把自己与蕊芸兰交往的大致情况对女儿做了说明，同时明确地表示，自己所属意的正是这位新寡的皇甫家的三姨太，并说，如果阑珊有兴趣，他还可以把蕊芸兰的照片拿给她看。

阑珊听过之后，半晌低头不语，脚步也越走越慢，最后干脆停了下来，冷冰冰地转过头来对走在后面的父亲说道："一个守了寡的姨太太！还有三个孩子！你说，她这种人到咱们家来，合适吗?!"她这时讲话的那种神气，根本不像一个天真活泼的少女，而简直就是一个老于世故、遇事偏颇的成熟女人！

"但是，她的家道还是不错的：丈夫生前是天津一带有名的大商人；她自己的人品也好，很贤惠的；她的子女比你小，你可以完全像个大姐姐那样照顾他们，管教他们，我想他们一定会听你的话的……"周梦赋一口气说了好几句话，心中很急很乱，他千方百计想搬出许许多多理由来说明自己的心意和打消女儿的疑虑，然而他实在心乱如麻，理不出一个头绪来。一向健谈的他，此时此刻，竟变得言语支吾、颠三倒四了，暗中又庆幸没有提及蕊芸兰的出身。

"不，我不答应！我不要这样的女人做我的母亲，她不配！"说罢，阑珊扭过头去，跑开了。周梦赋来不及把她拉住，只呆呆地站在原地，眼巴巴地望着她跑去的方向。他觉得喉咙里像堵住了什么东西，连喊叫"你给我站住"这样的声音都发不出来了。

次日凌晨，周梦赋一宵难寐，起得很早，独自一人又到园中漫步，心想："阑珊这孩子真是纵惯坏了。我是她的老子啊！倒好像我和她的关系整个颠倒过来了。难道她不答应，我就忍心撇开程玉英?！"周梦赋这个人外表文静，内心有时则像烈火般暴躁，尽管这种情况发生得不多。他有一股桀骜不驯的犟劲儿，遇上不合理的压力，不论是谁，他都是越压越硬。他想到，既然父母都爱惜自己这个做儿子的，不以婚娶相强迫，难道这小小的女儿竟敢干涉自己这个做父亲的自由?！况且又不是给她找女婿！但是，他接着又想：女儿几年前才丧母，家中对她向来娇养，如今养成这种横劲儿，也不可完全怪她；她身边丧失了母爱，也怪可怜的，自己又经常在外，对她过少呵护、教养，对女儿这种骄横跋扈之气，也应负一部分责任……这样一想，他刚才那股火气顿时熄灭了大半，心肠也软了下来。

两个钟头后九点钟光景，丫头请去吃早点。周梦赋随丫头来到饭厅，老爷夫人又先坐在那里，阑珊的位子却是空的。正吃着，阑珊屋里的丫头莺儿来说："小姐身子不爽，不来吃了，已经吩咐厨房做了银耳莲子羹，一会儿送到房间里吃。"周老爷和夫人不明其中缘故，周梦赋一听，心中就明白了：女儿还在为昨晚在花园里的谈话发脾气呢。周夫人毕竟是个女流，心细，又是阑珊的奶奶，深知孙女的脾性，她看了儿子一眼，问道："你昨晚跟她说了？"

周梦赋点了点头，没有言语，夹起一片酱鸭，放到小碟子里，只是不住地用筷子挑动稀粥，其实，碗里早就不冒热气了。

"大概是说翻了吧？"周夫人察言观色道，"别着急，等一会儿我到她房中去劝劝。事情还不至于那么难办。"她的话说得似乎过于自信了，周老爷听了，苦笑了一下道："你可别想得那么容易，阑珊这孩子一使起性子来，怕谁都说不服她！"他转过头来问了问昨晚的谈话情况，虽然觉得孙女不该对父亲这样横蛮无理，却在所谓门当户对这类问题上与孙女有共鸣。他心中深怪儿子不听自己的劝告，不然，问题要简单得多，实际上，孙女早已非正式地接受了他自己替儿子物色的女人做继母。

"我看，这事就干脆往后再推一推吧。既然你看不上我给你选上的，咱们可以再挑一挑嘛。如有中你的意的，岂不更好?！"

"不，爹爹，中意的我已经有了，何必再往后推呢？"周梦赋斩钉截铁地抢白了一句，他那执拗的性子也发作起来了。"阑珊那里我可以再跟她谈一谈，不劳姆妈费神了。横竖这是我自己的事，她作为女儿，怎么能这样不讲道理地干涉做爹爹的事?！她将来大了，找对象，我也会尊重她的自由的。"

"梦赋啊，千万不可为这事闹得父女不和，你们将来总要生活在一起的嘛！先把关系闹得那么僵，将来可怎么相处呢？"还是周夫人考虑得深远些，周梦赋又开始犹豫起来了。

吃罢早点，周梦赋陪父亲到客厅闲话，周夫人还是不让儿子直接去找孙女，而是亲自到孙女房中去劝说。周梦赋对周老爷说道："既然这次您叫我回来，就是为了我续弦的事，目前看来很难办成，但毕竟我的心意已经向您和母亲讲明了，我还有许多公事要办，不能在家久留，您如果没有更多的吩咐，我打算明天就回天津去了。"

周老爷略微沉吟了一下，道："讲明是讲明了，我和你母亲也不想干预你的私事，这不比你的初婚。不过，阑珊那里，总得有个结果你再走也不迟，否则，这事算怎样了结呢？另外，你还想不想让我再给你物色其他人选？"

"我已经跟您讲清楚了，我不是没有意中人，我已经选定了，这一点，不论怎样，都不会改变！我想，我续娶的事连您二老都放手不管，我的女儿就更没有权利过问。主意由我自己拿。大不了，我这辈子不再娶老婆就是！"

周老爷听了最后一句话，有些着慌，忙道："这可不成！你不想再娶老婆，我和你娘还想再抱个孙子呢！你想想看，你们弟兄三个，都只有女儿，将来都是外姓人，周家的香烟怎么继承下去呢？"他停了一会儿，饮了听差的送上的香茶，又问道："你，那么，你这次回去就准备娶那个女人了？"周梦赋方才那个坚决的语气实在把他吓住了。

"……"周梦赋没有搭腔，因为他的心实际上也在矛盾着。不错，终生不再续娶，这个打算是他早已准备好的，然而那是下策中的下策，是在他既不能娶蕊芸兰为妻而又舍不得抛弃父母与女儿的最后关头才会做出的，而且他也曾向蕊芸兰明确表白过，但是，说到底，他毕竟希望有一个比这更好的结局，而一想起女儿那样气势汹汹的反对面孔，他就又感到回天无望了。在踟蹰中，他一时不知如何应声才好。

"我看，还是不可操之过急。再缓一缓。"周老爷看出儿子也在犹豫，便暂时下了结论。

父子又谈了一会儿，周梦赋向父亲告便，说也想去看看阑珊到底怎么样了。他来到女儿屋里，不见母亲，莺儿说夫人早已经回去了。他只见阑珊面壁而卧，身上盖着一条粉红色绸子的绣花薄被，露出的旗袍整整齐齐，头发也梳得油光水滑，显然是听见他来了，匆匆钻进被子里的。床头柜放着托盘，托盘上的碗空空的，想是刚刚吃完了莲子羹，旁边还有一个空碟子，残留着一些蛋糕渣。看来，女儿虽然身子"不爽"，胃口倒是蛮好的。他心里感到又是可气，又是可笑。他轻轻地走到床边，见阑珊紧闭双眼，气色如常，分明在装病。他无奈，只好轻声问道："阑珊，阑珊，好点儿了吗？"

阑珊依然动也不动，仿佛根本不知父亲就站在身边似的。莺儿在床脚那边立着，见孙小姐对少爷的问话没有任何反应，心中暗笑：小姐刚才还跟夫人有说有笑的，一边还津津有味地吃着早点，可这一会儿又装成睡死的样子，哪里有女儿这样对待父亲的？！

周梦赋连叫了几声，阑珊兀自侧卧不理不睬。当着丫头的面，颇觉尴尬，他强忍怒气，柔声道："你不是想跟我一起去天津吗？

明天我就走了，你要是决定跟我一起动身，咱们还得差人补买一张卧铺票呢！"阑珊仍然不理，这时莺儿看不下去了，忙替少爷解围，道："孙小姐大概睡熟了，您过一会儿再来，好吗？"周梦赋借势应道："好吧，过一会儿我再来看她……要不，她若醒了，你叫她到我房间来也可以，我还有好多事要办呢。"他有意顿了一下，又道："看样子，她根本没有什么病！"他心中暗想："你跟我耍这样的牛脾气，真是岂有此理！"

周梦赋离开女儿的房间，就叫听差的备车，他要出门拜访几位亲友，顺带辞行，午饭也在外面吃，直到黄昏时分才回家。周夫人见了儿子回来，开头一句话便是："吃晚饭了，阑珊也托病不下楼来吃，中午也是在她房间里吃的，一直不露面，这孩子也太不像话了！"周梦赋听了先是一怔，随后又叹了一口气，道："这还不是您二老平常把她惯的！当然，我也有责任。"

他和父母一起用了晚饭，周老爷建议到花园里去乘乘凉。他们坐在临池塘的一个水榭里，闷了半天，谁也没有说话。最后还是周老爷开了腔，道："看来，还得梦赋去好好跟她谈一谈，这个疙瘩总得解开嘛！"

"她想必不知道我今天一天没在家，所以，干脆不出闺房了。"周梦赋苦笑了一下，道，"其实，这是给我娶媳妇，又不是给她找女婿，这孩子怎么变得这么不可理喻了?!"他嘴里这样说，心中也感到事情的严重性，再者，他即使再去找女儿谈，三言两语也难解决问题，他开始感到厌烦了。

"不妨，我现在就跟你娘陪你到她的房间去说动说动，不过，你可千万别发火，这孩子一向是吃软不吃硬，没法子，像你刚才说的，谁叫咱们把她从小惯坏了呢?!"周老爷总是比较乐观，但是对孙女这股拧劲儿也确实没有多少办法，只好自责起来。

三人出了花园，顺着回廊，上了绣楼。一路之上，周夫人还边缓步走着，边与儿子商量对策：

"明天，你一定要回天津吗?"

"是的，周福已经把票订好了。不过，我现在考虑，要不要带阑珊一起去。我想，这样我可以找个机会，让她跟皇甫三太见见面，也许会有点好处。"周梦赋口里这样说，心里却根本没有把握。

周老爷一听，很高兴，他插话道："我看，也好，可以试一试。一来阑珊本来就想去天津观光观光，二来两人见见面，说说话，说不定会很投机。孩子总是孩子，见了对方，觉得她讨人喜欢，也就不会像现在这样执拗了。这岂不是两全其美?"周老爷做过官，遇事总是考虑周到，这时却想得有些简单、容易。

"其实，阑珊如果到天津去上学，是更方便些的。"经过一番思考，周梦赋不得已选择了这一条路，尽管他内心深处并不喜欢女儿跟他住在一起，太不自由! 但又怎样说动女儿去见蕊芸兰呢? 他只好这样说道："天津也有像上海中西女中那样的好学校、贵族学校。如圣功女中，那是一所天主教会办的学校; 还有私立的耀华中学，那是男女同校的，也是天津有名的中学; 再有就是法租界的法国人办的法国女子中学，也是所天主教会学校，校规很严，我可以托人在这所中学弄个名额，只要她愿意，这样，对她、对我，都方便。当然，这只是我的一个想法，不知阑珊心意究竟如何。我想，要叫她对皇甫三太有一些认识和了解，光是见一两次面，还是不够的，必须常来常往……"

周老爷一听，眼睛一亮，顿时兴奋起来，道："这倒不妨试一试，既然上学问题不难解决，眼下就先走这一步，也算是创造机会和条件嘛！天津虽不像上海那样大，那样繁华，毕竟也是个大都市。阑珊若喜欢那里，你身边有个女儿陪陪，也不致太寂寞嘛！"谁知这位做老子的，和儿子考虑同一个问题竟然如此不同！还是周夫人更理解儿子的心理，她抿着嘴笑道："你前一句话说得还算有理，后一句话恐怕就有一点欠通了！"

老爷夫人带着儿子在两个丫头的陪同下，上楼来到阑珊的房间，在门口，正碰上莺儿端着托盘出来。她忙让在一旁，请老爷、夫人、少爷进去，随口召唤了一声："老爷、夫人和少爷来了。"她把托盘交给陪同前来的一个丫头，转身又进了屋，一边还喊着："阑珊小姐，阑珊小姐！"周老爷和夫人及梦赋走过过厅，跨进卧室的门槛，恰巧瞥见穿戴整齐的那位娇小姐正要脱鞋上床，梦赋心想："怎么，又要装睡吗?!"

三人进了卧室，阑珊也不站起行礼，兀自坐在床边，低着头，脸上毫无表情。周老爷没有说话，只由周夫人和颜悦色，柔声细语，问这问那。梦赋在一旁很气女儿如此失礼，却碍于母亲的叮嘱，只好也强笑搭了几句腔。过了好一会儿，阑珊那冷冰冰的面孔才像是有了一些解冻的痕迹。

周夫人把梦赋刚才说的一番想法对孙女说了，一边还暗自观察她的反应。

"你要是愿意跟我一起走，我得马上叫周福补订一张火车票，否则就怕迟了。我早就想接你去天津玩一玩，现在放暑假，正是好时候，跟我去吧。天津也蛮好玩的，意租界有回力球，连上海都没有，你去见识一下，多好啊！"梦赋一边像哄小孩子似的滔滔不绝地说着，一边心里像倒翻了五味瓶，说不出什么既苦涩又酸痛的感觉。他明明知道自己在说着违心的话，却又不得不继续说下去："爹爹在那里自己住了一栋小洋房，也怪闷的，有你这乖女儿做伴就再好不过了。"

"你有那位姨太太陪着，还会闷吗？"阑珊冷笑一声道。这句话像针一般地刺痛了周梦赋，他见女儿如此不依不饶，一股怒气涌上心头，几乎要跳过去，给女儿一巴掌，但马上被母亲示意止住了。

这时，阑珊闹了一整天，自己也觉得有些乏味，又见祖父母乃至父亲都那么低声下气地对待自己，气也便消了一半，如今听到父亲要带她去天津，自然乐下这个台阶，况且又是她梦寐以求的，她不禁暗下思忖："天津虽不如上海大，毕竟也是个名城，总比绍兴这个小县城好得多了，恐怕省城也赶不上呢！再说这次去，爹爹一定会叫我见一见那个皇甫家的姨太太，也好嘛！当面挑她一点不是，岂不是理由更加充足？！我还可以暗地里差人打听她的底细呢。这样一来，我回来禀告祖父母，看爹爹还怎么娶她！"可见阑珊人小心不小，这番心机远胜过她的祖辈和父辈，难怪周府的下人们私下送她的外号是"小夜叉"！

经过祖母和父亲的劝说，她答应次日随父去津，并且还明确地向父亲提出一个条件：如此去要她与蕊芸兰见面，印象好便罢，印象如果不好，爹爹必须打消娶她为妻的念头。这一招好毒啊！周梦赋一听又几乎要暴跳如雷，但又在母亲的急速示意下，把这一腔怒火压下去了。

十二

　　周梦赋带女儿回到天津，把女儿安顿好了，马上打电话给蕊芸兰。相隔不过几天的工夫，却像是多年不见了，他恨不得立刻能见到蕊芸兰，哪怕是听到她的声音也好。谁知接电话的是王干娘，他先冷了一半，感到一种莫名其妙的失望和沮丧：因为那电话机是安装在蕊芸兰的卧房里的，往常通话总是蕊芸兰本人来接。王干娘在电话里告诉他，柏铭少爷日前得了肺结核，三太着急，已经带少爷到北平德国医院治病去了，说见好，但仍在住院，三太和王奶妈轮流陪着，有时两人一齐陪，因为是单人病房，自由一些，三太一时是回不来了。周梦赋听了，愣了好半天，说不出话来，只是呆呆地听着王干娘仍在电话里介绍柏铭少爷患病经过。他最后含糊地说了几句，这几句连他自己后来都不记得到底说的是什么。他机械地放下电话，过了一会儿才回过神来，脑子里却依然是空虚一片。他在极度怅惘中只记得王干娘最后一句话："三太什么时候回来，一定马上通知您。"他觉得，天公实在太不体谅他的苦衷，偏偏在这个紧要关头让蕊芸兰的儿子得了重病。他自己既见不着蕊芸兰，又无法叫女儿直接了解蕊芸兰，而这却是此行的主要目的。他痛苦地思索：这样一来，他的这桩心事又不知要七上八下地悬挂多久。他摇了摇头，无可奈何地长叹了一声。

柏铭的病症来得确很突兀，先是发烧、咳嗽，后来烧非但不退，而且暴升到四十一度，咳嗽也是更加厉害，有时还带一点血丝，尤其是夜里更闹，虚汗不断。蕊芸兰慌了，先请施大夫给他看了看，又带儿子到中华医院去拍了片，原以为是急性肺炎，看了爱克斯光片才知道是肺结核。蕊芸兰忙决定带儿子到北平德国医院请白大夫给他诊治，临行前，把和凤、和好和家务事一概托付给王干娘，自己则带着柏铭和王奶妈赶往北平，先住在东交民巷中国旅行社，次日便办好手续送儿子住了院。白大夫是皇甫以雄的老朋友，不敢拖延，又立即拍了爱克斯光片，再次确诊是肺结核。那时候，肺结核还算是一种难治之症，为此送命的可不少，蕊芸兰害怕皇甫以雄三房的这根独苗有什么好歹，哭哭啼啼一再央求白大夫务必想法救救儿子，花多少钱也在所不惜。还算幸运，由于治疗及时，加上柏铭年幼，这个"富贵病"最后总算治好了，只是孩子经过这场大病，身子虚弱得很。为了巩固治疗效果，蕊芸兰决定在北平暂住一时，托王干娘的干儿子田贵生在东城金鱼胡同租了一所两进的小四合房，那房子虽然离东安市场和王府井闹市不远，但院子较深，还算僻静。

前面提到，柏铭的肺结核虽然治愈，但一度失音。一天，王干娘的干儿子田贵生的老父母前来串门，问起柏铭的近况，田老太太说："孩子说不出话来，也可能是身子太虚的缘故，除了吃药，用些好东西滋补滋补身子，还可以拜拜神，求求签，请神仙多多保佑，听说有好多治不好的病人都是靠求神拜佛治好的。您干吗不试一试呢？"田老太太在家中是主事的，老伴对她向来是百依百顺，这时也便顺着她的口气搭腔道："可不是嘛！听说咱们北平郊区妙峰山有个清虚观，那里的道士很有能耐，治病很灵验，多少疑难的病，一求签，一还愿，不久病就好了。还不是神仙保佑?! 您有空，不妨带孩子去拜拜神，烧烧香，还还愿，只要心诚，没有不灵的！"老夫妻你一言我一语，把个心急如焚、无计可施的蕊芸兰说得不能不动了心。她当下谢谢田老夫妇，送走他们之后，便对王奶妈道："你看，咱们是不是也试试看？"

王奶妈本来就很迷信，田老夫妇讲话时，她就搂着柏铭在一旁不住地颔首，此刻，经三太一问，马上答道：

"他们老夫妻比咱们岁数大，经验多，说话不会是无根无据的。再说，去求签拜佛，总不会有坏处。过去，我们乡下人有了病，哪里去找医生? 就算找，也得花钱哪！有多少人听说就是吃烧香的香灰治好了的。依我看，您就带着少爷去上山烧香还愿，再不济，也不过就是花点儿布施钱罢了。也许，少爷还真会因为这样做，身体壮实起来，说话也有了声音呢！"

蕊芸兰听了，苦笑了一下，道："哪里会真有那么灵验的? 不然，还要大夫开方子吃药打针干什么? 不过，我现在也是病急乱投医，吃了那么多药，却一点也不见好转，倒不如试一试。说不定向神仙表一表我们的诚心，神仙真会在天上怜惜我们，帮我们一把。反正为了柏铭，我是什么也顾不得了。只要他能好透……"说着说着，她的眼眶又湿润了。

蕊芸兰打心眼里并不相信田老太太的话，但在这穷途末路之际，也不由得产生一丝侥幸之念，再者，她从小对鬼神、命运一直还是抱有某种敬畏心理和逆来顺受的意图的，尤其是当她身处逆境时，她总会身不由己，被一种无形的力量所摆布，无法也不想抗拒。她在这三十年的酸甜苦辣的人生际遇中，特别是在皇甫以雄故去之后，更是下意识地得出这样一个结论：一切都是命定的！命苦的人一辈子也甜不了！她决定后天星期六雇上一辆小轿车，带柏铭和王奶妈一起去妙峰山，估计一天赶不回城里，山上无旅馆，权且在庵堂寺院借宿一宵就是。

蕊芸兰自柏铭得病后，脾气变了许多。原本对孩子主张粗生粗养、不许娇惯的她，这时却对柏铭呵护得过分细心，只要天稍凉些，就叫王奶妈给少爷一个劲儿地添加衣服；外面风大些，就叫王奶妈春秋季用毛巾被，冬天则用厚毛毯，把孩子包得严严实实的，然后再出门。夜里睡觉，她必然把柏铭的房间检查仔细，不管天热天冷，都不让窗户有一点稀开；清晨起来，不吃完早点，绝不让柏铭空着肚子到院子里去，去时也必逼着他戴上帽子，围上围巾……总之，柏铭在她心目中已经变成一种鲜嫩娇弱的花草，生怕风吹、日晒、雨淋，这样一来，孩子的身体哪里有不弱的？！即使从护理、康复的角度来看，这种做法似乎也有些过分了。她对孩子的敏感性，比起以往，也大大增加。以前，柏铭若是有什么磕磕碰碰的，她并不太在意，因为她觉得，男孩子嘛，理应要养得皮实些。这时，她对柏铭的安全却有了一种过度的敏感，柏铭稍觉不适，她就惊惶失措，坐立不安。她平常性格还算坚强，很少哭泣，如今也软化得动不动就掉泪了。那日，白大夫在北平德国医院给柏铭照爱克斯光片，因为要叫孩子大动胸部，便用力拍了两下柏铭的屁股，而柏铭又因室内黑暗，突然在光光的屁股上挨了两巴掌，竟吓得号哭起来。尽管这引起孩子胸部的猛烈起伏，照片结果应说是很成功的，肺部症状一清二楚，但蕊芸兰却在一旁跟着孩子的号哭也啜泣起来，心中责怪这位胖胖的外国大夫真是"残酷无情"，居然"虐待"孩子！事后很久，她每遇上亲友，提起柏铭治病的事，都要把这个细节说了又说，一个劲儿地批评白大夫"太凶狠"。

在这种心境之下，蕊芸兰哪里还有心思再惦念周梦赋呢？因此，当王干娘打来长途电话，告诉她周梦赋先生已从老家回津，问她何时才能与他相见时，她才像大梦初醒，想起这世上还有这么一个自己对之颇有情意的男人！她立即感到自己有点愧对周梦赋，竟然把他放到这么无足轻重的地位：为了给儿子治病，她仿佛把他从自己的内心干干净净地一笔抹去！她于是拿起笔来，草草写了几句话，一来道歉，二来说明归期。由于她只是粗通文墨，长信也写不了，便想：横竖有什么话，见面时再详细说吧！实际上，她这时也无心与他直接通话。说到底，她一心所想的仍是柏铭治病的事，此刻她又多了一层思虑：如何为孩子上妙峰山求福，烧香还愿。

这一天，天刚蒙蒙亮，蕊芸兰就打发王奶妈照顾柏铭梳洗停当，吃了早点，上了准时来接的汽车。天色阴沉，细雨蒙蒙，路上几乎没有什么行人车辆。他们只用了一个多小时就来到了妙峰山下。

往常天气晴好，这里原是个游览观光的好去处。山下一片旷场上，除了有许多等待游客或香客的抬"爬山虎"①的轿夫，还有

---

① "爬山虎"即上山的藤椅轿子，正如四川人称为"滑竿"的东西。

不少形形色色卖吃食的小摊贩，但更多的是卖香火、供品、佛像的。靠近这片空地，只有一家小旅店，还算洁净，虽然以招待过往客商为主，但也是为比较有钱的香客提供歇脚的所在。这类香客自然不屑于住宿此处，但下山时来此吃个便饭则是免不了的，他们用钱大方，饮食比较讲究，所以，这个小小的旅店所做的饭菜很有特色，有许多是在城里吃不到的，生意蛮好。

蕊芸兰等下了汽车，一眼望去，从灰蒙蒙的雾雨中隐约可见一大片蓝黑色的大山，山顶这时已被层层青灰色的云霾遮住了，仿佛高耸云端，给人一种沉重的压抑感，平添不少神秘气氛。由于天气不好，空场上只有稀稀落落的几个摊贩和轿夫在等待顾客。红黄色的土地湿湿的，尚未形成泥水洼坑。绿树嫩草被细雨一浇，显得那么青翠挺秀，生气勃勃，与周围的那种灰色的景致恰成鲜明的对照，仿佛令人在沉重的气氛压抑下，能多少感到一种生机和希望。毛毛雨仍在下着，但已经显得微弱了些，天空仍然是灰暗的，一时还看不出有什么转晴的迹象。

蕊芸兰和王奶妈领着柏铭进入旅店，店老板聪明老到，一眼就看出这几位客人不俗，赶紧从柜台里跑出来迎接，命伙计快来侍候。蕊芸兰要了一壶香片，又给柏铭要了点油炸花生米和绿豆糕，略歇了歇，就请老板代雇两顶"爬山虎"上山。蕊芸兰想起车子是租了一天的，司机的午饭似乎得替他准备好（其实，一般的顾客根本是不管饭的），就对店老板交代了一下。店老板趁势向蕊芸兰献殷勤，提醒道："您三位一定是在山上庙里用中饭的了，那必然都是素菜，估计您三位下山也得四点来钟，要是天气老是这样，路滑难走，那就更说不定要晚多少时候。要不要在小店歇歇，我可以让伙计给您三位安排一个洁净的房间，时间太晚，小店再给您三位准备点上好的晚饭，因为要是到城里，至少也得是七八点钟了。"蕊芸兰听了，看了看天色，觉得老板说得有理，就一口订下了。

老板见这位太太很和气，待人没有一点阔太太的架子，便又说道："您自管告诉抬轿子的，您要上哪里。他们都是本地的乡下人，对山上可熟悉了。您要是上清虚观，那是在东山峰，路陡得很，这个天，可不大好上，倒不如到白衣庵或者原戒寺，这两处不像清虚观在山巅，而是在半山腰，路宽好走，而且都跟清虚观一样有名，求神拜佛，都同样灵验。您赶上这样的天气，还是多考虑安全才好。"店老板是个五六十岁的老头，慈眉善目，热心地不住向蕊芸兰出主意。蕊芸兰觉得此人说话多半可靠，她自己也确怕此事，便决定不按照田老太太的建议，舍清虚观而就寺庵两地，估计此两地，从灵验度来看，如店老板所说，不会比清虚观逊色多少。

蕊芸兰等坐上两顶"爬山虎"——蕊芸兰独自坐一顶，王奶妈搂住柏铭少爷坐另一顶，沿着蜿蜒攀缘向上的黄土山路，一颤一悠地进了山。那山原不甚高，只是阴天下雨，被云雾掩住了真面目，倒像是巍峨无比。然而，一旦入了山谷，却令人觉得这也是山，那也是山，仿佛陷入群山包围之中，自身显得格外渺小。仰首望山，山不见峰，俯身视地，则觉得谷下一片灰暗，深不见底，令人不由得有些胆战心惊。但是，有一种景象却是吸引人的眼球，叫人感到有趣的，那就是在稍远的青灰色半山腰处，可以看到有一缕缕的乳白色云絮，像飘带似的把山松松地缠绕起来，雨雾中虽然没有风吹，而那云带却在缓缓地飘动着，显得分外婀娜多姿。有些地方，云带却变成云朵，这些云朵像淘气的孩子似的，从这个山坳里钻出，又从那个山坳里潜入，如同在捉迷藏。这种景象令人感到仿佛置身仙境，同时还会庆幸遇上这样的毛毛细雨，天色迷蒙，否则若是在大晴天，是无论如何感受不到这种奇趣的。

　　蕊芸兰母子久居繁华闹市，初次来到村野之地，已经觉得新鲜，这时身入山谷，则又增添许多惊奇神秘之感，因此，他们都不停地东张西望，觉得四周景色实在是令人目不暇接，尤其是柏铭，张大了两只小眼睛，环顾云霭山色，几乎看呆了，不时还伸出右手的小食指指着游来荡去的云带跟王奶妈嘀咕些什么，有时还回过头来冲着走在后面的母亲叫喊："姆妈！看啊！多好玩啊！"其实，这样的呼喊是蕊芸兰意会的，因为孩子至今还哑不成声：从孩子兴奋得脸红红的那副模样，做妈妈的却会立即敏感地意识到这一点。此刻，她感到既是欣慰，又是辛酸。欣慰的是柏铭重病之后依然是那么活泼可爱，辛酸的是倘若孩子永远不能恢复嗓音，岂不是一辈子成为真的哑巴！她觉得自己现在真是穷途末路了，只能寄希望于烧香还愿，求神保佑，尽管她的内心深处并不相信这一定会是灵验的。她的心情很矛盾，似乎耳边又有一种声音在警示她：也许，抱着百倍虔诚的信念，还真会感动神佛，降福孩子！这样一想，不知从哪里又涌出一种力量，把她的悲观情绪排除掉，她不由得又怀着肃然起敬的心情，把眼睛四处张望，搜索着山间寺庙的踪影。

　　虽然店老板说走白衣庵、原戒寺的山路更好走些，实际上这条路却依然狭窄得很，宽度不足六尺。据轿夫说，这路多土少石，绿茵遍地，晴天时确实比上清虚观那条小径要轻便得多，不硌脚，也不滑脚，但是碰上今天这样的坏天气，即使他们久居山间，惯走山路，也难免有些发怵，一般索价要比平时多一两倍。蕊芸兰听了，立即感到有些提心吊胆，一再叮嘱轿夫小心缓行，宁可慢些，千万不要出事，到时候定会多给他们一些酒钱。这样，缓缓走了两个来钟头，中途歇了三次，才来到第一站：白衣庵。

这座尼姑庵建在半山腰一块天然的空地上，狭窄的山路到了这里，就变成一条看来像是人工堆砌，其实是自然形成的宽阔而参差不齐的石阶，石阶通往山下，迂回曲折。石阶两旁，古木参天，鸟鸣啾啾，另有一条清溪，蜿蜒沿着青苔覆盖的山石，晶莹别透地潺潺流淌，气氛宛如仙境。庵前有一棵双茎大古槐，形状奇特，槐花飘香，令游人香客神驰欲醉。树影婆娑之下，一道白色粉墙，衬托着靛蓝色的琉璃瓦，透着那么一股圣洁肃穆之气：哪怕满怀尘世俗念之人，来到此处，也会情不自禁地步入那奥秘幽深的佛门怀抱之中，荡涤胸中的秽气。蕊芸兰曾一度身入空门，对尼姑庵感到格外亲切，远远望见那白衣庵的幽静所在，儿时的情景不免又重返眼帘：那玉溪庵的庭院，沉稳而又铿锵的木鱼声，妙善、妙月等待她如亲生女儿或姊妹的师父和师姐们，都一一在脑际复苏了。她一时心情激动，眼睛有些发潮。

出来迎接稀有贵客的是一位慈眉善目的师父，大概就是庵中的住持，法名恰巧也带着一个"妙"字，名叫妙云，那言谈举止几乎也和玉溪庵的妙善一般无二，只是法衣的颜色不同，一身洁白如雪。她身旁另一个年纪轻些、约莫有四十岁的尼姑，看来像是住持的助手，法名妙德，面目却透露着精明乖巧，一双水汪汪的大眼睛，瞟来瞟去。亏得蕊芸兰是位堂客，柏铭又小，不然真有一点眉目传情之嫌，蕊芸兰见了，自然地马上就有一种难以言传的厌恶之感。偏偏那妙德却公开篡夺住持的发言权，一个劲儿地絮絮叨叨，说个不停，倒把妙云冷在一边，只半闲着眼睛陪笑。妙德见蕊芸兰身着一件黑色素花印度绸旗袍，外罩乳白色挑花细毛线坎肩，脚上是一双黑缎银花的绣花鞋（蕊芸兰是从来不习惯穿皮鞋的），戴着一只镶小小的红宝石和珍珠的翡翠领针和两只珍珠耳坠，风度典雅拔俗；再看柏铭少爷呢，一件大红绸长衫，套着一件黑缎小马褂，穿着一双从拔佳买的小黑皮鞋，显然是一派富家小公子的模样，连那陪同前来的用人，也都是身穿藏青色的府绸长衫。妙德一眼看出，这是位花钱的主儿，便使出浑身解数，极尽逢迎谄媚之能事，先是命小尼姑上茶、上果，后是殷勤留饭，道："您走了这么多的山路，想必身子乏了，上香之后，不如到后院歇息歇息，歇罢，我可以叫厨子给您几位做上一桌上等的素席，我们庵里的素菜可是远近闻名的，甭说山下，就是市内，也难吃上。吃完中饭，再稍事休息，往原戒寺去是完全来得及的，很近，过了山头就是，路也好走，如今雨又停了，您完全可以从从容容的，不必着急……"蕊芸兰听她说了这一大套拉拢买卖似的话，心里更加厌烦，也不好流露，心想："亏得你还是个出家人，真是有点弄脏了你那身雪白的法衣！"等妙德说完了话，蕊芸兰便道："谢谢师父关心。我这次来，主要是给我的儿子烧香还愿的，求观世音菩萨保佑。不知香火什么的庵里准备起来，会不会很麻烦？"

"您说哪儿的话呀！这里什么都有，都是现成的，您别费心。我只要吩咐下去，一切就马上齐备了。不忙，您先歇一歇腿，尝尝我们这里的上好香片，这香片也是城里买不到的，我们又用门前的那道甘泉的水沏好，又香醇又爽口，还能滋补肝脾，您不信，饮上一次就知道我没有夸口了。"妙德边说边走过来替蕊芸兰端起茶杯献上，同时那双大眼睛又送了一个秋波。

蕊芸兰无奈，只得接过来呷了一口，果然香洌浓郁，忙叫王奶妈喂柏铭喝了。这时，她低头看了一眼腕上的金表，已经近午，便不愿再跟妙德多费唇舌，请两位师父立即安排上香的事。也表示上香后想必就该用饭，麻烦庵内简单准备几样素食，饭后还要赶时间，不再休息了，最好立即前往原戒寺，因为下午四时左右，就得赶回城里，这样到家想必也够晚的了。

妙云、妙德带领蕊芸兰等三人来到观音堂，两个妙龄尼姑一个敲木鱼念经，另一个按节奏打磬，还有一位年长些的走过来，拿出香炷请施主蕊芸兰上香。蕊芸兰和柏铭先后跪拜了，随后也叫王奶妈拿起一炷香来上香叩了头。妙云问施主可要求签，蕊芸兰忙说正要请菩萨点化。蕊芸兰重又跪在蒲团上，望着香炉里袅袅上升的青烟，满怀一片诚心默祷着神灵多多保佑儿子平安祛灾，恢复嗓音，并求菩萨保佑柏铭将来成人，能子随父业，前程远大。她摇了摇签筒，果然掉出一根竹签，妙德忙接过去一看，上写：

灵犀灵气全无限
花落花开总有福

妙德递给住持妙云也看了一下，随即双双笑嘻嘻地捧上竹签，献给蕊芸兰，贺道："恭喜施主，贺喜施主，皇甫少爷得了个上上签！菩萨不仅保他聪明一世，多福多寿，还预示他日后必将飞黄腾达，直上青云。"这种添枝加叶的解释显然远远超出了签上的刻记，蕊芸兰听了自然喜出望外。当拜罢坐在一旁歇息时，妙云送上布施册，蕊芸兰竟不犹豫，一笔写上："皇甫程玉英，大洋二百元。"妙云、妙德和其他三个尼姑都连声道谢，又叫小尼姑把蕊芸兰母子和王奶妈让进一间十分洁净的禅堂，略事洗漱，便吩咐开饭。

离开了白衣庵，不到半盏茶时就来到了原戒寺。这寺庙与白衣庵的所在相比又别有一番景象：整个红墙黄瓦另带一座金顶宝塔的庙宇建筑，全被难以计数的五人环抱的古松所围绕，即使天气晴朗时，估计那灿烂阳光也只能从茂密针叶的空隙中，勉强如金箭般地支支射入。这时尽管是阴雨天，通往庙门的宽阔石板道却不显潮湿，仿佛毛毛雨才刚落到针叶丛上便被止住了。只是空气清凉得很。道旁的黄土有些地方也相当干燥，然而，毕竟是少见阳光，一片片青苔，有的深绿，有的浅碧，几乎铺满了四周。沿着石阶上来，才入松林，就立即会有一种心清气爽的感觉，夹杂着一股并不难闻的特异的潮湿味道，仿佛步入人间仙境。围墙的赭红色像是新维修过的，因为一眼扫去，看不出这座已有六七百年历史的深山古寺，有一处斑驳凋敝的痕迹。那镶金的红漆大门和金光闪闪的门环，也是那么洁净和铮亮，至少表明该寺院的僧侣工作勤奋，珍爱寺庙。这里不像白衣庵那样冷清：在辽阔的寺院和庄严的殿堂里，不时可以遇上三三两两善男信女，他们都不自禁地朝这位雍容华贵、俊俏秀丽的少妇——蕊芸兰投上惊羡的目光。

寺院的方丈法志亲自出来迎接蕊芸兰和柏铭少爷，招待得当然也是殷勤备至；他还亲自待茶和陪同拜佛求签。从竹筒中抽出的竟然又是一个上上签，其中言道：

风停雨住阴霾散
日耀天清彩虹悬

方丈特意向蕊芸兰解释：这签虽属上上，但其中也隐喻着少爷恐怕会经历一些风风雨雨，最后则会化险为夷，万事大吉。蕊芸兰先是在看签之后有些纳闷：怎会那么巧，又是上上签？莫非这些庵堂寺院为了兜揽生意，讨好香客，竹筒里放的大多是上上签不成？后来听法志一解释，倒觉得颇有道理：柏铭不是刚刚大病初愈吗？这也许就是这位老方丈所说的"风风雨雨"之一！于是，她在献上的布施册上又提笔写下"二百大洋"。

不料，离开原戒寺朝山下走时，雨又下起来，淅淅沥沥，仿佛比上午时还大，轿夫们急忙赶路，生怕雨越下越大，山路加倍陡滑，那可不是闹着玩儿的！有两三次，这四个轿夫就险些失足。蕊芸兰等在轿上十分揪心，一再叮嘱轿夫们多加小心，宁可慢些，也不要出事。这时，白色轿篷已经套上雨布，支了起来，但是仍然遮不住被风吹入的蒙蒙细雨。蕊芸兰担心这样冒雨赶路下山太危险，便问轿夫可不可以找个避雨处，歇一歇，等雨下小了再走。轿夫说，这山上的雨一下就只会越来越大，除非是雨停了，可谁又知道何时雨会停呢？还是及早赶路要紧，再说，四周都是旷野荒郊，连一个山洞的影子也没有，又能到哪里去避雨呢？说着，已经走了一半路，尽管如此，往谷底看，仍是漆黑一片，猜不出有多深，越看越令人心惊。谁知转过一个山坳，路突然变得更窄了，王奶妈和柏铭所乘轿椅的一个轿夫一滑脚，整个轿椅竟朝山道左边倒了下去，下面就是深不见底的山涧，王奶妈抱紧了柏铭痴呆呆地从轿椅上掉了下来，却万幸滑落在山边，被一块青色的巨石挡住了，不然，非滚入那黑洞洞的谷壑中去不可。王奶妈吓得面如白纸，气都喘不过来了。柏铭人虽小，也知道害怕，他惊骇得小嘴大张，哭叫无声。蕊芸兰坐在后一顶轿子里，见此光景，急得几乎晕了过去，后来看到王奶妈搂着柏铭靠在青石上，才把悬在喉咙里的一颗心放了下来，忙叫住轿，下了轿，跑到王奶妈和柏铭身边，细看他们受伤没有。这时，三个轿夫也赶紧跑过来把少爷和奶妈扶起，滑脚跌落的那个轿夫满面羞惭，一再道歉。蕊芸兰见大人小孩都没有事，只跌脏了衣服，也不好说什么，更不想为难那个轿夫，只再次嘱咐一路上再小心些。轿夫们都一个劲儿地唯唯诺诺。

幸而后一段路，走得比较顺当，没有再出什么意外：这次烧香还愿总算平安归来。到了山下，蕊芸兰还多给了轿夫们几块钱。归途中，蕊芸兰坐在汽车上不由得回味起在原戒寺里求得的那个上上签，觉得它果然有些灵验，其中似乎也隐含着对山中历险的预测。人云，"大难不死，必有后福"，这是否就是对柏铭日后际遇的吉祥预兆呢？所谓的"吉人自有天相""逢凶化吉"，她觉得这次她可真是有些体验到了，且看今后究竟如何应验吧！想到此处，她激动得情不自禁暗暗掉下泪来。

在北平又逗留了三天。蕊芸兰这次给儿子看病，竟在北平待了两个多月；她惦念家中，决定带柏铭和王奶妈尽快返回天津。这期间，她跟周梦赋只打了两次长途电话，互通了几封信，通信和电话都无法尽诉衷肠，加上她文化水平不高，写信时也往往词不达意，所以，在一定程度上，她也急于见见周梦赋，问问他返家的情况。不过，从来信和电话中，她也已经多少了解到周梦赋这次回家，在两人的婚事上，受到不小的阻力，这阻力究竟来自何方，周梦赋却未明说，给她的印象似乎是：周家老爷太太并不表示坚决反对，那么，一定就是那位千金小姐了！很可能正是由于她的阻挠，做父亲的不好明说，才措辞暧昧；要么则也许是，周梦赋觉得，父亲的事竟因女儿的干涉而无法通过，有伤体面？蕊芸兰想到这里，不觉轻藐一笑，感到周梦赋这个男子实在没有魄力，优柔寡断，由此也可以多少看出他对自己的情意如何了。她不由得蹙了蹙眉头，长叹了一声。她哪里想到，周梦赋为了尽可能圆满地解决与她的婚姻问题以及与女儿的关系，煞费苦心，千里迢迢，把个千金小姐不得已带到天津，试想促成她们二人的直接接触，让她能取得他女儿的好感和赞同呢。谁料无巧不成书，偏偏碰上柏铭患病，耽搁了许久，女儿又因要去上海入学，等不了蕊芸兰自平返津，先自回去了，这样，周梦赋才索性没有把女儿来津的事告诉蕊芸兰。就这一点来说，她实在有些冤枉周梦赋。

在两人分别的这段时间里，蕊芸兰有时也扪心自问：自己对周梦赋究竟爱到什么程度？儿子的病固然使她分心不少，但她也不得不承认，自己对周梦赋的感情并未深刻到相互不可缺少的地步，比不得自己对皇甫以雄的那份感情，当然更比不上冯少安，那几乎等于是她的初恋。然而，她尽管一直深爱着冯少安，结局却如何呢？该分手总是要分手的！这是命！人力是无法抗拒的。况且，在她的生活中，往事虽然留下不少不可磨灭的痕迹，实际上又能如何呢？只能偶然想起，暗自嗟叹！也许人活着，就只能这样无可奈何地认命吧。

到车站迎接的，除了和凤与和好以及王干娘母女，还有周梦赋。对周梦赋来接车，蕊芸兰并不感到意外，但阔别许久，她还是情不自禁地暗下打量了周梦赋：他还是老样子，温文尔雅，衣着讲究，只不过眉宇间却像是隐隐地刻上了原来没有的一条竖立的皱纹，这显然是内心痛苦的流露，连那双含情脉脉的眼睛也像是蒙上了一层薄薄的愁云，这就使平常炯炯有神的目光也显得暗淡了些。他反常地没有穿西服，而是着了一件月白色的绸长衫，袖口微露出里面的白绸褂袖，下面衬着一条乳白色的西服裤，一双洁白的软皮鞋。他本来就皮肤白皙，由于这身打扮，就分外显得俊秀飘逸，与雄伟的皇甫以雄和英俊的冯少安相比，他简直就是一位风度翩翩的佳公子！蕊芸兰打量着他，他其实也在打量着久别重逢的蕊芸兰，只是在众人面前，他不好显露太甚，尤其是有和凤与和好在场。他是第一次见到蕊芸兰的这三个漂亮可爱的儿女，柏铭小，不懂事，那两个姐姐可都大了，他不得不加倍注意自己的言谈举止，唯恐有失检点。他发现蕊芸兰比前几个月清瘦多了，却平添一种哀怨的妩媚。一件浅藕荷色的旗袍，配上两耳上的洁白晶莹的珍珠耳坠和领口上的周围镶珠的红宝石别针，从素净中见艳丽，竟使周梦赋不自觉地半晌没有把视线移开。还是两位千金打破了这短时间的沉默。向来活泼好动的和好首先扑上前来，生性腼腆稳重的和凤随后也跟了上去，蕊芸兰许久没有见着女儿，一把拉到怀中，不住地抚摸她们的头发和亲吻她们的面腮。她觉得，这段时间里，两个女儿倒没有什么太大的变化，只是和好似乎长得更丰满些，两只眼睛明亮亮的，一双女孩儿家少有的剑眉，这使她显得更像她的爸爸了；和凤仍然是那么秀丽苗条，身材似乎长高了一些，仪态也更庄重了。两姊妹的穿着一模一样，都是浅湖水绿的绸旗袍，白色半高跟皮鞋。王干娘和美珍也赶紧过来问候。王干娘笑道："看起来，小柏铭气色比过去好多了，您这算没有白跑一趟。"

"可不是嘛！"蕊芸兰微微一笑，随即转身对周梦赋道："周先生，麻烦您也来接车，其实，北平跟天津离得这么近，您犯不上特地跑来，这岂不耽误您的公事？"蕊芸兰觉得在众人面前，还是把周梦赋改称为"您"为好。

"哪儿的话！我本该来接车的，怕您东西多，代您拿拿行李也好嘛！况且，最近银行里的事情也不多，可以抽出时间。再说，我也关心您的少爷，这可不是什么一般的病，现在算好全了吧？……"周梦赋原有一肚子的话要向蕊芸兰吐露，此刻也只好说些场面话，不过，他对柏铭的病的关怀倒确实是真心实意的。他把手提的一个大袋子递给了王干娘，对蕊芸兰道："这是一些我特意请家乡的亲戚带来的名贵的清心养肺的药，可能对您少爷的复原有些用处。"说时又爱抚地摸了摸柏铭的小脸蛋。

蕊芸兰感动地说道："谢谢您对我儿子的关心，您这份情意真是难得。快，柏铭，快谢谢周大叔！"柏铭倒不见生，不仅谢了弯下身来与他握手的周梦赋，还伸过嘴来亲了亲周梦赋的左面颊，这出乎意料的一吻，弄得周梦赋既兴奋又尴尬。蕊芸兰见儿子的这个举动表明他很喜欢这位周大叔，心中也不禁暗喜。她意识到周梦赋一定有很多事要向她说，便笑着说道："今天晚上，您要是有空，请您到我家里吃便饭。我家的人您今天算是都见着了。希望您赏光，不必拘礼。干娘的苏州菜做得还是蛮地道的。怎样，来吗？"

周梦赋巴不得有这样的机会，便立即应道："来，一定来，我先谢谢您。到时候，又得麻烦王干娘下厨了！"他知道王干娘在蕊芸兰家里的地位不寻常，不是一般的用人，所以，特地加了一句。王干娘马上谦谢道："周老爷能赏脸，尝尝我的手艺，已经是够抬举我了，还能说什么麻烦？侍候侍候您，是我的荣幸！"说着，他们一行人已经走出东车站，蕊芸兰一家人上了租来的汽车，周梦赋有自己的车，本来是要送她和子女们回家的，但蕊芸兰坚持不肯，周梦赋只好向她们道别，分道而返。临行时，蕊芸兰还特意再叮嘱一句："晚上八点，请一定来。"

上了车，和好嘴快，立刻对姆妈说道："周大叔人真好，长得也漂亮。"和凤也默默地点了点头。蕊芸兰看到两个女儿对周梦赋有这样的印象，自然很高兴，随即问了问家里的情况。跟她们母女坐在同一辆车的王干娘（王奶奶带着柏铭和王美珍则是坐另一辆汽车），从司机旁的座位上回过头来向蕊芸兰详细地讲了讲。蕊芸兰又问了问王美珍在慈惠中学的学习情况，王干娘叹了一口气，道："这孩子没出息，跟她爸爸一样，是个榆木脑袋。国语、数学才得了八十分，英文差一点及格，明年就要升高中了，看她升得上去升不上去！您供她上学，花那么多钱，我看是白花了！"

蕊芸兰听了，笑道："八十分就不错了，你还要她怎样？她底子不够好，上学又晚，如今插班从初中二年级升到三年级，已经很不容易了。你这个做妈的，也该体谅体谅孩子。"蕊芸兰很喜欢王干娘的女儿，觉得这孩子老实巴交，待人也懂礼貌，听到王干娘这样贬低她，很不以为然，便婉言劝了劝。

王干娘又叹了一口气，说道："说来气人。功课不济，却交上了男朋友，每个星期六都来电话找她。孩子大了，我也管不住。我常想，美珍都十七了，念到初中毕业也就差不多了，有合适的，叫她早嫁了也好。"

蕊芸兰听到这里，倒觉得新鲜：王美珍这么老实，怎么会交男朋友呢？过去，公司里倒是多次有人来向王干娘说亲，王干娘眼高，总是瞧不上，方才提到的那个男朋友，不知人品怎样，于是问道："那个男的，你见过吗？"

王干娘道："就见过一面。人长得倒是高高大大的，相貌也说得过去。原是高美珍几级的学生，刚毕了业就跟他父亲从了商。我也不大了解他的底细，美珍又笨，问她什么，她什么都答不上来。"

蕊芸兰又问道："他们俩是怎么认识的？年纪多大？家里怎样？你就是不想让美珍继续上学，这些可都是要注意的。现在的年轻男人都很浮，可别叫美珍上了人家的当，你在这方面还是要管得紧些。交往是可以的，可别出事！"其实，蕊芸兰并不赞成美珍过早辍学，至少该念到高中毕业吧。但是，王干娘巴不得女儿早一点出嫁，好卸掉身上的包袱；她为人好强，不愿女儿像自己那样寄人篱下，更不要说是给人当用人。她听到三太说的一番话，便应道："听美珍说，他们是在劝业场天华景大戏院认识的，以前虽说都是在慈惠念书，那男的却高她几级，只见过，没说过话。那男的的父亲是开绸布店的，在河东区，家中人口不少。那男的叫陈毓新，是个小儿子，比美珍大五岁。到现在为止，我只知道他们经常在星期六去看戏看电影。三太，您说得很对，交个朋友倒没什么，就是怕出事。再说，他家里到底是什么情况，有哪些人，我到现在也弄不清。我也是担心美珍会上当……"

说着说着，她们已经回到了德源里。

到了家里，和凤、和好好几个月不见母亲和弟弟，今日重又团聚，自然喜不自胜，尤其是和好，把姆妈从北平带来的她最爱吃的红果酪、豌豆黄，一个劲儿地吃着，平常啰唆个没完没了的小嘴也顾不上说话了。和凤依然十分文静，略尝了一点北平的这些特产，就领着柏铭到自己的房间去，把姆妈从王府井南口力古洋行给两姊妹买的衣料一件件拿出来看，还对着穿衣镜在身上比着，一边问弟弟："好看不？"

蕊芸兰从北平回来，阖家没有一个人不高兴的，不仅是因为她给上上下下每个人都带来得当的礼物（男女下人都是，一人一身府绸裤褂，王干娘和美珍更外加一件纯丝衣料），而且更多的是因为家中长久无主，虽然有王干娘代理，但她毕竟也是个下人，总还是觉得缺少主心骨儿似的，家不像家；蕊芸兰一回来，就仿佛又给严冬带来春意，枯木带来生机，里里外外都显得那么活跃、热闹，笑语声连绵不绝。杨妈端了一盆热气腾腾、散发着花露水香味的洗脸水进了蕊芸兰的卧室，长方脸堆满笑容，先谢了三太也给寄居在这里的她的女儿买了一件衣料，随后说道："三太，您不在家的时候，家里可冷清了，简直是鸦雀无声；凤小姐平常就是少言寡语的且不说，连爱跳爱蹦的好小姐也蔫了。这回，柏铭少爷病好了，您可以大放宽心，可别再离开家这么久了，不然的话，大家伙儿也说不上怎么会这么提不起精神来。"

蕊芸兰挽起袖口，边洗边笑道："瞧你说的，我倒像是什么神仙，一回来就把家里人都给逗活了似的。不过，我离开这么久，心挂两头，日子也不好过。自从老爷去世，这怕还是头一次。以前，我陪老爷在北平看病，那滋味也差不多是这样。但愿今后全家平安，再不要出什么差错了。"

为了宴请周梦赋，王干娘早下了厨房，专门给周梦赋准备了几样江苏菜，尤其是烧了拿手的鲥鱼清汤。蕊芸兰自分家另过以来，一直雇用王师傅的一个姓姚的徒弟，这个人岁数不大，手艺却相当不错，能做一手可口的山东菜，拔丝山药尤为精美，当晚最后一道甜食，少不得还是由这位小姚师傅献上这道菜。这位小师傅人很憨厚，并不觉得王干娘下厨是抢了自己的饭碗，加上王干娘精明强干，善于处事，二人在一起操勺弄碗的，有说有笑，不觉已到开饭时间。

周梦赋整八时来到蕊芸兰家。他换了一套乳白色西服，白皮鞋，银灰色领带，分外潇洒素雅。蕊芸兰请他到客厅里略叙了几句，王干娘就差美珍来请周先生入席用饭。和凤、和好、柏铭都换上了新衣服，站在圆桌旁等客人入座。和好等不及，若不是被姐姐拉住，早就坐上去吃起她最爱吃的炸鸡块了。周梦赋边吃边赞晚饭准备得丰富可口，还特地请出王干娘，向她当面道谢。在这同时，他也暗自观察蕊芸兰幸福的一家，感到一股说不上是艳羡还是嫉妒的情意。不仅是那位身着紫红色细纱旗袍的女主人美如仙子，而且她的几个孩子也一个个是那么俊俏可爱，整个家庭的气氛是那么轻松、温暖、和谐，绝非他自家的那种规矩森严、女儿骄横可比。他不禁暗自叹道："这才是一个和美的家庭啊！"他在想，如果他真正有幸成为这样的家庭中的一员，该是多么梦寐以求的一大快事！

饭后，蕊芸兰叫王干娘、王奶妈把小姐少爷带到隔壁房间去玩，并嘱咐他们早些上床睡觉，因为次日还要早起上学呢。她自己则陪着周梦赋在客厅里饮茶闲谈，这时，她才了解到周梦赋归家省亲和带女儿来津的经过。她听了不禁暗想：周梦赋为了她，用心也真是良苦，自己曾责怪他没有做父亲的魄力，居然拗不过他的女儿，现在想起来，实在有些对不起他。谁知他在这个问题上是如此为难，他能把他的二老说服，已属不易了。她越想越觉得过意不去，特意向周梦赋送去充满爱抚与温情的秋波，一边劝道："看来，事情竟这么不巧，我回来，你的千金却走了。好在日子还长，以后还是有机会见面的，譬如寒假，不妨请阑珊小姐来天津到我们家玩玩，见见面。凡事还是不要过分性急，咱们还是得往长远里着想。"

他们俩又聊了一些有关银行业务的事，蕊芸兰告诉他：她已经把自己的大部分存款都转到他的大陆银行，这样不是两便些？周梦赋听了很高兴，谢了蕊芸兰对大陆银行的信任。他沉吟了一会儿，有些吞吞吐吐地问道："今天，我总算到府上来了，还见到你的孩子，他们真可爱……以后，我可不可以常来呢？"他又犹豫又满怀期望地问道。

"当然可以。"蕊芸兰爽快地答道，"过去，我只是怕我们那位大婆多话。如今，咱们的关系已经是这样了，我又有什么顾忌呢？不过，在我这方面，最难办的还是孩子们的二伯父。他要是知道你我的来往，一定会不赞成的，因为他最担心的就是我撇下这三个孩子，一走了之！"

"可是，我已经答应你把孩子带过来了啊！我觉得，他们也挺喜欢我，至少是不讨厌吧。"周梦赋看来有些着急，白净的脸上也泛起薄薄的一层红晕。

"这我也注意到了，特别是柏铭，不是在车站还亲了你一下吗？和凤、和好对你的印象也蛮好的。现在问题是在你那方面。只要你们家容得下我，那就好说了，二伯父那边，我也好对付了。我毕竟没有把孩子撒手不管嘛！我还担心他们不让我带走孩子呢！这也难怪，他们毕竟是皇甫家的骨血嘛！……"蕊芸兰说到此处，眼睛顿时像是蒙上一层愁翳。

"其实，这也不是什么大不了的问题。"周梦赋忙道，"孩子仍然可以姓他们原来的姓嘛！我绝不会因为不从我的姓，就不疼爱他们。你的孩子就是我的孩子！我最关心的就是跟你生活在一起，白头到老！"

蕊芸兰苦笑了一下，又叹了一口气，道："怕没有那么简单。你太天真了，别忘了还有你女儿这一关呢。她还没有见过我，谁知她会不会喜欢我，像我的孩子喜欢你那样……"

她伸过手去，紧握住周梦赋那条微微颤抖的右臂，一双泪水盈眶的眼睛既安慰又无可奈何地凝视着周梦赋那张一下子变得苍白而惶恐的脸。

十三

　　这一天下午三点钟左右，蕊芸兰正在卧室里给才睡完午觉的和好梳小辫，听到客厅里电话响了，刚想叫杨妈接电话，和凤却先去接了，随后见和凤进来，说是有一个姓周的女子要找姆妈。说起"姆妈"这个再平常不过的称呼，却曾有过一段小小的趣事。别看和凤素常文静而温顺，在称呼自己的母亲时，却一反郑日珍定下的家规，从她懂事起，就从来不叫蕊芸兰什么"阿姐"。等弟弟柏铭大了些，还曾训斥过他，指责他总是不知好歹，追随二哥华炽以这样的方式称呼自己的母亲："什么'阿姐''阿姐'的，这是你妈啊！"从此，柏铭虽不明究竟，却在凤家姐的斥责下，再也不敢称蕊芸兰"阿姐"了，而是跟着自己的两个姐姐一直称呼蕊芸兰"姆妈"。

　　蕊芸兰听了，心中纳闷，这个"姓周的"究竟是谁呢？略一寻思，猛然想到这很可能就是周梦赋的女儿：阑珊。她于是便叫和凤替妹妹把另一条尚未完全扎好的小辫梳好，自己则立即去到客厅接电话。她拿起听筒，问道："您是哪位？"随即听到对方用娇滴滴的声音答道："我是周阑珊，是周梦赋的女儿。您就是皇甫三太太吧？"语调虽很冷淡，但还算客气。

"是的，您有什么事吗？"蕊芸兰边问边想：日前，周梦赋告诉她，他曾带女儿同来天津，目的就是想叫女儿见见她这位皇甫太太，然而恰巧碰上柏铭得了病，她去了北平，他女儿等不及，同时也由于开学，就先回上海上学去了。怎么这样突然又来天津？竟然还亲自给我打电话！不知她的父亲知不知道这件事，这倒有些蹊跷。然而，由此也可以看出，这位小姐确是有些特立独行的。

"您现在方便吗？要是方便，我想见见您，跟您谈一谈。"对方停顿了一下，大概是考虑到要说明自己怎会如此唐突地给一位从未见过的太太打电话要求约见。她继续说道："我是从我父亲那里知道您的，您二位不是认识很久了吗？"

蕊芸兰心想，这位小姐也算是真够大方和大胆的，不过，她也正想借此机会见见这位"久仰大名"的千金小姐。若请她来家，没有周梦赋在场，初次见面，恐怕不妥，何况还没有弄清，这位小姐来电话约见是否经过她父亲的允许呢。再说，对方也不曾提及要登门造访。于是，她便应道："可以，在什么地方呢？"

对方道："我现在是在英中街的起士林，您方便的话，就请现在来吧，我等您。"

蕊芸兰回答马上前去，便回到卧室，略梳洗了一下，换了一件银灰色缀蓝点的旗袍，配上一双同样颜色绣浅蓝色花朵的缎鞋（她是从来不习惯穿皮鞋的，再说，她的一双脚是放过足的），临行时嘱咐了一下和凤与和好，随即坐上李大的车，前往起士林。一路上，她在思索：这位小姐虽未成年，但是语气、措辞却像个久谙社交场合的女人，无怪乎周梦赋在与自己交往方面，对他的这个女儿的反应，是如此谨慎和重视了。这次，这位千金独自一人来约我会面，是否经过他的同意呢？若不是，她此来究竟有何用意呢？此刻实难揣测，届时再看吧。

德源里离英中街不算太远，不到半个钟头就到了。蕊芸兰下了车，叫李大在外面等候，说自己不会在里面待得太久，说罢便走了进去。那几个德国女售货员，见来了一位如此不俗的女顾客，都在售卖糕点和冰激凌的柜台后面很注意地打量她。她见店内此时顾客不多，左面一排排四人对坐的咖啡座的隔间里，斜对着店门，只坐着一个衣着华丽的少女，她想，这必定是周阆珊了，便迎面走了过去。谁知那少女甚是无礼，不仅没有礼貌地站起来迎接，而且还板着一副冷冰冰的面孔，生硬地对她说道："皇甫三太太，请坐吧。"说着，还用尖尖的下巴向她自己对面的座位点了点。蕊芸兰一见，心中顿时感到一阵不快，甚至是愤怒，立即领悟到来者不善！但是，她觉得自己毕竟是大人，不该与这种没有教养的孩子一般见识，于是也没有说什么，便径直走过去，坐了下来。一个中国女招待过来，客气地问太太点些什么，蕊芸兰只要了一杯清茶，借此显示她无心久坐。

二人对坐了一会儿，谁也没有开口，空气显得有些紧张。蕊芸兰此刻才稍微仔细地观察了一下这位娇小姐：那少女实在奇怪，小小的年纪，竟然没有一点稚气，那神态俨然是个阅历十足的成熟女子。她生得很清秀，很像她的父亲，却缺少那种温文尔雅，特别是那双眼睛，竟然投射出一种令人局促不安的逼人光芒：傲慢、任性、狭隘，所有这些本可隐匿在内心深处的个性都肆无忌惮地暴露无遗。蕊芸兰心想：这位小姐正如自己所料到的那样，来者不善，生得也同样"不善"，倒不能等闲视之。同时，又觉得自己此刻的处境，有点叫自己气笑不得，不过，既然是她约我来的，我就索性不张口，且看她说些什么，横竖你有一言，我有一语，不失礼尚往来就是。这样，她就摆出一副无所谓的样子，把女招待送上的那杯清茶端起来，呷了一口。

其实，此刻周阑珊也在仔细地打量着蕊芸兰，并且还满怀恶意地捉摸着这个女人到底是怎样一个人。她一见蕊芸兰光彩照人，举止大度，先倒吸了一口凉气，因为全不像她暗中差人打听到的那种女人的神气，怪不得父亲对她如此着迷；不过，这样一来，她更平添了不少妒意，预感到，如果真让父亲与这个女人成好事，自己在父亲心中的地位必将降低一大半。所以，她虽然还没有开始跟对方交谈，就先自进一步坚定了原有的信念：绝不能让这个女人进周家的门！想到此处，她便刻意摆出轻蔑的架势，开口说道："皇甫三太太，您一定对我这次来见您，感到奇怪吧？"说罢，她伸出染着血红蔻丹的两根细长手指，拿起茶匙，把杯里的咖啡搅了搅。蕊芸兰由此也注意到，这个女孩跟自己又有一个不同之处：自己是最讨厌染指甲的。

蕊芸兰淡淡一笑，道："奇怪？怎么会呢？你一定知道你爸爸跟我关系挺好，想见见我，不是吗？"蕊芸兰有意称呼对方是"你"，她觉得，对待一个半大不小的女孩子，本不该称呼"您"。

这个称呼和反应，看得出来，是周阑珊始料未及的，她的那张涂脂抹粉的瓜子脸唰地一下子就红了。她毕竟还是个孩子，碰上自己意料之外的举动，一时不知如何应付才好，这样，她就显得有些踟蹰，但这只是一刹那，那被娇养惯坏了的执拗个性还是占了上风，她冷冷地应对道：

"不错，我和我们周家都已经知道父亲和您的事。但我这次来，可不是像您说的，是想来见见您，"她停顿了一下，接着用恶狠狠而又充满藐视的双眼盯住蕊芸兰的脸说道，"我单独来见您，就是要让您明白，像您这样的人，到我们周家来是不合适的！……"

蕊芸兰对周阑珊这种单刀直入的讲话和穷凶极恶的态度，气得几乎要跳起来，她立即打断了对方的谈话，强忍怒气，反唇相讥道："姑娘！你这是扯到哪儿去了？这样的话你该跟你爸爸去说，跟我说不着！所以，你也不该来单独见我！"她说着，站起身来，又道："对不起，我还有事，没工夫跟你多说，再见！"说罢，就从手提包里拿出茶钱，放到桌上，就要离去。

不料，周阑珊也站起来，一手把她的胳臂拉住，她于是坚决而又不失礼貌地把周阑珊的手推开，冷笑了一声，说道："姑娘，我不想跟你这样没有教养的孩子纠缠。你出身名门，就该懂得礼节，别那么动手动脚的，你难道不懂得害臊吗？"

周阑珊也厉害，马上强辩道："您就不想知道，我为什么反对您这样的女人吗？您难道不知道我对您过去干过什么已经一清二楚了吗？尽管我父亲没有向我的爷爷奶奶透露，难道我就没有别的办法了解您的底细吗？"这位小姐一连串问了几句话，态度越来越凶，声音越来越大，使那几个柜台后面的德国女郎和前来购物的两三个顾客都转过身来，把惊奇的目光投到这边来。

这几句话倒使得已经站起身来、准备走去的蕊芸兰又不得不坐下来，她心中暗想：这女孩子好泼辣啊！竟然不顾脸面，在众目睽睽之下，撒泼出洋相！她意识到，周阑珊所指的无非是她过去的那段经历，既然周梦赋没有把这件事告诉周家，他的女儿想必是通过什么渠道探听到的，这样，她不由得对周梦赋有些怪怨，这究竟有什么可隐瞒的呢?！分明是他自己对这一点有某种难以出口的看法，所以才像做贼心虚似的对此避而不谈！不过，此刻令她感到有些好奇的却是，周阑珊到底是怎样了解到这个情况的。于是，她泰然地说道：

"好吧。我既然已经来了，你就把想要说的话都讲出来就是，免得心里憋得慌。不过，我刚才说了，我还有事，你尽量说得简单点儿。"

周阑珊果然趁此机会，把肚子里的话全都抖搂出来。

"老实告诉您吧，我雇了一个私人侦探，打探您过去干过的丑事！我父亲不愿意跟家里谈这件事，也知道是丑，见不得人，说了，家里一定不会答应你们的婚事，所以，他才隐瞒下来。可是，他瞒不过我！我早就猜着了一半，要不，干吗给人家做小?！而且是第三个姨太太！若要人不知，除非己莫为。纸包不住火，能骗得过谁呢?！我劝您最好识相点儿，打消要嫁给我父亲的念头，趁早断绝跟我父亲的关系，不然的话，就算周家容得下您，您日后在我们家的日子能好过吗? ……"

蕊芸兰耐着性子，听着这位凶神恶煞似的小姐向自己发出的一连串的攻击，不过，听到周阑珊最后说的两句话，心中倒是一动，觉得这个女孩子虽然对自己说了一番极尽羞辱之能事的话，其中却不无道理，于是便坦然打断对方的话，侃侃说道：

"你跟我撒了一通泼，我不怪你，你到底还是个孩子。你说的什么'丑事'，我可是不觉得有什么丑的，更没有想要隐瞒过。其实，你要是想摸我的底细，根本不必花钱去雇什么'包打听'，去问一问你爸爸就行了。你爸爸不想跟你们提这件事，那是他的事，跟我有什么相干?! 更谈不上什么骗不骗的问题。"她略顿了一顿，叹了一口气，又继续说道："你们养尊处优惯了的阔小姐，哪里会知道，更不会想象得出穷人的苦、穷人的女孩子怎么会走上这样一条路！我可没有工夫在这里给你上课，开导你，还是让你的家长来训教你吧，叫你也多少知道一些百姓的疾苦。不过，话说回来，你们家的大人也未必懂得这些事。"她很奇怪，这时的周阑珊居然能乖乖地听她讲下去，不但不打岔，而且脸上的猪肝色也在渐渐变成苍白。"你提到什么婚事和进周家的门，说实话，我倒真的没有认真考虑过。所以，断不断的，你还是跟你爸爸去说为好。姑娘，我是个有家室的人，丈夫死了，还有三个孩子要我抚养。这个重担已经压得我差不多喘不过气来了。三个孩子是我的命根子，我没有更多的心思，也没有更多的力气去考虑别的事，包括考虑我自己。你这次约我来见你，虽然不是什么愉快的事，可是，你的目的应该说是已经达到了。反正一句话，你还有什么话，还是去跟你爸爸说吧！"说罢，她站起身来，扭头朝店门走去，把个显得有些手足无措、站着发愣的周阑珊干巴巴地撂在那里。

蕊芸兰上了车，叫李大拉回家去。她坐在车上，越想越伤心，眼泪扑簌簌地往下掉。这倒不是由于她竟然让一个像周阑珊这样的没有家庭教育、不通人情世故的女孩子把自己羞辱了一场，而是因为很久以来几乎淡忘了的许多辛酸的往事重又一幕幕地呈现在她的眼前。她难过了一阵子，快到家时，连忙打开手提包，拿出小镜子，擦掉泪水，重新整了整容，一边想道："为了这样一件事折磨自己，何苦呢?! 再说，这也不见得是件坏事，它倒有助于自己快刀斩乱麻，毅然决然地做出了断！"

她下了车，回到卧室，叫杨妈打一盆洗脸水来，然后换上了家常衣服，洗了洗。她坐在沙发上，感到疲惫得很，好像干了什么沉重的活儿似的。尽管她已经决定如何处理与周梦赋的关系，但她毕竟是一个女人，对周梦赋也毕竟有了深深的感情，要她现在就与他一刀两断，她实在有些横不了心，下不了手。那么，怎么办呢? 她猛然又想起周阑珊说的一番话，虽然横蛮无礼，却像是一阵警钟敲醒了她：一对各有子女的男女再婚，复杂而艰难的因素实在太多了，凡有一点理性的人都可以预见到，何况男方的女儿又是像周阑珊这样既有心计又相当恶毒，竟雇用侦探打听别人底细的人，倘若周梦赋的父母也得知自己出身青楼，能容得下自己吗?! 她现在的生活静如止水，何必投上石子，激起波澜呢? 她思来想去，觉得还是自己方才向周阑珊最后表白的想法是对的，尽管自己对周梦赋恋恋不舍，但是，她的命根子却是和凤、和好与柏铭，他们都那么小，面前要走的路还那么长，那么崎岖，天晓得还会有什么风浪与波折！还是尽心尽力把这三个失去父亲的可怜孤儿抚养成人吧！自己要牺牲的不过是虚度的年华罢了，而为了孩子，这又有什么可惜呢? 想到这里，她不由得又掉下泪来，自己真是命苦，自己所爱的三个男人，两个死掉，一个又不能如愿，也许，这就是命吧?!

这时，王干娘走了进来，道："周先生来了，刚进门。"

蕊芸兰赶紧擦掉泪痕，对着梳妆台的镜子端详了一下，也没有顾得上更衣，便强忍着心中的矛盾与痛苦，走出房门，来到客厅。这时，周梦赋也恰好刚刚进入客厅，蕊芸兰一眼看出，周梦赋那张往常十分白皙的脸，突然泛黄，像是老了许多，二目无神，却闪烁着泪光。他默默地没有被让座，就自己落座到一张小沙发上，双手抱住了头，啜泣起来。

蕊芸兰明白，他已经知道他的女儿独自来约见过蕊芸兰，而且也知道了会见的结果，便不想再无谓地询问他此来的目的，也默默地坐到他对面的小沙发上，凝眸注视着他，忍住了涌上眼眶的泪水。他们俩就是这样相对默然无语地待了一会儿。这时，王干娘端着茶盘走了进来，见此情况，只说了一声"周先生请用茶"，便知趣地退了出去。

最后，还是周梦赋停止了啜泣，抬起头来，低声说道："我知道阑珊这孩子瞒着我，私自来到天津，还见了你，说了不少无礼的话，把你气着了吧？我已经好好地教训了她一顿，可这孩子脾气太犟，就是不服输，还跟我顶嘴，气得我抽了她两个耳光！这都是她的爷爷奶奶惯出来的，这次竟跟我也撒起泼来……"他长叹了一声，又道："我现在真是左右为难，简直是走投无路了！怎么办呢！"说着，又哽咽起来。

蕊芸兰沉吟了一下，随即柔声劝慰道："我倒没有太生气，只是你这位千金，实在是太缺乏教养，我对我的儿女可不准他们那么任性。不过，你也不必为这个太为难，这本来就是意料中的事，早发生倒也好，能叫咱们更早地清醒些。过去，我也曾不止一次跟你说过，咱们结合的希望不大，这样一来，倒叫咱们能更冷静些，掂量着事情的好和坏，尽早丢掉这本来就没有多大希望实现的梦想了。"她用充满同情和爱意的眼神看了周梦赋一眼，难过地叹了一声，继续说道："你的难处，我很理解，既放不下我，又舍不得你那个家。其实，说实在的，要我让你为了我，把你那个家舍掉，我的良心也不会让我这么干的！也许，我过去也曾有过一点侥幸的想法，盼望老天有眼，可怜我孤身一人，要把这三个没有父亲的孩子抚养成人，确实太难了。现在我手里还有几个钱，但这钱是有出无进的，将来花光了，该怎么好?！所以，我指望能有个好帮手，能帮助分挑这个难挑的担子。今天看来，我这个想法是够自私的，尽管我对你是真情实意，并没有丝毫想来利用你的意思。想一想，也真有点对不住你，因为要是我能早一点打消这个念头，也不会给你带来这么多的麻烦和痛苦了。从这一点来看，你的女儿倒启发了我，叫我清醒地看到，哪怕真的能进你们周家的门，那将来的日子也是没法过的。你们周家容不得像我这样的人，何况还有三个孩子，尽管我并不觉得自己有什么见不得人的地方！"说罢，蕊芸兰忍不住伤心地哭出声来。其实，她最后一句话是刻意说给周梦赋听的，因为她觉得，他对周家隐瞒了她作为风尘女子的一段经历，实际上也反映了他对此是羞于启齿的，依照她往日的性格，是要着实地斥责他几句，但是，此刻她见他已经是如此悲痛，便也不忍心再叫他痛上加痛。

周梦赋当然很敏感，听到"见不得人"这四个字，苍白的脸上马上就泛起一片羞愧的红晕，但他又不知怎样辩白才好，只是抬起泪眼，呆呆地望着天花板。过了半晌，他才吞吞吐吐地、犹疑地说道："难……难道咱们就这样完了?！"他把眼神从天花板上移转到蕊芸兰的脸上，深情而又绝望地凝视着她。

"还是可以做个好朋友嘛！"蕊芸兰忍住哭泣，用手帕抹了抹眼睛，勉强一笑，接过话茬。她看到周梦赋的面庞又变得煞白起来，眼圈也红了，便坐到长沙发靠近周梦赋所坐的小沙发的地方，伸手握住周梦赋的冰凉的手，劝道："咱们可以照旧往来，我有什么为难的事，还得求你帮忙解决呢！说实话，我现在身边也实在没有什么可信赖的人能做到这一点了。我知道，像我们这样的孤儿寡母，世上也只有你能真正关心和怜惜！……"她说不下去了，又开始掉下泪来。

周梦赋一见，顿时慌了，连忙掏出自己的手帕给蕊芸兰擦拭扑簌簌掉个不停的眼泪，他自己的眼眶也早已被泪水浸湿了。他啜嗫道："这都怪我给你带来这么多的烦恼，早知如此，我也不会向你表白了。但是，我是真心爱你的，我这一辈子决不会再要别人！除非我眼睛一闭，死掉。你永远是我心中最爱最爱的人，我没有勇气撇掉我那个家庭，这是我最对不起你的地方，希望你能谅解我！……"说着，他也低声哭泣起来。

过了一会儿，蕊芸兰停止了流泪，也劝解他不要再伤心了，他的苦处和对她的一片诚心，自己完全理解。在最后说这些话时，她一直紧握着周梦赋用手帕为她拭泪的那只手。

从此，周梦赋继续以"好朋友"的身份，与蕊芸兰保持密切的往来，双方都绝口不再谈婚嫁的事，直到一九三七年"七七事变"使蕊芸兰不得已举家南迁避难前夕，不幸传来了周梦赋所乘飞机失事的噩耗为止。

周梦赋果然信守了他的诺言：至死都没有再娶。

十四

一九三七年七月，是中华民族遭受大灾难的时刻，也是蕊芸兰这个普通中国人的家庭面临大逆转的开端。

这时的蕊芸兰早已没有人再提及她的这个艺名了；自从皇甫以雄过世，人们几乎完全忘记她曾有过这个被皇甫老爷如此钟爱的名字；那张曾由皇甫以雄端端正正地写下"蕊芸兰"三个字的字条，已经被她从皇甫老爷的书桌抽屉里移到她珍贵的乌木镶银的首饰匣里去，而只有当她应邀出席什么重要的社交场合时，她才打开这个匣子，挑拣一两件要佩戴的首饰，同时也便会拿起这张字条，默默地，但又是百感交集地把它看上一两分钟，追忆起她和皇甫以雄共同生活的那段幸福岁月中的一些永难忘怀的琐事，她常会因此而长叹一声，有时甚至会潜然泪下。

眼下，她对内对外都是以"皇甫三太太"或"皇甫程玉英"的称谓出现，她的几个存折和若干典当赎票（她的一些贵重的，却又不常用的物品都放到当铺里去，借此也可以换些现金），所用的象牙图章，也都是刻着"皇甫程玉英"的字样，家里的下人则只简称她为"三太"。

这一天，天气闷热。郑日珍突然派张妈来请她过去，说是有什么紧急的事要全家大小一起商量，柏铭太小，她只需带着和凤与和好过去就行了。程玉英不知究竟，略微整理了一下头发和面容，换了一件旗袍，便跟两个女儿一起随张妈来到二号住处。只见客厅里郑、柳二人及其子女，除华炽外，都已在场。大家神色严肃，甚至还有些慌张，只有华海和他新娶的老婆梁敬玖，表情显得与其他人有所不同：眉宇间有一点兴奋的喜气。大女儿和慕，与丈夫赵相文一直住在娘家，这时已经有了一个儿子，小名叫"鲁鲁"，很可爱，大家都挺喜欢他。日前，做医生的赵相文恰好到外地出诊，所以这时不在场，只有和慕抱着她的小儿子待在那里。说起和慕和赵相文两人的结合，可没有华海和梁敬玖那么简单、顺当。梁敬玖是华海在东吴大学的同班同学，两人相识不到半年就结了婚。而赵相文则是在和慕的主动追求下与她逢场作戏，玩玩而已。尽管他一度也曾想当皇甫家的乘龙快婿，好将来依靠有钱的丈母娘的资助，开一家私人诊所，但是，当和慕告诉他，自己已身怀有孕时，他却犹豫了。他让和慕打胎，否则就跟她一刀两断，和慕却死活不肯打胎，非要正式嫁给他不可。这样，他对和慕就越来越冷淡了。和慕没有办法，只好向母亲（实际上是养母）郑日珍哭诉。郑日珍当然气不过，却又觉得事情棘手，无可奈何，因为她知道此事是自己的女儿咎由自取，自己怎好亲自出面交涉，弄不好，闹得丑事外扬，满城风雨，岂不是更加丢人?!于是，她便想到了阿三程玉英：她知道程玉英是很能打抱不平的，不如请程玉英代她向赵相文说情。程玉英听到事情经过，果然很愤慨，认为这个姓赵的太缺德，把人家玩成大肚子，却又想把人家甩掉，况且和慕毕竟是皇甫家的人嘛！她便一口答应，替大阿姐郑日珍去找赵相文理论。经过程玉英的晓以利害，赵相文最后竟被说服了，这才勉为其难地把二人的婚事定了下来。谁知这位新姑老爷在举行婚礼那天，又耍起脾气来，险些酿成一场小小的风波。按规矩，新郎要先到举行婚礼的场地——法租界的永安饭店，等到新娘所乘的婚车开到门口时，他要主动前来迎接，而当程玉英陪送新娘和慕所乘的车子抵达时，这位新郎硬是不愿出来，把当时任管事的广睦急得满头大汗，不管他怎样一催再催，新郎却依然岿然不动，兀自若无其事地坐在软椅上吸烟。广睦无奈只好向车里的三太禀告。程玉英一听，马上变了脸，厉声对广睦说道："你去对那姓赵的说，他要是不出来接，我们就不下车！"过了一会儿，赵相文不得已才板着一副冷冰冰的面孔走出饭店，迎接新娘。可见程玉英为和慕的婚事，确实出了不少的力，而且她还特地到天宝金店打了两个又粗又大的赤金雕花手镯送给和慕。和慕出于对这位阿姐的感激，近来已明显地改变了对她的态度，有时还在郑日珍面前替程玉英说几句公道话，不再像以前总是偏向郑日珍一方了。这时，她见阿姐带着两个妹妹走进客厅，连忙抱着孩子起来让座，道："阿姐，坐这个沙发吧，这个舒服些。"

程玉英也谦让笑道："还是你坐着吧，又抱着孩子。这里有的是椅子。我跟和凤、和好坐哪里都可以。"她边说还边爱抚地摸了摸鲁鲁的小胖脸蛋。

郑日珍见程玉英进了客厅，便摆出家长的架势，指了指她右手的小沙发，叫程玉英坐下去，正好对着柳玉喜已经坐定的另一个小沙发，她自己则坐在正中央的长沙发上，全然是个"正宫娘娘"的气派。程玉英一见，心里顿时涌起一阵抵触情绪。她想："竟然到了今天，这位大太太还要论什么尊卑座次！"本想不听指令，又觉得这毕竟是件小事，平常很少见面，何必一见面就先来怄气，正要走过去，却不料和好腿快，先拉着姐姐和凤跑过去一屁股坐下，她倒不禁暗喜，便坐到小沙发旁的一把软椅上。

郑日珍心中不悦，却不好说什么，她尽量不露声色，轻咳了一声，清了清嗓子，便开言道："阿三，我今天请你过来，是商量一件大事，前天，七月七日，北平卢沟桥一带地方被日本军队给轰了。听说小日本很快就会打到天津。咱们虽然住在租界里，比较安全，可谁又能保证不发生意外呢。天津又有日租界，尽管有法租界把它跟英租界隔开，可是要打起来，就分不清界线了。咱们家的女孩子多，就更加危险，所以，华海出了个主意，不如咱们全家都暂时避到澳门去，澳门离咱们老家中山县也不远，顺便让这些小辈回一趟老家去看看，拜拜祠堂。你看怎么样？"

程玉英从无线电里早已听到卢沟桥事变的消息，当时也的确感到有些惊异，但还没有避难的念头，经郑日珍一说，倒觉得有些道理。不过，为什么非要逃到澳门去呢？那是先要经过香港的，这两个地方都是花花世界，尤其是澳门，听说那里到处都是赌场，华海出这样的主意，很难说不是拿避难做借口，到那里痛痛快快地大玩一番。她心想："我可没有那么多的闲钱到那里去糟蹋，要去，你们去，我不如到上海去投奔二伯父以冲。再说，要是真的跟你们一起走，岂不是又回到你郑日珍的手掌底下受控制？！这日子能好受得了吗？！"她暂时没有回答郑日珍的问话，低头沉吟不语。

和凤、和好听了却有些着急和紧张，马上拉着妈妈的衣角，低声央求道："姆妈，这可太危险了！咱们也去澳门吧！"程玉英见女儿这样求告，只好说道："大阿姐，你说得也是，不过，我是不想去澳门，花费太大；另外，那里用的是西纸（即港币），这里用的是法币，法币又不值钱，两下一折合，吃亏大了！我想，要避难，还是避到上海去为好。咱们去找二老爷，这样也有个照应，能替咱们这几个妇道人家拿拿主意。"

郑日珍一听，马上沉下脸来，一时也不知说什么好。这时，华海却插言道："阿姐，咱们到底还是一家人嘛！怎么能'大难临头各自飞'呢？上海不像香港、澳门，还是中国地，小日本说不定也会打到那里，那时该怎么办呢？咱们皇甫家三房，应该活到一处，死到一处，何必非要去找二伯父呢？"其实，他自己是担心，如去上海，他岂不是自投罗网，让二伯父管束住自己的手脚吗？！所以，他才说出上面那套冠冕堂皇的话来。

程玉英听了，瞥了华海一眼，心想："你说得真好听！我和三个孩子的死活，你们何时真正关心过？现在又说起大话来了。"她拿定主意，便又对郑日珍说道："我想，还是去上海，跟二老爷一家在一起，不管发生什么，多少还有个主心骨可以依靠，所以，我决定还是带着三个孩子去上海。大阿姐，你们要是想去澳门，我也没有办法拦阻，还是各走各的路吧！"

郑日珍见程玉英主意已定，看来难以强求，便道："也好，反正咱们可以走海路，一起乘船，到了上海，你们上岸，我们一直去香港，然后转澳门。不过，日后要是有什么好歹，你可不要怨我不管你们！"

程玉英站起身来，顺口应道："哪里会呢?！"又道："大阿姐，要是没有别的事，我就回去了。"郑日珍拦阻她道："你先慢走。咱们还得商量怎么个走法呢！"程玉英觉得也是，只好又坐了下来。郑日珍道："咱们这次走，一家子人，火车比较贵，倒不如坐轮船。反正你决定去上海，到上海时，你上岸就是。你看怎么样？"

程玉英听了，觉得郑日珍这一点考虑，倒是有点道理。郑日珍带着和慕和鲁鲁，买两张票，再加一张半票就够了；柳玉喜可是人多：华海夫妻、和群、华炽，就得买五张整票；自己呢，加三个孩子，也得买四张。所以，不能像上次，为参加二伯父的四女儿的婚礼，只带柏铭一人去上海，坐的还是头等车厢，那笔车票钱还算不多，若是买四张，那个数目可是相当可观的。这样，三位太太就决定走海路。程玉英临走时便对郑日珍道："办船票的事就麻烦大阿姐去派人料理了，到时候，该付多少，我付给您就是。"

经过进一步商量，她们决定八月十日启程。

程玉英回到家里，一直在思索：若不是两个女儿这样担心日本兵打进来，她是绝不会想要离开天津的。这固然是因为她总觉得，租界比较安全，不像天津的南市、估衣街等那一带地方属于所谓中国地，日本兵不敢轻易践踏，但她更多考虑和犹豫的是自己手头那笔遗产的问题。她自知这笔款子现在看来是不少，但是，来日方长，孩子那么小，需要花多少钱才能把他们抚养成人呢？即使真的要避难，也不该到那种只有有钱有闲的人才敢涉足的花花世界——香港和澳门——去。上海虽然也是个大都市，然而那里有二伯父一家可以依靠，自己也比较熟悉。当然，最令她焦虑的是：她和孩子们一旦要走，这个家，这些存款该托付给谁来管，谁来给她往上海寄钱呢？她总不能在身上带上好几十万块钱吧?!显然，她除了一些细软可以带在身旁，那些贵重的，又不好携带之物，只能照老办法，存入当铺，还可以换些现金，以后再来赎回。亏得不是去香港、澳门，不然折合西纸，她的那笔遗产现款又不知要损失多少！所以，华海的那个馊主意，断断使不得。她苦思了半日，感到自己身旁除了三个孩子，她只有孑然一身，若周梦赋还在，尚可委托于他，再说得远些，若亲弟弟程文林不是那么堕落，最后弄得生死不明，她也不至于像如今这样，无法求得一个可依赖的人！情急之下，她不禁又掉下泪来。这时，和凤走进了母亲的卧室，见母亲坐在床边发呆，眼圈红红的，像是刚刚哭过，便轻手轻脚地走过去，拉住母亲的手，柔声问道："姆妈，您这是怎么了？"

和凤已是十四岁的少女，从小就性情温顺，能体谅和照顾人，如今大了些，程玉英经常有什么为难之事，都愿意对她讲，母女俩商量解决的办法。程玉英见她此刻满脸忧色，偎依在自己身旁，便对她言道："我正在想咱们避难的事呢。"

和凤听了，稍微放下心来，说道："姆妈刚才不是已经跟大姆妈说了，咱们去上海找二伯父，不去澳门。我觉得，您想得对。咱们绝不能到那种人生地不熟的地方。万一有什么事，求谁呢？"

程玉英见女儿支持自己的意见，很高兴，便进一步说道："去上海倒是比较简单，可咱们家里的这些事，该托谁来代管呢？……要是你舅舅还在，又不像过去那样没出息、不争气，好好干事，咱们多少还可以依靠他……咱们现在是举目无亲啊！你说怎么好？"说罢，忍不住又哭泣起来。

和凤听了，也很难过，连忙含泪劝道："姆妈，过去的事，您就别再想了，省得伤心过度，害了身子。我倒想，干娘这个人跟了您快十六年了吧，人还不错，也许可以托付给她来照管一下。您说呢？"

程玉英听了，觉得女儿的提醒颇有道理，便应声道："对，我看，如今也只有她算是可以相信的了。我想，咱们把银行存折交给她，只要清楚，倒不怕她手脚不干净。"

这样，她便决定将家中一切事务都交给王干娘全权处理，还特地又刻了一个"皇甫程玉英"的象牙图章，便于汇款之用。王干娘见三太对她如此信任，自然是又兴奋又感激，她信誓旦旦地表白道："三太，您去了，放心，我保证把这个家管好，尤其是银行存款，我一定向你月月汇报开支，账目清清楚楚。到时候，您还有什么新的指示，尽可能及时通知我，我一定马上照办。"

眼下，还有一件事，令程玉英十分烦心，左右为难，那就是她过去在上海营生的时候，认识一个小姐妹，名叫"金绣花"，这时已寄居她家有五个多月了。这个金绣花，后来从良嫁给了唐山一个煤矿公司的经理徐寿山，做二房。徐寿山比她大二十岁，人又比较老诚，他的原配夫人岳氏，性格软弱，所以，金绣花刚被接进门来不久，就变成了徐家的"大奶奶"，凡事很跋扈，连徐寿山也得让她三分。徐岳氏嫁给徐寿山十多年，没有生儿育女，徐寿山便指望娶个二房，能有个后，好接续徐氏香烟。谁知金绣花进门三年，也无动静，徐寿山等不及，就想再娶，刁蛮的金绣花哪里容得，就跟丈夫闹翻了，只身从唐山跑到天津来找程玉英。

程玉英见她没有什么亲人，念在旧交情，便收留了她，同时尽量劝她与徐寿山和解，还曾多次打长途电话叫徐寿山来接她回去。为此，徐寿山曾两次来天津，不料，这对夫妻见了面，越谈越僵，徐寿山一气只好独自又回唐山去了，把个老婆丢给了程玉英。好在程玉英为人大度，手头又比较宽裕，倒不在乎多了这个金绣花，开支又增加不少，但她总是觉得，金绣花久居她家，不是长久之计，曾几次问过金绣花究竟有什么打算，并对她直接说过："你要是跟姓徐的没有什么感情，干脆离了算了！"金绣花听了，把那两片厚大的嘴唇一撇，道："离?！我才不呢！便宜了他！除非给我二十万！"程玉英对金绣花赖在她家不走，也不好把她撵回去，只好仍是打电话给徐寿山，催促他跟金绣花言归于好。

这时，由于要携儿女赴沪，程玉英不得不考虑这位徐太太的安置问题。于是，她叫和凤把徐阿姨请过来，说姆妈跟她有话说。不一会儿，这位总是打扮得花枝招展的徐太太一扭一扭地就进了程玉英的卧室。她长得并不太难看，大眼睛，双眼皮，只是嘴巴厚了些，按她才三十出头的年纪，腰身也嫌肥胖了些，从上到下又是金耳环，又是金戒指和金手镯，显得一身那么俗气。她进了门，咧开大嘴，笑道："和凤告诉我，说三阿姐跟我有话说，有什么事吗？"程玉英把卢沟桥事变后皇甫全家要到上海、澳门避难的事讲了一遍，同时也劝她回唐山去找丈夫，若战争扩大了，届时想回也回不去了。程玉英道："你这次让一让步，不就结了?！姓徐的要再娶一房，也有他的道理，横竖不影响你的生活就是了……"话还未说完，金绣花就抢着叫了起来："三阿姐，让步！甭想！我才不跟那个老乌龟妥协呢！要让步，叫他让！我生不出孩子，不能怪我，是他太老了嘛！你们不去澳门，去上海，正好我也想回那里去。不过，我身上没有那么多钱，三阿姐，你就先替我垫上，将来让那老不死的还给你。"

话说到这个地步，程玉英也不好强求，只好同意让她跟自己一家人一起走。她想，横竖到了上海，就可以分道扬镳，徐太太可以去她想要去的地方，自己则跟孩子们去投奔二伯父，这样，自己也算尽到了做姐妹的一份情意。于是，她命王干娘过去告诉郑日珍要多买一张船票。因为船票并不便宜，除了郑日珍带着和慕和鲁鲁买了二等舱，柳玉喜和程玉英都买了通舱。对程玉英来说，这也算是她自嫁给皇甫以雄以来第一次如此"屈尊"，搭坐票价最低、条件最差的交通工具，而过去，每逢陪皇甫老爷出差或是自己到外地去，都是非头等不坐的。当她拿到了这几张通舱票时，不禁抚今追昔，无可奈何地长叹了一声，心中一酸，眼睛也立即湿润了。

程玉英本没有打算在上海耽搁很久，所以行李准备得比较简单，而郑日珍、柳玉喜则大概是为了长住，大小提箱一大堆。如今皇甫总办去世了，公司的一些勤杂人等，早已不再像以前那样，遇事前来帮忙干活，继三叔任永泰和公司北方部总办的侄儿培亭，也早已忘记三叔临终时所做的嘱托，根本无心派人来帮助三位叔母一家搬运行李。这样一来，华海及其老婆、和慕、和群、和凤、和好等这些平素肩不能挑、手不能提的少爷小姐，都不得不亲自动手，连柏铭和长他一岁的二哥华炽的两只小手，都不得不各自提着两只小手提箱。当然，把他们送往太古洋行的轮船码头时，还是有皇甫家的用人料理行李的。

启程那天，皇甫家的这些妇孺浩浩荡荡地先搭汽轮驶到塘沽港，然后再登大轮船开往海上。郑日珍等登上二等舱，程玉英、柳玉喜等则下到轮船底部，那正是所谓的通舱。那里有一排排的双层船铺，光线很暗，空气又臭，皇甫府上的这些人哪里待过这样的地方，特别是那些孩子，刚一进去就感到一阵恶心，马上放下行李，就跑到甲板上去了，只剩下程玉英、柳玉喜和徐太太整理这些东西。

郑日珍与和慕安顿好了自己的地方之后，就带着鲁鲁下到底舱。郑日珍一来就马上掏出手帕捂住鼻子，一边说道："哎呀！这地方好臭啊！怎么能待呢？要不是船票太紧，咱们都该住在一起嘛！"程玉英听了她这句言不由衷的话，又好气又好笑，忍不住叹了一口气，道："船票就是好买，我们人多，也是住不起二等舱啊！更甭提头等舱了。咱们既然是逃难，就讲究不得了，不能待，也得待嘛！"柳玉喜则一句话也不敢说。

徐太太见郑日珍面露不悦之色，便搭讪地说了两句："大阿姐（她也随着程玉英这样称呼郑日珍，因为她知道，郑日珍只喜欢别人称她为"太太"，而不准加一个"大"字），谢谢您关心我们。好在我们比您年轻些，条件差一点也没有什么，待上几天就习惯了……"

郑日珍勉强一笑，便挽着和慕的胳臂上去了。

皇甫家的大大小小，都是头一次搭乘这么大的海轮，虽然底舱简陋，却都感到新鲜，兴致勃勃；程玉英、柳玉喜和徐太太把行李整理好了，也都登到甲板上去。他们都没有去过塘沽港口，更没有见过如此浩瀚无际、波浪翻滚的大海，眼睛几乎都看呆了。

船开的头两天，风平浪静，天高云淡，船在海浪中行驶得相当平稳，即使抬头看那一部分高高在上的头二等舱所在之处，时高时低，也不见得头晕，所以他们大半天都待在甲板上看海，只是到了开饭的时间才下去（当然，郑日珍与和慕除外，她们是在餐厅里吃的）。原来他们以为大海定是碧蓝碧蓝的，不想眼前的这片海洋却是呈墨绿色，深得吓人，但是衬着晴空万里，还是挺好看的，尤其是在日出和日落的时候：一轮红日从海平线上冉冉升起，不一会儿就射出万道金光，把黑黑的海面也映照得灿烂辉煌，远远望去，竟像一匹铺开来的、长不见边际的黑底绣着千万朵金花、千万条金线的耀眼锦缎；而日落时的晚霞则是另一番美妙景象，夕阳从金黄缓缓变成艳红，把空中的一缕缕长长的云彩染成红彤彤的，四周却依然镶着闪闪的金边，这时，海水已经变得像墨汁一般黑了，却仍反射出一道道火焰似的余晖，时而像条条金龙遨游在海面，时而随阵风吹来，又碎成一片片金箔漂浮在浪尖。此刻，月亮已从东边显露出来，天空一片深蓝，仿佛给这尚未变为银白色的金黄色月儿，提供了一片色彩和谐的美丽背景。船上没有播放任何音乐歌曲，一直很静，只听见海水流动的哗哗声。由于孩子们嫌底舱又黑又臭，总是待在甲板上，加上天气又好，后来索性在夜里把草席也铺在甲板上睡下，这样一来，两三天过后，他们的白嫩皮肤就开始变干变皱，又过了一两天，竟脱起皮来了。和凤与和群的皮肤更嫩些，她们俩的鼻梁和鼻尖脱皮脱得更厉害。

又过了一天，天气陡然变了。天是灰蒙蒙的，海是黑沉沉的，风浪也大起来，偌大的一艘轮船竟像是荡秋千似的，船头船尾轮番地此起彼伏，头二等船舱像高楼似的一忽儿高耸入云，一忽儿又倾倒入海，看得人眼花缭乱，晕船的呕吐更成倍地加剧了。这时，甲板上待不住了，大家只好回到臭烘烘的通舱里去，而因为空气龌龊，呕吐得更为厉害，几乎像是要把胃整个翻转过来似的，连胆汁也吐了出来。程玉英带着三个孩子，心中暗暗后悔，真不该撇开安详的家中生活，偏偏花钱到海上找罪受！听船上的几个乘客说，这一带是"黑水洋"，风浪一向是最大的，何况是在天气如此恶劣的时候。可是得挨上多少时间才能渡过这片要命的海洋呢？

好在过了一天，天空又放晴了，海天又变得那么美丽，那么平稳。还有几只雪白的海鸥翱翔在天际，它们有时如蜻蜓点水般地掠过海面，随即又挺直地飞向万里的碧空，姿态那么轻盈，那么优美……

数日之后，船抵吴淞口，突然远远传来火炮的隆隆声和子弹的呼啸声，那声音几乎连续不断，听起来真瘆人。程玉英等原都整好行装，准备下船，船上却传来不幸的消息：淞沪血战已经开始了。如今码头封锁，不准上岸。程玉英一时情急，像是当头挨了一棒，几乎昏倒在地，郑日珍和柳玉喜前来劝她：既然如此，补票随我们一起去香港澳门算了。迫不得已，程玉英只好同意，徐太太当然也跟着程玉英及其儿女前往港澳。

又过了两日，船抵达汕头靠岸，程玉英等随着郑日珍、柳玉喜等到汕头大酒店住了一宿；很久没有在陆地生活，这一宿过得相当痛快，少不得饱餐一顿，弥补海上饮食的简陋。次日，大家再次登船驶往香港。

这天晚上，程玉英在船舱里思绪纷乱，难以入睡，孩子们倒都睡熟了，便轻手轻脚地独自爬上了梯子，来到甲板上。她凭着栏杆，眺望着茫茫无际的黑黝黝的海水，天上一弯残月，星光暗淡，也无法给船上的微弱灯光增加一点亮度。她觉得心头像是被一块巨石重重地压着。她又环顾了静悄悄的昏暗不明的四周船面，倍感凄凉，眼泪不知不觉地就垂落下来。她算计此行不过刚刚开始，就已经花费了不少，抵达澳门后，还不知要有多大的开销，以后的日子该怎么过呢？她张大泪眼向前看，海天一片灰黑色，既无尽头，也无分界，她猛地一惊，觉得这正像摆在她面前的一条漫长而没有尽头的路一样，而她已经被逼无奈，踏上这条似乎是危机四伏的长路了。目的地何在？是澳门吗？可她本来是根本不想去澳门的啊！那么，她带着三个孩子万里迢迢到那里去究竟是要干什么呢？是逃难吗？可就算逃到那里，这难果真能逃得过吗？也许还会有意想不到的其他的难呢！她该怎么办？她心中无数，更加感到迷惘、彷徨、忐忑不安。她情不自禁地又想起自己一生中遇到的三个男人：冯少安、皇甫以雄、周梦赋。其中只要有一个能仍然活在自己身边，自己也不会像现在这样孤立无援，六神无主了。她感到心悸，不知等待她和孩子的将是怎样的遭遇和命运。她一面苦思冥想，一面泪如泉涌。此刻正好甲板上静寂无人，她便索性对着茫茫的大海，号啕大哭起来……

（第一部曲完）

图书在版编目（CIP）数据

蕊芸兰 / 黄文捷著 . -- 桂林：漓江出版社，
2024.1

ISBN 978-7-5407-9530-6

Ⅰ. ①蕊… Ⅱ. ①黄… Ⅲ. ①长篇小说 – 中国 – 当代
Ⅳ. ① I247.5

中国国家版本馆 CIP 数据核字（2023）第 170630 号

RUIYUNLAN
蕊芸兰
黄文捷　著

出版人：刘迪才
策划编辑：张谦
责任编辑：黄彦
书籍设计：石绍康
责任监印：张璐

出版发行：漓江出版社有限公司
社址：广西桂林市南环路 22 号　邮编：541002
发行电话：010-85891290　0773-2582200
邮购热线：0773-2582200
网址：www.lijiangbooks.com
微信公众号：lijiangpress
印制：北京中科印刷有限公司
［北京市通州区宋庄工业区 1 号楼 101 号　邮编：101118］
开本：880mm×1230mm　1/32
印张：11.25　字数：237 千字
版次：2024 年 1 月第 1 版　印次：2024 年 1 月第 1 次印刷
书号：ISBN 978-7-5407-9530-6
定价：68.00 元